涅槃

垣根涼介

ねはん　上

朝日新聞出版

涅槃　上

目次

備前・『涅槃』関連地図

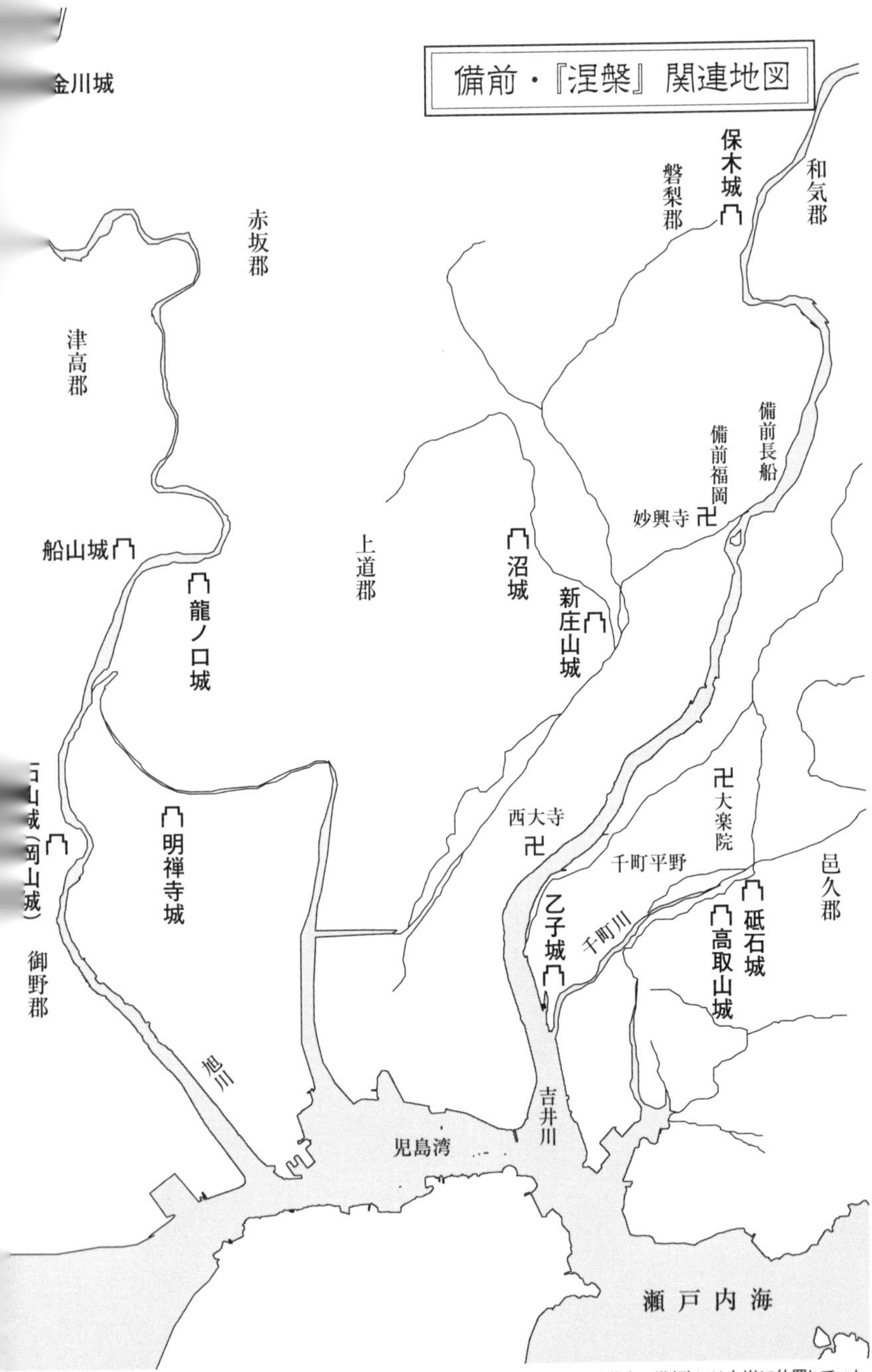

※注　現在、備前福岡は吉井川の左岸に位置するが、この物語の時代（16世紀）には右岸に位置していた。

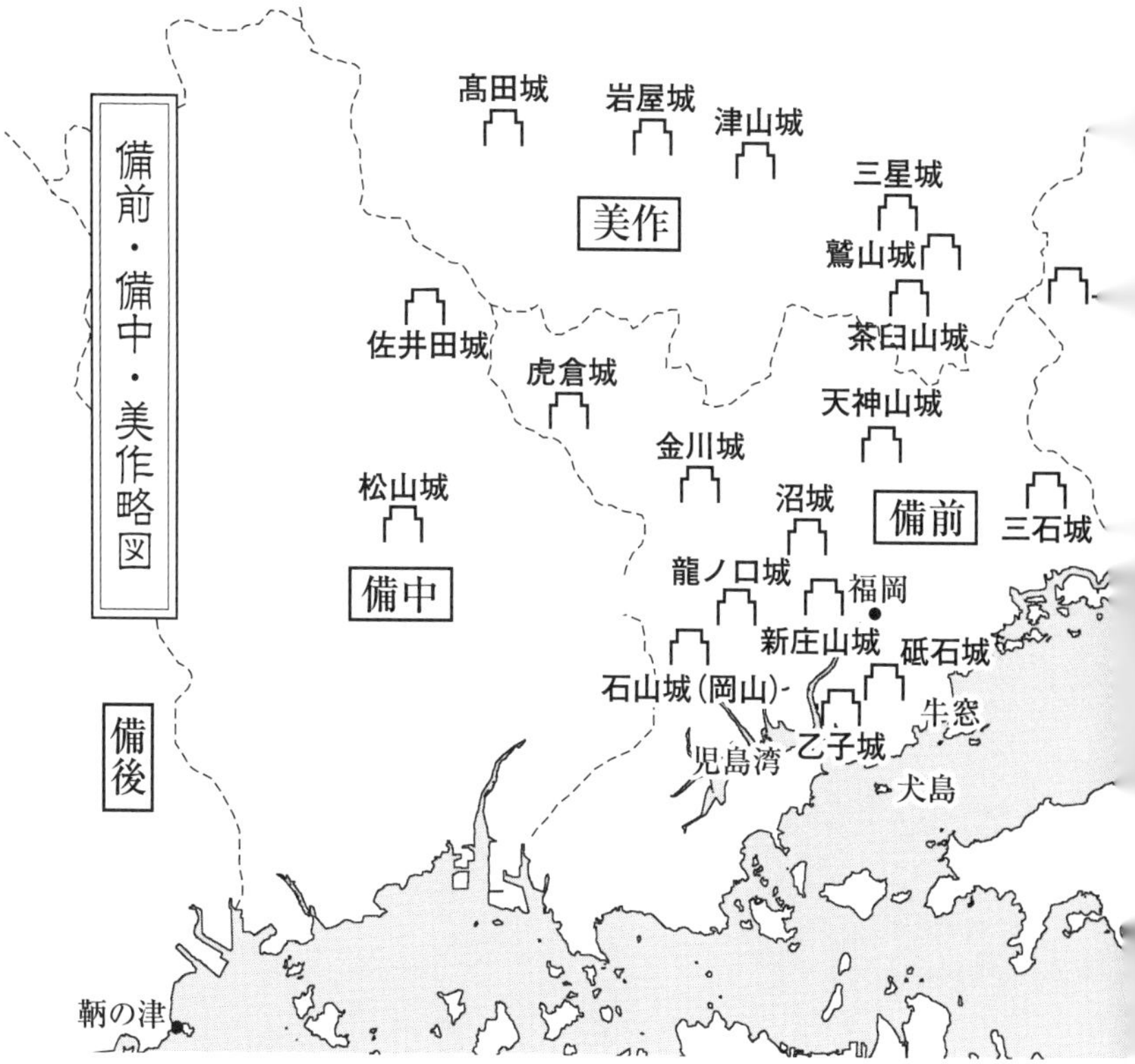

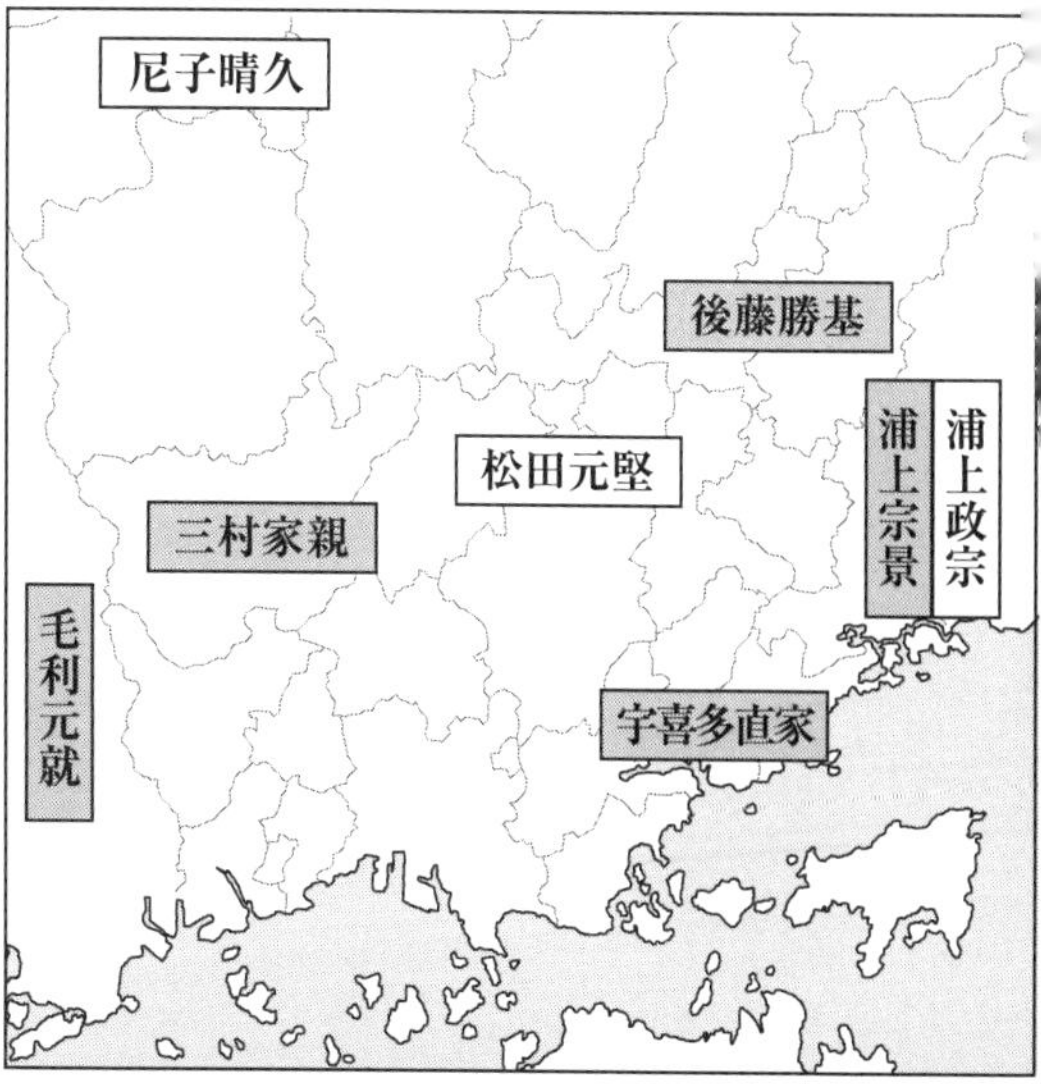

永禄三年(1560年)頃の
備前・備中勢力図

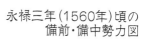

涅槃　下　目次

涅槃

上

私は時おり、自分は流れ続けている一筋の潮流ではないか、と感じることがある。多くの人々があれほど重要視するアイデンティティー、堅牢な固体としての自己概念よりも、私にはこちらの方が好ましい。

『アウト・オブ・プレイス』より——E・W・サイード

第一章　都邑《とゆう》の少年

1

この浦の入り船と出船の風景ほど、見る者の視線を心地よく泳がせてくれるものはない。鏡面のような入り江に、次々と曳波《ひきなみ》が起こる。幾条にも交差して、穏やかな波紋を織り成す。

鞆《とも》の津《つ》のことである。

古く平安王朝の頃より海上交通の要衝として栄え、その名を知られていた。大伴旅人《おおとものたびと》らによって万葉集にも詠まれている。

理由がある。

備後《びんご》の南部にあるこの浦は、瀬戸内海のほぼ中央に位置する。

満ち潮になると、はるか太平洋の黒潮が、東は紀伊《きい》水道から、西は豊後《ぶんご》水道から、この瀬戸の内海に一気に流れ込んでくる。その二つの潮流は、ちょうどこの鞆の津の沖合でぶつかり合う。

逆に引き潮になると、この沖で海流は東西へと分かれていく。潮位が下がっていく。再び彼方に位置する二つの水道から、外海へ外海へと吸い出されていく。山でいう分水嶺のようなものだ。

そして船乗りたちも、上げ潮の時にはこの港を目指して帆走し、満潮を迎えるまでに競うようにして入港する。そして引き潮の始まりを待って、一斉にこの港を出ていく。

鞆の津が「潮待ちの港」とも呼ばれている所以《ゆえん》だ。

月の満ち欠けに、昼夜の区別はない。

入り船も出船も、朝夕の時もあれば昼も、夜半の時もある。昼夜を問わずこの港は商人と船乗りと漁民で賑《にぎ》わっている。


天文三（一五三四）年の初秋に、この浦を訪れた備前国《びぜんのくに》きっての豪商がいた。歳の頃は三十半ばの中肉中背の男で、その挙措《きょそ》には、およそ商人には似つかわしくない重みが漂っている。一代で叩《たた》き上げた有徳人《うとくじん》に特有の雰囲気だ。

名を阿部善定《あべぜんじょう》という。

山陽道有数の商都である備前福岡《ふくおか》から、船に乗って吉井川《よしいがわ》を下り、海路この鞆の津へとやって来た。

取引相手の海産物問屋に投宿したその夜に、相手と杯を交わしながらの夕餉《ゆうげ》になった。二代目の主《あるじ》から、土地の話を聞いた。

「そういえば近頃、備前から流れてきた一家が、この鞆に住み着いておりまする」

「備前のどこか」

「それも、阿部様のすぐ川向こうの邑久郡《おくごおり》らしく」

ほう、と善定は多少の興味を持った。上道郡《じょうとう》にある福岡の町は、吉井川の畔《ほとり》にある。その商圏は、対岸の邑久郡にも広がっている。

聞くところによると、その夫婦《めおと》と子一人の家族は、陸路をはるばると歩いてきたらしい。

しかし、上道郡の東部にある備前福岡から当地までででも、陸路では備中《びっちゅう》を挟み、二十五里（約百キロ）ほどはある。歩き続けでも二日半はかかる。足弱の女子供を連れていれば、なおさら時間がかかっただろう。酔狂で流れて来る距離ではない。きっと切迫した事情があり、一気にこの鞆の津までやって来た。

となると、単なる牢人《ろうにん》の一家でも浮浪家族でもなかろう。

「それなりのお侍か、あるいは商人か」

「お武家様であられまする。確かな風聞ではございませぬが、ほんの少し前までは、それなりの封土《ほうど》を持つ城持ちのお方であられたという噂《うわさ》でございます」

「土豪、あるいは国人《こくじん》といったところか」

「左様で」

「……ふむ」

その時点で、もしやという予感はあった。

「そのお方の名を、なんと言われる」

さあ、と相手は苦笑した。「なにやら人目を忍んでひっそりと暮らされているご様子で、お名前までは存じ上げませぬ」

「いずこにお住まいか」

「西の高台にある、医王寺《いおうじ》。そこに、寄宿されておりまする」

翌日、善定は海産物問屋から西に向かって町中《まちなか》を歩いていた。鞆の津の巨刹《きょさつ》・医王寺までは三町（約三百三十メートル）ほどである。

やがて商家の家並みが途絶え、山に向かって次第に坂道になった。

この町には古くからの神社仏閣が多い。海上交通の安全と商売繁盛を祈願して、平安朝の頃から数多く建立されてきた。

右手に寺を過ぎ、左手に神社をやり過ごしたあたりから、参道は急激に勾配を増す。

日中はまだ陽も強い九月の初旬である。さらに半町ほど上るうちに、じんわりと背中に汗をかき始めた。

楼門《ろうもん》の前まで来て、額の汗を拭きつつ、来た道を振り返った。

束の間、その景観を眺める。

眼下の海は鏡面のように時が止まっている。午後の穏やかな陽光を受けて、はるか四国まで広がっている。

まっすぐに上って来た一本道の向こうには、ゆるやかに半弧を描いた入り江が見える。桟橋に、大船小舟が所狭しと並んでいる。潮風に運ばれて、艫《とも》の軋《きし》む音もかすかに聞こえる。岸沿いには豪勢な商家がびっしりと建ち並び、さらにその外側を人家や無数の大伽藍《がらん》が取り巻いている。

細長く伸びた岬の向こうには、ごく小さな弁天島と、大きな仙酔島《せんすいじま》がぽっこりと浮かんでいる。

まったくもって風光明媚《めいび》な景色だが、その地形を眺める善定には、また別の思惑が浮かんでいた。

つまり、この西の外れにある医王寺は、鞆のどん詰まりなのだ。しかも、ここに至るまでには急《きゅう》峻《しゅん》な一本道を上ってくるしかない。さらに医王寺の裏手は、一面の山林に覆われている。

もし急襲された場合、もっとも敵を発見しやすい場所にあるし、逃げるにも裏山に紛《まぎ》れ込めば、おいそれとは見つからない。

そこまで考えて、その一家は医王寺に身を寄せたのではないかと感じた。けれど、善定の深読みのし過ぎであるかも知れない。単に、流浪の一家の身柄を受け入れてくれる場所が、この寺しか見つからなかったのかも知れない。

そんなことを考えながら、寺の境内に入った。

本堂の右手に、大きな別棟が建っている。庫裏《くり》だ。

自分の名乗りを兼ねて、戸口で声を発しようとした時だった。背後からかすかに木枠の鳴るような音が聞こえてきた。

振り向くと、境内の隅の木陰に井戸が見えた。その前で、女が二つの手桶を持ち上げつつある。粗末な綿服だが、遠目にもすらりとしている。まだ若い。陽光と濃い青葉がちらつく木陰で、うなじの白さが痛く映る。横顔に、かすかに見覚えがあるような気がした。

女は両手に手桶を下げ、重そうによたよたと運び始める。いかにも下働きには慣れていない動きだった。そのまま中門から、境内を出て行った。

善定は咄嗟《とっさ》にその後を追った。境内を横切り、中門まで来ると、門を抜けた先の小道を下っている後ろ姿があった。

「もうし――」

声をあげつつ、さらに中門を出て近づき、女性の背中に声をかけた。

「卒爾《そつじ》ながらそれがし、阿部善定と申す備前福岡の商人でござりまする。もしや、宇喜多《うきた》様の御内儀《ないぎ》ではあられませぬか」

と、女性《にょしょう》の肩口が一瞬震えるようにして固まった。横顔が、ゆっくりとこちらを振り返る。

やはりそうだった、と感じる。鬢《びん》はほつれ、やや頬にやつれが見えるものの、垢《あか》ぬけたその容貌には確かに見覚えがある。間違いはない。お芳《よし》の方だ。

「以前、砥石城《といしじょう》で幾度かお目にかかったことがございます」善定は続けざまに言って、次の言葉をやや躊躇《ためら》いがちに口にした。「常玖様《じょうきゅう》におかれましては、大変お気の毒なことでありました」

常玖とは、先代の故・宇喜多能家《よしいえ》のことである。

すると相手は、まじまじと善定の顔を見つめた。やがて、

「善定どの、おひさしゅうござります」

と、僅《わず》かに笑みを浮かべた。

が、その微笑も束の間だった。急にしゃがみ込むと、両手で顔を覆った。次第に嗚咽《おえつ》の声が洩れる。勾配に置いた桶の一つが傾き、倒れた。中の水をまき散らしながら、坂道を軽い音と共に転げ落ちていった。

2

医王寺の中門から少し坂を下った斜面に、小ぶりな草庵があった。

「主人は、こちらでございます」

ようやく気を取り直したお芳の方に案内《あない》されて、草庵の正面に回った。戸板がすべて開いており、屋内の板敷が見えた。

そこに、三十前と思《おぼ》しき男が一人いた。両肩を落として、ぼんやりと胡坐《あぐら》をかいている。呆《ほう》けたように眼下の海を眺めていた。月代《さかやき》も剃《そ》らず、野良着のようなよれよれの麻服を着ている。

善定が腰を低くして挨拶をすると、相手は予期せぬ人物の来訪に度を失ったようだ。

「いやはや――これはまた」

と上ずった声をあげ、かといって次の言葉も急には思い浮かばぬ様子で、しまいには泣き笑いのような表情を浮かべた。

善定もそれ以上の口上は述べず、黙って相手に微笑《ほほえ》みかけた。

うらぶれようは凄《すさ》まじいが、紛れもなく宇喜多家の当主、興家《おきいえ》だった。

気の毒なことだ、と善定は内心感じつつも、相変わらずのうらなり殿だ、と思わずため息をつきたくもなった。正直、居たたまれない気分だ。

そもそも武将としての性根が据わっていないから、このような咄嗟の応対も、いかにも生煮《なまに》えのものとなる。少なくともこれが先代の能家ならば、

「此度《こたび》はこのような次第になり、面目《めんぼく》もない」

というくらいの言葉は、会うなり返してくるだろう。そこまではっきり口にして、軽く頭でも下げておけば、せめて挨拶としてのけじめもつく。四散した一族の惣領《そうりよう》としての潔《いさぎよ》さだけでも、示すことは出来る。

結果、久しぶりに顔を合わせた善定も、ここまでの居心地の悪さを感じずに済む。

この男は、むしろ負けた時の態度によって、その武将の真価が問われる、ということすら自覚していないようだ。

これでは砥石城が夜襲されるや否や、一瞬にして落城してしまったのも無理はない。

宇喜多家は、備前では名族の一つである。

そしてこの興家は、ほんの三月《みつき》前までその宇喜多一族を率いる惣領であり、邑久郡南部の千町《せんちよう》平野を眼下に望む砥石城の城主であった。

宇喜多家の勢力はお膝元《ひざもと》の千町平野はむろんのこと、西の吉井川の水運を掌握し、その川沿いに栄えた山陽道でも有数の二つの都邑、西大寺《さいだいじ》の門前町から、善定の居住する商都・備前福岡までをも実質的な保護下に置いていた。

その祖は備前児島《こじま》郡の三宅《みやけ》氏から出たと言われており、「児《こ》」を旗紋《はたもん》とする。いつの頃からか邑久郡南部へと勢力基盤を移し、応仁の乱の頃には、早くもその富裕ぶりが古文書《こもんじよ》に現れている。文明元（一四六九）年の『西大寺文書』に、当時の当主・宇喜多五郎右衛門《ごろうえもん》が金岡《かなおか》東《ひがしの》荘《しよう》の一部を西大寺に寄進したという記録が残っている。

その時代ごとに、かつての備前守護代の松田《まつだ》氏、現在の播磨《はりま》と備前の守護である赤松《あかまつ》氏、あるいはその守護代の浦上《うらがみ》氏との緩い従属関係を保ちながら、自家の勢力を維持してきた。

十五世紀末にこの興家の父、能家の代になって、宇喜多家はさらに勃興する。

能家は合戦にも強く、巧みに周辺の土豪を被官に取り込み、善定の記憶によれば、たしか永正十七（一五二〇）年――つい十数年前の美作《みまさか》での合戦の頃には、二千ほどの軍勢を率いるまでになっていた。石高にして七、八万石ほどの動員能力である。

かといって宇喜多家にそこまでの所領があったわけではなく、備前に点在する大小の土豪が、いざ合戦の場合は能家に付き従うことを好み、結果として旗下の勢力が膨れ上がったに過ぎない。

が、この永正十七年前後から能家の持病が進行した。足腰の関節の痛みが次第に甚《はなは》だしくなり、最晩年には歩行さえ困難になった。現在でいうリューマチであろう。

それでも邑久郡の旗頭としてその後も七年間、合戦の最前線に立ち続けたのは、実子であるこの興家の資質が凡庸で、跡取りとしての器量をかなり危惧《きぐ》していたからだと、善定は推察している。目の前のうらぶれた興家の姿を見ながらも、昔の記憶がありありと蘇《よみがえ》る。

十五年ほど前から、能家と善定は浮世での関係がますます深くなった。

宇喜多家の急激な勃興に従い、善定は武具や甲冑《かっちゅう》などを砥石城に盛んに納入するようになり、また能家の口利きで宇喜多家に付き従う土豪にも武具を調達し、大いに利を上げた。

能家は能家で、吉井川の水運を含めた邑久郡の治安を掌握し、福岡や長船《おさふね》の町衆・職人が安んじて商売に精を出せるよう、その地場の発展に努めた。代わりに、彼ら商人、水運業者、馬借《ばしゃく》、車借《しゃしゃく》などの町衆に、いわば保護費としての矢銭《やせん》を課していた。

その町衆を取り仕切っていた代表が、この福岡きっての豪商・阿部善定である。

能家の課した矢銭の額は、商家一軒当たりに割り振ればとても穏当なもので、その額で福岡や長船の治安が維持され、住民たちが安んじて商売に精を出せるのなら安いものだ、と善定は感じていた。とはいえ、山陽道でも有数の商都から上がってくる矢銭は総額としてみれば、能家にとっては決して小さなものではない。その矢銭の収入がさらに宇喜多家の軍費調達能力を高め、ひいては軍事行動を活発に行う元手となった。

そういう意味で、善定と能家は持ちつ持たれつの相互補完の関係にあったと言える。

また、武将として有能な能家と、商人としての才覚がある善定は、その身分の違いを超えて、互いの器量を認め合う間柄でもあり、気分の上でもうまが合った。

時には商売上の関係を離れて、砥石城で互いに酒を酌《く》み交わすこともあった。

嫡男《ちゃくなん》の興家は、あまりその場には同席しない。

最初の頃は能家も興家を同席させていたのだが、この興家がいると、二人の会話がどうにも盛り上がらないことが多かった。

善定が思うに、会話の妙味《みょうみ》というのは、こちらの発したわずかな言葉で、相手がその背後にある意味を充分に察してくれるということにある。一を聞いて十を察する、ということだ。簡潔な言葉や喩《たと》えで、双方の意思を通じ合えるということにある。

そのためには両者とも、日頃から様々な事象に対して自分なりの理解力を深めていることが必要だが、興家にはそれが出来ていない。

だから、相手と同じ意識の高さに立って、その考えや見方を汲《く》み取ることが出来ない。

善定と能家が何気ない会話のやり取りで笑っている時も、一人わけの分からない顔をして座っている。その言葉の暗喩《あんゆ》する意味に、気づくことが出来ない。人間の素地として、暗黙の世界観を共有できる土壌が耕されていないのだ。

結果、興家に対していちいち言わずもがなの説明をすることになるが、その過程で会話の妙は削がれる。

そのようなこともあり、いつしか興家抜きで夕餉をともにするようになった。

そんな折、能家がため息交じりに洩らした言葉がある。

「あいつには、何も分かっておらぬ」

「……」

「我が嫡男、興家の取り柄は、あわれなほどに人が良いという、その一点のみだ。それだけの男だ。

たから、余計に始末が悪い」

その言い方に籠《こも》っている深い悲しみに、善定は同情の念を禁じえなかった。

この乱世にて生きる上での人知の深さは、その当人に、悪の要素が多少とも入っていることから生まれる。正確には、悪とは何かを充分に知りながらも善人である必要がある。

現に、善定も能家もそのような人間だ。何が悪かを充分に弁《わきま》えつつも、基本的にはなるだけ善人としての行いを心掛けている。

それが表も裏もないまるっきりの善人では――興家が単なる使用人だったらまだしも――この世相《せそう》が激しくうごめく動乱の世にあって、人の上に立っていくことなど到底できない。

特に、昔から権謀術数が渦巻くこの備前周辺の武士の世界ではなおさらだった。唯一の取り柄が人の良さという興家の資質は、決して褒められたものではない。

だから、持病に悩まされ続けながらも、能家は宇喜多家の惣領として踏ん張り続けた。

が、能家もとうとう寄る年波には勝てず、つい三年前に隠居して常玖と名乗り、家督をこの興家が継いだ。

当然、それまで能家の能力を信頼して付き従っていた周辺の土豪は、宇喜多家の先行きを不安視した。時を経るにつれ、被官との結束が弱くなった。宇喜多家中の規律も、次第に緩み始めた。

そういう宇喜多家の隙を、以前から窺《うかが》っていた者がいる。

同じ浦上家の被官で、宇喜多家の砥石城とは峰続きの高取山《たかとりやま》城に住む、島村豊後守盛実《しまむらぶんごのかみもりざね》という武将である。

今年の六月、その島村盛実は、警戒の緩んだ砥石城を突如襲い、たちまちのうちに落城させた。

その日の未明に、宇喜多家の郎党数人が福岡まで逃げ延びて来て、善定に事の次第を語った。

「常玖様は、城を枕に討ち死になされました」

これには、さすがに善定も衝撃を受けた。

あの備前の傑物とも言われたお方が、老体に鞭撃って力を奮った挙句に、そのような無残な死にかたをなされたのか――。

しかし事態を考えれば、うかうか感傷に浸っている暇はない。

「して、興家様とそのご家族は？」

「無事落ち延びられたご様子ですが、お行方は知れず」

善定は、それらの者に多少の路銀を渡し、この福岡のあたりから早急に離れるように言った。

「ともかくも、今は早くお逃げなされ。落ち武者狩りに遭わぬとも限りませぬ」

翌朝から早速、興家たちの行方を、使用人たちを町に放って調べさせた。耳目《じもく》の早い水運業や馬借、車借にも手分けして聞き込んだ。

が、その消息は一月《ひとつき》、二月《ふたつき》が経《た》っても杳《よう》として知れなかった。

それがまさか、こんなところまで落ち延びて来ていたとは……。

善定は草庵の板張りの上で、改めて興家と対峙《たいじ》した。

情けないことに、興家はその後の備前の情勢を何一つとして知らなかった。

「して、今の砥石城はどうなっておる」

「浮田《うきた》大和守《やまとのかみ》殿が、新たに城入りされておられます」

能家の異母弟・浮田国定《くにさだ》のことである。

興家は一瞬絶句した後、呻《うめ》くような声を上げた。

「――やつが。わしの叔父ではないか」さらに急《せ》き込むようにして尋ねてきた。「まさか、最初から島村と結託していたのではあるまいの。あるいは浦上家の指図か」

「さあ、それは……」

善定はいささか相手をもてあました。

いくら近隣に在住するとはいえ、善定は武士の世界の内情については門外漢である。確証がない限り、滅多なことは言えぬではないか。

さらにもう一つ分かった事実がある。このうらなり殿は落城の際に、家臣に後日のための連絡の取り方をまったく指示していなかったらしい。だから、その後の経緯を一切知らないのだ。

この興家の手配りの悪さには、改めて呆《あき》れる思いだった。

さらにしばらく備前の話をしながらも、室内をそれとなく見回す。がらんとした板間には、片隅に寝具代わりの藁《わら》があるほかは、見事に何もない。おそらくは当座の生活費のために、刀や装身具などもすべて売り払ってしまっている。

善定は、懐から包みを取り出した。

「なにかとご不便でありましょう。お納めくだされ」

そう言って、もしやの場合にと持ってきた砂金袋を差し出した。少なくとも故・能家との関係を考えれば、これくらいのことをする義理はある。

「おぉ、これは……かたじけない」

長らく人の厚意に接していなかったのか、興家は顔をくしゃくしゃにして喜びを隠そうともしない。

押し頂くようにして包みを受け取った。

内心、再びため息をつきたくなる。

この朴訥《ぼくとつ》さ、単純さが一家の衰運の元になったのだと思うと、まったくやり切れない。

そんなことを感じていた時、不意に背中に微熱のようなものを感じた。

振り返ると、軒先に歳の頃五、六歳くらいの幼童が、無言で突っ立っていた。にこりともせずにこちらを見つめている。

「これ、八郎《はちろう》――」

お芳の方の声が飛んだ。

「八郎、こちらに来なされ」

それで知れた。この童が、気の毒な宇喜多家の次代の跡取りであるらしい。宇喜多家は代々、嫡男に八郎という幼名を付ける。

が、この母親が二度、三度と声をかけても童《わらべ》は反応しなかった。

「こちらは阿部善定殿と申され、以前から我らとはご懇意のお方」お芳の方はやや苛立《いらだ》った様子でなおも言った。「はきと、挨拶をしなされ」

すると童は何を思ったか、逆に踵《きびす》を返し、すたすたと去り始めた。室内にいる三人の視界から消えた。

束の間、室内に気まずい雰囲気が流れた。お芳の方がその気まずさを取り繕うようにしてこぼした。

「あの子は、いったい何を考えているのやら……ここに来てからというもの、暇さえあれば鞆の町中をうろついているのです」

「用も無く、にてございましょうか」

「左様です」

まるで野良犬のようだ、と感じた。もっとも、この宇喜多一家そのものも、今となっては野良犬のようなものだが。

ふと思い出した。たしかこの夫婦には、昨年生まれたばかりの女子《おなご》もいたはずだ。

「ご息女は、どうなされたのです」

「まだ赤子にて、とうてい遠路を連れて行くことは無理でございました」お芳の方は明晰《めいせき》に答えた。

「私の姉が、下笠加村《しもがさか》の大楽院《たいらくいん》におりまする。そこに託して参りました」

大楽院は尼寺だ。砥石城からほど近い吉井川の近くにある。が、いくら島村豊後守が宇喜多家を滅ぼしたとはいえ、まさか尼寺にまで乗り込んで、しかも女の赤子は殺すまい。

そこまで見越した上で、尼寺に女子を託されたのか、と婉曲《えんきょく》に尋ねてみた。

すると、相手はあっさりと答えた。

「そうでござります。あの豊後守も、そこまで鬼ではありますまい。また、後生を恐れる心もございましょう」

なるほど、と別の意味で善定は感心した。このお芳の方は、夫の興家よりよほどしっかりとしている。

「して、その御子《おこ》はなんと申されるのです」

「『梢《こずえ》』という名でございます」

しばし考えて、善定は言った。

「分かり申した。差し出がましいようですが、それがしが福岡に帰った折には、そちらの尼寺のほうにも内々に手当てをさせていただきまする」

お芳の方は深々と頭を下げた。

「是非、よろしくお願いいたしまする。姉もたいそう喜びましょう。それと、もうひとつお願いの儀がございます。姉だけには私どもがこちらにいることも、密《ひそ》かにお伝え願えませぬか」

「むろん」

すると相手は、少しはにかんだような笑みを見せた。

「元郎党のうち、気の利いた者が、私どもの行方を捜して、もしや大楽院を訪れる時があるかもしれませぬので」

ふむ、ともう一度感じる。やはり旦那より、このお芳の方のほうがはるかに世事に優れている。

「ともかくも――」

善定は口を開いた。

「私ごとき卑しき商人《あきんど》が申し上げまするのも僭越《せんえつ》ながら、いずれはお家を再興されるときも来るかと存じまする。あまり気落ちなさらぬよう」

そう言い置き、ひとまずは草庵を辞した。

興家夫婦が外まで出て来て、見送ってくれた。お芳の方が気を利かせて言った。

「この桜並木を進めば、来られた参道のすぐ横に出まする」

「ご丁寧に、ありがとうございまする」

そう頭を下げ、庵の前で別れた。

青々とした桜の茂る小径《こみち》を医王寺の石垣沿いに歩いていくと、不意に並木が途切れた部分があった。そこに、先ほどの幼童がいた。道の端に腰を下ろし、一段低い段々畑の上に、足をぶらぶらと泳がせている。

善定はしばし迷ったが、結局は努めて陽気に声をかけた。

「やあ、八郎殿。ここに、おられたか」

八郎はちらりとこちらを見た。かすかにうなずくような仕草は見せたが、相変わらず口は開かない。

可愛げのない子供だとは感じつつも、その小さな背中がとても寂しそうにも思えた。この幼童の置かれた境遇を考えれば、無理もない。

仕方なく立ち止まり、小僧の脇にしゃがみ込んだ。実は善定には、多少の思惑があった。

二人とも、しばらく黙って眼下の鞆の津の風景を眺めていた。

幼童は、飽くこともなく入り江の景色を見つめている。

どうやらここが、お気に入りの場所らしい。

どこからか風に乗って、トンビの鳴く声が続けざまに響いてきた。それに呼応するように、隣の幼童の腹がかすかに鳴るのも聞こえた。

知り合いも、遊び相手もいない。おまけに一家は貧窮し、腹も空かせている。

善定はふと思い出し、懐から笹包みを取り出した。中には握り飯が二つ入っている。

海産物問屋には、物見遊山で寺社巡りをすると言って出てきた。問屋の内儀が気を利かせ、弁当として持たせてくれたものだ。

「食べなさるか」

そう言って、八郎に笹包みを差し出した。

この時ばかりは幼童もはっきりとうなずいた。よほど腹が減っていたのだろう、すぐに包みを開け、焼き握りを少しずつ頬張り始めた。

ふむ、と感じる。侍の子供は、商人や百姓のそれと違って、食べ物をがつがつと貪《むさぼ》り食うような食べ方はしない。少なくともそういう躾《しつけ》は、お芳の方がしっかりとやっているようだ。

善定は、さらに幼童の様子を仔細《しさい》に観察する。

八郎の頬に、うっすらと青あざがある。小袖も至る所が汚れている。臑《すね》や肘《ひじ》にも擦《す》り剝《む》いたような傷が見えた。小さな拳面《けんめん》――手の甲の先の指の関節――にも、血の出た痕跡がいくつかある。

屋内での傷ではない。おそらくは路上で出来た傷……鞆の津は漁師の子供が多い。そして彼らは、幼い頃から気が荒い。

善定は想像する。

よそ者の、しかも零落した武家の子供が一人で、町を不用意にうろついている。やがて地元の子供たちが群れを成して、この幼童に絡む。拳に付いた傷は、その際に出来たものだろう。抵抗して暴れたが、逆に引き倒されて、殴られた。

しかし、その目尻や頬に涙の跡はない。

感心なものだ、と善定は思った。

善定も町育ちだから、子供の頃に辻の悪童どもから絡まれ、虐《いじ》められたことが何度もあった。多くの場合は、べそべそと泣いて帰っていた。

けれど、この子は泣かないらしい。

侍の子はどんな時も泣いてはならない。この僅かな歳で、無意識ながらもそれが分かっているのかも知れない。もしそうだとしたら、おそろしく無口で不愛想な幼童ではあるが、おそらくその芯は強い。

不意に、八郎が口を開いた。

「わしも、父様《ととさま》と同じだ」

ぽつりとつぶやき、しばし躊躇うような素振りを見せた後、さらに続けた。

「行くところがない」

一瞬、その言っている意味が分からなかった。

が、直後にはその言葉が、先ほどの自分の呼びかけに対する返事だと察することが出来た。

しかし、それでも意味がよく摑《つか》めない。

つい今しがたも、この子は鞆の町に行っていたばかりではないのか。行くところがない、とは何を言いたいのだ。

しばし考えた。

やがて、その意味がおぼろげにではあるが、分かるような気もした。

あの家にいても、父母はこれからの身の振り方を心配するのに精一杯で、この子に構ってやる心の余裕がない。かつ、一部屋しかない家屋の狭く暗い雰囲気に、いたたまれないのかも知れない。

だから町に出る。辻から辻へと当てもなくぶらぶらとする。

けれど、そうして歩いていても、しばしば悪童たちに見つかるから、長居は出来ない。油断も出来ない。

結果、行き場所を無くしたこの子は、しばしばこうして家の近くの道端で居座っているしかない。

それで「父様と同じだ。行くところがない」などとつぶやいた。そういうことなのだろうか。

試みに聞いてみた。

「この場所は、好きでござるか」

八郎は黙っていた。善定はさらに聞いた。

「では、お嫌いか」

少年は小さく首をかしげた。どちらでもないらしい。

「何故《なにゆえ》、ここに座っておられる」

この問いかけには、すぐに口を開いた。

「ここからは、町がよく見える」

今までとは違った、やや強い口調だった。そこに、この少年の憧憬《しょうけい》のような熱を、ほのかに感じた。

「町中《まちなか》が、お好きなのか」

今度は、はっきりとうなずいた。

「わしは、生まれて初めて町というものを見た」

「なるほど」

「町は、大きい。いろんな人がいる。いろんなものがある。すべて、わしが見たこともないものだ」

少年は珍しく長い言葉を吐いた。そして最後に言った。

「侍など、つまらぬ」

この答えには驚いた。

「何故」

「侍の暮らしなど、小さなところに固まっているだけだ。同じ侍しかおらぬ。挙句には、死ぬ」

小さなところ、とは、この場合、以前に住んでいた砥石城のことであろう。

鞆の津という港町と、砥石城という山城《やまじろ》の、その人の集まりの規模の差もさることながら、さらにそこに住む雑多な生き方の違いを口にしている。さらにはなんとなくだが、侍稼業が危険極まりない渡世であることも、身に染みて感じている。

ふと、先ほどの「父様と同じだ。行くところがない」と言った言葉を、もう一度思い出す。

まだごくごく幼年ながらも、父の興家になぞらえて、自分の境遇もよく俯瞰《ふかん》できている。

この子は、馬鹿ではない――。

3

さて、どうしたものか、と海産物問屋まで戻って来て、善定は一人思案した。

少年のことである。

そしてあの八郎の像が、自分の中でいつのまにか幼童から少年に格上げされていたことに気づき、一人苦笑する。だが、わずか五、六歳でも、既にあれだけのはっきりとした嗜好《しこう》を示す者を、幼童扱いすることは出来ない。

善定の店《たな》の手代と問屋の主が揃《そろ》って姿を見せ、積み荷がまだ整わないことを謝ってきた。

手代の源六《げんろく》が、より詳しく説明した。

「いえ、あるにはあるのでございまするが、いかんせん昆布や干物の質が良くありませぬ」

その意味は分かった。ここの主も源六も、善定に成り代わってこちらの立場をよく考えてくれている。

善定は今回、福岡と隣接する備前長船《びぜんおさふね》から積み荷を載せて吉井川を下り、さらに瀬戸内を渡って、この鞆の津に入港した。

備前長船は、昔から鍛冶職人が数多く集まった集落で、この日ノ本でも随一の銘刀の産地である。槍刀《そうとう》が代表的な生産物だが、他に包丁や、風呂鍬《くわ》や金鍬の金属部も良質の品を作っている。

吉井川の上流、和気《わけ》郡から美作にかけての中国山地では、良質の砂鉄が採れる。その砂鉄から玉鋼《たまはがね》を作るためには、踏鞴《たたら》という製鉄過程が必要になるが、この強い火力を産む椚《くぬぎ》の木も数多く自生する。加えて、吉井川に接する福岡と長船では、地下から湧き出す井戸水が良質である。

これらの要素が重なり、特に槍刀の分野では銘品が数多く生み出された。今も昔も刀の代表格と言えば、『備前長船』や『福岡一文字《ふくおかいちもんじ》』だと言われる所以だ。

ともかくも、それら槍刀や日用刃物を満載してこの鞆の津までやって来た。

積み荷は、すべて良い出来のものを選んで運んできた。特に刀槍の類《たぐい》は、質の良いものを厳選した。仕入れ値は高くなるが、売る時にはさらに高値で売れる。

この時代は乱世にもかかわらず、全国の流通網は室町初期以降、たゆみない発達を続けていた。流通が発達すれば、他国品がどの土地にも存在するようになる。同じ品目同士で、質の比較が出来るようになる。自然、庶民の間にも目利きの者が出て来る。多少の値は張っても、良いものであれば喜んで飛びつく。

同じように、ここで良質の海産物を仕入れて帰れば高値で売れ、その利潤が大きくなる。行って帰っての一航海で、儲《もう》けは二倍になる。

だから、この海産物の仕入れにも、良質のものにこだわっている。

「そうか――」

善定は手代の源六に聞いた。

「して、それらのものはいつ手に入る」

「明後日からは大潮でございます。それまでには間に合わせまする」

善定はその答えに満足した。さすがに源六はよく分かっている。

大潮とは、潮の干満差の最も大きい時期のことを言う。新月と満月前後の月に二回、それぞれ四日ほど訪れる。同じ満潮時に出港しても、小潮や中潮の時よりも、船足が格段に速くなる。遅れた分の日数も稼げるし、航海に海難事故はつきものだから、航海日数は少ないに越したことはない。

「分かった」

話はそれで終わった。

善定は再び一人になり、海産物問屋の二階にある畳敷きの部屋で、肘を枕にごろりと横になった。

窓の外には鞆の空が青々と輝いている。瀬戸内は、いつも天気がいい。

さて、どうしたものかと、再び先ほどの思案に戻る。

宇喜多家が壊滅してからまだ三月も経たないが、早くも周辺の治安は目立って悪化し始めている。

善定の住む福岡にも、しばしば浦上家の被官と称する土豪や、野伏《のぶせり》、印地《いんじ》（やくざ者）の類が横行し、まれには夜半に商家に押し込みを働く輩《やから》も、ぽつぽつと出始めた。

むろん、町衆たちも富裕な者はそれぞれに自衛の策は施している。吉井川と山陽道の交差する備前福岡は、中国地方の交通の要衝でもある。西へ東へ、扶持《ふち》離れした牢人たちが盛んに行き交う。その中からいかにも腕の立ちそうな者に、商人たちは用心棒として衣食住を提供し始めている。

現に、善定の備前屋でも四人の用心棒を居候させ、夜は帳場に寝泊まりさせている。

「……」

善定は軽いため息をついた。

しかし、それも根本の解決策にはならない。

原因は、宇喜多氏を攻め滅ぼし、その領地の過半を奪った島村氏と、その主筋の浦上氏が、そもそも水運業者や商家からの矢銭収入という感覚に乏しいことだ。だから、町や交通の治安を積極的に維持しようとはしない。

かと言って、商売や流通を理解しない者に、こちらから話を持ち掛けようとも思わない。下手に持ち掛ければ、ここぞとばかりに莫大な矢銭を要求されるのがおちだろう。これでは町衆たちも商売で儲けを生むことは出来ない。そもそも矢銭を毟《むし》り取るだけ取られて、町には何の手当てもしないということも、濃厚に考えられる。

つい先日の町衆の寄り合いでも、やはり当面は商家の各々で自衛するしか方法がないと、衆議は一致した。むろん、町衆の長《おさ》である善定も、その決定には異存はなかった。

念のため、その決定を町衆代表として、今は隠居している町の長老たちにも伝えた。

「そうするしかなかろう」

というのが、おおよその意見だった。

が、その中の一人で、よく書物を読むことで知られている老人は、こうも言った。

「そもそも常玖様のおられた時代だけが、特別だったのじゃ」

「はい？」

「おぬしはまだ若い。じゃから、宇喜多様の治世しか知らぬのだろうが、この上道郡や邑久郡はその昔、ずっとそのような状態だった」

どういう意味でしょうか、と善定は重ねて聞いた。

するとその故老はこう答えた。

そもそも備前――特にこの福岡周辺は、百年近く前から近隣の大名・土豪たちの草刈り場で、一つの勢力が安定して治安を維持することが、殆《ほとん》どなかったのだという。

「話せば長い話だが、聞くか」

「はい」

「きっかけは、嘉吉元《かきつ》（一四四一）年からじゃ」

元来、この備前を含めた播磨・美作の三国の太守《たいしゅ》は、赤松氏であった。

嘉吉元年、その赤松家の当主が、足利家六代将軍の足利義教《あしかがよしのり》を謀殺《ぼうさつ》するという、前代未聞の事件を起こした。

世に言う『嘉吉の乱』である。

結果、赤松氏は将軍家や近隣大名の山名《やまな》氏らに征伐され、一時は滅んだ。

その三国の守護に取って代わったのが、山名氏だ。

が、四散していた赤松氏は、家臣の浦上氏の尽力もあり、京で応仁の乱が起こった頃に、山名氏からこの備前を始めとした三国を取り戻した。

　この折、浦上氏は正式に赤松氏の守護代となった。浦上氏が備前・美作・播磨に一躍勢力を張り始めたのは、この時点からである。

「そこからじゃよ、このあたりが大いに乱れ始めたのは」

「ですが、何故です」

「山名氏が西備前の松田氏と組んで、この福岡周辺の失地回復に躍起になったからじゃ」

　赤松・浦上の軍と、山名・松田の軍は互いに近隣の土豪も巻き込み、幾度も激烈な合戦を起こした。その土豪の中には、以前の宇喜多氏もいた。

「吉井川の中洲《なかす》に、小さな館跡があろう。あれはその昔、福岡城と言い、赤松氏の守護所があった」

　つまり備前福岡は、赤松氏の備前支配の拠点であった。自然、この福岡と福岡城は、両軍の争奪戦の中心地になった。

　文明十五（一四八三）年には、山名氏の意を受けた松田氏が、浦上氏の籠る福岡城を五十日にわたって包囲し、ついに陥落させている。『福岡合戦』と言われるものだ。

「が、その後、山名氏は衰退し、松田氏も西備前に後退した」

「……」

「今度は、この東備前を取り戻した守護の赤松と、守護代の浦上との間で、勢力争いが起こった。下《げ》剋上《こくじょう》じゃな」

　その頃の宇喜多氏は、まだ数百人単位の配下を動かすほどの勢力でしかなかったが、厳密に言えば、小さいながらもどこの大名にも属さぬ自立勢力であり、時に赤松に付き、時に浦上に付くなどしていた。この点、その他の土豪――例えば同じ邑久郡の島村氏や、上道郡の中山《なかやま》氏や穝所《さいしょ》氏も変わらない。

「結局、この下剋上の争いでは、幾たびの戦いを経たあと、最後には浦上氏が勝ち、優位に立った。とはいえ、浦上家はそもそも赤松氏の家臣じゃ。主君の一族を滅ぼすような真似はしておらぬ」

その浦上氏の備前での勢力は、この長年の騒乱の中で次第に力をつけてきた土豪劣紳《どごうれっしん》の浮力の上で、初めて成り立っていた。緩い統治支配だったと言える。

それ以降は、備前の豪族同士の勢力争いとなった。誰もが少しでも他家より優位に立とうとして、幾多もの小競り合いの後、邑久郡では宇喜多家がようやく土豪の中の大なる者になった。今より三十数年前の、明応の頃（十五世紀末）のことだ。

「これが、常玖様の代になられてからのことだ。つまり、この福岡の治安が安定したのは、常玖様の治世の良さもさることながら、宇喜多氏というこの地域を統一する者が現れたことが大きい。じゃから、宇喜多家がこうして滅びた以上、この福岡も、また昔のように近隣土豪たちの草刈り場に戻ったというだけよ」

そう、故老は締めくくった。

そこまでを説明されれば、何故この備前、特に邑久郡では、かくも飽くことなく騒乱が相次いで来たのかを推測するのは、もう簡単だった。

そもそも邑久郡には平闊《へいかつ》な野が多く、気候も温暖で植物の物成りも良い。刀剣を始めとした手工業も発達している。豊穣な土地だ。

しかし、何よりも大きいのは、川向こうの邑久郡が荏胡麻《えごま》の一大生産地であることだった。

この当時、荏胡麻油の需要は有史以来、その絶頂期を迎えようとしていた。京や堺《さかい》の大都市圏では、公家や在京武家、有徳人らが燈明の油として争うようにして求めていた。荏胡麻油は、権門勢家の象徴でもあった。

しかし荏胡麻は、気候風土の違いか畿内では育たず、備前から西の中国地方でしか栽培できない。

そして邑久郡は、この当時、荏胡麻油を最も多く産出していた地域だった。

その豊かな土地を奪い合って、大小の土豪が鬩《せめ》ぎ合う。さらにそれら勢力の上に浦上や赤松、山名が乗っかって、飽くこともなく版図《はんと》争いを繰り広げていた。

そして今は、またその状態に戻りつつある。

「……」

善定は畳の上に寝転がったまま、ため息をつく。

先ほど、興家の前でこそ言わなかったが、それなりの噂は町にも流れて来る。集積して来る……。

砥石城とは峰続きである高取山城主の島村豊後守盛実が、宇喜多家を襲ったのは、備前の守護代・浦上氏の先君の遺命であったという噂だ。

今から三年前の享禄四（一五三一）年、はるか摂津《せっつ》で、畿内の支配権をめぐる細川京兆家《ほそかわけいちょうけ》の内紛に絡んだ戦いが起こった。

細川京兆家とは、室町幕府の管領職を代々務める名門源氏・細川家の嫡流である。細川管領家とも言う。

その十五代当主・細川高国《たかくに》は浦上氏の先君・浦上村宗《むらむね》と連合軍を組み、十七代当主の細川晴元《はるもと》と三《み》好元長《よしもとなが》の連合軍と、摂津中嶋《なかじま》で対峙した。

戦いは一進一退が続き、大物《だいもつ》という地で戦線が膠着《こうちゃく》していたところに、浦上氏の援軍として、村宗の主君である赤松晴政の兵が到着する。

が、現当主の赤松晴政は、浦上村宗に密かに恨みを抱き続けていた。

今から十三年前の大永元（一五二一）年に、まだ九歳だった赤松晴政は、浦上村宗に守護であった父を殺されていた。この謀殺をきっかけに、主君と臣下の勢力がはっきりと逆転した。

先日の故老が言っていた、

「この下剋上の争いでは、幾たびの戦いを経たあと、最後には浦上氏が勝ち、優位に立った」

とは、このことを指す。

赤松晴政はその仇《かたき》を討とうと、突如敵方へと寝返り、細川高国と浦上村宗の連合軍に背後から襲いかかったのだ。

結果、浦上村宗は前後から敵の挟み撃ちに遭い、討ち死にした。細川高国も自害した。

この時、浦上氏に従軍していた島村盛実の父も、戦場で死んだ。

後に『大物崩れ』と言われるこの戦いの最後は、浦上軍の兵の末路も憐《あわ》れなものだった。西へ西へと逃げる落ち武者たちは、赤松軍の執拗な追撃戦に遭い、そのほとんどが播磨西部や備前に辿《たど》りつく前に討ち取られてしまった。

一説には、この時の赤松晴政が率いていた備前兵の中に、宇喜多能家の一軍がいたという。

そこで浦上家は、その遺恨を――まさか二代続けて主君の赤松を殺すわけにもいかず――宇喜多能家に振り向けたらしい。その点、島村盛実も同様だ。

島村盛実は、当時はまだ幼かった村宗の遺児たちが長じるのを待ち、半壊同然だった島村家を立て直した後、先君・村宗の遺命を奉じて宇喜多家を滅ぼした。

が、真相のほどはよく分からない。

そもそも突然の奇襲の中で、浦上村宗がそんな事細かな遺命を残す余裕があったのかと善定は感じるし、その遺命を聞いていたわずかな者も、浦上軍がほとんど全滅した中で、運よく備前まで逃げ帰って来られたのかというところにも疑問が残る。

あるいは村宗の遺命などなく、単に島村盛実が、宇喜多家が治める豊穣な土地を欲しくなり、まだ若い浦上家の当主を唆《そそのか》して、そんな大義名分をでっち上げたのかも知れない。

どちらにしても、武士の世界の内情に詳しくない善定には、このような薄靄《うすもや》の憶測しかできない。

ただひとつ、善定を始めとした福岡の町衆が明確に願っているのは、周辺の治安を以前のように安定させ、山陽道を行き交う商人たちが安んじて福岡を利用できるような状況に戻したい、ということだけだ。

むろん善定たち町衆も、出来る限りの自衛策は打っている。商家それぞれだけではなく、町衆全体で牢人を雇い入れ、それを辻の用心棒として市中にばら撒いている。

が、福岡から発する街道の治安までを含めれば、根本解決にはならない。そして周辺の街道筋の治安が良くならないことには、その街道を行き交う人が動脈となって、心臓部に当たる備前福岡に、盛んに物資や金をもたらしてくれない。

そして、街道を含めての安定的な治安の維持ということになると、どうしても近隣の有力土豪との協調態勢が必要になる。

そこで宇喜多家の、あの八郎という少年のことだ。

善定は思う。

親の興家は、駄目だ。愚人とは言わぬまでも、人の上に立つには、あまりにも凡庸すぎる。ましてやいったん滅亡した宇喜多家を再興することなど、夢のまた夢だろう。

だが、あの八郎という少年には、まだほんの幼少ながらもその気質に何物かが感じられる。心の奥底に、まだ育ってはいないが、何か固い芯の萌芽《ほうが》があるような気がする。

少なくともあの寡黙さは尋常ではない。しかし、馬鹿でもない。

見たところ、いかにも子供らしい可愛《かわい》げは皆無だが、馬鹿ではない限りは、むしろそれでいい。可愛げのある子供は、富裕の家に生まれた場合、時に幼少期を甘やかされ、世間を軽く見て育つ場合が多い。物事の本質や表裏を見極められるような、きつい性質に育たない。人間の恐ろしさを知らないので、約束事も甘く考えがちになる。世に事を成すのに必要なのは、その時々の人の良さではなく、永続して培《つちか》った信用だということも身に染みて分かっていない。

現に、先ほど会った興家がそうだ。

あのような人間には――もし平穏な一生を送れたなら、周囲に愛され、個人としての幸せは訪れても――将来、その生まれ落ちた世界で大なる物事を成すことは出来ない。また、万が一の事態《じゅったい》が出来した時には、取り返しのつかない失態を演じる。

こういう人の見立てには、善定は密かに自信がある。

商人は物品の目利きと同様に、人間を見る目にも研鑽《けんさん》を積まなくては、いとも簡単に商売相手に騙《だま》されてしまう。使用人を雇う時も同じだ。目端の利きそうな者を使わなければ、店のこまごまとした業務が先々でうまく回っていかない。

例えば、福岡から連れてきた手代の源六が、そのいい例だ。

十歳の頃に丁稚《でっち》として雇わないかという話を持ち込まれ、当時、目の動きのいかにも聡《さと》そうなこの少年を見込んで雇い入れた。貧民の子供として苦労して育っていた。そこも気に入った。この五、六年ほどで順調に仕事を覚え、まだ二十歳にもならぬのに、今では善定の右腕として充分に使えるようになっている。

ちなみに先々の話の底を割るようだが、この源六は後に魚屋九郎右衛門《うおやくろうえもん》と名乗り、この時より三十数年後、新たに縄張りされた岡山城下で呉服商を営み、大きな成功を収める。

そして、この魚屋九郎右衛門に見込まれて養子となった男に、小西弥九郎《こにしやくろう》という若者がいる。弥九郎は岡山城に商売で出入りするうちに、新城主にその非凡な資質と能力を見出され、武士に取り立てられる。

その城主こそが、長じて四十代前半になった八郎——後の宇喜多直家《なおいえ》である。

後日、弥九郎の才華にますます惚《ほ》れ込んだ直家は、この弥九郎に思い切った大役を与える。当時、織田軍の先発隊として播磨まで進軍していた羽柴秀吉《はしばひでよし》との折衝役に当たらせたのだ。

弥九郎は岡山と姫路《ひめじ》の間を何度も行き交ううちに、今度はその秀吉に才幹を気に入られ、秀吉が直家に身請けを請い、了承されて、後の豊臣家の重臣となる。

この弥九郎が、天正の後期に秀吉から肥後《ひご》半国二十四万石を与えられて、一躍宇土《うと》城主となった小西・アウグスティヌス・行長《ゆきなが》である。

まるで嘘のように出来過ぎた立身物語だが、事実である。

この一事をもってしても、いかにこの時代の人間が、人を見る目に鋭敏かつ真剣であったかが分かる。

ともかくも、この日の善定は、八郎のことを躍起になって考え続けた。

善定はさらに夢想する。

恐ろしく気の長い話だし、先々のことは見当もつかないが、もしあの八郎という少年になんらかの見込みがあるようなら、邑久郡には宇喜多家の離散を惜しみ、密かに慕っている中小の土豪が多数いる。さらには、能家の治世を懐かしんでいる福岡の商人や、福岡と並び称される門前町である西大寺の町衆もいる。その背景を考えれば、やがて八郎が宇喜多家を再興することも、まったくありえない話ではない。

もし仮に宇喜多親子を我が家に引き取って、あの八郎が町中で成長すれば、人や物資の集まる商都というものが、周辺の土豪にいかに富をもたらすものかを、その目にしながら育つことだろう。

やがて八郎が長じて立派な武士となり、今は廃城同然になっている福岡城にでも浦上家の城代として入ってくれれば、そこは商業の大切さを骨身に染みて育った武将だ。土地の繁栄のために周辺の治安に睨《にら》みを利かせてくれるはずだ。その時、福岡の治安は劇的に改善されるだろう。

しかし、仮にそうなったとしても、あの子が元服して再び浦上家に被官として従属し、それなりの軍功をあげて城代になるには、どんなに早くても十五年や二十年はかかる。やはり気が遠くなるほど先の話だ。しかも、あの子供の運が良ければ、という場合に限られる。

それでも、あの一家を八郎の元服まで扶育《ふいく》するという夢想は、善定の脳裏に執拗にへばりついて離れない。

むろん、その気持ちの中には、能家への感傷という部分も多少はある。しかし、それだけでもない。それであれば、先ほど興家に砂金袋を渡した時に、その感傷への義理は果たしている。

この点、善定は単なる虚心ではない。

しかし一方では、自分の利害だけを思って、八郎のことを考えているわけではない。町衆の長として商都福岡の先々の安寧を危惧するからこそ、ここまで真剣に考えている。

商人の第一義は、つまるところ日々の利益を追求して生きることにある。

しかし、単にそれだけではつまらぬ生き方ではないか、とたまに感じる。銭に支配され、一生その銭に追い使われているようなものではないか。

だからこそ、自分を育んでくれた土地の先々のためになるようなことを、損得抜きにやってみたいという気持ちが、時に湧きあがる。

その上で、今の八郎という存在は、将来の物成りを見通した上での、いわば先物買いのようなものだった。

今の阿部家の財力からして、あの親子三人の面倒を見ることはわけもない。単に養うだけなら、たいした手間もかからない。

たとえそうなる可能性が百に一つほどでしかないにしても、行く末の、福岡のますますの繁栄を夢想する気持ちを少しでも買えるのなら、安いものではないか。

また、もしそうならなかったとしても、それはそれで人助けをしたと思えばいい。

……。

が、そう決める前に、あの八郎という少年の子柄《こがら》を、もう一度じっくりと見てみたい。試してみたい。決断するのは、それからでもいい。

4

翌朝、善定は再び医王寺へと向かった。町を抜け、西の外れに来たところで坂道を上り、昨日の楼門の手前まで来た。

その脇から延びる桜の小径を、眼下に鞆の入り江を眺めながら進んだ。

桜並木の途中に、また少年は座っていた。

太陽はまだ東の空に昇ったばかりだというのに、昨日と同じ場所に座り、陽光と海からの二重の照り返しを、まともに顔に受けていた。不意に、少年の昨日の言葉が思い出された。

「わしも父様と同じだ。行くところがない」

今、朝からその境遇を目の当たりにしている。

善定の土を踏む気配に気づいたのか、少年がこちらを振り返った。

やあ、と善定は努めて陽気に声をかけた。

「今朝も、ここにござったか」

八郎は一度うつむき、そしてまた善定を見て、口を開いた。

「父様と母様《かかさま》なら、あちらでござる」

と、小径の先にある草庵を指さした。

いやいや、と手を軽く振りながら、善定は昨日のように八郎の隣に腰を下ろした。

「今日はの、八郎殿に御用があって参った」

少年の瞳が、一瞬大きくなったような気がした。

「わしに？」

意外さに、やや声が裏返っていた。

「そうでござる」

善定は懐から懐紙に包まれた饅頭《まんじゅう》を取り出した。子供と親しくなるには、まずは美味《うま》いものを与えることだ。

「甘い餡《あん》が入ってござる。食べなさるか」

束の間躊躇ったが、やはり少年はうなずいた。

善定はそれを見て、竹筒を取り出した。

「お茶でござる」

少年はもう一度うなずく。

善定がその二つを差し出すと、少年はいかにも大切そうに饅頭の懐紙を剝き、まず一度お茶を飲んだ後、饅頭を一口齧《かじ》った。続けざまに二口、三口と食べ始める。

なるほど、と善定は思った。

饅頭そのものは知っていた。おそらくは砥石城にいた頃に食べたことがあるのだろう。しかし、とても美味そうに食べるその様子から、ここしばらくは味わったことがなかったものと思える。

饅頭は、催しごとが付きものの寺にはよくある食べ物だ。その饅頭を、ここまで大事そうに食べる。そこに、この医王寺における宇喜多家と少年の境遇が改めて垣間《かいま》見える。

少年が饅頭を食べ終わったところで、善定は口を開いた。

「今日は、町には行かれぬのか」

少年はすぐに返事をしなかった。けれど、迷っている様子だった。

行きたいが、町の悪童に遭うのは嫌だ。

おそらくはそんなところだろう――。

「わしは今日、輌の寺巡りをしようかと思っている」善定は言った。「よければ、付き合ってはくれぬか」

これには少年も、はっきりとうなずいた。さらに二度、三度と力強くうなずいた。

「そうとなれば、話は早い」善定は立ち上がった。「八郎殿はここで待っておられよ。父上と母上には、わしが事情を説明してくる」

「はい」

この返事だけは、はっきりと口にした。

さっそく草庵まで行き、興家とお芳の方に今日一日は八郎を借りる旨を伝えた。

「八郎殿に、たまには気晴らしをさせようかと存じまする。わしの寺巡りに連れて行き申しても、かまわぬでしょうか」

むろんこの夫婦には異存はないようだった。あっさりと承知した。

「それはありがたきこと」興家は笑った。「あの子のぶらつき癖には、わしも手を焼いておる」

善定も曖昧《あいまい》な笑みを浮かべて相槌《あいづち》を打ったが、内心では、この興家のあまりの鈍さと上っ面だけの人の良さには、かなりむっときた。

年端もいかぬ子供が、遊び友達もいない町で暮らしている。それでも家に寄り付かぬのは、子供心ながらにも、その二親《ふたおや》の醸す、いかにも陰鬱《いんうつ》な気配に居たたまれぬからだ。その痛みが分からぬのか、と怒鳴りつけてやりたい。

が、言わずに草庵を出た。

と、草庵を去ろうとした時に、お芳の方が急ぎ足で追いかけてきた。

「相済みませぬ」彼女はそう言って、いかにもすまなそうに頭を下げた。「すべて、私どもが至らぬせいでござります」

「いやいや。それがしも話し相手が出来て、ちょうど良いのでございますよ」

ともかくも、桜並木の小径を八郎の元に引き返した。

八郎は同じ場所にいた。しかし今度は立って待っていた。竹筒を返された。

「これ、ありがとうございまする」

善定はうなずき、竹筒を懐に仕舞った。その重さからして、まだ多少は中身が残っている。

「さあ、行きまするぞ」

二人で、鞆の町に向かって坂を下り始めた。


日が中天に達するまでは、言った通りに神社仏閣巡りをした。鞆の津の入り江の向こう側にある福《ふく》禅寺《ぜんじ》では、その境内の端から海の上に浮かぶ大小の島々を見た。沼名前《ぬなくま》神社では、その本殿まで続く長い階段を上りながら、この神社の由来を少年に語ったりもした。

しかし、八郎はおとなしく聞いてはいるものの、そういった伽藍の類にはあまり興味がなさそうだった。

代わりに、町中を通り過ぎるときは、しきりに周囲を見回していた。かと言って、町の悪童たちを恐れてのことではなさそうだった。

時には商家から荷車や馬借が出入りする様子をじっと見つめ、港の前を通りかかった折は不意に立ち止まり、船や人々の動きをやたらと熱心に見回していた。

「船が、お好きなのか」

つい善定は聞いた。

「特に、好きではありませぬ」

「では、何故そのように熱心に見られる」

何か言いかけて、少年は口をつぐんだ。何か言いたいことを懸命にまとめようとしている気配が、小さな全身から感じられた。

その横顔が、少年ながらとても知的に見えた。そもそも宇喜多家は、美男美女が多い家系だ。興家もあのような情けない人柄でありながら、顔の造作だけは悪くない。目鼻立ちも整っている。内儀も、今でこそ多少やつれてはいるものの、それでも相当な佳人である。

この子も長じれば、整った容貌の持ち主になるであろう。

この時代、人は形而上《けいじじょう》的な学識――物事の考え方や捉《とら》え方も、人の重要な価値基準であるという認識を持つ者がほとんどいなかったので、大半の者はその見た目のみで相手を判断する。

切った張ったが日常の武士《もののふ》の世界では、特にその傾向が甚だしい。

善定が思うに、命を懸け物にした修羅道の渡世なので、その外面的な押し出しや雰囲気を、とても重視するのだろう。魁偉《かいい》な体つきであるとか、あるいは容貌がいかにも聡そうに秀麗でなければ、同じ侍仲間から軽んじられる場合が多い。

その点、この少年は後々武士になったとしても大丈夫だろう、と想像する。

そんなことを考えていた矢先、ようやく八郎が口を開いた。

「あの上から——」と、入り江の向こうの医王寺の下あたりを示し、「いつもここを見ておりました」

「ふむ？」

「今、船はすべて泊まっておりまする。じっと動かぬ。けれど船は、ある時にせわしく動き、一斉にここから出ていく。それが奇妙でなりませぬ」

ほう……やはりこの子は聡い。その違いに気づいている時点で、港や船を漫然と見ている子供とは、既に頭の素質に格段の差がある。

そして、それは奇《く》しくも善定が、これから八郎に対して試そうとしていることでもあった。試みに聞いてみた。

「満潮と干潮、満ち潮と引き潮、という言葉は知っておられるか」

「町中で、よく耳にしました」八郎は答えた。「なんだろうと思い、父様と母様に聞きました」

「その意味も、ご存じか」

八郎はうなずいた。

「満ち潮は、海の水が増えていくことでござる。上げ潮とも、申すそうです。一番増えた時が、満潮でござる。引き潮は、海の水が減っていくことでございます。一番減った時が、干潮でござる。月の満ち欠けでそうなると、申しておりました」

善定はその答えに満足した。

「船が今、じっと動かぬわけは、あとで教えて進ぜましょう。ですが他の浦では、船はもっと長く動かぬものです」

気づくと、既に日は天中に達していた。

「どれ、散々に歩いて、腹も多少空き申した。たまには昼餉《ひるげ》を食しまするかの」

この頃、食はだいたいにおいて朝と夕の二回のみであったが、善定には多少の思惑《おもわく》があった。

八郎はうなずいた。二人は、善定が投宿している海産物問屋に足を向けた。

少し海辺を歩き、狭い町中の路地に入った時だった。横を歩いていた八郎の足が、急に止まった。

路地の交差する辻に、五人の少年が群れている。みな、年の頃は十歳前後だろう。いわくありげにこちらの方を見て、にやにやと笑み崩れている。

こいつらか、と善定はほぼ確信を持った。いかにもふやけ切った顔つきの、町の悪童どもだ。

が、止まっていた八郎の足は、再びその場から歩き出す。少年たちに向かって進んでいく。相手の五人も動き出した。八郎を取り囲むつもりだ。

善定は咄嗟に懐の竹筒を取り出し、脇にあった土蔵の壁を打った。

かんっ。

軽いが、鋭い音が辺りに響いた。

一瞬、八郎を取り囲もうとした少年たちの動きが止まった。二人ほどが用心深そうに善定を見た。

それでも警告を無視して、八郎の周囲をさらにじわじわと取り囲んでいく。

かんっ――。

善定はもう一度、竹筒で壁を叩いた。

少年たちの中でもっとも大柄な一人が、今度はあからさまな敵意を含んだ目で善定を見てきた。ここまで注意しても、まだ八郎を袋叩きにするつもりなのだ。

善定はひとつ、ため息をついた。

それから八郎の元にすたすたと歩み寄り、竹筒を手渡した。

一瞬、もの問いたげに八郎が善定を見上げた。善定はそれにうなずいて見せ、いったんその場から離れ、土蔵の脇で懐手をして、八郎を含めた彼らを見守った。

八郎は顔を上げ、正面に立っていた件《くだん》の大柄な少年を見上げた。

「なんじゃ、その眼は――」

少年がそう口を開いた途端、八郎は伸びあがるようにして、相手の顔面を竹筒で打ち付けた。

「うっ」

思わぬ痛打に、その少年は蹲《うずくま》る。八郎は、その隣の少年の頬も竹筒で殴った。相手は尻餅をつき、すぐに泣き出した。蹲っていた少年が立ち上がろうとしたその頭頂部を、さらに八郎はしたたかに叩いた。二度、三度と竹筒を打ち下ろした。痛みに耐えかねたのか、こちらも泣き始めた。

「卑怯《ひきょう》じゃろっ。物を使うんは」

無事な少年のうちの一人が、後ずさりながら備後訛《なま》りで喚《わめ》いた。

「そうじゃ。卑怯じゃ」

残る二人がそれに和した。

善定は、軽く笑って口を開いた。

「まだ年端もゆかぬ子供を、寄ってたかって年上が殴る。それも、卑怯ではないのか」

少年たちは、黙り込んだ。

やがて少年たちはまだ泣いている仲間を助け起こし、路地に消えた。

八郎がこちらを向いて、近寄って来た。無言で竹筒を差し出す。善定はそれを懐に仕舞った。

「さあ、けりは付き申した。飯を食しましょうぞ」

八郎は暗い目でうなずいた。

しかし善定は、この少年の行為には満足していた。

八郎は商家の子ではない。

侍は、たとえそれが子供でも、やられたら必ずやり返さなければ、そして、そういう気概を子供の頃から持っていなくては、ゆくゆく一人前の武者として世に立っていけぬ。


海産物問屋に入ると、二代目の若旦那を呼んだ。

軽い昼餉を二人分取りたいことを伝え、そしてもう一つの頼みを口にした。

「飯の後に、あの座興をやってもらえぬであろうか」

「座興？」

若旦那は問い返した。

八郎が傍《かたわ》らにいる手前、その内容を具体的に言うのは憚《はばか》られた。

「この鞆を初めて訪れる客がある時に、たまに披露されるあれでござる」

ああ、とようやく相手は合点がいったようだ。八郎を改めて見て、それから善定に視線を戻す。

「このお子に、お見せするわけでございますな」

「うむ。頼めるだろうか」

すると若旦那は照れたように笑った。

「年端もいかぬお子を相手に、なにやら面映《おもは》ゆくも感じまするが、まずまず承知いたしました」

善定は頭を下げた。

「手間をかけまする」

二階に行き、下女がすぐに持ってきた膳を、少年と二人向き合って食べ始めた。いかにも浦の食事らしく、菜飯と干物と漬物、そしてあら汁だった。

「先ほどは、ようおやりなされた」

善定はあら汁を一口飲み、言った。しかし八郎は、何やら納得のいかない顔をしていた。やがて口を開いた。

「善定どのがおらなんだら、わしは、またいつものように負けていた」

つまりは大人の助けを借りたから、勝ったのだと言いたいらしい。

「それでも、よいのです」善定は力強く言った。「侍は、負けたら終わりでござる。卑怯と言われても、勝負に敗れる侍よりはるかによろしゅうござる。ましてや、やがて一族の首領になるお方なら、どんな手を使ってでも勝たねばなりませぬ」

言いながら、脳裏を興家の顔が過《よぎ》った。そう——負けて城も領地も失えば、一族郎党はすべて路頭に迷う。土地を持たぬ侍など、陸に上げられた魚と同じだ。すぐに息が出来なくなり、食い扶持に困る。男ならやがて野伏《のぶせり》か物乞い、女なら室津《むろつ》の遊女あたりに身をやつすことになる。一族のことも考えれば、個人の問題だけでは済まされなくなる。この点、商家も同じだ。武士のように命を失うことはまずないとはいえ、主が下手に見栄を張り、あるいは俠気《おとこぎ》を発して、信用に足らざる者と大きな取引をしてもし誤れば、あっという間に店は潰れる。商人も、生き残らねばならぬ。

そういう事柄を含めて言ったつもりだったが、意に反して八郎は左手に茶碗を持ったまま、うなだれた。

「父様にはもう、城も領地もありませぬ」八郎はつぶやくように言った。「今は、侍なのかも分かりませぬ。わしも、そうです」

その通りだった。これには思わず善定も、言葉をなくした。

おれは、昨日会ったばかりのこの子に、いったい何を託そうとしているのか。しかも恐ろしく性急に……。土地も持たぬ。金もない。一族も縁故も離散している。当然、明日の生活の糧《かて》すらない。いくら望んだとしても、そもそも何者かになることの出来る、その土台すらまったくないではないか……。


やがて食事がすんだ頃合いを見計らって、若旦那が二階に顔を出した。両手に、長さ二尺（約六十センチ）、幅一尺五寸（約四十五センチ）ほどの大きな漆塗りの木箱を持っている。

あれだ、と感じる。この若旦那が地元自慢の余興のために作った、ちょっとした仕掛けだ。

その後に、下男が重そうな壺《つぼ》を持って付いてきた。

海産物問屋の二代目は、その箱を畳の上に置き、聞いた。

「口上は、いつものようでよろしいですかな?」

善定はうなずいた。そして言った。

「ただし、何故そうなるのかは、説明してもらわなくても結構でござる」

二代目はうなずき、箱の蓋《ふた》を開けた。そして畳に蓋を置き、その上に本体の箱を重ねた。

「さあさあ、ここ鞆の津は、東の堺、西の赤間《あかま》（下関）と並び称される海の要衝でござりまする。これより、この私めのお国自慢をご披露いたしまする」

若旦那は軽妙な節を付けて話し始めた。

「ですが、何故そうなり申したか、果たしてお分かりかな。もしお分かりにならねば、どうぞご遠慮なく、この箱の前に寄ってござれ。是非是非、寄って見てござれ」

その言葉に促されるように、八郎と善定は箱の前まで進み、その中を覗《のぞ》き込んだ。

箱の内側が見える。底の平面は青色に塗られ、そこから隆起した部分には、茶と緑がまだらになって色が付けられている。

木箱の奥の縁に沿った隆起は、京から西の中国地方を模してある。青色の底との境目に、右から堺、室津、鞆の津、尾道《おのみち》、宮島《みやじま》、赤間と順に地名が書いてある。

箱の中央部にある隆起は、四国だ。讃岐《さぬき》、阿波《あわ》、土佐《とさ》、伊予《いよ》とそれぞれの国名が書かれている。四国の周囲を青色の底が取り巻いている。土佐の手前に、黒潮、と書かれ、伊予、讃岐と本州の間には、瀬戸内、と書かれている。

ようは、中国地方の南部と四国を海の上に模した箱庭だ。そして、その海の部分には、笹で作った小さな舟が、いたるところに散らばっている。

「今はまだ、海は干潮でござる」

若旦那は下男から渡された壺を両手に持った。

「これから、潮が満ちていきまする」

言いつつ、若旦那は壺を箱の上にゆっくりと傾け始めた。

壺口から流れ出る水が、黒潮と書かれた部分の上に、少しずつ注ぎ込まれていく。水はやがて、四国を囲んだ木縁の両側を伝わって、瀬戸内に流れ込み始める。

まず、阿波と伊予沖にいた笹舟が、進んできた水の上に浮かぶ。水が北へと広がっていくにつれ、ごく薄い水の上を滑るようにして進み始めた。

次に、堺と赤間の前にいた舟が浮かぶ。これは瀬戸内の中央部に向かって、左右からじりじりと進んでいく。室津と宮島にいた舟も、水に底を押し上げられ、さらに箱の真ん中に向かって進んだ。

その室津と宮島から進んだ舟が、ちょうど鞆の津の前あたりまで来たときに、壺の水はなくなった。

「満潮でござる」

若旦那は、宣言するように言った。

結果、阿波と伊予沖にいた舟は、それぞれ堺と赤間あたりまで進み、堺と赤間にいた舟も、室津と宮島の周辺まで進んでいた。

「では、今からこの潮が引き始めまする」

言いつつ、黒潮の字の下にあった木の栓を引き抜いた。水が、開いた穴の中に吸い込まれていき、下の蓋に溜まっていく。箱庭全体から海面が引き始める。青色の底に水がほとんどなくなった時点で、すべての笹舟は、それぞれが元にいた場所の近くまで戻っていた。

「再び、干潮になり申した」

若旦那がまた声を上げた。

横の八郎は、興味深そうに箱の中を覗き込んでいた。

まだほんの五、六歳だ。かなり難しいか、とは思いつつも、善定は尋ねてみた。

「八郎殿、もし八郎殿が船主なら、この阿波沖から――」と、四国の右側を指し示し、「瀬戸内を通って赤間まで航海をするとき、どうされる？」

そう言って西の端の赤間という文字を、指先で二度、軽く叩いた。

しばらくの間、八郎はなにやらしきりと考えている様子だった。

無言の時がじりじりと過ぎていく。

やはり、無理か……。

そう諦めかけた直後に、ようやく八郎は口を開いた。

「潮が満ち始めたら、船を出します。上げ潮に乗って、行ける所まで行きます。満潮になったら、どこかの港に入ります。休みます」

自分で言いながら、必死に考えをまとめているようだ。

「干潮まで待ち、また海が満ちて来たら、船を出します。そうやっていつも満ち潮に乗り、まずはこの鞆の津まで、辿り着きまする」

「ふむ――」

「この鞆の津からは、満潮から潮が引き始めるのを待って、船を出します。今度は、その引き潮に乗って、干潮が来たら休み、満潮になったらまた船を出し、西へ西へと進み、赤間へと行きまする」

よしっ――。

ほう、と若旦那も驚いた顔をした。

念のため、善定はさらに聞いた。

「では逆に、赤間からこの堺まで行くときは？」

「同じの、反対でございます」八郎は答えた。「赤間から鞆の津までは、満ち潮に乗って休み休み、行きます。鞆の津から堺までは、引き潮に乗って休み休み、参ります」

よしっ。よし、よし——。

この子は今、よたよたと説明しながらも、その航海の理屈は完全に分かっている。

「では、さらにお尋ねする」やや興奮しながら善定は言った。「この鞆の津が、瀬戸内では一番の船の要衝となっている。それは、何故か。つまり、休む中継地としては、室津や宮島や尾道でもよろしいはず。しかし、出来うる限り船乗りたちは時を稼いで、一気にこの鞆の津まで来ようとする。この浦に集まってくる。それは、どうしてか」

これは、さらに難しいはずだ。しかし善定は手がかりとして、こうも補足した。

「先ほどの港での話も、絡み申す」

また八郎は無言になって、考え始めた。今度も長く無言の時が流れた。

やがて八郎は再び口を開いた。若旦那に対してだ。

「すみませぬが、もう一度底に水を入れ、さらに抜いてはもらえませぬか」

「それはもちろん」

相手はうなずき、箱の下の蓋に溜まった水を壺に戻し、改めて箱庭の中に注ぎ始めた。笹舟が動き始める。どの舟も、瀬戸内の真ん中に向かって進み始める。壺の水がなくなった時、鞆の津を中心にした瀬戸内に、舟が散らばっていた。

若旦那が水を抜く。再び笹舟が元の出港地に戻り始める。底から水がなくなり、舟は左右に離れていき、大きくばらけて止まった。

「今一度、お願いできまするか」

八郎は言った。若旦那が同じ一連の作業を繰り返す。

笹舟がまた、鞆の津を中心に寄っていき、栓を抜くと左右に離れていく。

八郎はしばらく箱を覗き込んでいたが、顔を上げた。

「他の浦では、満ち潮と引き潮の時では、それぞれ逆の向きにしか進めませぬ。その潮の流れが元に戻るまで、待たなければなりませぬ」

お。これは、と善定は思う。

まだ懸命に考えている様子で、八郎は言葉を続ける。

「ですがこの浦では、満潮までに港に入れば、直後の引き潮から、左右のどちらにも行くことができる。元の潮の流れになるのを待たずともよい。便利でございます。だから、この浦を目指すのです。たくさんの船が集まる」

おぉ、と若旦那がとうとう笑い出した。

「聡いお子じゃ」

善定もまた、激しく同感だった。

まだごく幼少にもかかわらず、頭の血の巡りが尋常ではないくらいに良い。

これなら、もし侍になれなくとも、商人としても充分にやっていける素地がある。あの源六のように、長じれば自分の右腕としても使えるだろう。

そう感じた直後、善定の腹は決まった。

八郎殿、と改めて居住まいを正しながら、善定は口を開いた。

「八郎どのは昨日、『侍など、つまらぬ』と言われた。では、わしのような商人《あきんど》を、どう思われる」

しばし躊躇った後、少年は答えた。

「商人の生き方は、陽気で、楽しそうだと思われます」

「時には、羨《うらや》ましく思うこともござるか」

これにはすぐに答えた。

「はい」

ふむ。少なくとも今の時点では、世間では卑しい身分とされる商人階級への拒否反応や偏見はない。

善定は、ついに重要な一言を口にした。

「いっそ、わしの住む町に来なさるか」さらに言葉を続けた。「むろん、八郎殿の父上と母上も、ご一緒にでござる。この阿部善定が、住まいも食も用意しまする。いかがか」

さすがに少年も、この善定の問いかけの持つ重大な意味には、すぐに気づいたようだ。やや緊張した声音《こわね》で聞いてきた。

「父様と母様に相談する前に、まずこのわしに決めよと申されますか」

「左様」善定はきっぱりと言ってのけた。「宇喜多様のご家族がここに残るも、わしの住む福岡という町に行くのも、すべては八郎どのの一存次第でござる」

その時、八郎の瞳に感動に似た光が一瞬過ったのを、善定は見逃さなかった。

大人である父母を差し置いて、ちっぽけな自分に決定権が委ねられている。それぐらい、自分という存在をこの目の前の男は大事に考えているのか、という感動だろう。

しかし直後、八郎は意外なことを聞いてきた。

「福岡とは、大きな町にてございまするか」

むろん、と善定はうなずいた。「その昔から、福岡千軒とも謳《うた》われるほどでござる。今は、さらに大きい。人が集まり、銭も物資もうなるほどに集まる。これほどの商都は、京より西に、まず三つとはありますまい」

「行きまする」

八郎は即答した。

なるほど……。

善定は思った。

この子はやはり、草深い田舎にある城より、町が好きなのだ。風変わりな武家の子だ。それも、町が大きければ大きいほど興味をそそられるらしい――。

5

天文八（一五三九）年の、春である。

西播磨にあるちっぽけな集落、姫路から出発し、山陽道を西に向かって進んでいる親子がいた。

隣国の備前にある、商都の福岡を目指して歩いている。

すでに道中は、その備前の和気《わけ》郡から邑久郡に入っていた。次第に前方の風景が開けてくる。

「父上、ご覧あれ。この一面の、広やかな野――」

今年元服を迎えた子の満隆《みつたか》が、浮き立つ心を抑え切れぬようにして父親に話しかける。

「やはり、いつ見ても備前のこのあたりは、よろしいものでございまするなあ」

父の、黒田重隆《くろだしげたか》は笑った。

「我が黒田家三代の、心のふるさとでもあるからのう」

やがて、その野のはるか先の吉井川の向こうに、山陽道随一の商都である福岡の家並みがうっすらと見え始めた。重隆もまた、その遠景に昔を思い出す。

とは言っても、そんなに大昔の事ではない。

わずか七年ほど前まで、この黒田一家は永らく備前福岡に暮らしていた。

今から三十年近く前に、重隆の父である黒田高政《たかまさ》が、一家で流浪の旅を続けた末に、この地に移り住んだ。

黒田重隆は、この福岡の市井《しせい》の暮らしの中で物心がつき、幼年期と少年期を育ち、二十代半ばを過ぎるまでここで暮らした。その間に嫁を貰《もら》い、子を成した。

それが今、隣を歩いている満隆である。

この満隆も、九歳まで福岡の市塵《しじん》の中で育った。

とはいえ、福岡時代の黒田家の生活は、決して豊かなものではなかった。元はなにせ、土地も地縁も持たぬ流浪の牢人一家である。

それでも二十余年、この福岡で黒田家が親子三代にわたってなんとか暮らしていけたのは、ひとえに町衆の主だった商人たちと、懇意に付き合えたことに尽きる。

幸いにも父の高政には、当時の武士の水準をはるかに超える教養や学問があった。そしてその学問を、重隆にも幼い頃から叩き込んだ。

そのことを知った町衆たちが、寄り合いの席で連歌の点者《てんじゃ》を頼んだり、町衆の子供に読み書きを教える寺子屋のようなものを開いてくれたりした。

当然、その礼金や束脩料《そくしゅうりょう》が黒田家に入る。その銭で、爪に火を点《とも》すようなつつましい生活を送っていた。

しかし、黒田一家は零落したとはいえ、歴《れき》とした武家である。いくら質素な暮らしをしていても、町衆からその暮らしぶりを軽侮されることはなかった。町衆の主だった者は黒田家の暮らしが立つように、敬意を払いながらも何かと気を遣い、親切にしてくれた。

だからこそ、重隆も子の満隆も、それぞれ若き日を過ごしたこの福岡に、限りない愛着を今も覚えている。

一説によると、黒田家がこの備前福岡を去ったのは大永《たいえい》五（一五二五）年とも言われているが、それはやや計算が合わない。何故《なぜ》なら、その前年に重隆の長子である満隆が生まれている。供も持たない極貧の一家が、まだ生まれて間もない赤子を抱えて遠い播州《ばんしゅう》まで流れていくとは、ちょっと考えられない。

ちなみに、この黒田親子がこうして再び備前福岡を訪れているこの時期より七年後、嫁を貰った満隆に、孝高《よしたか》という嫡子が生まれる。通称は、官兵衛《かんべえ》。この官兵衛は、この後も長く続いた乱世をしたたかに生き残り、天下が泰平を迎えた晩年に、如水《じょすい》と名乗る。

後世に有名な、黒田如水のことである。

如水は関ヶ原の戦いの後、その子の長政《ながまさ》と共に筑前国《ちくぜんのくに》五十二万石の太守として移封された。新しく縄張りをした城と城下町の繁栄を願って、ここの地名を元の福崎《ふくざき》から、彼の父、祖父、そして曽祖父がかつて暮らしていた備前随一の商都の名を取り、『福岡』と改名した。今の福岡県であり、福岡市である。現在ではこちらの地名のほうがはるかに有名になってしまっている。

が、ひとまずそれは措《お》く。

やがて、福岡の町の入り口に立つ妙見堂《みょうけんどう》がはっきりと見えてきた。

「いよいよ、町に入りまするな。父上」

ますます上機嫌になり、満隆は口を開いた。

「阿部の善定殿は、お元気でありまするでしょうか」

重隆は、また笑った。そしてその町長《まちおさ》の名を、懐かしく思い出した。

「あのようなしっかりしたお方だ。今も大いに商いをされていることであろう」

福岡の町中に入り、大路を南へと下っていく。

両側に商家がびっしりと建ち並び、行きかう人も多く、以前と変わらぬ賑わいを見せている。ただし、昔と違って、いかにも牢人風の侍も数度目にした。

やがて大路の半ば手前まで来た時、目指す店が見えてきた。同じ並びにある他の商家より、一際大きい店構えだ。『備前屋』という凝った書体の看板が、その軒先に掲げられている。

阿部善定の店である。相変わらず手広く商売をやり、ますます繁盛をしているようだ。

黒田親子は、その軒下に吸い込まれるようにして暖簾《のれん》をくぐった。

「御免くださりませ。それがしどもは黒田と申し、以前この福岡に住んでおりました親子でございます」

重隆はそう腰低く挨拶を述べ、善定が在宅かを問うた。

黒田家は、今では西播州の名門、赤松氏の庶流で龍野《たつの》城に住む赤松政秀《まさひで》に仕え、主持ちの武士に返り咲いていた。が、この福岡では、あくまでも昔の素牢人としての態度を崩すまいと思っている。特に、世話になった善定に対してはだ。

人間、多少立身したからといって、昔からの知り合いに対して態度を変えることほど、およそ愚劣なことはないと思っている。

帳場にいた若い男がこちらを振り向き、

「ああ、これは黒田様、大変お久しゅうございます」

と、いかにも懐かしそうに相好《そうごう》を崩した。

「覚えておいででしょうか。手前、源六でございまする」

おぉ、と重隆もまたその成長ぶりに驚きの声を上げた。七年前は、まだほんの子供だった。

「これはまた、大変とご立派になられて」

「いえいえ、私などまだまだでございます」

しばし邂逅《かいこう》の辞を交わしたあと、源六は言った。

「あいにく主は他行しておりまするが、幸いにも近所でございます。すぐに誰かを遣《や》って知らせてまいりますゆえ、ささ、まずは奥へとお上がりください」

そう促されて店の帳場を通り、中庭の見える座敷へと案内された。八畳ほどの畳敷きだった。龍野城では、主君の住む寝室でさえ板張りである。むろん重隆の屋敷もそうだ。富裕な商人とは、つくづく豪勢なものだと思う。常に時代の新しい品目に敏感で、生活様式に取り入れる。そして、それを次の商売につなげようとする。

と、中庭の向こうの縁側を、一人の少年が通りかかった。

歳の頃は十一、二に見える。束の間、善定の息子かと思ったが、ここを離れた七年前に、善定には
そんな幼い子供はいなかった。それに商家の子供にしては、全体の雰囲気が妙に重く感じる。

そんな重隆の視線を感じ取ったのか、少年がこちらを見た。

まだ子供ながらも整った顔立ちをしている。美童と言ってもいい。が、やはりその表情には、どこ
となく沈鬱な陰が漂っている。

重隆は軽く頭を下げた。すると相手も会釈《えしゃく》を返してきた。しかし、それだけだった。にこりともせ
ずに廊下の奥へと消えた。

ふむ。やはり商人の子ではない。人の出入りの激しい環境で育った子供は、物心が付いた頃から人
慣れして育つ。自然、もっと愛想がよく、かつその挙動も軽やかなものだ。

先ほどの源六が茶を持って部屋に入ってきた。

「つい今しがた、あちらを――」と中庭の向こうを示した。「十をやや過ぎたほどの男《お》の子が行き過
ぎましたが、あれはどなたか」

ああ、と源六は少し笑った。

「かのお方は、八郎殿と申されます」

その言い方で、重隆はますます確信を持った。

「歴とした武家のお子でありまするな」

「さようでございます」

「この家で、扶育しておられるのか」

しかし、それに続く源六の言葉は、しばしなかった。それでも重隆はもの問いたげな表情をしていたのだろう、ややあって源六は静かにそのあとを続けた。

「私などが脇から申しあげまするより、詳しくは、わが主の口から直《じか》にお伺いされたほうが良いかと存じまする」

……なるほど。おそらくは気軽に口に出来ぬ、込み入った事情があるのだろう。

それにしても、と重隆は多少奇異に感じる。

三十数年生きてきたが、歴とした武家の子を商家で扶育するなどとは、ついぞ聞いたことがない。

6

ふう――。

善定は、福岡の東にある吉井川の土手の上に、ぼんやりと腰を下ろしていた。

常の彼なら、商用を済ませた後は、さっさと家路につく。不在にしている間にも、裁量せねばならぬ仕事が次々と溜まっていくからだ。

しかし今日は、どうにもすぐにその気にはなれない。さらには最近、このような気分になる日が徐々に多くなってきている。福岡の町並みを眺めながら、さらに物思いに浸る。

五年前、鞆の津に寄寓していた宇喜多親子をこの福岡へと引き取った。

福岡は備前国の上道郡に属し、この郡《こおり》の大半の支配者は中山氏である。宇喜多家を滅ぼした島村氏とは同じ浦上家の被官であり、しかも中山氏は、宇喜多家が実質上消滅した今となっては、この備前でも一、二の所領と威勢を誇る豪族だ。さすがに川向こうの島村氏が攻め込んでくることはないと踏んでいた。そこまで考えて、宇喜多親子を引き取った。

事実、所領も中山氏には及ばず、水運や商業に興味のない島村氏がこの福岡に出張ってくることは、この五年間、皆無だった。今後もそうだろう。

だから、そのことは特に心配がない。

問題は、むしろ阿部家の中にある。

三年前のことだ。

善定には、榧《かや》という娘がいる。その榧が、嫁にも出していないのに、あれよあれよと言う間に腹が大きくなった。子を孕《はら》んだ。その相手を知って、愕然《がくぜん》とした。離れに住まわせていた興家と、いつの間にか交渉を持っていたのだ。生まれたのは男子だった。七郎《しちろう》と名付けられた。

店の一部の者は、

「名流のお子を授かるとは、これまた果報なこと」

などと無邪気に喜んでいたが、善定は正直、それと知った時は、自分の顔に馬糞でも塗られたような不快な気分になった。

——厚かましい。

人の厚意の上に平然と胡坐《あぐら》をかく。あの男は、いつまで殿様の気分でいるのだ。

確かに宇喜多家は、かつてこの備前では名門の一つに数えられていた。が、その武名を張れたのも、領土と家臣と、それなりに一族を養う富力を持っていたからこその話ではないか。

現に今は、郎党の一人も持たぬ、この阿部家の居候の身に過ぎない。それなのに、衣食住を寄りかかっている家主の娘を、まるで側室であるかのように孕ませる。当然、その赤子を含めて養育する費えも、宇喜多家ではなく、阿部家にかかってくる。

一面で、善定は冷静でもある。

むろん非は、興家とそこまで懇《ねんご》ろになった梗にもあっただろう。昔から善定は能家とのつながりもあり、宇喜多家を下にも置かぬもてなしをしていた。今もその態度は――少なくとも表面上は――変わらない。だから、梗は幼い頃から、興家に対して貴人に対するような憧れの気持ちを持っていたのかもしれない。

梗は、この家で金銭の苦労を何一つ知らずに育った。善定夫婦が最も商売に忙しい頃に生まれたので、ついその扶育を使用人に任せがちにした。厳しいことも言われずに甘やかされて育ち、そういう子供の常として、独特の愛嬌《あいきょう》はあるが、物事に対して耐性の欠片《かけら》もない自儘《じまま》な娘に育った。

今にして思えば、子供を駄目にしてしまう典型的な成育環境だったと感じる。

苦労知らずの梗は、食事も衣服も住む家も、空気と同じようにいつでも自分の周りに当然のように存在するものだと思っている。そしていったん欲しいと思ったものは、我慢が出来ない。後先のこともろくに考えずに、すぐに手を出そうとする。だから、興家とつい懇ろになった。

しかし、いくら好意を寄せられたとはいえ、このわしに一言も相談することなく娘に手を出した興家の神経は、いったいどうなっているのか……。

しかし善定は、興家に表立って苦言を呈することは一切なかった。この一件については、双方に責任がある。それに一度はこの宇喜多家を引き取ると決断した以上、そんな苦情を言っても始まるまい。

が、さらに呆れたことに翌年、梗はまたしても興家の子を身籠《みご》った。八ヶ月前に生まれた子は、これまた男子であった。これは六郎《ろくろう》と命名された。しかし依然として興家を含む宇喜多一家は、この阿部家では掛人の分際に過ぎない。善定はますます憮然《ぶぜん》とした。生活の心配をせず、ただ子をなすだけなら、豚でも牛馬でもできる。

　この状況に当惑し、それ以上に不快感を募らせている者が、阿部家の中では善定以外に、少なくとも二人はいた。

　一人は、善定の女房である。

「大きな声では申せませぬが、興家様はあのようなお方……次々にお子を作られても、先々へのさしたる展望もございますまい。一体どうなされるおつもりなのでしょうか」

　善定はつい失笑した。

　どうなされるおつもりも、興家も榧と同じで何も考えていない。だから、このような愚劣なことをしでかすのだ。しかし今更言っても詮無《せんな》きことだ。

　手代の源六は一人目の時も、二人目が生まれた時も黙っていた。けれど、善定がそれとなく水を向けると、言葉少なにこう言った。

「奥方様と八郎殿は、さぞや肩身が狭く、お気の毒かと存じまする」

　その通りだった。

　お芳の方は、興家が初めて榧を身籠らせたことを知った時、夫のあまりの節操のなさに顔が青くなり、そして二度目には、情にだらしなく、かつ懲りぬ興家の性格に、怒りに身を震わせたらしい。

　宇喜多家の当主として何ら打つべき手も打たず、あろうことか世話になっている善定の娘との情交に現《うつつ》を抜かしている。それがこの気丈な奥方には、どうにも我慢ならなかったようだ。使用人の話によると、宇喜多一家の住む離れから興家を激しくなじっている奥方の声が、時おり聞こえてきたという。

一度目の妊娠の時、お芳の方は、人払いを願った上で、奥の書院で善定と対面した。

「このようなことに相成り、まことに、まことに申し訳ありませぬ」

そう言って、両手を突き、深々と頭を下げた。

「わが夫のことながら、掛人の分際でこのようなことをしでかし、面目次第もございませぬ」

善定も、この薄幸な奥方のやり切れなさは充分に分かるだけに、ここまで恐縮した態度を示されると言葉もなかった。

二度目に身籠った時の謝罪は、さらに悲惨だった。

奥方は、現状のやるせなさとわが夫の情けなさに涙をこぼしながら、ただひたすら頭を下げ続けた。

この時も、かえって善定のほうが気の毒になった。

どうやら興家は、榧にだけは景気のいいことを言っているらしい。

「宇喜多の家を再興したあかつきには、この子らも、ひとかどの武将として育てよう」

かといって、その自家再興のための行動は、何一つ起こしていない。

宇喜多家の元郎党は、新しく砥石城の主になった興家の叔父の浮田大和守に仕えた者もいたが、一方で故・能家に殉じて戦死したか、野に隠れた者も数多くいた。そのかつての家臣らが、時に阿部家を訪ねてくる。それらのほとんどが、

「殿、殿、我ら家臣が集まれば、砥石城を取り戻すくらいの手の者はまだなんとか揃いまする。また、宗家の再興を密かに願っている者も、城にはおります。是非にもご決断を」

そう、必死に掻《か》き口説いた。

「何を言う。そもそもあの夜襲は、浦上家の声がかりであったというではないか」興家は気弱に答えた。「取り戻したところで、また浦上家や島村に襲撃されるだけじゃ」

しかし元家臣らは、なおも訴えた。

「襲われれば、武門の当然の習いとして、返り討ちにするだけでござる。我ら宇喜多家は浦上の被官であったとはいえ、そもそもは自立の勢力、浦上の純然たる家臣ではござらぬ。なんの遠慮がいりましょうぞ」

それでも、なんだかんだと理由をつけて興家は腰を上げなかった。唯一やったことはといえば、落城の際に能家と共に戦死した忠臣・戸川定安《とがわさだやす》の妻を、逃げていた美作から呼び寄せ、七郎、六郎の乳母としたくらいであった。

この体《てい》たらくには、数年もするうちに元郎党もすっかり愛想を尽かし、次第に阿部家に寄り付かなくなった。

その三年間で、もともと口数の少なかった長子の八郎は、一層無口になった。沈鬱な表情を浮かべていることが次第に多くなり、屋内で善定と会ったときも、善定のほうから話しかけなければ決して口を開かず、伏し目がちにお辞儀をして、逃げるように通り過ぎようとする。子供ながらに父の不始末を気に病んでいるのだと、感じた。

ところで、六郎が生まれてすぐに、お芳の方は阿部家を出て行った。

かといって、興家と宇喜多家の先々を見限って、家族を投げ出して去ったのではない。むしろ逆で、以前からこの賢婦は、昔の郎党の伝手《つて》を頼って、備前東部の三石城《みついし》に本拠を構える浦上家の動向をしきりと探っていた。

今の浦上氏は、未だ十代後半の浦上政宗《まさむね》が当主である。五年前、父の故・村宗の遺命を奉じて宇喜多家を滅ぼしたものの、それは政宗の叔父で後見役でもあった浦上国秀《くにひで》と、父の仇討《あだう》ちに燃える島村盛実が、多分に主導し実行したものである。当時まだ十二、三歳だった政宗は仔細もよく分からぬまま、単にこの二人の上申《じょうしん》を許可していたに過ぎない。

しかし長じるにつれて、殺した宇喜多能家もまた、浦上氏の主筋である赤松本家の下知《げじ》には背けず、赤松軍と共に浦上軍を背後から仕方なしに攻撃したことを理解するようになった。

浦上家でさえ、主君の赤松氏には表立って逆らえないのだ。ましてや陪臣に過ぎぬ宇喜多家が――いくら現地での急な突撃命令とはいえ――その命に背けるはずもない。

そして後日、自分の父を実質的に手にかけたのがどうやら赤松宗家の軍であって、宇喜多軍でなかったことも、次第に判明した。真に恨むべきは赤松宗家の当主・晴政であって、宇喜多一族ではない。

さらには宇喜多家の壊滅により、それまで安泰であった邑久郡の治安も徐々に乱れ始めていた。叔父の浦上国秀が自分の後見役として未だ権勢を誇り、宇喜多家を滅ぼして勢力を増した島村盛実が家中で思うがままに振る舞っているのも気に入らなかった。政宗の実弟で、ようやく家中を切り盛りし始めていた宗景《むねかげ》もまた、同じような苦い思いを抱えていた。

そのような事情もあり、宇喜多家を滅ぼしたことを次第に悔やむようになったという。

そんな揺れ動き始めた浦上政宗の情に縋《すが》り、ゆくゆくは宇喜多家再興のきっかけを摑むために、お芳の方は浦上政宗の奥向きの奉公人として、その居城である三石城に行くことを決意した。

八郎を伴うつもりはないと言う。万が一にも家中で、島村氏など反宇喜多勢力に謀殺されるのを恐れてのことだった。しかし、女ならまさか殺されることもあるまいと、奉公に出ることを決めたのだ。

以上のことを、善定は旅立つ前のお芳の方から聞いた。

「不甲斐なきことながら、わが夫はあのように、とうてい当てになるお方ではありませぬ」お芳の方は、興家の人柄をはっきりと口にした。「されば、私が女だてらにも、なんとか宇喜多家再興に尽力するしかありますまい」

むろん、宇喜多家の再興は善定も望んでいることだから、この奥方の方針には異存がない。それでも、このまだ若き夫人の三石城での先々を思えば、相当な危惧を感じざるを得ない。自分たち一族を破滅させた主筋の家に仕えるということが、いかに危険で、かつ屈辱的な思いを耐え忍ぶ日々になるかは、商人である善定にも容易に想像が出来る。

つい、その思いを口にした。

「ですが、まことに大丈夫でございまするか。これまでの経緯を考えますれば、浦上家に奉公するなど、いわばかつての敵中に身を置くようなもの。よもや殺《あや》められることはないにしても、不快なことも多々あることでございましょう」

奥方は束の間黙り込み、それから口を開いた。

「それも、覚悟の上でございます。湿った同情の下《もと》で笑われ、あるいは嫌がらせを受け、時に蔑《さげす》まれたとしても、所詮《しょせん》は私事に過ぎませぬ。そう扱われることで、浦上政宗殿、ならびに家中の心ある者の同情を買えれば、そのぶんだけ宇喜多家の名は浮上いたしまする。甘んじてその境遇を受け入れる所存でございます」

「……なるほど」

この夫人の気丈さには、ますます頭が下がる。

と同時に、この乱世で甲斐性のない夫を持つことは、その連れ合いの女にここまで過酷な運命を背負わせることになるのかと、善定は深い同情の念を改めて禁じえなかった。

最後に、お芳の方は改めて居住まいをただした。

「そこで、八郎のことでございます。善定殿、この母に残されるあの子を憐れと思し召し、何卒《なにとぞ》よろしくお願い申し上げまする」

言われるまでもなく、善定はむろんそのつもりであった。

「そのこと、ご心配は一切無用でありまする。後顧の憂いなく、安んじてお発ちくださりませ」

数日後、お芳の方は播州との国境に近い三石城を目指して、山陽道を東へと消えていった。

後に残されたのは、興家と八郎、そしてその八郎とは腹違いの二人の幼児と、後妻として離れの住まいにすっかり腰を据えてしまった椢という、奇妙な一家だった。

この時期を境にして、八郎はさらに暗くなった。自分の殻に閉じこもるようになり、普通の十歳前後の子供のように笑ったり、はしゃいだりする様子も、一切見られない。

実母が出て行ったあと、新しい母としてやってきた椢に、そしてその新しい家族のあり方に、八郎はなかなか馴染《なじ》めずにいるようだった。

無理もない、と善定は八郎の身になって想像する。

興家と椢が実質的に夫婦となってしまい、そして双方の血を分けた幼児が二人もいる今、父としか血の繋《つな》がっていない八郎は、あの家族の中では微妙に外れ者なのだ。さらには八郎から見れば、結果として椢が実母を追い出したような新しい家族に、そうそう馴染めるはずもない。

わが娘ながら、椢は苦労を知らずに育っただけに、弱者の痛みが分からぬ部分がある。しかも生まれて間もない二児に夢中で、自分にはなかなか懐かず、ましてや血の繋がらぬ八郎には、さしたる関心も払っていないのだろう。下手をすれば、邪険に扱っている時もあるかも知れない。

しかし、興家はむろん八郎も、その衣食住を阿部家に完全に依存している。そして榧は、その費《つい》えを出している阿部家の娘だ。

八郎はまだ十一といえども、元が聡い子ゆえ、それくらいの現実は充分に認識しているようだ。ここに住む限り、榧にどう扱われようと、文句の言いようもない。

一方であの興家も、そんな長子の鬱屈を慮《おもんばか》り、細やかな気遣いの手をさりげなく差し伸べるような気の利いた人物ではないだろう。

かといって、その実父から八郎を引き離し、血の繋がった者がいないこの本棟で育てるのも穏当な処置だとは思えない。

結局は善定もまた、なんら有効な手立てを思いつくこともなく、ずるずると半年以上が経った。八郎は新しい一家の中でやはり辛《つら》い思いをしているのだろう、その一挙手一投足までもが緩慢になり、顔つきも次第に鈍げに見えるようになってきた。

かといって、仔細にその生活態度を観察するに、本当に魯鈍《ろどん》になってきたわけでもなさそうであった。

宇喜多親子を引き取った五年前、善定はすぐに八郎を、読み書きと計算を教える町の手習い所――寺子屋の原型――に通わせ始めた。町衆の子供に交じっての手習いだ。

読み書きと計算は、やがて商人になる子供たちには、必須の要素だ。貨幣経済がこの日ノ本の津々浦々にまで浸透し始めている現世では、武士といえども例外ではない。商業と流通の重要さを理解できない土豪劣紳には、知行地から上がってくる農作物を効率よく銭に替えることができない。その富を蓄えて、一族郎党の勢力を拡大させていくこともできない。

現に、川向こうの島村氏などはその悪《あ》しき例だ。宇喜多家を滅ぼして領土を拡大したはいいものの、相変わらずその威勢はぱっとしない。

だからまず、武将としての将来を見込んだ八郎に、その手習いをさせた。

善定が思っていた通り、八郎は他の子供に比べて、それらの習得が異常に早かった。一年半ほどで、そこで教えられている仮名はむろん、日常でよく使う真名《まな》のほとんども、その読み書きができるようになった。足し算と引き算に加え、掛け算と割り算も同様だった。

そこで善定は、さらに八郎を福岡にある古刹《こさつ》・妙興寺《みょうこうじ》にも定期的に通わせるようになった。

妙興寺は、かつてこの備前で栄華を誇った赤松氏による応永十（一四〇三）年の創建である。その寺域は二町（約二万平方メートル）を超し、境内には一院と十坊を擁する大伽藍だ。吉井川を南に下った西大寺とも並び称される大寺である。

宗派は日蓮宗であったが、この商都にあっては、その宗旨はあまり重要ではない。妙興寺は、その創建当時に赤松氏から寄進された荘園も近隣にあるにはあったが、赤松氏の衰退によって、浦上旗下の土豪たちからその寺領をずいぶんと蚕食《さんしょく》されていた。その実入りの欠損分を結果として補塡《ほてん》しているのが、檀家である福岡の商人からの莫大な寄進であった。

その檀家たちへの御礼、かつ地域への奉仕活動の一環として、妙興寺は日蓮宗の教義を説く宗教講とは別に、町衆の要望による史学の講を定期的に開いていた。

平氏と源氏や鎌倉幕府、歴代中国王朝の興亡を学び、その因果から商家にも役立つような知見を得ようというのが、主だった町衆の狙いだった。

その大人向けの講に、まだ十にも満たぬ頃から八郎を出席させていた。

善定は時おり、八郎を書院に呼び、その講の感想を尋ねることがある。そういう場でも設けなければ、この子は善定に対しても、なかなか容易に口を開こうとしなくなっていた。

例えばついこの前は、こう聞いてみた。

「八郎殿は、漢の高祖・劉邦《りゅうほう》の配下の中で、誰がお好きか」

漢とは、今より千七百年以上も前に唐土で成立した、代表的な中国王朝である。その草創期《そうそうき》には、初代皇帝になった劉邦の下《もと》に、蕭何《しょうか》や張良《ちょうりょう》、陳平《ちんぺい》などといった賢臣が綺羅星《きらほし》の如く存在していた。

少年はやや首をかしげ、躊躇いがちにこう答えた。

「私は、韓信《かんしん》が好きでございます」

正直、善定は驚いた。

なるほど、確かに唐土の長い歴史を紐解《ひもと》いてみても、韓信ほどの軍神は滅多にいないだろう。劉邦が唐土を統一するまでは、大いに他国を攻め滅ぼし、張良や蕭何とともに漢王朝草創時の三傑として知られている。

しかし、漢王朝が成った暁には劉邦に叛逆を企て、それが事前に露見し、呼び出された長安城の中で惨殺されるという無残な最期を迎える。

「何故、韓信がお好きなのか」

「負けると分かっていれば、いかなる恥辱でも耐え忍ぶことが出来たからです」

ふむ、と善定はうなずいた。むろん、その意味は分かる。

韓信が若い時分、郷里にいた頃の話だ。町のごろつきどもに絡まれて、

「おれと殺し合う勇気がなければ、この股をくぐれ」

と言われ、四つん這《ば》いになって相手の股下をくぐった。しかし、その挙措は常と変わらず泰然としたもので、見ていた者の一部を感嘆させたという。商人の善定も知っているほどの有名な逸話だ。

「その我慢強さが、好きでござるか」

八郎は、善定の言葉を微妙に訂正してきた。

「その時の、恥を忍ぶ勇気も好きでございます。されど、それだけではありませぬ」

「どういうことか」

すると、普段は陰鬱で極端に口数の少ないこの少年は、まるで別人になったかのように能弁になった。

「蕭何や張良などは、確かに最後まで漢王朝に尽くした賢臣でございました。ですが、彼らはそもそもの性格として、神輿《みこし》の担ぎ役に徹することが性に合っていたのでしょう。自分に合った大将の下で働くことで、初めてその才華を発揮することができたのでございます。裏を返せば、自立する資質も志向性も持ち合わせておらぬ、いわば単なる能吏でございます」

八郎は、まだ十一とは思えぬ透徹した洞察力で言葉をつづけた。

「韓信は違います。斉を征服した後は、その旗下の兵と制圧した国土を独力でよく管理しております。漢や西楚と比べても、決して見劣りのせぬ三つ目の自立勢力となりました。劉邦の臣下としても有能で、自立する才能と気質も持ち合わせておりました。そういう韓信が、私は好きでございます」

「しかし、最後には逆臣として殺されるのですぞ」

するとハ郎は、少し困ったような顔をした。

「韓信は、地縁や血縁の勢力を持たぬ素牢人だったのです。そのような者が大将から離れて自立するには、殺される危険は、避けて通れぬ道ではないでしょうか」

「ふむ……」

「死に方だけで韓信を評するのは、私にはやや違うのではないかと思われます」

なるほど、と今度こそ善定は納得した。

さらにその後しばらく考え、ようやく八郎が韓信を好きな理由に思い至った。

つまり八郎は——意識してか否かは定かではないが——自分の不遇になぞらえて、韓信の出自とその生き方を捉えているのだ。

それにしても、この若年で、かなり明晰に物事を考えられるようだ。そのことにも満足だった。

苦労は人を育てるというが、必ずしもそうではないと善定は考えている。特に理不尽な苦労は、人の心を激しく蝕《むしば》む。結果として人柄まで暗くしてしまうことが多い。現にその陰鬱さは、まだ幼い八郎の面《おもて》にも濃厚に表れている。

そう思うと、善定はどうにもやりきれない。八郎のために良かれと思って宇喜多家を引き取ったことが、結果として八郎の心に巨大な負荷をかけることになっている。

しかし同時に、もしその者が思慮深い性質を持つ場合、若き日の不遇から生まれる苦悩は、必ずしも無駄にはならないとも信じている。

自分は何故、このような星の許《もと》に生まれついたのか。

私とは、いったい何者なのか。

果たして己に、この世に居場所などあるのだろうか。

などという悩みは、人を幼い頃から驚くほど早熟にさせる。

何故なら人知とは、常に自分の足元を疑うことの弛《たゆ》まない連続からしか生まれてこないからだ。

永久に答えが出ることのないその自己懐疑の繰り返しを経て初めて、人はこの浮世と自分との関係に折り合いをつけることが出来る。自分の居場所を見つけることが出来る。つまりはそれが大人になるということでもあり、生きていくということでもある。

幸いにして、八郎にはその資質が見受けられる。少なくとも善定には、そう感じられる。それがせめてもの救いだった。

そんなことをつらつらとため息交じりに考えていた時、眼下に見える福岡の町中に、店の使用人の姿を見つけた。先ほど善定が訪れた商家に急ぎ足で入ったかと思うと、またすぐに出てきた。

自分を探しているのだ、と思い、立ち上がって大声で使用人の名を呼んだ。二度繰り返すと、ようやくこちらのほうに相手が顔を向けた。さらに善定が大きく手を振ると、駆けるような早足で善定の元までやってきた。

事情を聴くと、今は播州にいる黒田親子が店にやってきているという。

「おぉ――」

懐かしさに、思わず善定も声を上げた。さっそく使用人と共に家路を急いだ。

彼らの一家がこの福岡を離れて久しいが、播州の姫路村まで流れていった直後の半年ほどは、福岡にいる頃以上に困窮していたという。それが、ふとしたことから同地にある廣峯《ひろみね》神社の宮司と昵懇《じっこん》になり、目薬を作るようになった。その目薬を、廣峯神社が抱える多数の御師《おし》――町から町へと旅をして祈禱などをすると共に、功徳を謳った神符を売り歩く神官――に、売り歩いてもらった。播州の人々は神符と同様、この目薬を神の御加護のあるものだと信じ、争うようにして買った。その反応を見た黒田家は、近隣の百姓を数多く雇い入れ、さらに大量に作り始めた。それでも播州一円における廣峯神社の威光もあって、目薬は作るそばから飛ぶように売れた。

黒田家は、それまでの貧窮が嘘のように、たちまちのうちに身代を太らせた。

さらにその財貨を、近郷の地侍や百姓に只《ただ》同然の金利で貸し付けて手懐《てなず》けた。より貧窮している百姓からは、田畑を買うなどして、彼らを家人や小作人として改めて雇い入れた。五年ほどの短期間のうちに、姫路村周辺で小さな勢力を築いた。

黒田親子は、ようやく長年の悲願であった土地と郎党を持つ武士となった。

また、銭と雇用の上下関係を通じて黒田家と急速に繋がりを持つようになった周辺の住民は、それぞれの子弟を含めれば、二百人ほどの数にのぼった。別の見方をすれば、それまでは草深い村落でしかなかった姫路一帯の、ごくごく小規模ながらも新しい旗頭になったとも言える。

善定は、播州の室津にもたまに海路で商用に赴く。そして室津は、黒田家が住み着いた姫路村と同じ西播磨に位置する。

二年前に、室津まで行った時のことだ。船宿で、この黒田家のにわかな勃興ぶりを初めて耳にした。

「まるで『今昔物語集』のわらしべ長者のようだと、郷里ではもっぱらの噂でございます」

姫路から来たというその商人は、黒田家という半ばは武士で、半ばは商人のようなことをしている奇妙な有徳人の出現を、驚きの目をもって見ているようだった。

善定はその話を聞いた時、我がことのように嬉《うれ》しく、そして自分の見立てが間違っていなかったことに密かに満足した。あの物事に聡く、人にも優しい黒田親子なら、いつかは何事かを足掛かりにして必ずや世に出るだろうと思っていたからだ。

一年前に再び室津を訪れた時には、黒田家の名前はさらに知られるようになっていた。

室津の北方二里ほどに、赤松家の支族が治めている龍野という土地がある。黒田家は、その龍野城の城主である赤松政秀に仕えたという話だった。姫路村で培った勢力をより正式な地盤として認めてもらうために、播磨・備前・美作の守護である赤松氏系列の被官になったのだ。少なくとも善定は、そう推測した。

町中を急ぎ足に歩きながらも、先ほどまでの沈みがちな気分とは打って変わって、次第に心が浮き立ってくる自分をどうにも抑えることが出来ない。

以前に親しかった知り合いが、このように世に出た話を聞くのは、実に気持ちのいいものだ。さらにその知人が、自分を訪ねてはるばる播州から来ているとなれば、なおさらに心は弾む。

この乱世では、時流の激しい変転に片時も気を抜けぬという気苦労はあるものの、その人物に器量さえ備わっていれば、一度は廃《すた》れた家名を大いに興すことも、やはり充分に可能な時代なのだ。

二年前に黒田家が姫路で立身した経緯を聞いてからは、特にその感慨を新たにした。

だからこそ自分は、ここ数年ほどは家内に様々な問題を抱えつつも、宇喜多家——特に八郎の前途を夢想して、今も我慢強く扶養し続けていられるのだと、改めて自覚した。

7

「これはこれは黒田様、大変お久しゅうございまする」

阿部善定が腰をかがめるようにして、書院に入ってきた。その顔色を見るに、相変わらず息災のようだ。それから重隆と満隆が下座に座っているのに気づき、上座に移るように勧めてきた。

しかし、重隆はその勧めを固辞した。

「ご厚意はかたじけのうござりまするが、お世話になった善定殿の上に座ることなど、とてもできませぬ」

それでも善定は上座をしきりと勧めた。これにはついに重隆も根負けし、

「ならば、以前のように双方が向かい合うという形では、いかがでしょうか」

と問うた。

すると善定は物柔らかな笑みを浮かべながらも、爽《さわ》やかな声音で答えた。

「それも、なりませぬな。今や黒田様は昔の御牢人の頃とは違い、赤松家に仕える歴としたお武家様でございます。商人と同列に座るなど、主君の名を汚すことにもなりましょう。許されることではありませぬ」

この言葉には、二重の意味で感心させられた。その精神の張りも、相変わらず昔のままのようだ。

重隆も満隆もこの備前屋に着いてからは、まだ誰にも赤松家に仕えたとは話していない。また、十五里（約六十キロ）ほども離れた遠い姫路のことなど、備前では誰も関心を持っていない。しかし、このやり手の商売人は既にその事実を摑んでいた。おそらくは以前から知っていた。

ふたつめは、その心持ちの柔軟さだ。以前は町衆の代表として黒田家の面倒をどんなに見ていたとしても、いったん相手がそれなりの立場になれば、その過去の関係をさらりと横に置くことが出来るかと言ってその態度には、下心や卑しさは微塵《みじん》も感じられない。

やはり、この阿部善定は人としてもただ者ではない。商人として自分を律する規範が、常に心中に厳然としてある。

結局は親子ともども恐縮しながら、善定の上座へと座りなおした。

驚いたことに、善定は姫路に移ってからの黒田家の変転を、さらに事細かに知っていた。廣峯神社と結託した目薬屋で財を成し、それを元手に近郷の者たちを手懐けたことにまで話が及ぶに至って、重隆は額に冷汗をかき始めた。おそるべき地獄耳だ。

それに、武士は武士、商人は商人としての生き方をすべし、という一般的な社会概念は、この貨幣経済が勃興した当世でも依然として存在する。武士が金儲けに精を出し、ましてやその銭の力にモノを言わせて勢力を築くなど、世間への聞こえとしては決していいものではない。今はかろうじて赤松家に仕える身分になったとはいえ、その来歴への恥じ入る気持ちや後ろめたさもあり、つい重隆は気弱に言った。

「いやはや……そこまでご存じだったとは、なんともお恥ずかしい次第であります」

するると善定は笑った。

「なんの。室津の船宿でたまたま聞き及んだに過ぎませぬ」

そしてやや間を置き、真顔に戻ってこうも付け足した。

「黒田様、出過ぎたことを申すようですが、これからの時代、商いの原理を知らぬ者は、たとえお武家様でも家政はうまく立ち行きませぬでしょう」

ふむ、と思わず重隆はうなずいた。たとえ外聞は悪かろうとも、その趨勢《すうせい》の読みには、まったく同感だった。

そうとなれば、話は早い。

実は黒田親子は、物見遊山のためにわざわざこの備前までやって来たのではない。

こうしてわざわざ備前屋に足を運んだのも、むろん懐かしさもある。あるが、それ以上にこの有能な大商人が、浦上氏の勢力下にあるこの備前の近々の情勢をどう見ているのかを、是非聞きたいと考えていたからだ。

重隆は商いを実地で学んでからというもの――それが良いとか悪いとかではなく――そもそも今の世の根本は武力ではなく、銭の勢いで回っているのだという現実を、痛いほどに感じていた。

そしてその視点から見れば、一年半ほど前から仕えている龍野城の赤松政秀は、確かに武勇に秀で知能も優れた人物ではあるのだが、鎌倉の頃から播州に続く古い家系の生まれだけに、この世の仕組みの捉え方はかなり旧弊なものだった。

武士とは、その知行地から上がってくる年貢だけで家政を成り立たせていれば、それで充分なものだと思っている。商業と流通の重要さを全く理解していないから、庶民のための道の普請《ふしん》や河川への架橋なども行わない。その土地を活気付けて富ませるという発想がない。そういう面では、播州の置《お》塩《しお》城にいる守護本家の赤松晴政も、まったく同様だった。

しかし、その伝統的なやり方だけを踏襲していては、早晩、世の流れに置いて行かれるし、仕えてみて初めて分かったことだが、龍野赤松家は現にそうなりつつあった。

この点、その人柄のみで被官となる主君を決めた重隆には、若干の悔いがある。そしてその気持ちは、時が経つにつれて少しずつ大きくなってきている。

「善定殿は、今の浦上氏が束ねられるこの備前の情勢を、どう見られるか」

すると相手は、やや首をかしげた。

「はて。治世はお武家様の領分でございます。私は市井の商人《あきんど》に過ぎませぬ」

「だからこそ、お聞きしたいのでござる」さらに、言い添えた。「善定殿の言葉通り、今後の世の動きは、ますます銭の流れによって決まりましょう」

なるほど、と善定はまたうなずいた。それからしばし無言になり、こう聞いてきた。

「その前に、お伺いしたい。播州に移られた黒田様が、何故かように離れた備前の情勢をお知りになりたいのか」

嘘やごまかしを許さぬ、毅然《きぜん》とした口調だった。

「幸いにもここは奥の間。我ら三人以外、誰もおりませぬ」

束の間、重隆は迷った。それでも結局は、今仕えている龍野城の赤松政秀の時代感覚のことを口にした。

「――そのようなわけで、龍野赤松家も、置塩にある赤松の本家も、いかに三国の守護の名門とはいえ、今後は時代の波に呑《の》み込まれ、衰退していきましょう。が、黒田家はその世の流れに呑み込まれとうはございませぬ」

「赤松家を退転なさるかも知れぬ、ということでありましょうか」

重隆は、一応はうなずいた。

「まだ、はっきりとそう決めたわけではありませぬが」

「退転されたあと、当てはおありか」

「やはり、播州御着《ごちゃく》の小寺《こでら》あたりが穏当か、と考えております」

姫路のすぐ東に位置する御着の小寺氏は、十万石ほどの所領を持つ大豪族である。家格は赤松氏より下がるとはいえ、播州ではさらに東に位置する別所《べっしょ》氏と並んで、最も地盤が安定している二大勢力と言われている。

もともと黒田家の姫路村は、小寺氏と龍野・赤松氏の境界線上に位置している。だから、黒田家が最初に仕官先を探すときも、この両者のどちらに仕えるかをしばらく悩んだものだった。

「しかし何故、その小寺氏に仕えるのに、この備前の動向が気になるのでしょう」

「小寺氏は赤松氏に対抗するため、この備前や美作に威を張る浦上氏と同盟を組んでおりまする」重隆は説明した。「赤松氏を東西から挟み込むようにして、その勢力を削ごうとしておりまするし、現にそうなりつつあります」

「左様ですか」

「浦上氏の勢いが以前と同じように盛んなようであれば、赤松氏は今後も確実に衰退を続けていきましょう。さればこそ、浦上氏の重要な地盤であるこの備前での動きをしかと見極めてから、身の振り方を改めて考えようと思っております。そのようなわけで、善定殿の意見を、ぜひお聞きしたいのでござる」

善定はしばらく考え込んでいたが、やがて口を開いた。

「結論から申し上げましょう。この備前における浦上氏の影響は、まだ当分は衰えますまい」

「されば、この地における浦上の力は盤石だと」

「そうは申しておりませぬ」善定は言った。「この備前は浦上氏の勢力下にございます。かといって、直の支配下にあるわけではありませぬ」

「ふむ……」

その言葉の意味は分かるのだが、それでも相手が何を言わんとしているかが、重隆にはいまひとつ摑めない。それを察したのか、善定はさらに口を開いた。

「浦上氏は、この備前の国人や地侍の上に被《かぶ》せられた、いわば大きな投網に過ぎませぬ」そう、浦上氏の存在を明確に規定した。「そして守護や守護代というものは、その良き投網でなくてはなりませぬが、商人のそれがしが品定めしまするに、浦上の投網は大きくとも、いささかその網目の出来が粗《あろ》うござる」

なるほど。なかなかうまい喩《たと》えをするものだ。

「では、守護である赤松氏が、まだましであったと申されるか」

善定は首を振った。

「失礼ながら、先ほど黒田様が申された通り、赤松氏の投網は小さく、かつ古びております。網目も破け放題で、今ではほとんど使い物になっておりませぬ。かと言って、彼らに代わる新しい投網の投げ手が誰も現れておらぬ、というのが、この備前の現状でござる」

重隆は、少し考えた。そして善定が言いたいことを推測する。

「つまり我ら黒田にとっては、このまま投網の小さな赤松に仕えているよりは、より大きな浦上と同盟を結ぶ小寺氏に仕えたほうが、まだ得策であろうと」

善定はうなずいた。

「ですが、これはあくまでもそれがしの私見に過ぎませぬ。違う見方をするお方もございましょう。せっかく備前までお越しになられたのでありますから、あとは黒田様がこの備前を、その目で実際に見られて、お決めになられたほうがよろしゅうございます」

さらに、こう助言を与えた。

「幸いにも今日は夕刻より、妙興寺で講の寄り合いがございます。そこに出られ、他の町衆や僧官とも話されて、その雰囲気を見られてはいかがでしょう」

重隆はうなずいた。

「ところで、先ほど向こうの縁側を――」と中庭の先を示しながら言った。「十を少し過ぎたほどの男《お》の子が通りましたが、あれは、どなたのお子でござる」

すると善定は、束の間躊躇《ちゅうちょ》するような表情を浮かべた。

ははあ……たしかにあの源六が言う通り、多少の事情があるらしい。

ややあって善定は口を開いた。

「重隆殿は、川向こうの宇喜多氏を覚えておいでか」

重隆はうなずいた。

「むろんでござる」

直接会ったことはなかったが、備前ではこの上道郡の中山氏と並ぶ二大勢力だ。しかも、この善定から、宇喜多能家は戦にも治世にも非常に長《た》けた人物であると聞いたことがある。

「……実は、重隆殿がこの備前を去られてから二年後、宇喜多氏は滅び申しました」

これには重隆もさすがに驚いた。

「まことでござるか」

さらにその落城の経緯を聞くにつれ、ますます重隆は愕然とした。確たる証拠もなしに仇討ちを命じた浦上家も浦上家なら、それに結託した島村氏も島村氏だ。

と同時に、これだから自分たち一家は、この備前では仕官先を探さずに播州へと去る決心をしたのだと、改めて思い出した。

なるほど、たしかにこの備前――特にこの上道郡と川向こうの邑久郡は物成りも良く、鍛冶製品や荏胡麻などの特産物にも恵まれている。そのせいか土地には常に活気があり、百姓も商人も陽気で親切だ。

だが、この土地の武家階級だけは昔からどうにもならぬ。謀略と裏切りが日常茶飯事の世界で、道義心も何もあったものではない。仮にどこかの土豪に仕えたとしても、いつその家が他家から乗っ取られるか、あるいは家中そのもので誰かに寝首を掻かれるかと、一時《いっとき》たりとも油断は出来ない。

そんな酷《ひど》い状態に陥ったのも、そもそもは守護の赤松本家と守護代の浦上氏が、その勢力下にある土豪たちをろくに慰撫《いぶ》や統率もせず、昔から相争ってきたせいだ。

……いや、放りっぱなしにしているだけなら、まだ救いもある。さらに最悪なのは、この守護と守護代の両家が、備前の国人や地侍たちをそれぞれの勢力下に引き込もうとして、さかんに相手方から寝返らせ、その土豪同士を互いの代理戦争の手駒として使ったことだ。これでは土豪たちの人心《じんしん》が荒《すさ》まないほうがどうかしている。

「されば、あの男の子は、宇喜多家の遺児でござるか」

「と、いうわけでもありませぬ」歯切れ悪そうに、善定は言った。「あの八郎殿の御父――つまり宇喜多家の家督を常玖（能家）様から継がれた興家殿は、今も生きて、この五年間というもの、我が家におられます」

「は？」

「八郎殿の母御前《ははごぜ》は、先年、浦上氏の三石城へ奥勤めとして赴かれました。当主の浦上政宗様の情けに縋ってでも、宇喜多家の再興を成し遂げるためにございます」

重隆は、ますます意味が分からなくなった。

この商人は何故、宇喜多家の面倒を丸抱えで見ているのか。そして、お家の再興を願うなら、どうして奥方ではなく、その興家本人が浦上氏に出仕して、改めてその旨を願い出ないのか……。

それらの疑問を、婉曲に聞いてみた。

すると、善定の口ぶりはますます重くなった。

「それがしは、故・常玖様とは懇意の仲でございました。ですので、その実子である興家殿を、とやかく言いとうはございませぬ」

それで、ようやく納得した。

つまり、能家の跡継ぎである興家は、相当な愚人ということらしい。考えてみれば、砥石城が落ちた際に、能家は城を枕に討ち死にしたが、子の興家はろくに戦いもせずに逃げ出しているのだ。その後はてっきり行方知れずになっているものと思っていたが、こうして商家で居候をしている。

つい、重隆は言った。

「善定殿は、ご親切なお方であられますな」

そのような愚物が家長を務める一家をわざわざ引き取って、とまでは言わなかったが、その言葉の機微は伝わったらしく、相手はやや苦笑した。

「腹蔵なく申し上げましょう。宇喜多家のこと、私は何も酔狂のみで面倒を見させていただいているわけではございませぬ」

「と、申しますと」

「先ほどの八郎殿です。それがしはかのお子の行く末に、何者かになるやも知れぬ片鱗を見込んでおりまする」

ほう、と重隆は興味を引かれた。この目利きの商人がそこまで言うからには、あの子にはまだ幼いながらも、どこかに尋常ならぬ大器の萌芽があるのだろう。

さらに善定はこう勧めた。

「妙興寺には八郎殿も行かれます。墓参も兼ねて、ご一緒に参られてはいかがでしょう」


一刻《とき》（約二時間）後、重隆は妙興寺の本堂に座っていた。子の満隆も隣にいる。

その二人のやや斜め前には、正座をした八郎の姿がある。

すでに講話は始まっている。善定から聞いていた通り、通常の宗教講ではなく、歴史の講釈であった。唐土の三国時代にいた梟雄《きょうゆう》、魏《ぎ》の曹操《そうそう》の話をしている。が、その話自体は重隆にとって特に目新しいものではない。

時おり八郎の横顔を見る。十一とは聞いていたが、講話の要所要所での微《かす》かな頭部の動きを見るに、その内容は完全に理解しているようだ。

ふむ……。

この八郎を正式に紹介されたのは、先ほどの備前屋の書院で、父親の興家と共にであった。

一通りの挨拶が終わったあと、興家としばし会話を交わしたが、なるほど、これは確かに駄目だと重隆は感じた。

とにかくその話す内容に、まるで深みというものがない。独自の考察力もない。物事の表面を通り一遍になぞることしか出来ない空疎な男だ。

この時点で、重隆はいささかうんざりしていた。

臨席している八郎は、終始無言だった。

ややあって、赤子を抱いた若い女が三歳ほどの幼児の手を引いて三人で現れた。八郎とは反対側の興家の横に座った。

「これは、娘の榧でござる」

善定がそう紹介すると、

「黒田様、大変お久しゅうございます」

と、その娘は深々とお辞儀をした。

ああ、とようやく重隆は思い出した。まだほんの子供だった頃に、この娘には何度か会ったことがある。

それでも重隆には、何故に善定の娘が子供二人を引き連れてこの場に現れたのか、しばし理解できなかった。

「この童は――」と、善定が幼児を示し、淡々と紹介した。「七郎と申しまして、興家殿の次子でござる。さらに榧が抱く赤子は、六郎と申します。宇喜多家の三男でござる」

……ん？

改めて善定の顔を見る。相手も無表情に重隆の顔を見返している。

それで、すべてを重隆は了解《りょうげ》した。

と同時に、目の前の興家にはさらに呆れた。

この三十男にも、自分の妻がどういう気持ちと覚悟で宇喜多一族を滅ぼした浦上家に出仕したのかは、充分に分かっているはずだ。それなのに、こうして善定の娘を立て続けに孕ませたのみならず、自分一人は商家にのうのうと居候を決め込んでいる。

いや……なにも側室を持つことが悪いと思っているわけではない。が、それも時と場合によりけりだ。甲斐性のなさもここまで極まると、この短い間にも、ほとほと愛想が尽きてしまう自分の気持ちを、どうにも抑え切れない。

八郎はそんな父親の脇で、相変わらず伏し目がちでいる。口も一切開かなかった。

それはそうだろう、と重隆はこの子をさらに気の毒に思った。

もう充分に物心もついている年頃で、さらに善定によれば、おそらくは聡い。自分が置かれた現状も、充分に理解できているはずだ。

その心情を思うだに、正直この場には、重隆のほうがいたたまれなくなった。


妙興寺への往路で、この八郎とは多少の会話を持った。とはいっても、語り掛けるのは専《もっぱ》ら重隆のほうだった。

なにしろこの子は、その口が異常に重い。栄螺《さざえ》が蓋を閉じたように、自分からは決して口を開こうとしない。心も硬い殻で覆われている。

かと言って、問いかければ返事をしないわけでもない。例えばこの土地での暮らしを聞くと、

「私は、ここが好きです」

などと、一応の答えは返ってくる。

この福岡のどういうところが好きかとさらに聞けば、

「町が、大きゅうございます。人もみな明るく、活気に溢《あふ》れております」

と、その理由もちゃんと答える。ただし、こちらが聞かない限りは、やはり口を開かない。いつまでも黙りこくっている。

先ほどの、宇喜多家との対面の場面を再び思い出す。

奇妙な一家の並び方だった。通常はある一家と対面する時、その子供が男ばかりなら、家長、嫡男、次男、三男、そして奥方と横並びになる。

しかし善定の娘は八郎の側ではなく、興家を挟んだその逆側に座った。左右に分かれた。それが重隆には、梱の心を表しているように思えた。つまり、八郎に家督を継ぐ権利があるのなら、七郎、六郎にも当然その継承権はあるのだ、と暗に言いたいのではないか……。

その想像がもし当たっていたら、あの家族内で八郎の置かれている境遇は、さらに愉快ではないものだろう。この年頃なら、だらしのない父親といい、新しい継母の態度といい、そうした大人というものに対して、既に軽い不信感を持っているかもしれない。——ふむ。

やがて講が終わった。

周囲から聴衆がざわざわと席を立ち始める。本堂の中には、重隆が昔懇意にしていた商人の顔も、ちらほらと見える。

重隆は子の満隆に耳うちした。

「わしはこれから、昔の知り合いをつかまえて話をする。善定殿の家へ戻るのは、遅くなる」

「はい」

「そちは八郎殿を連れて、父上の墓参りへ行け。わしら一家の、多少の物語をせよ。それから共に一足先に帰れ」

一瞬、満隆は怪訝《けげん》そうな顔をした。

「何故、我が家の話をするのです」

「おそらく、あの子は興味を示す。後で、その様子をわしに伝えよ」

満隆はうなずいた。

「では、頼む」

満隆が八郎の許に歩み寄っていく。そこまでを見届けた後、重隆は少し離れた場所にいた昔の知り合いに近づいていった。

8

妙興寺の裏手には、広大な墓所がある。むろん檀家の墓だ。

本堂を出た満隆は八郎を伴って、その裏手へと赴いた。八郎は隣を歩きながらも相変わらず黙っている。辺りには夕闇が迫りつつある。

つい、手持ち無沙汰に聞いてみた。

「八郎殿は、今年いくつになられた」

「十一でございます」

「されば、わしとは五つ違いじゃな」

するると、意外に親近感が湧いたのか、初めて八郎のほうから口を開いた。

「元服は、もう済まされたのですか」

満隆はうなずいた。

「今年すませた」

八郎は、満隆の顔をちらりと見上げた。

「満隆殿、私などに敬称は要りませぬ。八郎、と呼び捨てで結構でございます」

多少意外な気がしたが、満隆は受けた。

「左様か。では、そう致そう」

墓所の中を進み、祖父の高政の墓の前に着いた。

その墓前にしゃがんで、しばし手を合わせてから、満隆は立ち上がった。満隆がそうしていた間、八郎は墓の横にずっと突っ立っていた。

父の言葉を思い出して、口を開いた。

「黒田家は、かつて祖父を含めてこの福岡で、親子三代が暮らしていた。わしも、この町で九歳まで生まれ育った」

八郎は無言でいる。構わず満隆は言葉を続けた。

「今でこそ人がましく武士と名乗れるようにはなったが、その頃はとてもそんなものではない。町人たちの世話でようやく暮らしを立てている、単なる町厄介の分際に過ぎなかった」

敢《あ》えて、今の宇喜多家と同じだ、とは言わなかった。言わなくてもこの少年には伝わるはずだ。

薄闇の中、八郎の頭部が少し揺れたような気がした。なるほど父が言った通り、この話に興味を示している。

その後、満隆はこの町で父の重隆や祖父の高政がどのような暮らしぶりだったかを詳しく語った。八郎は依然として無言だったが、そのこちらを捉えて離さぬ黒目が、ますますの関心の在りようを示していた。

墓の前を去り、妙興寺を出て町に向かいながらも、満隆はその後の黒田家の話を続けた。

「祖父が死んで九年後、我が一家はこの地を離れて播州へと移った」

とはいえ、仕官の当てがあってのことではない。播州の姫路という草深い田舎に流れ着いた時には、福岡にいた頃以上に貧窮していた。が、廣峯神社と懇意になり、目薬を作るようになってからは急激に財を成した。数年が経ち、その財力を元手に近隣で小さな勢力を作り、それを背景に龍野の赤松家に仕えた。

そのくだりまで話した時、ずっと黙って聞いていた八郎が急に口を開いた。

「何故、武士に戻られたのです」

「え？」

「ですから、どうして誰かに仕える侍になど、またなられたのです」

満隆は、多少面食らった。

「どういう意味か」

すると八郎は、つたない説明ながらも、まとめるとこんな意味のことを言った。

武家などという極道稼業にわざわざ返り咲かなくても、商売で成功したならば、そのままの稼業で充分に暮らしていけばいい。武士のように戦場に出て、命を懸け物にする必要もない。他家から滅ぼされたり、主家から裏切られたりする心配もない。

「たしかに商人は、侍以上に才覚が要る渡世でございましょう。ですが才覚さえあれば、善定殿のように自らに誇りを持てる仕事ではありませぬか」

いったん話し出すと、意外にも八郎は多弁だった。さらにこう続けた。

商人は一度成功すれば、武士などよりはるかに安心で豊かな暮らしを送ることが出来る。それは、砥石城時代の自分の家族の暮らしぶりと比べても明らかだ。なのに、何を好き好んで侍になど戻られたのか、と。

これには満隆も絶句した。

そもそも、そんな根源的な理由など、考えたこともなかった。黒田家は、満隆が子供の頃は零落していたとはいえ、元々は歴とした武士だ。だからその身分に返り咲く。当然のことではないか。

しかし、この十一になる少年には、そうした考えはないらしい。迷った挙句、答えになっていないとは思いつつも、こう気弱に答えた。

「歴とした武士に返り咲くのは、我が黒田家累代の悲願であったのだ」

しかし案の定、八郎はいまひとつ納得ができないという表情を浮かべている。

ふと思い至った。

「もしかして八郎は、武士よりも商人になりたいのか」

そう問いかけると、少年は一瞬ためらい、それからうなずいた。

「世間では、商人は武士より低く見られております。ですが、私はそうは思いませぬ。商人こそ、この人の世を動かす稼業だと感じております」

「では、やがては善定殿のような商人になるのか」

八郎は、首を振った。

「善定殿は、私を商人にするために扶育しておられるわけではありませぬ」さらに静かな声で、淡々と言葉を続けた。「私がいつか宇喜多家を再興するかも知れぬと思いをかけ、こうして我が一家を養っておられるのです。母上も同様です。我ら一族を滅ぼした浦上家に、屈辱を忍んで仕えられたのです」

「……そうか」

八郎はうなずいた。

「私は、そのような星の下に生まれてきました。いくら意に沿わずとも、先々は侍になるしかありませぬ」

この少年は、ゆくゆく武士として返り咲かねばならぬ責務を、既にはっきりと自覚している。しかも一族を滅ぼした浦上家の許で、武士になることを余儀なく定められている。

正直、なんと言っていいのか分からなかった。

二人はその時、福岡の町の大路を歩いていた。

福岡は、吉井川の畔にある。そしてこの福岡を目指して吉井川をさかのぼってくる船も、上流から下ってくる船も、夜遅くまで発着している。だから、夜になっても大路は数多くの人で賑わっている。両側に連なる商家の明かりも煌々《こうこう》と点り、進んでいく二人の足元を、万華鏡のように四方八方から照らし出している。

慰める言葉もなく、つい満隆は言った。

「この福岡の夜は、いつ見ても華やいでいる。懐かしさに心を打たれる」

私にも、と八郎は前方を見たまま、つぶやくように言った。「いつかはそのように思える日が来るのでしょうか」

この大人びた反応にも、満隆はなんとも答えようがなかった。


夜遅くになり、父の重隆が備前屋に帰ってきた。二人は晩飯を済ませ、屋敷の奥に用意されていた寝所に入った。

「で、かの御曹司とは話をしたか」

「多少は」

満隆はうなずき、八郎とのやりとりを掻い摘《つま》んで説明した。

「――そうか」重隆はうなずいた。それからやや考え込んだ後、こう言った。「善定殿の言う通り、確かに聡そうだな。あの歳で、自分の置かれた境遇もよく俯瞰できておる」

満隆は、何故か八郎を弁護するように言った。

「ですが、重ねて申しますが、できれば武士にはなりたくないような口ぶりでございました」

すると、重隆は苦笑した。

「なりたくなくとも、血筋を消すことは出来ぬ。実際に先々でそうなるかは分からぬが、やはりそこを目指して生きるしかなかろう」

「されど――」

「されど、なんだ？」

「いえ……なんでもありませぬ」

八郎の生い立ちを考える。誰が、自分の一族を滅ぼした主家に仕えたいと思うだろうか――。年端もいかぬ頃から望まぬ重責を背負わせるのは、あまりにも酷《むご》いのではないかと言おうとして、やはり黙り込んだ。

それぐらいのことは敢えて口に出さずとも、この父にも充分に分かっているはずだ。

そんな満隆の気持ちを見越したかのように、重隆はこう言った。

「あの八郎という少年は、宇喜多家の嫡男なのだ。だからこそ、善定殿も実母も、あそこまでの骨折りをしている。おまえの気持ちは気持ちとしても、その大本《おおもと》を忘れるな」

満隆は、不承不承うなずいた。

「ところでの、わしは明日から三日ほど、この上道郡と邑久郡の情勢を一人で見て回る。おまえは、その間この福岡で、八郎殿とさらに懇意になっておくのだ」

「はい？」

「善定殿の推察通りであれば、この備前は今後も当分、浦上家が支配する。しかし、その投網は決して盤石ではないとも言っておられた。そして備前の趨勢は、もっとも肥沃《ひよく》なこの二郡の動きで決まる」

重隆は今後の見通しを語った。

「その豪族のうちで、やがては主筋の浦上家を凌《しの》ぐほどの人物が出てきているかどうかを実際に見て回ってくる。が、七年前と同じで、おそらく大した人材は育っておらぬ。商家の旦那たちも、暗にそう言っていた。中山や島村、穢所《さいしょ》、あるいはやや離れた金光《かなみつ》……この周辺の豪族はどのお方もあまり頼りになりませぬ、と。そして、いみじくも善定殿が申された通り、商いの原理を知らぬ武家は、この先で決して大きくはなれぬ」

「はい」

「そこで、あの御曹司だ。やがて浦上家に仕えて、運良く宇喜多家を再興した場合だ。それら凡庸な被官の中で、後々に頭角を現してくることも考えられないことではない。なにせ八郎殿は、物心が付き始めた頃から商家で生い立っている。この福岡や西大寺の商人を巻き込んで、大いに勢力を伸ばす見込みもある」

そこまで言われた時、満隆には父の考えている絵図がにわかに分かった。

「我らが小寺に仕えたその後を見越して、今から八郎と懇意になっておけ、と」

そうじゃ、と重隆はうなずいた。「小寺家に仕えれば、今後、浦上家とは同盟関係になる。が、今日の話を聞くに、浦上家の政宗も宗景も、赤松の本家と同様、そうたいした人物ではない。つまり先々で、彼ら兄弟を被官の立場から動かすことになるかも知れぬ者と懇意になっておくことは、我らにとっても悪い話ではない」

いったんうなずきかけて、ふと気づき、満隆は笑い出した。

「しかし、八郎はまだ十一です。仮に先々で有力な被官になったとしても、二、三十年かそこらはかかりましょう。なんとも気の長い話ですな」

すると重隆も苦笑して、こう切り返した。

「気の長い話だからこそ、そちに任せるのだ。その頃には満隆よ、おまえが黒田家の家督を継ぎ、家政を切り盛りしている。ゆくゆくは小寺家の代理として、長じた八郎殿と交渉を持つ時もあるやも知れぬ。その場合、若い頃のお互いを直に知っているかどうかは、とても大事なことじゃ」

「なるほど」

「もう一つ。あの子には善定殿を除き、大人への軽い不信感がある、とわしは見ている。その点、歳の近いおまえにになら、多少なりとも心を許すだろう。実際に今夜がそうだ。おまえはもう、あの子のことを八郎と呼び捨てに出来ている」

今度は、充分に納得した。

「分かりました」

翌朝、重隆は日の出前には備前屋を出立した。その後の数日、満隆は離れに住んでいる宇喜多家に毎日行って、朝から八郎を外へと誘い出した。

八郎は、どんな時もすぐに出てきて、満隆と共に町に出た。家に居ても、よほどやることがないらしい。そして福岡や、その周辺のいろんな場所を終日ほっつき歩いた。

一日、二日と経つうちに、次第に満隆にも馴染んできたのか、ごくまれにだが淡い笑みも見せ、自分から喋《しゃべ》るようにもなった。

満隆がひどく感心したことには、八郎は町の様々な場所も、そして大路に軒を連ねている商家のそれぞれの仕事のことも、驚くほどよく知っていた。それも単に小売業だけではなく、馬借や車借などの運輸業者のことや、果ては金融業の仕組みまで詳しく知っていた。そして、そういうことを説明する時は、決まって人が変わったように多弁になった。

例えば、

「ここは、日銭屋でございます。小商いをする者に、しばしば銭を貸している店です。金利はおおよそ、月に四分から五分ほどでございます」そして一呼吸置き、こうまとめた。「つまり、年利で、四割八分から六割の間ということになります」

「高いな」

「貸し倒れもよくありますから、これくらいの利子になるようです」

「そうか」

あるいは、別の店の前ではこうも言った。

「ここは問丸《といまる》です。ここも金貸しが主な商いですが、他に、割符《さいふ》の引き受けと換金もやっております。問丸のこの副業は、けっこうな旨《うま》みのある商売だと、私は感心致しました」

割符とは、為替のことだ。大量の銭を遠方まで運ぶのは手間だし盗賊から襲われる危険も高い。だからその銭をいったん地元の問丸に預け、多少の手間賃を払って割符の証文を起こしてもらう。そして目的地にある問丸で、その割符を換金してもらう。

しかし、何故その為替業がけっこうな旨みのある商売なのかは、満隆にはよく分からなかった。収入は、手間賃だけではないかと思う。束の間あれこれと思案した末に、聞いてみた。

「情けないが、わしにはよくその仕組みが分からぬ。もし知っているのなら、教えてくれぬか」

するとこの問いかけにも、八郎はすらすらと答えた。

「問丸は、割符を作れば作るほど、多くの銭が貯まります。ですが、銭を預かっても借り手ではないので、金利を払わなくてもよいのです」

「ふむ?」

「一方、遠方から来た商人にその代金を払うまでには、しばしの時があります。つまり、その間に遊んでいる銭を、誰かに利息を付けて貸すのです。割符の手間賃と合わせて、二重の儲けとなります」

そして、こうも付け足した。

「さらには、ごくまれにではありますが、長旅の間に野盗に襲われたり、船が沈んだり、病になって死んだりと、不幸があった人間は、割符を換金に来ませぬ。これは、まるまる問丸の懐に入ります。これで、三重の儲けです」

思わず満隆は唸《うな》った。そしてふと疑問に思い、聞いてみた。

「八郎、そちは誰にそれを教わったのだ」

「手間賃を取って割符に替えることは、善定殿が教えてくれました」八郎は答えた。「それで、他に何故儲けが出るのかは、自分でよくよく考えてみよ、と申されました」

「で、いかほどで今までの答えを出したのだ」

「丸三日、そのことばかりを考えておりました。四日目に、ようやく答えが出ました」

ほう、と満隆はますます感心した。この子は賢さに加え、粘り強く考え続ける志向も、この年齢で既に持ち合わせている。

……以前に、父の重隆から聞いたことがある。

先々で何事かを成すに足る人間には、頭の良さもある程度は必要だが、それ以上に、該当の一事に対してとことんまで考え抜く執拗さが何よりも求められる、と。

この子には、その二つがある。道理で、あの備前屋の主人が入れ込むわけだ。

「しかし八郎は、よくこの町のことを存じておるな」

そう満隆が何気なく言うと、八郎はうつむいた。

ややあって、抑揚のない声で答えた。

「いつも、外を出歩いておりますから」

それっきり、隣の少年はしばらく黙り込んだ。

ふむ――。

あの離れにある家屋には、あまり居たくないのだろう。やはり新しい家族の中には、自分の居場所がなかなか見つけられずにいるらしい。

だからといって、こうして満隆と一緒に出歩いてみても、この子に話しかけてくる同年代の子供は、誰もいない。友達はおろか、話し相手もいないようだ。

むろん、それは満隆の子供時代も似たようなものだった。この町では、武士の子供などまれな存在だ。そして町人の子供は、武士の子供とはまず遊ばないし、仲良くもならない。時おり、そんな自分の在りように寂しさを感じてもいたが、それでも満隆には、貧しくとも仲睦《むつ》まじい家族があった。

が、この子には何もない。どこにも安んじて息をつける場所がない。安らげる人の輪の中に入ったことがない。

たぶん極端に人見知りなのは、そのせいもある。

そしてまた、一つの推測に思い至る。

だから、先ほどの問丸の件のように、気になったことをあれこれと自問自答して、一人で日々を過ごすしかない。思考の粘り強さは、その孤独から生まれている……。

三日目には、足を南に延ばして、西大寺へと赴いた。

この備前随一の巨刹は、高野山真言宗の別格本山である。位置的には、福岡の町から吉井川沿いに一里（約四キロ）と少しを下った場所にある。創建は、平安時代より前の奈良時代中期と伝えられているから、その歴史は驚くほど古い。

満隆が福岡で物心がついた頃には、すでに中国筋でも有数の庶民詣での大寺院として、人々にあまねく知られていた。

そしてこの大伽藍の周囲を、門前町が広範囲に形成している。

満隆も幼い頃に数回来たことがあるが、ここの門前町もまた、福岡とは違った意味で人の往来が激しい。そのほとんどが参詣客だ。満隆が以前に来た時と変わらぬ、たいそうな賑わいを見せている。

「八郎は、ここによく来るのか」

隣を歩く少年は、軽くうなずいた。

「月に、二、三度は参ります」

これには驚いた。

「この町の、どこがそんなに好きなのか」

すると八郎は、やや小首をかしげた。

「別に好きというわけではありませぬが、福岡とは、何かが違います」

「どこが、違う」

八郎は少し考えこんだ後、こう答えた。

「うまく言えませぬが、ここは銭を使う町です。それだけです」

さらにあれこれと尋ねてみると、ようは、消費だけで成り立っている町だということを言いたいらしい。この門前町は、少なくとも物は生み出さない。品物が右から左へと流通もしない。ここで留《とど》まる。住む者も、ここを参詣に訪れる者も、その運ばれてきた物に対して、ただ銭を使うだけだ。そして、言われてみればまさしくその通りだ。思い返してみれば、播州で懇意にしていた廣峯神社も、その規模こそ違え、まったく同じことが言える。

しかし、満隆はそう言われるまで、この西大寺や廣峯神社の門前町をそんな目で見たことは一度もなかった。

八郎よ、おぬしは本当に賢いのう――。

思わずそう言いそうになり、すんでのところで思いとどまる。

この賢さもまた、苦い孤独の所産なのだ。褒められても、この少年は少しも嬉しくはなく、ただ反応に困るだけだろう……。

代わりに、こう聞いてみた。

「今しがた、別に好きではないと申したが、では何故この場所に、足しげく通う」

すると、相手は困ったような表情をした。一度下を向き、それからまた顔を上げて言った。

「ここは、近いのです」

――ん。

何が、近いのか。

すると少年は何を思ったのか、急にすたすたと満隆の先を歩き始めた。子供にしてはけっこうな早足に変わる。参詣客でごった返す門前町の中を、ひたすら東へと向かって進んでゆく。自然、満隆もその後を追うこととなった。

やがて門前町が途切れ、吉井川の畔《ほとり》へと出た。

さらに八郎が先導するままに、二人して小高い土手の上に登った。

川向こうに、邑久郡の南部に広がる千町《せんちょう》平野が見渡せる。この備前でも有数の肥沃な耕作地だ。

そして、その平野のはるか向こうに、こんもりとした低い山並みが続いている。春霞《はるがすみ》にうっすらと紫色に煙《けぶ》って見える。

その時点で、満隆はようやく気づいた。というか、それまでまったく気づいていなかった自分のほうが、むしろ迂闊《うかつ》だった。

束の間、言おうか言うまいか躊躇っていたが、やはり聞いてみた。

「八郎は、あの連山のひとつにある砥石城で生まれたのであったな」

少年は無言でうなずき、しばらくして口を開いた。

「六歳まで、育ちました」

そう応じた少年の横顔が、変に無表情だった。

どれくらいそうしていたのか分からない。随分と長い間、二人は黙っていた。

ふと、吉井川のせせらぎの音に交じって、どこからか鳥の鳴き声が途切れることなく周囲に響いているのに気づいた。雲雀《ひばり》のさえずりだ。本格的な春の到来とともに現れる。いくつもの雲雀が天空から地上から、軽やかで陽気なさえずりを奏でている。

少年は、平野の向こうの山並みを飽きもせずに眺めている。

やがて満隆は口を開いた。

「そのように熱心に眺めるなら、いっそ川向こうに渡ってみようか」

しかし、八郎は首を振った。

「川向こうに行ってはならぬ、と言われております」

「誰に」

「善定殿と父からです。川向こうはもう、私たちの一族を滅ぼした島村氏の勢力地でございます」

「……そうか」

確か、その島村氏の本拠地である高取山城は、砥石城とはすぐの峰続きになっていたはずだ。

そう思い、一層に目を凝らして山並みを見たが、やはり春霞に煙ってよく見て取れない。

満隆は言葉を選びながら、慎重に聞いてみた。

「いつかは、帰りたいと思うか」

八郎は、無言だった。

けれど、この少年の心底を垣間見るうえでも、ここは大事な部分だった。曖昧には出来ない。相手には不快な問いかけだとは充分に分かりつつも、さらにこう尋ねた。

「出来うることなら、やがては城を取り返したいと思うか」

八郎は、今度もまた長い間黙り込んでいた。

やがて下を向き、草むらにしゃがみこんだ。足元に生えている草を一握り毟《むし》った。立ち上がり、ゆっくりとその手を開いた。

青々とした草がその手のひらを離れて、風に流されていく。一枚の葉が、吉井川の川面に落ち、漂いつつも下流へと流されていった。

そこでようやく、この孤独な少年は口を開いた。

「万が一にも取り戻したところで、その頃に一緒に暮らした者たちは、もう誰もおりませぬ」

一緒に暮らした者たち、という言葉に、かつては惣領《そうりよう》の息子だったこの少年の、現状に対するやるせなさや虚しさ、あるいは自分の先々に対する絶望に近い気持ちも、濃厚に滲《にじ》み出ていた。

周囲では、まだ雲雀が飽きもせずにさえずり続けていた。


日が西の山の端《は》に傾きかけた頃、福岡へと戻った。

父の重隆はすでに、備前の周遊から戻ってきていた。

夜に寝所で二人きりになった時、重隆は口を開いた。

「結論から言う」

「備前の要衝であるこの上道郡と邑久郡は、まだそっくり以前のままだ。土豪たちはみな、昔と同じように眠っておる。息をひそめるようにして、浦上家の動向を常に窺《うかが》っておる」

つまり、これからも当分の間、浦上氏の備前支配は続くと言っているのだ。そしてその浦上氏と同盟を組む播州の小寺氏もまた、赤松から一方的に攻撃されることはない。逆に赤松は、今後もその東西の勢力から圧迫されて、これからも衰退を続けていくだろう。

「されば、我が黒田家は龍野赤松家を退転して、小寺氏へと鞍替えする。こういうことで、よろしゅうございまするか」

そう満隆が問いかけると、父はうなずいた。

「いましばらくは熟考する余地もある。が、まずまず、そうなるものと考えておけ」

ある程度は予期していたことだから、満隆もまたうなずき返した。

これで黒田家は、自分が物心がついてからでも、播州への移住、薬屋への転業、赤松家への仕官と、三度の変転を迎えた。さらに次で、四度目の変転となるだろう。

しばしそんな感慨に耽《ふけ》っていると、重隆が聞いてきた。

「ところで、かの御曹司の様子はいかがであった」

「はい――」

満隆はしばし考えをまとめた後、この三日間の八郎の言動で、肝《きも》となりそうな部分を掻い摘んで話した。

聞き終えた時、父の重隆もまた、自分と同じような感想を持ったようで、

「やはり善定殿が、惚《ほ》れ込むだけのことはあるな」

そう予想していた通りの感想を口にした。

「しかし、先々に砥石城を取り戻したところで、もう昔の者は誰もおらぬ、とも申しておりました。先日の言葉を繰り返すようですが、武士に返り咲く気持ちは、かなり薄うございます」

「それでも、取り戻したくはないとは、はっきり言っておらぬではないか。武士になりたくないとは、断言しておらぬではないか」

「それは、そうですが……」

それにしても、どうして自分は、このようにあの子の武家に返り咲く道を、敢えてなきもののように補足してしまうのだろうか。

しばらくして、重隆はこう言った。

「おそらくあの少年の心は、揺れ続けておる。父親は、何の頼りにもならぬ。一族も離散し、消滅したに等しい。宇喜多家を再興するためには、前途にあまた転がっている困難や屈辱を、ほぼ独力で乗り越えなければならぬ。が、それがいかに厳しい道であるかを、あの歳でよく分かっている。血筋からくる重荷を思うだけでも、絶えず息苦しさを覚えている」

その通りだと思う。だから満隆も口を開いた。

「血の頸木《くびき》から、離れたいのでありまするな」

そう言って、初めて自分の気持ちをはっきりと悟った。

そうだ……。

おれは、あの少年を過去の呪縛から、そして将来への束縛から、出来ることなら解き放ってやりたいと思っている。幸いにして、商人としての資質の萌芽も充分にあるように見受けられる。もしそうなれば、過去は過去としても、また別に笑って生きられる前途もあるのではないかと夢想している。

躊躇いがちに聞いた。

「八郎はやはり、武士以外にはなり得ぬ運命《さだめ》なのでしょうか」

すると、重隆はこう答えた。

「人は誰しも、木の股から生まれてきたわけではないのだ」

「……」

「おまえはおまえで、黒田満隆という生き方からは、逃れようもない。仮に置き捨てたとしても、過去は死ぬまで付いて回る。かの少年も、また同様」

満隆はつい、ため息をついた。

「なにやら、生きるとは、やるせないものですな」

「馬鹿め」重隆は笑った。「そのやるせなさが、生きる妙味というものではないか」

けれど、そう言われても、まだ年若い満隆にはその実感が湧かない。

「そうでしょうか」

父親はうなずいた。

「過去は変えられぬ。されど、その昔を想う今は、これからでも変えていける。その時々の在りようによって、来し方の色彩は違って見える。妙味というのは、そのことだ」

なるほど……釣られるように、満隆も思わず平仄《ひょうそく》を合わせた。

「我らは、思い出を美しくするためにも、今を生きておるのですな」

重隆は、また笑った。

「まあ、そのようなものだ」

しかしそれっきり、二人はしばらく黙り込んだ。


翌日の朝、黒田親子は播州へと戻る支度を整え、備前屋を出立した。

善定やその家人とは店の前で別れた。しかし八郎だけは、福岡の町の外れまで、黙りこくったまま二人に付いてきた。

満隆には、その気持ちが痛いほどに分かった。自分の子供時代に照らし合わせてみれば、容易に想像ができる。

ほんのわずかな間ではあったが、自分と八郎の間には、友情にも似た気持ちが芽生え始めていた。

八郎のまだ短い人生では、初めてのことだったに違いない。

満隆がこの町を去れば、八郎はまた今までの孤独な牢獄の中に戻る。だからこそ別れが辛いのだと、我がことのように感じられた。

町の入り口に立つ妙見堂をいくらか過ぎた時、満隆は立ち止まった。斜め後ろを歩いていた八郎の目線までしゃがみこんだ。

「見送りは、もうよいぞ。八郎」

八郎は俯《うつむ》いたまま黙っている。

「いつかまた会う日もある。堅固でいよ。早く大きくなれ」

父の重隆が黙って見つめている前で、さらに思いついたままを語りかけた。

「本を読め。今までと同じように町と人を見よ。人は、いくらでも賢くなれる。これからの時代、人は賢くなければ生き残れぬ。分かるか」

「……はい」

満隆は、先々そうなることを願いながらも、励ますように繰り返した。

「やがて我らは、お互いのことを風の便りに聞き、またいつか会う。きっと、会う。その時を楽しみにしておる」

八郎は、ようやくほんの少しうなずいた。

満隆は東へと去っていく途中で、何度も後ろを振り返った。

次第に小さくなりゆく八郎は、福岡の町を背景に、ずっと自分たちを見送っていた。やがてその姿は点になり、大地の向こうへと呑まれて消えた。

9

天文九（一五四〇）年の秋のことである。

予兆は、まったく感じられなかった。

のどかな日差しが朝から店先の路上を照らし出していたこの日も、善定は商いに忙しく、朝から備前屋を出ずっ張りであった。

陽が西に傾き始めた頃に帰ってきた時、家内で上を下への大騒ぎが持ち上がっていた。興家の姿が、妙興寺の鐘が鳴った朝五つ（八時）の頃から見えず、屋敷内のどこを探しても見つからないという。特に、娘の梱が激しく騒ぎ立てていた。

たしかにそれは変だ。興家は善定の家に居候となってからというもの、滅多に外出はしなかった。町人の好奇の目に晒《さら》されるのが嫌だったのだろう。

「あれよ。ろくに戦いもせずに城を逃げ出し、武門を潰された宇喜多様とは、あのお方のことよ」

そんな目で、この福岡の住民たちは興家のことを噂していた。

そんな興家が、長く外出するはずもない。昨年、黒田親子が来て以降は、特にその傾向が甚だしくなった。見事に武家へと返り咲いた彼らに比べ、さすがに我が身の不甲斐なさを実感したのだろう。動きも表情もより鈍くなった。そのせいか、最近の興家は見るも無残にぶくぶくと肥えていた。

「して、八郎殿も同様におらぬのか」

そう善定が問いただすと、ただでさえ気持ちが高ぶっていた娘の梱は、こう甲高い声で答えた。

「あの子のことなど、どうでもようございまする」

「何を言うか」

善定も、いつになく大声を出した。そもそもこの娘が、ともすれば八郎をひどく粗略に扱いがちなことを、我が子として常々かなり情けなく、かつ不満に思っていた。

「宇喜多家の御嫡男をそのように申すことなど、いくら我が娘とはいえ、許さぬぞ。二度とそのような口を利くなっ」

すると椛は、一瞬怯《ひる》んだ。

まあまあ、と善定の妻が取りなした。「椛もそのような言い方をせず、ちゃんと説明するのです」

「八郎殿は、興家殿の姿が見えなくなる前に、家を出られました。一緒に外出されたということはありませぬ。また、店の者も興家殿が外に出られるのを見た者はおりませぬ」

「……そうか」

相変わらず、あの少年は朝から外をほっつき歩いているらしい。

「ともかくも、興家殿を探そう」

手の空いた店の者や用心棒も一緒になって、屋敷内をくまなく探した。

やがて、興家は見つかった。

敷地の奥に、什器《じゅうき》や昔の証文を仕舞っている蔵がある。普段は滅多に使わない。

その蔵の中で、興家は梁《はり》から首を吊って死んでいた。その足元に抜身の刀があり、切先に血が付いていた。ぶら下がった胴体の腹部にも、血が滲み出していた。善定の背後から、椛の悲鳴が聞こえた。

なんということだ――。

すぐに興家の死体を梁から下ろし、屋敷へと運び入れた。直後に、どこからか帰ってきた八郎も、さすがにこの光景には呆然《ぼうぜん》としていた。

遺書を、その懐に見つけた。二通あった。ひとつは善定宛、さらにひとつは八郎宛となっていた。

自分宛の文を開いて、手早くその内容を読む。


永らくお世話になり申したが、それがし、生きることにやや倦《う》み申し候《そうろう》。何卒お許しいただきたく、八郎のこと、よろしくお頼み申し上げまする也。


というような意味の文面だった。

奥の間に八郎だけを呼び、少年宛の遺書を差し出した。

八郎はその遺書を開き、一読した。さらに再読して顔を上げ、善定を見た。が、その表情にこれといった変化はない。一瞬躊躇ったが、善定は言った。

「そちらを見ても、よろしゅうござるか」

八郎はうなずき、自分宛の文を差し出した。

「では、わし宛の文も、八郎殿に読んでもらおう」

遺書を交換し終えた後、八郎宛のものを読んだ。大意は、

八郎よ、おぬしは、やがて宇喜多家を再興する身である。幸い善定殿も、そう見込んでおられる。険しく辛い道であろうが、この甲斐なき父に成り代わり、励んでくれ。

との内容だった。

読み終わった善定は、八郎の顔を見た。

興家はまだ死んだばかりなのだ。こんな場で聞いてはいけない、聞いてはいけないと思いつつも、口は勝手に動いていた。

「八郎殿は、この興家殿の御遺志を、どう思われるか」

この時、八郎は十二歳である。少年は下を向いたまま、黙っていた。が、善定はさらに促した。

「遠慮はいらぬ。思ったことをありのままに申せばよろしい」

すると八郎は、ぼそぼそとつぶやくように言った。

「納得が、いきませぬ」

「そう、思われるか」

八郎は微かにうなずいた。

「父様《ととさま》は、お家の再興に何一つ手を打たれることもなく、一人で勝手に冥土《めいど》へと赴かれました」

「……」

「すべてを私に押し付けて、今の重荷から身軽になりたかった。それだけにてございます。そこを思えば、親不孝だとは存じまするが、涙も出てきませぬ」

死者に鞭《むち》打つようだが、まったくその通りだと善定も思った。

挙句には、この死に様だ。

おそらくは土蔵の中で切腹して果てようと思ったのだろうが、切先を腹に浅く突き立てただけで、もう痛みに耐えかね、武家の元棟梁《とうりょう》ともあろうものが、百姓や商人のように首を吊って死んだ。まったく情けない。

しかも首を吊った場所は、備前屋の敷地内という有様だ。他にも死ぬ場所は、福岡の外れにいくらでもあったろう。ここに残されて暮らしていく者たち——特に興家の二児を産んだ榧が、あの土蔵を見る度にどういう気持ちになるかということにも、まったく配慮していない。さらにはその榧や、今は浦上家に恥を忍んで仕えている奥方への遺書もない。最後の最後まで、何も考えていない。身勝手極まりない。善定は相手が死んでもなお、ほとほと興家に対して愛想が尽きていく自分を、どうすることもできなかった。

目の前の八郎を再び見た。

およそ人として生まれて、我が父を尊敬できぬほど虚しい育ち方があるだろうか……。

「この二つの文を、八郎殿の母上に送ろうと思うが、構わぬか」

八郎は、無言でうなずいた。

ともかくも、やるべきことはすぐに手配しておかねばならない。

が、ここに困った地域情勢が起こっていた。

出雲《いずも》、隠岐《おき》、伯耆《ほうき》、因幡《いなば》を支配下に置く山陰の一大勢力に、尼子《あまご》氏がある。

ここ数年来、尼子氏は、自国東部の伯耆、因幡から中国山脈を越して、美作や播州の山岳地帯まで盛んに兵を出してきていた。そして昨年の夏以降、播州ではついに山陽道に進出してきて、赤松氏の軍を大いに撃破した。黒田親子が仕えていた赤松氏の龍野城も陥落した。結果として黒田親子は、自分たちで判断するまでもなく、小寺氏への臣従を余儀なくされた。

そこで、それまで犬猿の仲だった守護の赤松氏と守護代の浦上氏は、共同戦線を張って、この尼子氏の大侵攻に抗戦した。

しかし、再び美作を経て備前と播磨の国境沿《くにざかい》いに進出してきた尼子氏に押しに押され、浦上氏も本拠の三石城を追い落とされ、西播磨への撤退を余儀なくされた。が、さらに容赦なく東進した尼子氏に、西播磨からも追われ、現在は赤松氏と共に摂津の堺まで避難している。

そこまでの経緯を、以前に黒田重隆から届いた文で知っていた。

だから、その浦上氏に侍女として奉公したお芳の方も、おそらくは播磨の置塩城付近か、あるいは堺にまで落ち延びている。しかし、いくら遠方で所在が不確かとはいえ、この死を報《しら》せないわけにはいかない。

それに、宇喜多家の当主である興家が亡くなった以上、その嫡男である八郎の今後の育て方については、お芳の方とは改めて膝を詰めて話し合う必要がある。

ふむ……。

店の用心棒の中で、最も腕が立ち、人柄も信用できる古株を呼んだ。元は伯耆国の伯耆山名氏に仕えていた侍であったが、これまた尼子氏に主家を滅ぼされ、この備前まで流れてきた。名を、柿谷彦五郎《かきたにひこごろう》という。その柿谷の前に興家が残した二つの遺書を置き、

「柿谷殿、済みませぬが、すぐに播磨の置塩城あたり、もしそこにおられなければ摂津の堺まで赴いて、奥方様を探し出してほしい。そしてこの文を渡し、事の次第を知らせてはもらえぬか」

そう言いながら、充分すぎる路銀を添えた。

「できれば、すぐこちらまでお出向き願うようにとも、お伝え願いたい」

柿谷は顎《あご》を撫《な》でながら言った。

「しかし、もしその奥方探しに手間取るようであれば、宇喜多殿の葬儀には間に合いませぬが」

「よろしゅうござる」善定は考えていたことを口にした。「興家殿は病死ということにして、すぐ密葬に致す。どのみちこの世では、既に居場所や立場を無くされたお人であった。どこからも苦情は来ますまい」

「なるほど」

「西大寺から海路、室津に行かれよ。室津からさらに堺まで行かれる場合も、同様」

柿谷はうなずいた。

「相、分かり申した」

早速、柿谷は備前屋を出立した。

その数日後、善定は妙興寺から僧を呼び、阿部家の身内と使用人だけで興家の簡単な葬儀を挙げた。法名は、露月光珍《ろげっこうちん》。棚以外は誰も泣かなかった。八郎もそうだ。そのような意味では異様な葬式だった。墓は、黒田重隆の父である高政のすぐ近くに作った。

柿谷は、お芳の方の居場所を突き止めるまでには、やはり相当に手間取ったらしい。この老練な用心棒が旅塵《りょじん》にまみれて備前屋に戻ってきたのは、それから半月も経ってからであった。

「奥方は、堺におられた」

柿谷は、奥の間で善定に報告した。

「今では侍女たちを宰領される立場におられ、さらには堺での仮住まいも不便を極めておられるご様子でござった」

「すぐに戻ってくるのは難しい、と?」

「左様――しかし、なるべく早く戻れるように致します、とは申しておられた」

「いかほどで」

「遅くとも三月《みつき》の内には戻ると言われた」

そう言って、一通の文を差し出した。

善定はその手紙を開いた。


昨今、浦上家の屋台骨はおおいに揺らいでおりまする。さればこそ、ここで必死にお仕えして掃部《かもんの》助《すけ》（浦上政宗）様の信をさらに勝ち得ることが、宇喜多家再興への近道であると存じまする。興家殿の此度の仕儀には、善定殿にさらなるご不快と多大なるご迷惑をおかけ致しまして、誠に情けなく、また申し訳なく、面目次第もございませぬが、いましばらくの御猶予を賜りますよう、なにとぞ宜《よろ》しくお願い申し上げまする。


というものであった。

善定は、小さなため息をついた。

たしかに、自死した者への形式的な葬儀に顔を見せるより、まだ生きている我が子のために、やるべきことがあるとの理屈は分かる。

それでもあの奥方が、興家のこの始末の付け方にはほとほと愛想を尽かしていることが、その文面からもなんとなく察せられた。是が非にでもその死に顔を拝みたいという気持ちも希薄なのだろう。

善定にはもう一つ、心を悩ませている問題があった。

八郎の扶育環境のことである。

興家が死んだ以上、八郎をこのまま離れの榧の許で扶育し続けるのは、どうにもよろしくなさそうである。あの娘のことだ。興家が居なくなった以上、さらに自分の子供だけを猫可愛がりに可愛がり、血の繋がらない八郎をいよいよぞんざいに扱う恐れがある。

とはいえ店の者も仕事に忙しく、とても八郎の面倒までは手が回らない。善定の女房も、外出の多い夫に代わって備前屋の実務を日々切り盛りしてもらっているから、これまた無理だ。それに元々、妻は宇喜多家を引き取ることには、控えめながらも最初から反対していたのだ。

「気安く他家の面倒など、しかもお武家様のご一家などを引き取られますと、あとあと面倒なことが起こらぬとも限りませぬよ」

確かに現実は、その通りだった。

しかし、善定には善定なりの先々の思惑があってのことだ。

かと言って、八郎を本棟に移して一人にしておくことにも、昼間は店でごろごろしている用心棒たちに面倒を見させることにも、どうにも気が乗らなかった。柿谷たち牢人は、人柄までしっかり見据えて雇った者たちだが、所詮は人に使われてきた葉武者《はむしゃ》たちである。武門の棟梁として生まれた者との考え方や感覚とは自ずと違うという話を、以前に故・常玖から聞いたことがあった。しかも彼らは主家を失い、かと言って、もう二度とどこかに仕官する気もないらしく、その生き方はかなり虚無的になっている。その点、これから大人になっていく八郎の参考となる処世では、とてもない――。

結局は榧に、八郎を宇喜多家の嫡男として常に大切に扱うよう噛《か》んで含めるように言い諭し、それで当座は凌ぐことにした。

が、商売では有能な善定も、家庭の見通しには存外甘かった。抜かった。興家が自殺して二月ほどが過ぎた頃に、本来は育ち盛りであるはずの八郎が、やや痩せてきたような気がした。が、この時も忙しさにかまけて、そこまでは気にしていなかった。

そんなある日、商用で外出しようとしていたところで、柿谷に声をかけられた。

「善定殿、お出かけか」

「ちと、西大寺まで」

「では、船着き場まで送りがてら話そう」

と、大通りを並んで歩き始めた。

「して、何か」

柿谷がしばらく横を並んで歩いているわりには、何も話し出さないことが気になり、善定は尋ねた。するとこの牢人者はやや躊躇いながらも、こう口にした。

「善定殿、我らは所詮、雇われの身である。であるから、不用意に備前屋の奥向きの事情に立ち入るということはない。また、告げ口のような真似も、しとうはござらぬ」

「うむ?」

「が、もしあの御曹司のことを大事に思うておられるのならば、たまには離れの様子をそっと覗かれたほうが、よろしゅうござる」

思わず足を止め、柿谷の顔を見た。

「どういう意味か」

「言葉通りでござる。明日の朝餉の様子でも、そっと覗かれてみなされ」

それだけ言うと、一礼して、さっさと店に踵《きびす》を返した。

翌日、言われた通りにした。

いったいわしは何をやっているのだろうとは思いつつも、生け垣の端に身を隠すようにして、離れの居間の様子を覗き見た。

不思議な光景だった。椢と、まだほんの幼い二人の子供——七郎と六郎——が三人で朝餉を取っていた。八郎はいない。やがて、その三人が朝飯を食べ終わった。

ややあって、八郎が次の間から現れた。椢に、七郎が食した後の膳の前に座るように命じられていた。あろうことか、椢はその七郎の食べ残しの什器に、新たに白飯と汁を盛った。当然、七郎が使った箸《はし》もそのまま残っている。

その時点で既に善定はまさかと思い、相当に気分が悪くなっていた。

「さあ、食べなされ」

やはり椢は、冷然と言った。

しかし八郎は動かない。箸を取ろうとしない。すると椢は、八郎の手の甲を杓文字《しやもじ》で叩《たた》いた。

「要らぬのなら、今日も朝餉はなしでございますよ」

途端、善定の中で何かが弾《はじ》けた。

気が付けば生け垣を踏み倒すようにして離れの庭に入り込み、土足で居間へと上がっていた。呆然と自分を見上げている自分の娘に、

「椢っ、おのれは——」

と、手を上げた。その手のひらを顔に打ち下ろす。

「ひっ」

女子《おなご》に手を上げたのは初めてだった。が、その時はそんなことにすら気づいていなかった。怒りに我を忘れていた。

「おのれは、なんということを——なんという真似を」

そう、うわ言のように繰り返しつつ、さらに自分の娘の頭を打った。情けなかった。悲しかった。

およそ人として、やってはならぬことがある。その為《な》しがたいことを、この娘は平然とやっていた。

やはりこの子は、育て方を誤った……。七郎と六郎の泣き叫ぶ声が、どこからか響いていた。それでも容赦なく娘を叩き続けた。

痛みに耐えかねたのか、ついに榧は泣き叫びながら喚《わめ》いた。

「何故、八郎殿を大事に扱わねばならぬのです。単なる厄介者ではありませぬかっ」

「黙れっ」善定も怒りに任せ、怒鳴り声を上げた。「それでもわしの血を分けた子か。恥を知れっ」

言った時には、力任せに娘を突き飛ばしていた。が、偶然にも、その突き飛ばした先が悪かった。榧は壁の柱に頭を激しく打ち付け、気を失って倒れた。

気づくと、八郎はその場にいなくなっていた。

慌てて表に出て探すと、興家が死んだ土蔵の前に、一人突っ立っていた。

その時、善定は初めて八郎が目を赤くしている姿を見た。あの鞆の津でも、父の死でも泣かなかったこの少年が今、涙を滲ませている。

しかし、それは自己憐憫《れんびん》の涙ではないとも同時に感じた。おそらくは、我が身の境遇へのあまりの情けなさと悔しさに、つい涙腺が緩んだ。居候の立場では、主人の娘から嫌がらせを受けても誰にも訴えることが出来ず、よほど辛い日々を堪《た》えていたのだ。

思えば、宇喜多家を丸ごとこの備前屋に引き取った時からそうだった。八郎のために良かれと思ってやってきたことのことごとくが裏目に出て、この少年の気持ちを常に痛めつける結果となってしまっている。

八郎は善定の姿に気づくと、慌てたようにごしごしと目元を拭《ぬぐ》った。

「すみませぬ……」

「八郎殿が、謝ることではない」善定は束の間迷ったが、結局は相手の両肩を励ますように握った。

「このわしが至らぬばかりに、嫌な思いをさせてばかりいる」

それでも八郎は黙っていた。それはそうだろう、と善定は我が身に引き換えて感じた。こんな同情めいた言葉をかけられても、厄介になっている立場としては何も言いようがないだろう。

それからこの少年を、帳場の隣の間で寝起きする用心棒たちの所へと連れてゆき、しばらくは彼らに預かってもらうことにした。もう、用心棒たちの生き方がどうのこうのと言っている場合ではない。あの離れで椛と同居させているより、用心棒たちと寝食を共にしたほうが、まだしも八郎の心は安らぐだろう……。

と同時に、ここまでだ、とその夜に観念した。

八郎と自分の娘との関係がこれほど険悪になっている以上、あの宇喜多家の嫡男を、備前屋で今後も扶育し続けることは無理だ――。

それから十日ほどが経ち、さて、あの少年の身の振り方をどうしたものかと思案し続けていた時、ようやくお芳の方が、海路この福岡の町にまでやってきた。

二年ぶりに見る興家の奥方は、随分とやつれたように見えた。まだ若いにもかかわらず、鬢《びん》にもちらほらと白いものが交ざり始めていた。こちらもまた、八郎に負けず劣らず相当に苦労をしているようだ。そして、そうは思いつつも、今までの出来事を洗いざらいお芳の方に打ち明けた。

むろん、八郎に対する自分の娘の理不尽な扱いがあった件も――相手の気持ちにさらに追い打ちをかけるような酷いことだとは分かりつつも――包み隠さずに一切を話した。

目の前の寡婦は無言のまま、はらはらと涙を流した。善定は居たたまれない気持ちになり、心底申し訳なくもあり、深々と頭を下げた。

「このような仕儀《しぎ》になり、面目次第もございませぬ」

いえ、とお芳の方は首を振った。「そもそもは私ども夫婦に、甲斐性がなかったばかりに起こったことでございまする。さらに此度のこと、夫が死んでもなお善定殿の厚意に甘え続けていた、この私めの落ち度でありまする」

これには善定も返す言葉がなく、ますます恐縮した。確かに現実はその通りなのだが、結果として、八郎の力になれなかったのは、この自分もまったく同様なのだ。

ともかくも、今後のあの子をどうするかという話になった。

けれど、お芳の方はこの備前に戻ってくるまでに、八郎のために浦上家で打つべき手はすべて打って、善定に会いに来ていた。

聞けば、先年より備前の国境から播州にかけて大いに兵を入れていた尼子氏が、今年の春以降、徐々にその軍を本国へと戻し始めているという。

さらに詳しい事情を、お芳の方は語った。

出雲、伯耆、因幡、隠岐の四ヶ国を領する山陰の雄である尼子氏は、鎌倉以来の名門で、西の大国――周防《すおう》、長門《ながと》、石見《いわみ》、豊前《ぶぜん》、安芸《あき》、筑前の六ヶ国の守護を務める大内《おおうち》氏とは、以前から断続的な交戦状態にあった。

その大内氏に隷属する毛利《もうり》氏や小早川《こばやかわ》氏を中心とした安芸の豪族連合を、播州と同様にここ数年来攻めていたが、どうにも思うように攻略できていない。それどころか、逆に去年から安芸国土豪の中心人物である毛利元就《もとなり》という武将に、手痛い敗戦を重ねていた。

むろん、この毛利元就の活躍は、大内氏の後ろ盾も大いにあってのことだが、ついに尼子氏は播州へと入れていた兵を旋回させ、本格的に安芸の攻略に乗り出すことを決定した。現在、国元の兵と合わせて総勢三万の大軍で、出雲から安芸へと侵攻している最中だという。

「ですが、堺の事情通によりますれば、この西方での戦いは相当に長引くか、やがては尼子氏が劣勢となって本国へと撤退するのではないかとのお見通しでございます。その頃合いを見計らって、赤松様も浦上様も、公方様や細川京兆家のお力を背景に、播州と備前、美作での失地回復を期されております」

そこで今後、浦上氏が備前に返り咲いたならば、八郎を家中に仕えさせてもよいという内許《ないきょ》を、お芳の方は浦上家当主の政宗から引き出して来ていた。

「もしそうなれば、掃部助（浦上政宗）様は、先だって美作や備前の東部で尼子氏に寝返った諸氏をお許しになることはないと明言されておられます。こちらへ戻られた暁には、必ずやその方々への掃討戦へ乗り出されることでしょう」

そこで、八郎である。当然、浦上家の許で元服を終えた後は、その合戦に出向くことになるが、浦上政宗は、その功績次第では宇喜多家の再興もありえないことではないと言う。そこまでの見込みを確認したうえで、お芳の方はこの備前に戻ってきていた。

おぉ、と善定は思わず声を上げた。まだまだ仮の話ではあるが、あの子に関しては久しぶりに明るい見通しを聞いた。実際、八郎の前途に何も希望がないままよりははるかにいい。この居たたまれなかった現状が、いささか救われた気分にもなった。

「それは、まことに喜ばしい話でござりまするな」

お芳の方はゆっくりとうなずいた。

「堺からの海路、西大寺の港に着くまで、掃部助様の御郎党とご一緒でございました。その御郎党は、この備前南部の土豪に対して、浦上氏復帰後の地均《じなら》しを仕込みに参られたのです。そして、あの島村豊後守のところにまずは赴かれました」

「――ふむ？」

「むろん、あの島村にも、八郎をやがては浦上家に仕えさせる旨を伝えてもらえるよう、掃部助様よりしかと了承を取り付けてきております」

少し考えて、善定は確認するように言った。

「……つまり、これより八郎殿は、川向こうの邑久郡に行っても、島村氏は浦上家の手前、もう手出しができない。いつ殺されるやも知れぬと無駄に怯える必要もない。そういうわけでございますか」

今度もお芳の方は、深々とうなずいた。

「これで、ようやくあの子を下笠加《しもがさか》村の姉の許へ、安んじて預けることが出来まする」

なるほど、と今度こそ心底から納得した。

この宇喜多の後家殿は、そこまでの根回しを完全に終えたうえで、このわしを訪れてきたのだ。この周到さと覚悟には、ますます頭の下がる思いだった。


それから二日後、八郎は母親に伴われて備前屋を出立した。過日はあれだけ騒いでいた樵も、この最後の顔合わせの時だけはまるで憑《つ》き物が落ちたかのように、お芳の方に丁重に挨拶をしていた。

善定は、宇喜多親子と共に福岡の南にある船着き場まで赴いた。

渡し舟の泊まっている吉井川の畔に着き、いよいよ別れようとしたその時、不意に八郎がお芳の方に口を開いた。

「母上。善定殿と、少し二人だけで話をさせて頂きたいのですが」

「むろんです。構いませぬ」八郎の母親は微笑《ほほえ》んだ。「では、私はあの松の木陰で休んでおりますよ」

そう言って、少し離れた根上がりの老松のほうへとゆっくりと歩いて行った。

そこまでを確認して、八郎は善定の顔を見上げた。

「善定殿、この六年もの間、誠にありがとうございました」

「そのようなことはない」正直な気持ちだった。おれは、結果としてこの子に何もしてやれなかった。

「八郎殿、早く大きくなられよ。そのうちに気が向けば、また福岡に遊びに来られよ。わしは、いつでもあの店で待っておる」

するとと八郎は、不意に下を向いた。ややあって、声を潜めてこう早口に言った。

「これは、言っても詮無きことです。けれど私は実のところ、今でも武士にはなりたくはないのです」

予期せぬところから、いきなり頭を殴られた気分だった。それでも八郎は、なおも似たような言葉を繰り返した。

「浦上如き者へ仕える郎党になど、今もなりとうはございませぬ」

そう、備前・美作の守護代であり、この一帯の旗頭のことを呼び捨てにした。如き者、とまで呼ばわった。

が、あるいはそうかも知れぬ、と善定は改めて感じた。いくら宇喜多家の悲願とはいえ、誰が一族を滅ぼした家に、わざわざ願い出てまで仕えたいと思うだろうか。しかし同時に、こう疑問にも思った。

「では、武士にならずば、何になりたかったのか」

「出来れば、善定殿のような商人《あきんど》になりたかったのです。福岡のような大勢の人が暮らす町で、これからも暮らしていきたかったのです」

この言葉にも虚を突かれた。そして、あの鞆の津での記憶がまざまざと蘇《よみがえ》った。

――侍など、つまらぬ。

当時まだほんの幼童だったこの少年は、海を眺めながらつぶやいた。

侍の暮らしなど、小さなところに固まっているだけだ。同じ侍しかおらぬ。挙句には、死ぬ――。

しかし、ややあって善定はじわじわと感動のようなものを覚え始めた。

目の前の子は、この町であれだけ嫌な思いをして育っても、まだ市井での暮らしに憧れているらしい。侍より、およそこの世で身分とも言える身分もない商人になりたいと、今も焦がれるようにして思っている。

この時、人はそれぞれの運命《さだめ》がある、などという寝ぼけた観念論は、死んでも口にしたくはなかった。そんなものは、この少年にとって何の役にも立たない。まだ自らの思うように生きられぬ子供にとって、現実《うつつ》とは、常に過酷で理不尽な出来事の連続なのだ。

言うべきではない。ここに漕《こ》ぎつけるまで、この子の母親はどれだけ苦労をしてきたのか……けれど、しばし迷って、やはり口に出してしまった。

「今よりこのわしが言うこと、他言無用でござる。むろん、八郎殿の母御前とて例外ではない。よろしいか」

八郎は、その善定の口調に何かを感じたらしく、黙って、しかし強くうなずいた。

「もし何年か後、元服を迎える頃までに、浦上家への仕官が叶《かな》わなかったら、わしの許に来られよ。その頃には櫃も他家に嫁していて、備前屋にはおらぬはず。もう嫌な思いはさせぬ。商人になりたくば、わしが手ずから仕込んで進ぜよう」

善定は、さらに続けた。

「次に、二十歳を過ぎても浦上家の郎党のままで、小さくとも城持ちになれておらなかったら、おそらくは一生、誰かの使われ者――葉武者のままで終わる。先々で、赤松家や浦上家から自立した勢力にはなれぬ。その時も同様。武士としての前途にはすっぱりと見切りをつけて、我が許に参られよ」

すると八郎は、これまで善定が見たこともないほどに激しくうなずいた。二度、三度、四度と、まるで啄木鳥《きつつき》のように激しく首を縦に振り続けた。

「ですが、もし若くして多少なりとも自分の封土を持ち、一城の主《あるじ》になることが出来れば、その時は修羅の道に生きること、お覚悟を決められよ。ゆくゆくは備前一国を治めるほどの、大なる武将となられることを目指されればよろしい。自分が商人にならずとも、その城下に福岡以上の町を栄えさせればよろしい。わしの言うことが、お分かりか」

八郎は、やや躊躇いがちに聞いてきた。

「善定殿、今のお話、お互いの約定《やくじょう》ということでよろしゅうございますか」

善定は即答した。

「よろしゅうござる」

それでも八郎の頭部は、まだほんの少し揺れていた。善定は、少年の背中を押すように言った。

「商人は、信用がすべてでござる。さればこそ、このわしが言葉を違《たが》えることはござらぬ」

「はい」

ややあって、八郎は善定の許を離れた。母親のいる老松の木陰へ向かいながらも、善定のほうを数回振り返った。しかし当然ながら、こちらへ戻ってくることはなかった。

善定の見守るなか、宇喜多の母子は対岸へと渡る小舟に乗り、やがて邑久郡南部に広がっている千町平野の彼方へと消えた。

第二章　見知った他人

1

天文十一（一五四二）年の初秋である――八郎が福岡の町を離れてから、ちょうど二年が経《た》った。

一面が田圃《たんぼ》の中にある下笠加村は、この間がまるで十年にも感じられるような、のどかな時の流れの中にある。

八郎は十四歳になっていた。今も、大楽院《たいらくいん》にいる。境内にある塔頭《たっちゅう》の一つで、尼僧である伯母と寝食を共にしている。つい最近までは、元々ここで育っていた四つ違いの妹、梢も一緒に三人で暮らしていた。

何かと刺激の多かった福岡から離れて、色々なことを考える心のゆとりも、その時間も、たっぷりと出来た。そもそも伯母という人が、そんな環境そのもののような温和な人柄だった。いついかなる時も慌てた様子を見せず、のんびりと看経三昧《かんきんざんまい》の日々を送っている。

同じ姉妹なのに、絶えず明日のことを見越して身も心もせかせかと立ち動いていた自分の母親とは、まるで違った女性《にょしょう》のように思えた。

「八郎殿、ここにいる間は、諸事ゆったりと構えておりなされ」

それが口癖だった。むろん、それ以前の福岡での、八郎の尋常ならざる暮らしぶりを聞いてもいるから、心を安んじてやろうという理由もあったのだろうが、それにしてもしばしばその言葉を八郎に使った。

ある時には、こうも語ったことがある。

「やがてあなたには、嫌でも忙しくなる時が訪れるでしょう。数年ぐらいはここでのんびりと暮らしても、罰は当たりませぬ」

そんなものかと、つい八郎も苦笑したものだ。下笠加村ののどかな暮らしの中で徐々に、だが確実に癒《い》やされている自分を感じた。ここではもう、誰かの影に怯《おび》えて暮らす必要はない。

「……」

それにしても、暇だった。

ここに越してきてしばらくするうちに、以前、あの黒田満隆に言われた言葉を思い出した。

本を読め。今までと同じように町と人を見よ。

人は、いくらでも賢くなれる。これからの時代、人は賢くなければ生き残れぬ。


町は、子供の頃から充分に見てきた。町には自由な空気があった。いったん外に出れば、気楽に息を出来た。半面、備前屋の離れのあの部屋には、八郎にとってはいつも耐え難い息苦しさしかなかった。うっすらと思い出す鞆の津の草庵も、そんな感じだった。絶えず外をほっつき歩いていたのは、そんな理由もある。とにかくあのような家には、極力居たくなかった。

しかし、福岡でも西大寺でも、やがて行く場所は尽きてしまった。だから最後の一、二年は、何度も同じ場所を徘徊《はいかい》していた。

町巡りにもいよいよ飽いた肌寒い日などは、吉井川の畔《ほとり》に生えた叢《くさむら》の、窪んだ場所に背中を丸めて寝転がり、太陽の陽に包《くる》まるようにして、夕方近くまで暖を取っていたこともある。多少は寒かったが、その時だけは不思議と安心できた。

「……」

本は備前屋にもあったが、すべて善定の所有物であり、それを離れにまで持ち出して読むのは、なんとなく憚《はばか》られた。

幸いにも大楽院の庫裏《くり》の中には、経典以外の本も、棚の奥で大量に埃《ほこり》を被《かぶ》っていた。それを漁《あさ》り、まずは著名な書籍から次々と貪《むさぼ》り読んだ。

荀子《じゅんし》は、人の本質は悪であると説いていた。孟子《もうし》は、逆の性善説を謳《うた》っていた。どちらでもなかろう、と八郎は子供ながらに感じた。そもそも人の善悪など、その立場や風向きによってあっさりと変わる。

孔子《こうし》や老子《ろうし》、荘子《そうし》の語ることは、なにやら綺麗《きれい》ごとのようにも感じられた。

鴨長明《かものちょうめい》も吉田兼好《よしだけんこう》も、この世の無常なることを書いていたが、鴨長明のほうがより厭世《えんせい》的だった。吉田兼好はまだしも健全で、その人物眼にも独特の諧謔《かいぎゃく》があった。

紫式部《むらさきしきぶ》の源氏物語は、まったく暇を持て余した優雅な徒食者もあったものだと呆《あき》れ、また話が異常に長いこともあり、とうとう途中で投げ出してしまった。自己憐憫に浸り切った、つくづくお気楽な宮廷暮らしだとも感じた。なによりもうんざりしたのが、その視野の狭さと、それに伴ういじましさと、貴族意識の上に成り立つ、ごく自然な傲慢《ごうまん》さだった。簡単に言えば、亡き父のような女にだらしのない男の話だとも感じた。

それに比べれば、清少納言《せいしょうなごん》の随筆のほうが、まだしも好みだった。

ともかくもそのようにして、様々な本を読んだ。それら文章に触発され、いろんなことをあれこれと考える度に、八郎の心もゆっくりと発酵していった。そしてそのぶん、大人へと何歩か近づいた。

妹の梢は、八郎がここに住み始めた頃は、まだ八歳だった。当初は、やっと自分と遊んでくれる相手が見つかったと無邪気にはしゃいでいたが、八郎が徐々に本の虫になるにつれ、むくれた。

「兄様《あにさま》は、つまらぬっ」そう、口をとがらせて憤慨した。「いつも本ばかりを読んでいる。侍ではなく、まるで坊主のお子じゃ」

「そう言うな。おれはおれなりに、考えねばならぬことがある」

それに、と内心で思った。だいたい八歳の女の子と、十二歳の男がいったい何をして遊ぶというのか。

八郎はややこの妹を持て余しつつも、自分なりには可愛がっていたつもりだ。

たまには一刻（約二時間）ほど、梢のままごと遊びに付き合うこともあった。というか、半ば強引に付き合わされた。

と同時に、そこまでしても自分に遊び相手を務めさせようとするこの妹の、これまでの孤独も感じた。福岡時代の自分になぞらえてみてもそうだ。いくら周囲の大人に親切にされても、やはり子供は、自分と同じような子供と遊びたいものだ。ただ、おれと梢には、いつまで経ってもそんな相手が一人も現れなかったというだけの話だ。だから、梢の遊びにもたまには我慢して付き合っていた。

今年の初夏、浦上氏と赤松氏が堺から播磨へと復帰した。

直後に、母親がこの下笠加村にやって来て、八郎にこう語った。

「来年には、いよいよ掃部助様も備前の本拠である三石城《みついし》に戻られましょう。その折には、八郎、そなたも晴れて浦上家へとご奉公する身となります」

「兄様、おめでとうござりまする」

既に十歳になっていた梢は、その場では八郎に祝辞を口にした。

が、夕刻に外で二人になった時、急に声を潜めて大人びたことを言った。

「本当は、嫌なのでしょう?」

「何がだ」

「だから、浦上家に仕えることが」

これには八郎も返答に困った。挙句、その問いかけを他の疑問に置き換えた。

「梢は、どうしてそう思うのか」

すると梢は、少し首をかしげた。自分の考えをまとめている時に、必ず出る癖だ。

「兄様は、福岡から源六殿や柿谷様がたまに顔を見せられた際には、なにやら懐かしそうな、でも少し戸惑ったような顔つきをされておる。されど、伯母様や母様から浦上家の話が出る時には、ぜんぜん顔が変わりませぬ。まるで能面のよう」

女というものは、まだほんの子供でも存外に油断は出来ぬ、と感じるのはこういう時だ。さらにこの梢に至っては、物心が付く前からこの大楽院の伯母の許で保育された。周囲には常に大人しかいなかった。だからかも知れないが、一見は無邪気そうに見えても、いつも年長者の顔色を密《ひそ》かに窺っている。

しかも、大楽院の南に広がる平野の向こう、大雄山《だいゆうざん》山系の稜線上には仇敵《きゅうてき》である島村氏の高取山城と、それと峰続きになって、浮田大和守が居座る砥石城が、常に遠望出来ている。

幼い頃からこの景色を見て育ってきた梢は、余計に色々と思うところもあるのだろう。

現にこの時も、南に見えるその稜線を見て、こうつぶやいた。

「あんな奴、早く誰かが滅ぼしてしまえばいい」

「どちらをだ」

「どっちも」そして急に早口になった。「兄様が、早く大きくなって、滅ぼしてくれればいい。そして砥石城を取り戻して。どう？」

「どうもなにも――」八郎は答えに窮した。「おれは来年、浦上家に仕えることになる。そうなれば、嫌でもあやつらとは同じ臣下ということになる。そんなことが、果たして出来るかどうか」

「……そうか」梢は一人前に、大きなため息をついた。「兄様は、いつも本ばかり読んでいるから、そのような屁理屈《へりくつ》ばかりを並べ立てる、柔《やわ》い性根におなりになったのじゃな」

八郎は、その無茶苦茶な言いように、ややげんなりした。

「おいおい、それとこれとは関係なかろう」

そんな他愛もない会話の翌日、八郎は母に伴われて久しぶりに福岡に行った。むろん、今回の浦上家出仕の正式な決定を伝えるためである。

「それは、まことにおめでたきこと」

備前屋の奥の間で会った善定は、手放しで喜んだ。少なくとも表面上はそうだ。

その隣にいた善定の内儀も、満面の笑みを浮かべていた。

「なによりでございます。奥方様も、必死にお仕え申された甲斐がございましたな」

……以前に、大楽院に来た源六から聞いていた。

椐は、既に備前屋の人間ではなくなっていた。昨年の末、縁があってさる商家へと嫁いでいった。その際に、この善定の内儀は、七郎と六郎をこの備前屋に残していくよう命じたという。

椐は当然のことながら強硬に反対した。しかし内儀は、娘以上の厳しい口調でこう諭した。

「やがては、あちら様との間にお子が生まれる。すると男子であるこの二人は、嫁ぎ先にて立場をなくす。家内の誰ぞから、嫌がらせを受けぬとも限らぬ。八郎殿が、ちょうどそのようであった。忘れたとは言わせぬぞ。おまえは、そのような目にこの子らを遭わせたいのか」

これには椐も、さすがに返す言葉がなかったらしい。

八郎は、思う。

元々この内儀は、自分たち宇喜多家を扶養することには反対だったということを、以前に源六からそれとなく聞いたことがある。だから八郎たち家族に特に関心も示さず、またことさらに親しむということもなかったが、常に人を公平に扱う女性ではあった。そしてそれは、我が子も例外ではなかった。

内儀は、もう一度きっぱりと言い渡した。

「あの子らは、乳母の戸川と共に置いてゆけ。我が備前屋で扶育《ふいく》する。でなければ、此度《こたび》の婚儀は許さぬ。水に流す」

結局、椐はそのようにした。また、内儀は源六にこうも洩らしたという。

「我が娘ながら、八郎殿にあのような情けなき真似をしでかした子を、いつまでも備前屋に置いておくことは出来ぬ。店の他の者たちへの示しがつかぬ」

七郎と六郎は今も備前屋にいて、八郎が来れば、

「兄上、兄上」

と後を追うようにして甘えてくる。

あの頃のことは、まだ赤子同然だったこの二人は何も覚えておらぬのだ、と感じた。

二人を世話している戸川は、宇喜多家の遺臣・戸川定安の子供を産んだのちに備前屋に雇われた寡婦だ。その戸川の、今は滅亡した宇喜多家への敬慕の念からくる二人の育て方もあったのだろう、月日を追うごとに、この二人の異母弟はますます八郎に懐くようになった。

思い返せば、この備前屋で育った六年間では、八郎は居候の身である肩身の狭さと、家族関係への息苦しさと、自分が生まれ落ちてきた境遇へのやるせなさを、絶えず感じていた。

特に母が去ってからの二年は、さらに自分の居場所がなくなり、屈辱を味わう日々が続いた。

おそらくだが父の興家は、薄々は八郎の苦境を分かっていた。分かりつつも、あえて目を閉じ、耳を塞いで、分からないふりを続けていた。大事な問題からは常に目を背け、事あるごとに易きに流れる。実父がそういう情けない男だという現実にも、我が身を切られるような辛さと激しい失望を覚えた。

そして、その父が死んでからの最後の数ヶ月は、今思い出しても気分が悪くなる生殺しの日々だった。

それでも自分がなんとか持ちこたえられたのは、この戸川や、店の用心棒の柿谷、手代の源六などが、陰では八郎になにかと言葉をかけ、常に励まし続けてくれたおかげもある。

だから八郎は、自分の中の何かが日々損なわれつつも、決定的に己を見失うことはなかった。

現に、この日の備前屋を訪れた際の帰り際《ぎわ》も、柿谷から声をかけられた。母と善定がまだ帳場で長々と別れの挨拶をしていて、八郎だけが軒先に出て突っ立っていた時だ。

「よう、御曹司。良かったの」

そう言って、柿谷は懐手で笑いかけてきた。

「浦上へ、出仕が決まったそうじゃと聞いたぞ」

柿谷を始めとした店の牢人衆は、いつもこうだった。今はお互いに落ちぶれ果てたとはいえ、元々が同じ武家の出だという気安さもあるのか、八郎に敬称を付けて呼ぶことはなかった。店の他の使用人とは違い、そのややぞんざいではあるが隔意のない接し方が、以前から八郎にとってはほのかに嬉しかった。

が、この時の問いかけ自体には、すぐに答えられなかった。

「なんじゃ。あまり嬉しそうではないの」

柿谷は、そう言って八郎の顔を覗《のぞ》き込んだものの、すぐに一人で納得した。

「まあ、浦上はおぬしの家を滅ぼした張本《ちょうほん》じゃからな」

それを聞いて、ふと八郎は思いつき、口を開いた。

「柿谷殿、後日、少しご相談したき儀ができるかも知れませぬが、よろしいでしょうか」

するとこの四十がらみの牢人は、気軽にうなずいた。

「わしは暇人で、いつもここにおる。好きな時に訪ねてこい」

大楽院に戻った数日後、母は妹の梢の手を引いて、播州へ向けて出立した。浦上氏が暫定的に拠点を構えた室津の室山城《むろやま》で、奥向きの童女として出仕させるためだ。

梢はこの寺を去っていく時、

「兄様、早く砥石城を取り戻して、私を迎えに来て」

そう、ませたことを言って、手をひらひらとさせ、何度も振り返っていた。


その後の五日間ほど、八郎は本も読まずに下笠加村でごろごろと思案に耽っていたが、やがて心を決め、再び福岡へと赴いた。


「……」

気は進まない。進まないが、先々を見据えた場合、やはりこの術《すべ》ばかりはしっかりと身に付けなければ、今後どうしようもない。

備前屋に着くと、善定は不在だった。

が、この日の用は、善定にではなく、柿谷にあった。

八郎は幼い頃から、この店の用心棒たちの出入りを見て育った。善定は、店に置く用心棒には、福岡の商家の中でも最も高い手当を払っていた。が、その人数は、腕の立つ者が三人もいれば充分だと考えているらしく、新しい牢人者の売り込みがあっても、

「それは、今おられる皆様と、互いに話し合われてお決めください」

の一点張りだった。それ以上の人数に増やそうとは決してしなかった。

槍一本で山陽道を渡り歩いている牢人たちは、ごくまれには店の用心棒たちと立ち合うこともあった。しかし、たいがいの場合は、互いの身のこなしや眼の配りようなどから、戦わずとも彼我の力量

の差が分かるらしい。新しく来た牢人と、今までいた用心棒の一人がすんなりと入れ替わる時もあれば、三人の姿を見て牢人者が早々と退散する場合もあった。

だから、それなりに用心棒の入れ替わりは激しかった。八郎がここにいる間にも、五、六回は用心棒の入れ替わりを見た。

が、少なくとも八郎がいた六年間で、柿谷一人だけは、その座を追われることはなかった。その時々に変わる他の二人からも、常に首領格として立てられていた。

つまりは、それほどの使い手だということだ。少なくとも八郎はそう見ていた。

その柿谷に改めて会い、槍刀《そうとう》の扱い方を教えてもらえるように頼んだ。八郎は、何かを教わることに関して、生まれて初めて誰かに頭を下げた。

すると、この牢人頭は苦笑した。

「そういえば武家の子のわりには、おぬしが得物《えもの》を持っている姿を、ついぞ見たことがないわい」

八郎は正直に答えた。

「現に、今まで触ったことすら、ほとんどございませぬ」

「何故《なにゆえ》だ」

「柿谷殿の前で非礼かとは存じますが、人殺しの道具など、触りたくはなかったからでございます」

これには、相手もさらに破顔した。

「じゃが、今は持とうとしている。合戦で功名を上げ、宇喜多家を興すためか」

「そうです。しかも、浦上家中の衆目を集めるような華々しい手柄が必要です」

「ふむ――」と、柿谷は片手で顎を撫でた。「しかしの、槍や太刀の扱いなど、本来は戦場で敵と幾度も斬り結びに結ぶことを重ねて、自然と覚えていくべきものだ」

さらに柿谷が言うには、その場合、敵は当然の如く兜《かぶと》や胴丸《どうまる》などの具足で全身を固めている。自然、相手の命を狙う場所は喉元や空いた腋下《わきした》などに限られてくるが、稽古ではわざわざそれら防具を着けて対峙《たいじ》することは何かと準備が煩瑣《はんさ》だし、また、仮にそうしたとしても、甲冑《かっちゅう》の重みですぐに手足が疲れ、とても実戦を想定した長い稽古は出来ないという。

「じゃから結局は、実際の戦場で斬り覚えていくしかないものだ」

「申されていること、よく分かるつもりです」八郎は答えた。「ですが、この私には、実戦で少しずつ上達しながら、やがて敵の兜首を取るような悠長な手柄の上げ方は、浦上家では許されぬでしょう」

「どういうことか」

八郎は説明した。

没落した宇喜多家の嫡男《ちゃくなん》ということで、そもそも浦上家では出仕した早々から、軽侮と憫笑《びんしょう》の眼差《まなざ》しを受けるだろう。それに家中には、島村豊後守や浮田大和守など、宇喜多家の本流を快く思わぬ者たちがいる。陰に陽に八郎のこれからを邪魔してこないとも限らない。

そういう意味で、新規で召し抱えになる者より、はるかに自分を取り巻く状況は厳しい、と……。

柿谷は、やや首をかしげた。

「ようは、それらの者どもをあっと言わせるような功をあげなければ、宇喜多家の出自というだけで、家中ではますます立場がなくなる、と?」

八郎はうなずいた。

「それも、なるべく早い時期に華々しい手柄を立てるしかありませぬ。遅くなればなるほど周囲の目も厳しくなり、手柄をあげる機会はさらに遠のきましょう」

さらに八郎は言葉を続けた。

「かつて、善定殿はこう申されました。『二十歳を過ぎても浦上家の郎党のままで、小さくとも城持ちになれておらなかったら、おそらくは一生、誰かの使われ者――葉武者のままで終わる。先々で、赤松家や浦上家から自立した勢力にはなれぬ』と……」

「――そうか」

「私も、そう思います。出仕すれば、むしろ善定殿が言われた以上に、私は厳しい立場に置かれるでしょう」そこで言葉を区切り、数日前から考えていた決意を吐露した。「ですから、少なくとも三度目の合戦までに華々しい武功を上げることが出来なければ、私は武士を辞めます。改めて善定殿の許《もと》に戻り、商人《あきんど》になる覚悟でおります」

「ほう」

柿谷は驚いたような声を上げたが、やがて大口を開けて笑い出した。

「まさに泥縄《どろなわ》だな」

「え？」

「得物をもろくに持ったこともない輩《やから》が、あと一年もせぬうちに、それなりの兜首を取れる腕前になりたく、今から稽古に励みたいという」

そう言われ、八郎は急に不安になった。もともと身のこなしにはあまり自信がない。恐る恐る、聞いてみた。

「無理でしょうか」

「とも、限らぬ」まだ笑みを残しながら、柿谷は答えた。「そこまで腹を括《くく》っているようであれば、やりようによっては、それなりの戦い方が出来るようにはなろう」

八郎は、いくらか安心した。

「そのかわり、かなり辛《つら》い稽古を日々続けてもらうが、よいか」

「むろんでございます」

柿谷はうなずいた。

「では、善は急げじゃ。さっそく今より手ほどきをしよう」


柿谷と共に、福岡の外れにある森へと分け入った。立ち枯れた巨木の前まで来ると、柿谷は備前屋から持ってきた錆槍《さびやり》を一本、八郎に手渡した。

「まず、槍を大きく振りかぶって振り下ろせ。敵を叩き、打つ動作じゃ。そののちに、この巨木の表面——ちょうど自分の目の高さの位置を、槍先で突け。ちょうどそこら辺りが、敵の喉元に当たる」

言われた通りに大きく振りかぶって振り下ろし、次いで、巨木を突いた。

が、柿谷は顔をしかめた。

「なんじゃ、御曹司。おぬしは——」そう、呆れた声を出した。「百姓の田楽踊《でんがくおど》りではないのだぞ。そんなのったりした動きでどうする。素早く振り下ろし、打つ。そして間髪《かんはつ》を入れず手元に引き寄せ、瞬時に突けっ」

「はいっ」

言われた通りに槍を振り下ろし、瞬時に突くという動作をしばらく繰り返した。

けれど、十回ほどを過ぎてから、肘《ひじ》と二の腕の内側が慣れない反復運動で早くも引き攣《つ》り始めた。二十回を過ぎたあたりから、背中が激しくこわばり、打柄《うちえ》を握っている手のひらもひらひらと擦《す》り剝《む》けてきた。さらに情けないことには、三十回目を過ぎた頃には膝ががくがくと震え、息も上がっていた。子供の頃から筋肉を動かす遊びや槍刀を扱う稽古を一度もしてこなかったつけが、ここで一気に出てきた。

挙句、錆槍を振り下ろした直後に、握力の利かなくなった両手から槍がすっぽ抜け、前方の叢《くさむら》に転がって、間抜けな音を立てた。

「いったい何をやっているのだ。御曹司」

今度こそ、心底呆れたように柿谷は声を上げた。

「大事な得物を取り落とすなど、いくら人が見ておらぬとはいえ、侍として無様なことこの上ないぞ」

「す、すみませぬ」

「日頃から体を動かしてこなんだから、この僅かな回数でも体がすぐに音を上げる」

「はい……」

言いながら、両手のひらを見る。指の付け根すべてに、早くも水膨れが出来ていた。

「痛いか」

痛いことは痛い。ひどく痛い。しかしそれを言っても仕方がない。

「さほどでもありませぬ」

「では、さらに続けよ」静かな声で柿谷は命じた。「その肉刺《まめ》が潰れ、血が噴き出して柄《つか》が血塗《ちまみ》れになっても、あと五百回は続けよ」

正直、その途方もない回数の多さには、気が遠くなりそうになった。しかし、言われた通り、肉刺や筋肉の痛みを堪《こら》えながら、槍を振り下ろしてすぐに突く動作を、懸命に繰り返した。

百回目を過ぎた頃、柿谷は言った。

「槍は突く、というより、柄を出来るだけ引いて、そこから前方に繰り出すような動作を心掛けよ。さすれば腰の泳ぎも収まり、穂先もさほどにはぶれぬ」

言われた通りにした。確かに幹に刺さる穂先のぶれは小さくなった。が、手のひらの中で柄を滑らすようにして突くので、潰れた肉刺が飛び上がるほどに痛い。

同じ動作をさらに百回ほど繰り返したところで、柿谷は休憩を命じた。

「ちょうど、二百回じゃ」

そして八郎の両手を取り、手のひらを開いた。十個の肉刺がすべて無残に潰れ、噴き出た血で真っ赤に染まっていた。

うむ、と柿谷は満足そうに口を開いた。

「少なくとも、おぬしは我慢強くはあるようじゃな」

つい本音を洩らした。

「我慢はしておりますが、痛いです」

柿谷は、笑った。

「得物で斬られ、突かれれば、痛いどころではすまぬ。時には死ぬる。が、血豆がいくら潰れたところで、死にはせぬ」

「はあ……」

「あと三百回だ。続けよ」

八郎は再び、気持ちが萎《な》えそうになった。

それでも言いつけ通り、さらに必死になって槍を振るい続け、ようやく計五百回が終わった時には、全身汗みどろになり、甚《はなは》だしい疲労に眩暈《めまい》も覚えて、つい蹲《うずくま》った。再び起き上がろうとしても、容易に足腰が立たなくなっていた。

「ようやった」最後に柿谷は褒めた。「これより十日後、またここで会う。一日五十回ずつ増やして、十日後には千回を、一刻ほどで振れるようになっておけ」


その初回より、十日ごとに柿谷に会うこととなった。

思い返せば、この初回十日間の稽古が一番辛かった。

槍は、突く、突く、というより繰り出す。

突く、というより繰り出す……。

そう心掛けながら、槍を手のうちで滑らす。たしかにこちらのほうが穂先はぶれない。ここだという一点を、次第に的確に突けるようになってきた。

けれど、槍を繰るごとに全身の筋肉が悲鳴を上げた。肉刺も出来ては潰れ、出来ては潰れを繰り返した。さらには日々その回数が増えていくせいもあって、筋肉の疲れ、痛みが取れるということがまったくない。

しかし、七日目の頃から、腕や胸、背中の肉がやや硬く厚くなり始めていることに気づいた。太腿《ふともも》の周りも、気のせいか若干大きくなったような気がする。

気のせいではなかった。二回目に会った時、柿谷は八郎の姿を見るなり、こう言ったからだ。

「この十日、手を抜かずに励んだようじゃな」

一刻ほどの間で何度か休みを入れつつも、辛うじて千回を振り切った。

その八郎の槍使いを最後まで見終わって、柿谷は機嫌よく口を開いた。

「振りと突きが安定してきている。初めとは全然違う」

嬉しくなり、八郎は答えた。

「ありがとうございます」

「次に会う時は、千五百回じゃ。一刻半。これも、一日で五十ずつ増やせ」

十日後、これまた柿谷の前で、なんとか千五百回を振ることが出来た。

「回数を増やすのは、次で最後とする。二刻で、二千回」柿谷は言い、さらにこう助言した。「槍を扱う時は、持ち手の指先に気を配れ」

「もっと、しっかりと持てということでございますか」

「違う」柿谷は首を振った。「わしの見るところ、おぬしは五本の指のうち、親指と人差し指の握りが最も強く、小指にいくにしたがって弱くなる」

「はあ」

「実は逆のほうが、得物ははるかに扱いやすい。刀も槍も、握りは常に小指に力点を置く。その小指から、薬指、中指と前にいくにしたがって弱く握る。親指と人差し指は、添えているだけの感覚で持っ」

八郎はうなずき、言われた通りに握り方を変え、試しに十回ほど槍を振り、突いてみた。

なるほど……小指に力を込めて柄を握ったほうが、格段に扱いやすいような気がした。

それからふと気づいた。

「刀の稽古も、この槍の訓練が一通り終わってから行うのでしょうか」

すると、柿谷は顔をしかめた。

「あんなもの、市井《しせい》の殺し合いや用心棒稼業で使うならともかく、いざ合戦となった時には、何の役にも立たぬ」

「は？」

「ではおぬしなら、具足に身を固めた敵に対して、刀をどう使うのか」

しばらくの間、懸命に想像してみた。仮に自分が白刃で力いっぱい敵に斬り付けても、甲冑や兜に撥《は》ね返されるだけだろう。防具の隙を突くだけなら出来るかもしれないが、それなら槍のほうがはるかに威力は上だ。つまり鎧を着けた相手には、刀は何の役にも立たない。

それを裏付けるように、柿谷も言った。

「雑兵《ぞうひょう》の首を取るならまだしも、特におぬしは兜首だけが狙いであろう。だから、槍のみの稽古でよい。刀は、せいぜいその兜首を掻き切る時にしか使わぬ。首を掻くことなど、訓練せずとも出来る」

「はい」

その翌日から、柿谷が指示した通りの握りで、さらに練習を重ねた。

やはりだった。確かに小指に力点を置いたほうが、槍自体が軽く動く。穂先と柄が、手のうちで自在に動く。

面白い、と八郎は初めて思った。何かの技能的な訓練に夢中になったのは、生まれてこのかた初めてのことだった。さらに懸命になって練習を重ねた。

一月《ひとつき》が過ぎる頃には、自分でもはっきりと分かった。胸板が分厚くなり、腕も明らかに太くなった。逆に、腰周りは濡れ雑巾でも絞ったように細くなってきていた。

日々に食べる食事の量も倍増した。全身からふっくらとした脂身が取れ、別人のように筋肉が引き締まり始めた。

四度目の柿谷の前で、二千回を振り終えた。

「よし」柿谷は言った。「これより先は、この二千回の稽古を日々繰り返せ」

「いつまででございますか」

「おぬしが浦上家に仕え、やがて兜首を取る時までじゃ」

八郎は、驚いた。ということは、長ければ二年や三年は続けることになる。

しかし、ともかくもその後も二千回の稽古を、日々飽くことなく繰り返した。

さらには打つ、突くの動作の他に、左右の斜め上から叩く、腰部や足元を払うなどの稽古も半刻ほど付け加えた。柿谷から、こう言われたからだ。

「槍は打つ、突くが完全に出来れば、それで充分ではある。が、まあ他の稽古も、やって損はあるまい」

それからも十日に一度は柿谷と会い、細かな動作の助言を受けた。

それが十度ほど重なった三ヶ月後のことだ。

柿谷に、初めて実戦を想定した稽古を付けてもらうことになった。

双方、穂先を外した槍を持って、対峙した。

その時点で、八郎は——稽古を始めてからわずかに三月《みつき》とはいえ——自分の技量にはほのかな自信を持ち始めていた。いったいこの備前で誰が日々二刻以上もの時をかけて、血汗の滲むほど槍の打ち込みをしているというのか。

が、結果は三十回ほど立ち合って、八郎の全敗だった。

額、喉、腋、鎖骨、内股《うちもも》の付け根、およそ甲冑の隙間と思《おぼ》しき部分は、すべてを突かれた。それまでに芽生えかけていたそこはかとない自信も、粉々に砕け散った。

この結果に呆然としている八郎に、柿谷は笑った。

「何故こうも負け続けるのか、分かるか」

「——分かりませぬ」

うん、と柿谷はうなずいた。「おぬしが負けるのは、しごく当然じゃ。何故ならわしは、おぬしに攻撃のみ教えて、防御というものを一切教えておらぬ。わしは、いくらでもその隙を突くことが出来る。おぬしは当然の如く負ける」

八郎は焦り、苛立《いらだ》ち、かつどうしようもなくむっとして、柿谷に言った。

「では、その防御の稽古も付けてください」

「出来ぬ」

「は？」

「だから、防御の稽古などを教えることは、出来ぬ」

これには思わず八郎も大声を上げた。

「どうしてでございますかっ」

誰かに向かって怒声を発したことなど、生まれてこのかた初めてのことだった。それほど槍の扱いに心身ともにのめり込んでいた。

すると柿谷は、再び笑った。が、今度は陰のある笑いだった。

「たしかにわしは、防御は教えておらぬ。それらしき受け方なら幾通りかある。されど、これだという鉄壁の型はないからじゃ」

「……」

「そして武術の才に長《た》けた者は、わざわざそんなことを教えずとも、相手の攻撃に応じて即座に身を庇《かば》うことが出来る」

これには一瞬、絶句した。

「つまり、私にはそもそも武者働きの才能はない、と?」

柿谷は、否定も肯定もしなかった。

「ないのですか?」

八郎は恐る恐る、繰り返した。

すると柿谷は、ようやく口を開いた。

「なんというか――別に自慢する気もないが、わしほどの使い手は、この備前にも五人とはおらぬだろう。攻撃を避けるのは、至難の業《わざ》じゃ」

「しかし、それでも防御できる者はいる」

柿谷は、うなずいた。

「子供の頃から余程の修練を積むか、あるいは兵法者《へいほうしゃ》のような者なら、そうだ。ようは反射だ。おぬしには、幼年期から培《つちか》うべきだったそのごく自然な反射が、身に付いておらぬ」

全身に漲《みなぎ》っていた力、心のうちに宿っていたささやかな自信が、今度こそ急速に萎《しぼ》んでいくのを感じる。ようやく摑《つか》みかけていた初めての希望が、手のひらから砂のようにこぼれ落ちてゆく――。

「そう、悲観することでもない」

おそらくその時の八郎はよほど無残な表情をしていたのだろう、慰めるように柿谷は口を開いた。

「攻撃と防御は、常に表裏一体じゃ。たとえば今の立ち合いでも、わしの動きのほうが僅かに速い。だから、おぬしは防戦一方になる。これがもし逆だったら、どうじゃ」

「……え？」

「じゃから、おぬしの攻撃がわしよりも速ければ、防御などせずとも、必ずや先手、先手と打ち込んでいける。わしが後手に回り、挙句はやられる。攻撃は最大の防御でもある。たとえ咄嗟《とっさ》にかわすことが出来ずとも、それ以上の迅《はや》さで相手の急所を突けばよい」

さらに柿谷は語った。

「実際の戦場では、矛《ほこ》先を一合《ごう》か二合、多くとも三、四合交えただけで勝負は決する。合戦での槍働きなど、所詮《しょせん》は穂先の迅さを競う殺し合いじゃ。難しく考える必要はない。防御などなくとも、穂先の迅さを鍛え上げるだけで、八割方は勝つ」

「ですが、運悪く相手のほうが、私より速かった場合は？」

そう尋ねると、この中年の牢人は、あっさりと笑った。

「その時は、おぬしが死ぬるだけよ」

思わず黙り込むと、柿谷は淡々と語った。

「こちらも懸命なら、相手も当然、命懸けだ。何かを得ようとしたら、何かは手放す。この浮世の鉄則じゃ。我が身だけは後生大事に守りつつも、敵の兜首を取ろうなどとは、虫が良すぎるというものだ」

「……」

「ましてやおぬしは、初陣から三度目までに華々しい手柄をあげる覚悟だと言う。ならば、その三度は性根を据えよ。なおさら我が命を懸け物にせい」

言われてみて、初めてその通りだと思った。二つ同時には手に入らない。だから、黙ってうなずいた。


それからも八郎は、朝起きると陽が中天に達するまで、日ごと懸命に槍を振るった。しかし、中天を過ぎてからは、午睡を取り、気ままに夕暮れまでを過ごした。

「稽古は、やり過ぎてもいかぬ。日にせいぜい二刻か、どんなに長くとも三刻で抑えよ」

そのわけを聞くと、柿谷はこう答えた。

「度を過ぎると、人によっては腰の骨が滑るようになる。戦場に出て手柄を立てる前に、武士としては終わる」

秋も深まって来た。木の葉が少しずつ枝から離れて、舞い散る季節になった。

戦場での敵も、動くのだ……。

ふと気づき、それからは二刻の型稽古の後、宙で揺れ動きながら、はらはらと地面に舞い落ちていく枯れ葉を狙って、突く、打つ、払うの動作を繰り返すようになった。

最初の頃はまったく穂先で捉えられなかったが、日々粘り強く繰り返すうちに、やがて百回に一、二度ほどは、当たるようになった。

その確率は日を追うにつれ、ごく僅かずつではあるが、確実に上がっていった。

やがては三十回に一度は当たるようになり、十月も半ばを迎える頃には、二十回に一度は穂先で葉を捉えられるようになった。その試行を日々、時間にして半刻ほど続けた。

それで、自分なりの一日の稽古の終了とした。すべての葉が散り尽くす頃には、今よりももっと正確に、より滑らかに、落ち葉を打ち、あるいは貫けるようになるだろう。

柿谷の言葉を思い出す。

おぬしの攻撃がわしよりも速ければ、防御などせずとも、必ずや先手、先手と打ち込んでいける。攻撃は最大の防御でもある——。

さらに自分なりに要約する。

たとえ元々の反射が鈍くとも、それ以上の迅さで相手の急所を突けば、おそらくは勝てる。

そのたびに八郎は、自分を励ますように一人でうなずいた。欠点は、長所を伸ばす努力で補うことが出来るはずだ。少なくとも今は、そう信じて稽古に邁進《まいしん》するしかない。

暇な夕暮れまでは、南西の川向こうにある西大寺へと、しばしば出向いた。

その道々、昔のことを思い出す。

「……」

三年前に、生まれて初めて出来た年長の友人、黒田満隆には、一度だけだが、ささやかな嘘をついたことがある。

あの当時、自分は月に二、三度は来ると言ったが、内実はその頻度をはるかに超し、月のうちの五、六日は、福岡から西大寺まで歩いて行っていた。そして行けば終日、西大寺の境内とそこに至る門前町の参道をうろついていた。

実は八郎には、今まで誰にも話していない西大寺行きの訳があった。

かの門前町には、実に雑多な人々が備前一円から参拝にやって来る。当然、その中には武家の姿もしばしばあった。

しかし、九歳の終わりの頃に行き始めたきっかけは、備前福岡だけをうろつくことにもいい加減飽き、かと言ってあの備前屋の離れには居たくもなく、また一人で時間を持て余していることもあって、他の町でも見物に行こうと思い立ったからに過ぎない。

が、三月ほどの間に五、六度ほど通った時に、偶然にも表参道の付近で、初めて武家装束の集団を見かけた。遠目にも、かなり大人数の郎党を引き連れていた。その郎党も含め、素襖《すおう》にも切れるような折り目が付いており、武士にしてはよほど裕福なのだと感じた。

その時、たまたま通りに出ていたある宿屋の主人が、武士の首領と思しき男に腰を低くし、慇懃《いんぎん》に声をかけた。

「これはこれは。沼《ぬま》城の中山備中《なかやまびっちゅう》様ではございませぬか。お久しゅうございまする」

その名は、当時はまだほんの子供だった八郎でも、さすがに聞き及んでいた。福岡の属する上道郡のうちで最も肥沃な居都荘《こづ》周辺に所領を持ち、備前中央部の豪族では一、二の富裕を誇る、中山備中守信正《のぶまさ》であった。

「今日の寝所は、もうどこぞにお決まりでしょうか。もしよろしければ、ぜひ我が大和屋を御贔屓《ひいき》にしていただきたく」

うむ、と三十前後と思しき中山備中守は、いかにも人が良さそうな声音で、鷹揚《おうよう》に答えた。「では帰りに立ち寄り、ちと検討してみよう」

そう言い置き、仁王門の中へと消えた。

ちなみに中山備中守は、永正七(一五一〇)年の生まれであったから、この時の八郎の見立ては——まだ十歳だったとはいえ——存外に正確だった。

八郎はその後、なんとはなしに門前町の通りを一人行きつ戻りつしながら、一刻ほど、中山氏の一行が仁王門から出てくるのを待った。特に他意はない。暇で、他にやることもなかったせいが大きい。

当然だが、まさかこの時は、これより十三年後に、この中山信正の娘と結婚し、互いに親族関係になるなどとは、夢にも思っていなかった。

やがて陽が西に傾き始めた頃、西大寺の境内から中山氏の一行が出てきた。その郎党の一人が、大和屋の前まで走ってやってきた。

「これこれ、拙者《せっしゃ》は備中守の手の者である。亭主を呼べ」

手代は慌てて屋内へと入り、主人が宿から飛び出してきた。話はすぐにまとまったようで、中山氏の一行はその大和屋に投宿した。

単に、それだけのことだった。

しかし、福岡への帰り道、子供心に密かに思いついたことがあった。

それからの八郎は、月日を経るにつれ、次第に西大寺へと行く頻度を増やしていった。やはりそうだった。この山陽道でも有数の門前町には、備前の各地から豪族たちが頻繁に参詣《さんけい》に訪れていた。

浦上氏と対抗している西備前最大の豪族、松田氏の一行も見かけた。その松田氏の系列下に入っている国人の集団も、幾度か見た。

それら一行が通り過ぎる時の、町人たちの噂話や、宿屋や飯屋の亭主の挨拶、あるいは西大寺の境内に入った後の寺務所での名乗りで、彼らの身元がそれと知れた。

上道郡北西部の旭川《あさひがわ》沿いに龍《たつ》ノ口《くち》城を構える穝所元常《さいしよもとつね》や、御野《みの》郡の旭川西岸にある石山《いしやま》城を居城とする金光《かなみつ》備前らだ。

盟主の松田氏も含めて、すべて八郎が後年、滅ぼすかその居城を乗っ取っていく者たちだった。

が、この当時の八郎は、当然そんなことを露ほども知らないし、また、それほどの武門に先々自分がなれるとも、まったく思っていなかった。

仮に、自分が運良く武士に返り咲いたとする。それでも、祖父と母の無念を晴らすために砥石城を取り戻すことを思いつくぐらいが、十歳の子供としては、せいぜいその思考範囲の限界だった。また、それで充分だと無意識のうちに考えていた。

そもそも武士になりたい気持ちも、依然として希薄であった。

ちなみにその気持ちは、十四歳になった今でも変わらない。

善定にしろ母にしろ、八郎がゆくゆく宇喜多家を再興するために、これまで随分と様々に骨を折ってくれている。その苦労や努力に自分なりに報いたいという責務に似た気持ちが、今の八郎を仕方なく突き動かしている。

ともかくも当時十歳の八郎には、松田や中山や穪所らではなく、是非その顔を拝んでみたいと思っている二人の土豪がいた。

むろん、かつて宇喜多家を滅亡に追い込んだ島村盛実と、大叔父の浮田国定である。

二人の居城は、西大寺の川向こうのすぐから隆起していく大雄山系のそれぞれの稜線上にある。備前の土豪としては、最もこの西大寺に近い場所に住んでいる。この二人の居城よりはるかに遠い御野郡や、上道郡の北部からわざわざ参詣に訪れる土豪もいるくらいだから、当然この二人も、やがては必ずやって来るはずだと見込んでいた。

けれど、その二人の顔を見たからといって、特に何をしてやりたいというわけではなかった。また、子供の自分が、大人の武装した集団に向かって何かできようはずもない。

それは、八郎にも分かっていた。

単に、自分たち一族を滅亡にまで追いやった悪党の顔つきとは、一体どんなものなのかという好奇心に駆られていたに過ぎない。

案の定、やがてその機会が訪れた。

まず島村豊後守盛実の一行を見かけた。島村と思しき男は、その集団の中心にいた。八郎は、門前町の人ごみの中から、食い入るようにその顔や様子を見つめた。

意外だった。

八郎たち一族の居城を夜半に不意打ちをかけて襲い、まんまと奪い取った男だから、いったいどれほどの凶相をしているのかと思っていた。ちょうど、上代の吉備《きび》ノ国の頃からの伝承で聞いている、『桃太郎』のおとぎ話に出てくる鬼ヶ島の鬼のような、狂暴極まりない貪婪《どんらん》な強欲顔を想像していた。が、実際の島村とは、まず遠目には、どこにでもいそうな中肉中背の三十がらみの男だった。ちょうど父の興家と変わらないくらいの年齢に思えた（のちに浦上家で同僚となって分かったことだが、実際、興家より一歳年上なだけだった）。

近づいてきたその顔を仔細《しさい》に見るに、八郎の抱いていた想像はますます裏切られた。正直、その造作と表情から受けた印象は、とても欲得ずくで他家を滅亡させるような悪相には思えなかった。多少強情そうな顔つきはしているものの、その他には取り立てて特徴のない、ごく平凡な中年男だった。

さらに後日、群衆の中から垣間見た浮田大和守国定に関しては、ある意味で、さらに期待を裏切られた。

四十がらみの、なんとも気の弱そうな伏し目がちの男で、その見るからに頼りなさそうな雰囲気は、自分の父に酷似しているとさえ感じた。島村の片棒を担いで宇喜多家を乗っ取るような悪党には、とても思えなかった。

八郎は、この二つの現実に軽い衝撃を受けた。

人間とはいったい何だろうと、子供心にも戸惑った。

それでも八郎は、西大寺行きを止《や》めなかった。

この二人の仇に対して、あるいは自分の初見の印象が間違っているかもしれないと感じたからだ。だから、心底納得がいくまでは、何度でも相手の顔を見てやろうと心に誓った。そして、今まで以上に西大寺へと通い詰めた。

この点、八郎は執拗だった。

ちなみに二人の仇敵との初見の時期は、ちょうどあの黒田親子が播州から来た三月ほど前のことだった。

だが、黒田満隆とはあれほど親しく話をしていて、しかも仇相手の居城まで一緒に遠望したにもかかわらず、この一件はなんとなく口にしなかった。自分の中で本当に重要なことに関しては、恐ろしく寡黙でもあった。

ちなみに、この種の執拗さと、不用意なことを一切口にしない寡黙さは——当時の八郎自身はまだ自分でも気づいていなかったが——ほぼ裸一貫から権謀術数を弄《ろう》して自立した戦国武将へと成り上がっていくためには、武勇やある程度の賢さよりも、はるかに必須な資質であった。

そしてこの年になるまで、島村盛実と浮田国定の顔つきや、その挙措、郎党に対するあしらい方を、それぞれ五、六回ほどは仔細に拝んだ。

けれど何度見ても、自分が最初に受けた印象が、決定的に変わることはなかった。

「……」

八郎もこの二年でそれなりの書物を読み、多少は人間というものについて自分なりに考えるようになっていた。

つまり、こういうことではないかと感じた。

人間は、その風向き次第では、ごくごく普通の性質でも、必要に迫られればいとも簡単に悪人になることもでき、また、利害の絡まぬ状況次第では、すぐに善人に成り代わることもできる。

大楽院に移り住む直前に、母から浦上家への出仕がほぼ実現しそうだという話を聞かされた。

さらに今年の初夏、あと一年で浦上家に正式に仕えることになるとの知らせを受けた。

八郎は、辛苦に満ちた幼少期を過ごした子供の例に洩れず、恐ろしく人見知りでもあった。初めて会う人間と接し、話をすることが苦痛だった。幼い頃から人というものを疑い、警戒して育ち、さらに言えば、人と気軽に打ち解ける処世術も、まったく身に付いていなかった。

だからこそ、ここに集まってくる浦上配下の土豪たちの顔は一人残らず、自分の側からだけは、まず見知った他人になっておこうと心に決めていた。

もし浦上家に出仕して三石城にて備前の土豪の面々を見た場合、あちらは八郎のことを見るのは初めてだと思うかもしれないが、こちらは密かにその顔や仕草までを見知っている。そして、ほんの多少ではあるが、郎党のあしらい方まで摑んでいる。その一事は八郎にとって、とても心強いことのように感じられた。

だから今もこうやって、頻繁に通い続けている。

けれども、実は最近の自分にはさらにもう一つ、西大寺行きにささやかな理由が加わっていることに、ようやく気づき始めていた。そして、そんなことを考えている自分に、新鮮な驚きを感じていた。

八郎も、もう十四歳だった。男としても大人へのとば口に差し掛かっていた。

「……」

西大寺の門前町の入り口に、土産物屋を兼ねた、間口一間（約一・八メートル）ほどのごくごく小さな小間物店がある。

そして、西大寺に通い続けているうちに、気づいた。ちょうど十歳になった頃だ。

まだ若い女が、いつも決まって一人で店先にいた。

参道を通り過ぎながら店内をさりげなくのぞき込むと、板壁の両側と店頭の棚に置かれた簪《かんざし》や陶器、箸などの雑多な小間物の中に埋もれるようにして、輪郭のいい小ぶりな顔が、いつも垣間見えた。

その女のことを自分でも気づかないうちに少しずつ意識し始めたのは、大楽院に移り住んだ後の、十二歳の頃からであった。

そして、ここ一年ほどは、次第にその気持ちが強くなってきている自分を、はっきりと自覚していた。

小間物屋の女は、時に店の軒下に佇《たたず》んでいることもあった。そのすらりとした立ち姿は、遠目からでもよく見えた。

近づいていくと、さらに顔の造作がよく分かった。ほどよく秀でた額の下に、弓なりの形のいい細い眉と、切れ長の眼裂《がんれつ》がある。両眉の下から伸びたくっきりとした鼻梁《びりょう》も、見るたびに八郎の印象を強めた。

女は、自ら進んで客の呼び込みをするわけでもなく、参道を行きかう人々を、やや眩《まぶ》しそうに眺めている。

まれに、近所の店主や行商人らと立ち話をしている姿も見かけた。いつ見ても一人だった。つまりは亭主持ちではない。

けれど、そんな独り身の若い女が、いくら手狭とはいえ、一体どうやって自前の店を持てたのかが不思議だった……。

陽の当たる明るい場所に佇んで、誰かと話をしているにもかかわらず、その顔つきには、生に対する諦観のような陰が漂っていた。

八郎は、その陰に惹《ひ》かれた。決して拭い去れない暗い過去の刻印ではないかと、なんとなく感じた。まだ若そうに見えるが、ひょっとして自分と同じようにか、あるいはそれ以上に辛い思いをしてこの浮世を生き抜いてきた……手前勝手な妄想だが、この直感には、自分の過去に照らし合わせても、それなりに自信がある。

歳は、いかほどになるのだろう。

八郎より明らかに年上の女には間違いないし、五歳から十歳くらいは年長だろうと感じていたが、さりとてその五年の間のどこら辺りに当てはまるのかは、皆目見当がつかなかった。見た目の若さと、その表情の隅に潜んでいる陰との間に、落差がありすぎる。

ほんのたまにだが、参道をうろついている八郎と目が合うことがあった。その時、女はいつも少し目を細めた。束の間、煙《けぶ》るような眼差しで八郎のことを見遣《みや》る。そして、ややあって目を逸《そ》らす。

おれのことを認識している、と感じた。

むろんおれもまた、あの女をそれと見知っている。

近寄ったこともない。お辞儀をしたこともなければ、話しかけたこともない。ましてや名前も出自も知らない。しかし互いに、間違いなく相手をそれと認識している。

まさしく見知った他人だ。

そのたびに自分の胸が、とく、とく、と妙な鼓動の打ち方をした。

八郎は既に一年ほど前から、自分が好意を抱く女性《にょしょう》の型がどのようなものかを、はっきりと自覚し始めていた。しかもその型には、かなり偏りがあって、ごくごく狭い。

鞆の津にせよ福岡にせよ、この西大寺にしても、数多《あまた》の人々が集う町には、女も多い。それも垢《あか》ぬけた、見目の涼やかな女が多い。そして、その垢ぬけ方と涼やかさは、気品と凜《りん》とした美しさを魅力の第一義とする武家の女には、滅多に見られないものだ。

ただし、そのような外見だけでは、自分でも生意気だと思うのだが――まだ女を知らないにもかかわらず――そこまでは惹き込まれない。いくらその見た目が良かろうが、世間知らずの甘ったれで、人の哀しさも忖度《そんたく》できず、わがまま放題に育った女と関わり合うことなど、金輪際《こんりんざい》ごめんだと思っていた。そのいい例が、善定の娘だ。あの榧には数年間、本当にうんざりとさせられた。辛く悲しくもあった。あのような女とは、二度と接したくない。

逆に、どこかに暗い陰が漂っていても、そんな自分を冷静に突き放しつつ、日々を淡々と送っているような、そんな静謐《せいひつ》な気配を持つ女であれば、さらに心を鷲掴《わしづか》みにされたような錯覚に陥る。

自分の見当違いなのかもしれないが、少なくともその見目と雰囲気だけは、八郎が日頃から思い描いている女性像にぴったりと当てはまっていた。

「……」

この日もまた、そんなことをつらつらと考えながら、西大寺に向かって歩いている。

件《くだん》の女は、今日も店にいるだろう。

けれど、たまにしか視線が合うことはない。五回あの門前町をうろついたとして、せいぜい目が一回合えばいいところだ。

それでも密かに、何かを期待している自分がいた。

歩きながらも一人で自問自答する。誰も話し相手がいなかった八郎の、幼い頃からの習い性だ。

おれは、いったい何者だ。

物心がついた頃から、お家の再興という血の呪縛を骨の髄までかけられている。そんな有様なのに、ふと気づけば縁もゆかりもない、名さえ知らぬ女のことばかりを考えている。まったくお気楽なものだ。

確かに梢が言った通り、一時《いっとき》は本ばかり読みすぎて、心の一部が変な風にふやけてしまったのかも知れない。

2

ふう――。

賑《にぎ》わう通りを小間物屋の店内から眺めながら、紗代《さよ》はぼんやりと物思いにふける。

いつの間にか陽が、すっかり西の空に傾いていていた。

あと一刻ほどで、日暮れがやってくる。

心穏やかないつもの一日が、今日もまた終わろうとしている。

この四年というもの、それ以前の激しい変転が嘘のように、淡々とした平穏な日々が流れている。

それでも折に触れ、思う。

私はこれからも、どこへ漂い流れていくのか。それとも、ここに留《とど》まるのか。

そもそも、誰がそれを決めているのか。

五年前に、はっきりと覚悟しつつ、一度だけ自分で舵を切ったことは事実だ。思い返せば、そこでまた大きく先の流れが変わった。けれど、それ以外の私の過去の潮目云々《うんぬん》をことごとく決めたのは、少なくとも私ではない。

他の誰かか。違う。それは相身互《あいみたが》いの関係だ。

では、神か。

もしくは、ここの西大寺に祭られている個々の仏様なのか。

仮にそんなものがいるとしたら、どうして九年前、私の一家はあんな無残な殺され方をしなければならなかったのか……。

やはり、神仏など本当は存在しないのではないかと感じる。

けれどそれも、確かではない。

紗代は、播磨の国境にほど近い、美作《みまさか》南部の寒村で育った。

地侍の娘として生を受けたとはいえ、一家の所領は決して大きなものではない。狭隘《きょうあい》な山間部の谷の底にある一ヶ村を、辛うじて保っていたに過ぎない。父も母も平素は、屋敷の裏畑《うらはた》によく出ていた。つまりは、それほどの実入りしかない微力な地侍だった。

物心がついた頃から、父は事あるごとに他家の合戦へと駆り出されていた。美作東南部一帯の土豪の旗頭は、三星《みつほし》城に居を構える後藤《ごとう》氏だった。

かと言って、後藤氏も自らが好んで事を起こしていたわけではない。播磨・美作・備前三国の守護である赤松氏と、その守護代である浦上氏が、飽くことなく勢力争いを続け、父の盟主である後藤氏もまた、その代理戦争の駒として駆り出されていたに過ぎない。

それでも、紗代が幼い頃の一家は、それくらいの苦労で済んでいた。

参詣客の一団が、店に入ってきた。

そこで、紗代の記憶はいったん途切れた。

商売用のやんわりとした笑顔を見せていると、何品かの小物を買ってくれた。それからしばらくは続けざまに客が入り、やがて陽が西の山の端《は》に近づき始めた。そこで、再び客足が途絶えた。

そろそろ、店仕舞いにしようか。表の通りを過ぎゆく客も、ずいぶんと減ってきている。

けれども、今日の売り上げから仕入れ値を差し引くと、意外に儲《もう》けは少なかった。月末に西大寺に納めている礼金のこともある。

だから、あと一刻ほどは、まだ店を開けておこう。

ふと思った。

今日は、あの少年は来ていたのだろうか。
二、三日に一度くらいは、この参道で見かける。
昨日は終日、その姿を見かけなかった。

ひょっとしたら今日も来ていなくて、明日来るのかもしれない。

少年とはいっても、もはやその体格は大人に近い。あと一年もすれば、完全に大人としての上背になり切るだろう。近頃は武芸にでも励んでいるのか、以前はややふっくらとしていたその頰から肉が削げ、胸板も別人のように分厚くなり始めている。

足さばきも、そうだ。激しく槍刀《そうとう》の稽古をやっている者に特有の、一歩一歩を軽く踏みしめるような歩き方になりつつあった。

一人で少し微笑《ほほえ》む。

いつの間にか、ずいぶんと成長したものだと感じる。

あの少年の姿を初めて見かけたのは、もう四年も前のことだ。

七月の、暑い夏の日のことだった。瀬戸内まで続く真っ青な空の彼方を見遣ると、いくつもの入道雲が湧き立っていたことまで、何故か詳細に覚えている。

その当時、あの少年は背の高さもまだ四尺（約百二十センチ）ちょっとくらいの、ほんの子供だった。

むろん紗代も、日々数多の参詣客がやって来るこの地では、そのほとんどの顔を覚えてもいない。自分の店に入ってくれた客でさえも、一年で考えれば、あまりの人数の出入りの多さに、覚えようとしても、とうてい覚えられたものではない。だから、この町に住んでいる人間以外の顔は、再び見てもほとんどは分からない。

しかし、あの少年の姿だけは、初めて見た時から、自分でも奇妙に思えるほど強く印象に残った。笑顔と喧騒《けんそう》に満ち満ちている人々の群れの中から、何故か一人だけ、くっきりと浮き立って見えた。

五日ばかり経って、次に人混みの中に見かけた時も、すぐにそれと分かった。

さらに六日ほどして、三度目に見た時もそうだ。ほんの一瞬その姿を垣間見ただけで、すぐにあの子だと判別できた。

でも、どうしてなのだろう。

何故あの子は、まるで放下師《ほうかし》のように、常に周囲から鮮明に浮いて見えるのか。

むろんその頃から、顔立ちの整ったかなりの美童ではあった。しかし、単に美童というだけなら、この町にも西大寺の稚児を筆頭に、見目の良い子供はいくらでもいる。美少年の数の多さという点では、むしろ他の町以上に多いだろう。

だから、それが印象に残った所以《ゆえん》ではない。

五度目か六度目にあの子を見かけた、ある晩のことだ。寝苦しい一人寝の徒然《つれづれ》に任せて思案しているうちに、いくつかの理由に思い至った。

地生《じば》えの子ではないことには確信を抱いていた。それまでに一度も見かけたことがない。それなのに、急にその顔を頻繁に目にするようになった。

どこかからこの町へと引っ越してきた一家の子供でもないと感じていた。

もう一度、その小さな姿を脳裏に浮かべる。

小袖《こそで》はまだ新しく見えたが、何故かいつも微妙によれよれだった。大量の汗をかいた後に、乾いたのであろう。草鞋《わらじ》と木綿の袴《はかま》の裾も、よく見ると埃でうっすらと白くなっていた。つまりはそれなりの長い道程を、いつも歩いてここまで来ている。まだ十歳ほどのほんの子供がたった一人で、しかも、かなり頻繁にだ。

そして、その事実より奇妙に感じたことがある。

おそらくそれなりの武家の子供だということには、髪型や小袖袴を見ても、なんとなく見当がついていた。しかし、幼い頃の自らの暮らしと照らし合わせてみても、武士の子が用もなく外をぶらつくなどということは、滅多にない。歴《れき》とした侍の家なら、親がそのような無用の振る舞いを、絶対に許さないからだ。

実際、紗代の兄がそうだった。小さい時から槍の稽古や、庭の手入れを手伝わされていて、とても一人の気ままな時間などなかった。ましてや遠方まで一人で勝手に出歩くことなど、およそ考えられもしない。

けれど現実には、武家の子らしき少年が、おそらくはかなり離れた場所から、この西大寺までぶらぶらとやって来ている。

ここにやって来る参詣客は多種多様で、日々恐ろしく出入りが多いとはいえ、一人で頻繁にやってくる武家の子の例は、さすがにまれだ。少なくとも紗代は、今までにそんな少年を見かけたことがなかった。

他にも不思議に感じたのは、別に物見遊山で来ているわけでもなさそうだということだった。

笑顔と陽気な喋《しゃべ》り声の渦巻いている通りの中で、あの子の顔だけは、常に笑っていなかった。参道の脇に佇んで、参道を行き交う人々を逐次目で追っている。その目つきも真剣そのものだ。明らかに行楽に来た者のそれではない。かと言って、頭のおかしな子のようにも見えない。

だから、あの子の様子を一目見た時から、妙に印象に残ったのだと、ようやく納得した。

しかし、その行動の謎《なぞ》は依然として残った。


しばらくして、少年を見かける頻度はさらに上がった。やがては四、五日置きにやって来るようになり、さらにここ二年ほどは、数日に一回はその姿を見るようになった。

けれど、ここに来る参詣客のいったい何が、少年の心をそんなにも惹き付けるのか……。

少年を通りで見かけるたびに、それとなく観察した。店に客が入っていない時は、軒下にまで出て、しばらくその姿を眺めていることもあった。

やはり、いったんここに来ると、少なくとも二刻ほどの間は、この店から仁王門まで続く長い参道を行きつ戻りつしながら、参詣客を絶えず観察していた。

太陽の位置が動くにつれ、順次その佇む場所も移動させていた。少年は常に、どこかの店の軒先の陰で、身を潜めるようにして立っていた。子供心にも、明らかに目立たないように、自分なりに知恵を絞っているつもりなのだろう。

この少年には、まず間違いなく何事かの曰《いわ》くがある。明確な目的があって、わざわざこの西大寺まで来ている。こればかりはそう確信した。

紗代は改めて、ますます興味をそそられた。

やがて、おそらくはその理由かもしれないことに見当のつく日がやってきた。

この門前町には、武士階級の者も相当数が参詣にやって来る。しかし少年は、一人や少人数の家族でやって来ている侍には、見向きもしなかった。

が、これが一族郎党を引き連れた大所帯の武士の一団となると、急に前のめりになり、かつ食い入るような視線を向けた。

それだけではなく、彼らが過ぎ去った後、その後をやや離れてついていった。連なった店の軒下を、そろそろと伝っていく。そして武士の一団が西大寺の仁王門の中に消えると、少年もまた境内へと足を踏み入れ、しばらくの間戻ってこなかった。

たぶん、彼らを仔細に観察するのが目的なのだ。そのためにいつも、この参道に佇んでいるのだと、ようやく紗代は納得した。

けれど、その訳《わけ》が何なのかは、相変わらず見当がつかなかった。

時に少年は、顔や腕に擦り傷や青痣《あおあざ》をこしらえていることがあった。

しかし、そのいずれの日も、ここに来た当初は出来ていない。傷痕が出来ているのは、かならず陽が西に傾きかけて以降だった。

門前町の周辺には、各地から流れ着いてきた窮民たちが住み着き、それらが結果として貧民窟を形成している。おそらくは、そこの悪童どもから路地に引き込まれ、面白半分に喧嘩《けんか》を売られ、集団で襲われている。

それでも、この少年は西大寺に来続けている。

でも、どうしてなのだろう。何故そこまでして、この門前町に来る必要があるのか。


一年ほど前のことだ。

偶然、この少年の出自を知る時が来た。

香や荏胡麻《えごま》油、和蠟燭《わろうそく》を扱う店が、この門前町にある。そこの店主と軒先で立ち話をしていた時に、たまたまあの少年を見かけた。この店主は、頻繁に行商もやっている。主な売り先は、近隣の寺社や、裕福な武家の館だ。

ひょっとしてと思い、相手に聞いてみた。

「あのお子のこと、ご存じではございませぬか」

店主は参道を軒下沿いに歩く少年を一瞥《いちべつ》すると、ああ、という顔をして苦笑した。

「あれは、宇喜多様という滅んだ武門の、忘れ形見でございますよ」

少年は、川向こうの邑久《おく》郡にある大楽院という尼寺に住んでいるという。尼僧の伯母の許に引き取られて生活をしている。店主は、その大楽院にもたまに香や荏胡麻油を納めに行っていた。

その宇喜多という武門の名には、紗代にもかすかに聞き覚えがあった。

この門前町に来てからではない。ごく一般の商人は、武家とは関わりのない世界で生きている。また、市井で生きる人間は、草深い土地に群居する武士のことなど――商売が絡まない限りは――ことさら興味を示すこともない。

紗代がその名を聞いたのは、美作の生家でのことだ。父が何度か口にしていたような気がする。

「今度は備前の宇喜多が、こちら側につくそうな」

あるいは、

「宇喜多は、浦上様の被官であるからの」

などといった言葉だったと、おぼろげに記憶している。つまりは、他国の侍同士の間でも多少は口の端に上るほどの武門の家であった。

少年の名は、八郎というらしかった。宇喜多家の跡継ぎが代々付けられる幼名とのことだ。それが今は没落しきって、伯母の尼寺で居候の身となっている。

相手の店主は、福岡にも商いで頻繁に行っているせいか、宇喜多家の没落の経緯と、その後の暮らしにも詳しかった。

今から七年前の天文三年、宇喜多家は島村という近隣の土豪に夜襲をかけられて滅んだ。彼らの盟主である浦上家の下知《げじ》だったという。

生き残った宇喜多の親子三人は、備後の鞆の津あたりまで流浪していたところを、福岡の阿部善定という豪商に情けをかけられて、その許に引き取られた。

「なんでもあの子の父は、その島村に不意打ちをかけられた時、ろくに戦いもせずに城から逃げ出したとのこと。武門の棟梁としてはなんとも情けなきお方であると、この備前の武家の間でも、福岡の町でももっぱらの評判でござった」

紗代は、その語尾に引っかかった。

「ござった？」

「一年前に、我が身の不遇を嘆き、自決なさったのでございますよ」

一旦は驚いたが、直後にはふと疑問に思った。

「宇喜多家の御家族は、その間ずっとその阿部様のお宅にお世話になられていたのでございますか」

相手は、大きくうなずいた。

「左様。六年もの間、居候されてござった。あの子の父は、砥石城を取り戻そうともなさらず、ただ徒食しておられたばかりか、こともあろうに庇護者である備前屋の娘を孕《はら》ませた。しかも、二人もでござる。これにはさすがに宇喜多の奥方様も愛想を尽かされて、その二人目が生まれた直後、単身にて三石城へと赴かれ、侍女として出仕なされた」

「ちなみに、その奥方様の出仕は、いつ頃のことでございましょう」

「たしか、三年ほど前のことでありましたな」

少年を、ちょうどこの西大寺で見かけるようになった頃だ。すこし思いを巡らし、紗代は口を開いた。

「では、八郎殿は、それからは父子のみの暮らしで？」

相手は首を振った。

「阿部殿の娘が、後妻として入ったようでございますよ」

「二人の生まれた子も連れて、でありましょうか」

「おそらくは、そうでございましょうな」

これで、ようやくあることが腑《ふ》に落ちた。

最後に相手が洩らした言葉も、それを裏付けた。

「福岡では、あの少年も、甲斐性のなかった父に負けず劣らずうつけであろうと、そのような風評も一部でありましたな」

「それは、いかような訳で?」

「恐ろしく無口で表情も暗く、動作も鈍げで、いつもふらふらと福岡の町をうろついていたようでござる。しかし、まさかこの町にまでぶらつきに来ていたとは、いやはや……やはりうつけ殿のようで」

違う、と感じる。

あの八郎という子は、愚鈍ではない。おそらくはその継母が入った新しい家に居たたまれず、外をふらついているしかなかったのだろう。

その後も紗代は、今日にいたるまで一年、折に触れて宇喜多家の噂を市井の暮らしの中から拾い集めた。

……実は紗代は、過去に事情があって、西大寺の僧正の一人と今も懇意にしている。その僧正に、話を聞いた。西大寺を訪ね、宇喜多家のことだと言うと、驚くほど詳しく話をしてくれた。

それも道理で、七十年以上も前の文明元(一四六九)年に、宇喜多家は川向こうにある金岡《かなおか》東荘《ひがしのしょう》という荘園の一部を、西大寺へと寄進していた。つまりはその頃からつい八年前に滅びるまでは、相当に富裕な豪族であったことが分かった。

「であるからに、わしら西大寺の者は宇喜多家の今の在りようを、ひどく気の毒に思っておる」その僧正は語った。「その八郎と申す子も、物心のついた頃から大変な苦労をしてきたであろうな」

紗代は、さらに想像する。

以前のあの子は、まだ子供だったせいもあるが、その挙措もおよそ武士の子供らしくなかった。けれど、自分の死んだ兄に照らし合わせて考えてみても分かる。武士の子は、幼くとももっと凛々《りり》しいものだ。親からそういう躾《しつけ》を受けて育つ。しかし、あの八郎という少年には、そのような躾をしてくれる大人が周囲にはいなかったようだ。


そんなことをつらつらと考えているうちに、いつの間にか陽は山の端に沈んでおり、店先の通りにも参詣客が絶えていた。秋の夜の訪れは早い。黄昏《たそがれ》時が一気に薄闇に、そして闇夜へと変わる。

今日はここまでだ、と思い、間口まで出て引き戸を閉め始めた。

その時、どこからか悲鳴のようなものがかすかに聞こえてきた。一瞬、手を止めたが、気のせいかとも思って戸締まりを続けた。しかし、さらに悲痛な喚《わめ》き声が、店の裏手のほうから再び響いてきた。男の声だが、まだ若い、甲高い声音だ。

手早く内部から閂《かんぬき》をかけ、奥の住居部分を通って裏通りへと出た。

左手の十間（約十八メートル）ほど先で、五、六人の少年が群れていた。悲鳴は、その中から聞こえている。喧嘩だ。周囲の十四、五歳前後と思しき仲間たちが、怒ったような哀願するような声を上げている。貧民窟の悪童たちだ。

束の間迷ったが、それでも紗代は歩を進めていた。

驚いたことに、悪童たちの輪の中心には、あの少年がいた。八郎だ。

八郎は古びた天秤棒を器用に使い、悪童たちの頭《かしら》と思しき大柄な少年を攻撃していた。叩くのではない。棒の先で突いている。わずかに見ている間にも、相手の額、鎖骨、喉元などを、素早く突き続けていた。相手は攻撃からなんとか逃れようとするが、八郎はすぐに立ち位置を詰め、さらに突きを繰り返す。

悪童の口は真っ赤に染まっていた。おそらくは棒先が口の中に入った。歯も折れているかもしれない。これではまるで嬲《なぶ》り殺しだ。

「お止めなされ」

思わず、声が出た。

一瞬、八郎の動きが止まった。こちらを見た。

途端、周囲にいた一人が摑みかかろうとした。八郎の棒先が伸びる。相手の鼻頭にめり込む。わっと喚き声を上げ、顔を押さえて蹲る。もう一人も襲い掛かろうとする。八郎は初めて棒を振り上げ、相手の肩口をしたたかに打った。さらに棒先を反転させ、臑《すね》を痛打した。こちらも痛みに耐えかねたのか、地面にひっくり返った。残る二人へも、続けざまにそれぞれの顔を横殴りに打ち、鳩尾《みぞおち》に激しい突きを入れた。

上手い――。

こんな場合ながら、妙に感心した。紗代も美作にいた頃、薙刀《なぎなた》を稽古していたから分かる。八郎の棒捌《さば》きは的確で、かつ素早かった。しかし、やや執拗にも感じた。

直後には我に返った。もう一度繰り返した。

「八郎殿、もう、お止めくだされ」

それから、半ばは蹲っている悪童たちをぐるりと見まわした。

「そなたたちもです。辻先で悪さばかりをしているから、このような痛い目に遭うのです」

悪童たちは物も言わず、すごすごと薄闇の奥へと消えた。

後には、八郎と紗代の二人が残った。少年の顔や手に、多少の擦過傷がある。

「あの子らに、因縁を付けられたのですか」

八郎は、暗い瞳でうなずいた。

「以前から、同じ相手ですか」

相手はまだ黙ったまま、再びうなずいた。それから古びた天秤棒を、すぐ傍《そば》にあった油屋裏手の壁に立てかけた。紗代の店の四軒先にある油屋だ。板壁には、他にも使い古された桶や天秤棒があった。

おそらくは絡まれた時、咄嗟にそこから手に取った。

それまでの動作をやり終え、八郎は改めて紗代の顔を見た。

「それより何故、以前からの経緯《いきさつ》をご存じなのです」続けて、何故か言いにくそうに言葉を続けた。

「しかも、私の名までお知りになられていた」

あ――。

迂闊《うかつ》だった。これには思わず紗代も言葉をなくした。

互いに、しばらく気まずい沈黙が続いた。

あの、と八郎が再び口を開いた。その声が、多少裏返っている。

「……店は、大丈夫なのですか」

「はい？」

「ですから、表は開いたままで、誰もおらぬのではありませぬか」

「ご心配には及びませぬ」紗代は答えた。「表はもう閂までかけて出てきております」

そこで、紗代もはたと気づいた。

この子もまた、私を以前からじっと観察していたのだ。たまに視線が合っていたから、自分のことをそれと見知っているだろうことには、むろん気づいていた。しかし、私が一人で店をやっていることまでを既に見て取っていた。ということは、おおかたは私が独り身であることにも気づいている……。


今度の沈黙は、さらに長く気まずかった。

が、目の前の少年は紗代の前から去りもせず、木偶《でく》の坊《ぼう》のように突っ立ったまま、俯《うつむ》いている。ようやく悟った。つい先ほどの声音もそうだ。たぶん恥ずかしがっている。この私を女として、かなり意識している。

そこまでを見て取り、紗代はふと、以前の自分を思い出した。

およそ四年もの間、肌の深層にまで男の口臭と汗と粘液が染みついて取れなかった。男という生き物と肌を合わせれば合わせるほど、そのさもしさや狡《ずる》さや、剝き出しの情欲に、ますますうんざりとさせられた。男など、私の人生には要らぬ。もう金輪際ごめんだと思った。

すると、急に肝《きも》が据わった。自分が今感じていた恥じらいなど、朝の夜露のように消えた。

「傷がありますね」紗代は言った。「拭いて差し上げましょう」

「……え？」

紗代は少年の手を取った。ひどく驚いた顔をして八郎がこちらを見る。

「ですから、家で拭いて差し上げます。さ、こちらへおいでなさい」


裏から入った三坪にも満たない板間の部屋に、八郎を座らせ、濡れた手拭いで傷口を拭いていった。拭きながらも、以前に市井の物知りが八郎の出自を語ってくれたこと、そして今はどこに住んでいるかまで話してくれたことを物語った。

「――ですので、存じ上げていたのです」

八郎は、黙ってうなずいた。

「お家のこと、お気の毒なことでありましたな」

「仕方がありませぬ」少年は静かに答えた。「殺し殺され、裏切り裏切られは、武士の世界では茶飯《さはん》事《じ》でありますゆえ」

なるほど――さらに紗代は聞いてみた。

「どこぞの家に、お仕えになられるのですか」

すると、また八郎は驚いた。

紗代は、相手に少し微笑みかけた。

「私も、元は地侍の娘です。棒扱いなどを拝見すれば、そのお方が武芸に励んでおられるかどうかは、それなりに見当がつきます」

少年は、合点がいったような表情を浮かべた。

「来年の夏頃、浦上家に出仕いたします」

「浦上家？」

思わず紗代は繰り返した。その守護代こそが、宇喜多家を滅ぼすように命じた張本ではないか。すると八郎は、やや陰のある笑みを浮かべた。

この子は、気づいている。私がその経緯も知っていることに……。

やや躊躇《ためら》い、口を開いた。

「お嫌では、ないのですか」

「気は進みませぬ。そもそも武士に戻ること自体、本意でもありませぬ」八郎は淡々と答えた。「ですが、母は私の出仕のために、恥を忍んで浦上家に侍女として上がりました。阿部殿という豪商が、私たち一家を長く養ってくれたのも、宇喜多家の再興を願ってのことです。それらの厚意を無にすることは、私には出来ませぬ」

けれど、さらに紗代が尋ねていくと、出仕しても所領はほとんど貰《もら》えず、合戦で華々しい武功をあげるまでは、ほぼ浦上家の郎党扱いだろうともいう。

「私には、合戦にて武功を立てる機会は、二、三度ほどしか与えられぬでしょう。おそらくそれ以降は、使い物にならぬと見られて、前線へ出されることはありませぬ。浦上家にて一生飼い殺しでござります。そのためにも、初陣《ういじん》から死ぬ気で兜首を挙げに行く覚悟です」

そう、なかなかに勇ましいことを言った。

「されど、その自分が儚《はかな》くなる場合もございまするよ」

八郎は、また少し笑った。

「切所《せっしょ》にて自分の命を懸け物に出来ぬ者には、武功は立てられぬと聞きました」

「誰からです」

「私の、槍の師匠からです」

ふむ――確かに、そうだろう。

紗代が思うに、武功などと言えば響きがいいが、所詮は殺し合いだ。おそらくこの子は、けっこうな割合で命を落とすことになる。

ややあって、思い出した。八郎がこの西大寺に頻繁に来て、武家の集団を熱心に観察していた訳だ。それを問うた。

すると、八郎はこう答えた。

「あの……話がさらに長くなりますので、もしよろしければそれはまたの日ではいけませぬでしょうか」

それから多少、早口になった。

「あなた様と、もっとお話はしたいのです。ですが、帰りが遅いと、ひょっとして野伏《のぶせり》に襲われたのかと、伯母が心配しましょう……そろそろ夕餉《ゆうげ》の用意もして、待っておりましょうし」

そうだ。この子は、その相手がたとえ伯母とはいえ、相変わらず人の家に居候の分際なのだ。だから必要以上に気を遣っている。

「分かりました」それから、ふと思いついて言った。「ではまた後日、店を閉める刻限に、ここにおいでください」

「あ。はい」

「いつに、なされますか」

八郎は、やや気後れする素振りを見せつつも、答えた。

「もしよろしければ、明後日では、いかがでしょうか」

紗代はうなずいた。

「では、その日は夕餉の準備もしておきます。お帰りが遅くなる旨を伯母殿に伝えてお越しになれば、いかがです」

すると八郎は、やや明るい笑顔を見せた。

紗代がこの四年間見てきた中で、初めて覗かせた表情だった。


その後、八郎は一日置きか二日置きに数回、紗代の店にやってきた。西大寺に頻繁に来る訳も聞いた。

最初の目的は、違ったのだという。宇喜多家を滅ぼした島村と浮田大和守の顔を見たいという一心《いっしん》から始まったのだが、その後、浦上に仕える前に、やがて家中で同僚となる彼らの顔つきや仕草、家臣のあしらい方などは、可能な限りすべて見知っておこうと思いついたらしい。

「でも、どうしてそのようなことを?」

「事前にそこまで分かっていたほうが、私は心が安んじます」

まあ、と紗代は内心で笑った。

その薄幸な育ちからある程度予想はしていたが、この子は、やはり極端な人見知りなのだ。当然、内気でもある。だから出来る限り、面と向かい合う前に、それぞれの相手の人としての感触を摑もうとしている。たぶん、私の場合もそうだったのだ。

と同時に、やはり世評とは違って馬鹿ではない、と感じる。用意周到だ。自分の内気さという欠点を分かっているから、浦上へ出仕する前に、ここまでの下準備をしている。

紗代に問われるままに、八郎はその生い立ちを途切れ途切れに語った。

思っていた通りだった。飢えることこそほとんどなかったものの、その過去は紗代が聞いていても、およそ子供らしい喜びや楽しみとは無縁の幼少期だった。友達もおらず、恐ろしく孤独でもあった。家族の温《ぬく》もりすら、ほとんど知らずに育ってきている。

さらに無残なのは、本人が望みもせぬのに、物心がついた頃からお家再興という途方もない重石《おもし》を背負わされて育ってきていることだ。血の呪いだ。始末の悪いことに、周囲の大人は、むしろ宇喜多家に生まれたこの子のために良かれと思って、様々に手を砕いてきた。だからこの子には、その善意を拒絶することもできない。これまでも今後も、その善意にまったく雁字《がんじ》搦《がら》めにされている。

「……」

紗代はふと、自分の過去を振り返った。

今から九年前の、天文二（一五三三）年のことだ。尼子《あまご》晴久《はるひさ》率いる出雲、因幡、伯耆三ヶ国の山陰の大軍が、美作へと侵攻してきた。抗戦した美作の土豪たちを次々と蹂躙《じゅうりん》し、滅ぼしていった。むろん、紗代の実家とて例外ではない。父は土豪の連合軍に参加し、美作北部の前線にて討ち死にした。その直後、屋敷に残っていた家族も、南下してきた尼子軍に襲われた。紗代は、母に言い含められて、納屋の奥にある積み藁《わら》の中に隠れていた。

庭先から束の間、兄の怒号と絶叫が聞こえた。すぐに聞こえなくなった。次に、姉と母の悲鳴と泣き叫ぶ声がしばらく続き、やがてその声も途絶えた。

尼子軍は屋敷と納屋に火を付け、しばらくその様子を見ている気配だった。まだ隠れているかもしれぬ者を炙《あぶ》り出す常套《じょうとう》手段だ。

ぱちぱちと物が爆《は》ぜる音が聞こえ、やがて煙の臭いが藁の中まで充満した。じんわりと足元から温かくなり、すぐに耐えられないほどの熱さに変わった。今でも足首に残っている火傷《やけど》の痕《あと》は、その時に出来たものだ。

目の前の壊れかけた板壁に、地面との隙間があった。煙の臭いがした時から、陶器の欠片で柔らかい土を必死に掻きむしり、ようやく外へと這《は》い出た。運が良かった。ちょうど大甕《おおがめ》の陰に出て、まだ庭にいた尼子軍からは見えなかった。しばらく、そのまま大甕の裏に蹲っていた。

大甕から少し顔をのぞかせて見た時には、尼子軍が背を向けて去っていく途中だった。

しばらくして庭先に出た。庭で兄は膾《なます》に斬り刻まれ、血塗れのまま息絶えていた。姉と母は下半身が剝き出しで、股間に白い液がおびただしく飛び散っていた。こちらも胸を貫かれ、既に絶命していた。

「……」

最初にやったことは、大甕の冷水に、焼け爛《ただ》れた踝《くるぶし》を漬けたことだった。寒い冬で飛び上がるほど冷たかったが、火傷の疼《うず》くような痛みに比べると、まだしもましだった。

父方の親類を頼って、痛む足を引きずりながらふた山を越えた。その時、初めて涙がぼろぼろと零《こぼ》れ出た。無言で泣き続けながら、叔父の家へと着いた。

しかし、その親戚の家屋も完全に焼け落ち、庭先には叔父と従弟《いとこ》の死体が転がっていた。

行く当てもなくなった紗代は、再びふらふらと南への山道を進んでいた。峠に差し掛かった時だ。右手の藪《やぶ》の中から、急に泥埃塗れの人影が二、三、飛び出してきた。よく見ると叔母と、まだ幼い二人の従妹《いとこ》だった。

四人して、お互いの家族の不幸に大泣きした。

叔母が言うには、このあたりの山間部は、ほぼこのような有様になっているという。播磨の南部まで逃げたほうが良いと言われた。

五日がかりで、ようやく播磨の室津へと着いた。

知る辺《べ》もなく、飢え切ってしばらく町をうろついているうちに、町外れにある口入屋《くちいれや》なら居候させてもらえると聞いた。

確かにそうだった。そこの主人は、まず紗代を上から下まで見ると、すんなりと奥の小部屋に三月の間、逗留させてくれた。粗食だが飯も日に二度与えてくれた。叔母も紗代も奥深い山間部の育ちで、しかも地侍の生活しか知らない。町での仕事はなかなか見つからなかった。また、当時は口入屋がどういう稼業かもよく分かっていなかった。

当時、紗代は十四歳だった。ちょうど今の八郎と同じ年だ。

ある時、中年の男が来て、紗代に食える仕事があると持ち掛けてきた。口入屋の主人も冷たく言い放った。

「宿代も飯代も随分と溜《た》まっている。われが奉公して、他の三人の礼も返せ」

中年の男は女衒《ぜげん》で、紗代は川の畔《ほとり》にある女郎屋に売り飛ばされた。地獄の始まりだ。

女郎屋では、出自を取って『美作』と呼ばれるようになった。それからの四年は、今思い出しても吐きたくなるような記憶の連続でしかない。

女郎屋の亭主は、印地《いんじ》（やくざ者）崩れの人非人だった。容赦のない折檻《せっかん》で常に女たちに恐怖を植え付け、その暴力への恐怖で、この鬼畜は女たちを支配していた。

ほとんど絶え間なく客を取らされ、客のない夜は、複数の女郎と共に主人の相手をさせられた。もし拒否すれば、いつものひどい折檻が待っている。

自分たちは、人ではない。この男の金を稼ぐ道具か、もしくは玩具《おもちゃ》のようなものだ。

やがて紗代は十八になった。

その間に、一緒に美作から来た叔母親子三人も、人買いに売られていたことを知った。ますますこの極悪人と、口入屋の主を憎悪した。

冬の、ある晩のことだ。

誰かの子を孕んだ女郎の腹を、亭主が蹴りに蹴りつけていた。流産させて、早く客を取らせるためだ。隠岐《おき》と呼ばれていたその女郎は、紗代より二歳年下だった。普段から妹分として、あれこれと面倒を見ていた。

この、けだものが——そこまであたしたちを物として扱うか。

気がついた時には、体が勝手に動いていた。火鉢の長火箸を摑み、相手の首筋——左耳から一寸（約三センチ）ほど下の部分に、深々と突き立てていた。本当は頰を狙ったつもりだった。だが、相手が箸先を避《よ》けようとして、たまたまそこに突き刺さった。結果として、これが幸いした。

一瞬、相手は眼球が飛び出るのかと思うほどに両眼を見開いた。

くゎっ。

そんな奇妙な吐息が、亭主の口から洩れた。直後には頭部から床に倒れ込み、したたかに顔面を打った。

束の間、床に転がったままの亭主を見下ろしていた。指先一つ、動かない。

紗代は試みに、床に転がった胴体を蹴った。

やはり反応はない。

さらに足の甲を使って、亭主の胴体をごろりと仰向けにした。両眼を見開いたまま、完全にこと切れていた。

思わずやってのけたことだが、後悔は全くなかった。人間など、日頃は散々威張り腐っていても、所詮はこんなものか。他愛もない。

腹を蹴られていた女――隠岐が、呆然《ぼうぜん》として紗代を見上げていた。

紗代は聞いた。まだ多少は興奮していて、言葉も荒くなった。

「動くことは、出来るか」

「出来まする」

二歳年下の隠岐は、多少声を震わせながら答えた。紗代は、足元に転がっている死体の脇腹をもう一度強く蹴り、言った。

「死んでいる」

隠岐は無言でうなずいた。

「出雲《いずも》を連れて来なさい。すぐに」

紗代は、もっとも仲の良い女郎の名前を口に出した。言いながらも、頭はさらに激しく回転していた。時との戦いだ。早く後始末をしなければ、ほかの男衆《おとこし》――店の使用人がここにやって来るかもしれない。

「訳は言わずに、連れて来るのだ。来る前に、空きの部屋から、二人で持てるだけの油壺《あぶらつぼ》を掻き集めてここに戻るのです。早く」

「あいっ」

隠岐が部屋から出ていくと、紗代はまず、亭主の懐を探った。あった。鍵が出てきた。この部屋の奥にある長櫃《ながびつ》の鍵だ。そして鍵のかかる長櫃は、女郎屋にはこれだけだった。蓋《ふた》を開け、衣装を次々と取り出して、底を漁った。必ずやここに隠してあるはずだ。この四年間、給金は雀の涙だった。その儲けのほとんどを、このくたばった鬼畜は懐に貯め込んでいるはずだ。

果たして、ずっしりと重い袋が三つ出てきた。手早く中身を検《あらた》める。すべて砂金だ。

よし――。

すぐに隠岐が出雲を連れてやってきた。二人とも両手に油壺を持っている。四つだ。

出雲は倒れている亭主を見て、息を呑《の》んだ。

「説明は、後でする」

紗代は簡潔に言った。

「油壺を、こちらへ」

とにかく、早くこの部屋の内部をすべて焼かなければ――。そしてこの部屋にも近寄れないようにする。

一つ目の油壺の中身を、亭主の死体の上にかけた。二つ目は、その死体の周辺に撒き散らした。三つ目を前後左右の戸板にかけ、さらに四つ目を、廊下へとぶちまけた。

火鉢から長火箸を使って真っ赤に焼けた炭を取り出し、死体の脇に置いた。すぐに死体は燃え始め、その火が瞬《またた》く間に部屋中に広がり、板壁の表面を舐《な》め始めた。

紗代たち三人は廊下へと出て、さらに長火箸に挟んできた赤い炭を廊下に放った。廊下もすぐに炎に包まれた。

これでもう、あの死体のある部屋には誰も近づけない。焼け焦げて、殺した跡も残らない。

そこで、初めて大声を上げた。

「火事ですっ。火が出ております」

一声叫ぶや否や、他の二人を引き連れて女郎屋の外に飛び出た。

ややあって、男衆や他の女郎や客たちが慌てふためいて、建物から次々と飛び出てきた。

その間に紗代は路地裏に駆け込み、黒い布に包んだ三つの砂金袋を、小さな祠《ほこら》の奥に押し込んで、また現場に戻ってきていた。

「美作、何があったのか」

男衆の一人が紗代に聞いてきた。

「分かりませぬ」紗代は答えた。「廊下へと出ると、そこら中に火が回っておりました」

そう答えた頃には、女郎屋の建物全体が紅蓮《ぐれん》の炎に包まれていた。

ともかくも近くの船宿に移り、一夜を明かした。女郎屋が焼け落ち、その亭主も見つからない以上、残された男衆も女郎も、どうしたらいいか分からなかった。

「みなは今後、どうする」

誰かが言った。

「私は、国に戻りまする」

まず紗代が口を開いた。事前に口裏を合わせていた通り、出雲も隠岐も、それぞれ実家に戻ると答えた。すると、他の女郎たちも似たような内容を次々と口にした。

男衆たちは黙ってうなずいた。女郎屋の亭主が死んで、女郎たちの借財が消えた以上、彼らに女たちを引き留めることは出来ない。


紗代と出雲と隠岐は、さらに粗末な宿に移った。

「昨晩の仔細、誰にも洩らしてはおらぬな」

「むろんです」

二人は、同時にはっきりとうなずいた。出雲は一歳年下だ。隠岐と同じように紗代を、

「美作の姉様《あねさま》」

と、常に慕っていた。

そして二人とも、元々は水呑百姓の娘だった。足りない年貢の形《かた》に売られた。百姓の娘は、村の畑の世界しか知らない。地侍よりさらに狭い世間しか知らずに育つ。だから、このような突然の出来事

に、今後の我が身をどう処していいか分からない。

まず紗代は聞いてみた。

「そなたたちは、国に帰りたいか」

二人はほぼ同時に首を振った。里に帰っても、女郎に売られたことを近隣のみんなが知っている。その周囲の目を思うと、帰りづらいと言う。さらに隠岐が言った。

「私は身重で、とてもそこまでは持ちませぬ」

紗代はうなずいた。

「私は備前に、多少の当てがある。付いてくるか。付いてくるのなら、彼の地で暮らしが立つようにしてやろう」

二人は、激しくうなずいた。

「もうひとつ。実は、お金がかなりある。さる場所に隠してある」

二人はひどく驚いた顔をしたが、紗代はさらに言葉を続けた。

「もし、あることを手伝ってくれれば、その金を出雲と隠岐にも等分に分けてやろう。私も入れて三等分しても、それぞれが小商いの一つも始められるほど、沢山のお金だ」

言いながらも、自分の心底にある闇の部分が、ぱかりと開いたのを感じていた。

女郎屋の主もひどい男だったが、それは、自分を騙《だま》して売り飛ばしたあの口入屋も同様だ。同じように売られ、今は死んでいるかもしれぬ叔母と従妹たちの仇を取るのだ。

平気だ。自分に言い聞かせる。

人を一人殺すも、二人殺すも同じだ。それから二人の顔を交互に見た。

「どうだ。手伝うか」

二人は、戸惑いながらもまたうなずいた。

翌日、二人の妹分に、口入屋の主人を川べりの廃屋まで連れて来る策を授けた。行き場がなくなった女郎たちが屯《たむろ》していると嘘をつかせた。しかし皆怯えていて、一人で来てほしいと頼むように言い含めた。

果たして、口入屋の主人は二人に案内され、一人でやってきた。紗代は屋内の、入り口のすぐ脇に潜んでいた。大丈夫だ、と自分を励ます。昔に稽古していた薙刀の要領でやればいい……。

相手が屋内に入ってきた直後、後頭部を角材で激しく殴りつけた。

「わっ」

男が驚いてこちらを振り向きかけた。その側頭部を目掛けて、もう一度角材をしたたかに打ち込んだ。

「このっ――」

口入屋をやっているだけあって、さすがに男は屈強だった。まだ抵抗しようと多少動いた。今度は角材の先を、鼻頭に打ち込んだ。

「うっ」

男が悲鳴に近い声を上げ、中腰になった。あとはもう、相手の頭部を自分の両腕が動かなくなるまで、角材で滅多打ちにした。やがて相手は土間に伸び、ぐったりと動かなくなった。

ふう――。

角材から手を離した時には、紗代もさすがに息が上がっていた。

男の口元と鼻に手を当ててた。もう、息はしていない。それでも念のため、頭部を触ってみた。妙にぐにゃぐにゃとした感触だった。頭蓋《ずがい》が粉々に割れている。

そこまでを確認して外を見やると、出雲と隠岐が紗代の所業に震えていた。

「この男は、私を売り飛ばしただけではない。嘘をついて、さらに私の叔母と二人の従妹まで売り飛ばした。だから、殺した」

しばし間をおいて、さらに言った。

「私が恐ろしくなったのなら、わざわざ備前へ一緒に来ずともよいぞ。金も、分けてやる。それぞれ、どこぞへと向かえばよい」

二人は、しばらく無言だった。

紗代は、やや焦《じ》れた。あと半刻ほどで、満ち潮になる。室津の港から西行きの船が出る。

「どうする。今、決めておくれ」

そう、答えを迫った。

最初に口を開いたのは、やや落ち着きを取り戻し始めた出雲だった。

「私は、姉様に付いていきます。他に行く当てもありませぬ」

そう、きっぱりと言い切った。

「この憂き世では、むしろ姉様のような人が傍にいれば、ひどい目に遭わぬ。心強い」

すると、隠岐も口を開いた。

「私も行きます。この体では、一人では持ちませぬ。美作の姉様に、どこまでも付いていきとうございます」

　紗代はうなずいた。

「では、まずは死体を片付けよう」

　三人で男の両手両足を持って引き摺り、廃屋の裏手にある藪の奥へと放り込んだ。すぐに野犬が群れて、喰ってくれるだろう。


　すぐに町へと戻り、祠の奥から砂金袋を取り出した。次に港へと急ぎ、備前へと行く船に飛び乗った。風向きも良く、その日の夕暮れには備前の西大寺へと着いていた。

　紗代には二人に話した通り、当てがあった。

　月に一度、西大寺からわざわざ海路、室津へとやって来る客がいた。来れば必ず丸二日ほど、紗代を買い占めてくれ、その間は室津の別の宿で寝食を共にした。備前では、西大寺の塔頭の一つに住んでいる高僧だ。名を、宗円《そうえん》という。

　床《とこ》の中では痴態の限りを尽くす五十代後半の生臭坊主だが、事さえ終われば、まともな老人に戻った。

「地元の女郎屋へは行けぬゆえ、かようにしておる」

　以前にそう言った。では、地元の女を囲えばいいのではないかと尋ねると、

「地元の女は、どこかで檀家に繋《つな》がる。一応わしも、備前では仏に仕える身じゃ。滅多なことは出来ぬ」

　と、あっさりと笑った。

「それにの、わしは美作殿が、よほど気に入っているものと見える」

紗代は内心、おかしく思った。

確かに、それはそのようだ。この宗円は室津に何度やって来ても、他の女郎には見向きもせず、常に紗代の一点買いだった。さらには、どんなに肌を合わせても、紗代のことを決して呼び捨てにはしない。その節度にも、好感が持てた。

「あれじゃな。人間、歳を取ると性格が丸くなるというのは、嘘じゃな。たいていのことが面倒臭くなって、どうでも良くなるだけじゃ」

「そうでございますか」

紗代がそう相槌を打つと、宗円はうなずいた。

「が、わしはそうでもないらしい。今も昔も、情けないことに煩悩塗れじゃ」

まさしくその通りだと、紗代は危うく笑いを堪えた。

「さらにはこの歳まで生きてくると、女の好き嫌いにも、ますますうるそうなっての。顔や体がきれいなだけでは、欲情はせぬ。加うるに性格が良うても、わしの老いぼれた愚息は立たぬ。その上で、わしの好みであるかどうか——ここが、最も肝要である。自分は爺《じじ》ぃになったというに、まったく難儀なものじゃ」

これには、とうとう紗代も笑い出した。この老人には常に独特の諧謔味《かいぎゃくみ》があり、それが——たとえ寝所では破廉恥《はれんち》極まることをされても——紗代を不快にさせない。

実は、この宗円が紗代を身請けするという話は、以前から出ていた。ところがあの女郎屋の亭主が宗円の足元を見て、不当なばかりにその身請け金を釣り上げていた。それで、この話は暗礁に乗り上げたままだった。

西大寺の宿に投宿した翌日、紗代は二人を宿に残して、宗円に会いに行った。突然の訪問にもかかわらず、宗円は手放しで喜んでくれた。

室津の女郎屋が焼けて、亭主も焼死した旨を伝えると、宗円はからりと笑った。

「人は、生きてきたように、死んでいく」

一瞬、意味が分からなかった。

「どういう意味です」

「人に酷《むご》くして生きてくれば、たいがいの場合、その当人も酷い死に方をする」

なるほど、と内心ではぎくりとした。では私も、それなりの死に方をするのだろう。

ともかくも紗代は、当座は宗円の囲い者になるつもりでやってきた。そうやってこの西大寺で過ごすうちに、この町で生きていく術《すべ》を手に入れようと思っていた。

が、肝心の宗円が、それを断ってきた。紗代は驚き、聞いた。

「どうしてでございましょう」

すると宗円は答えた。

「紗代殿は、今は美作殿ではない。わしが銭を払って身請けしたわけでもない」

「はあ」

「今では四十も歳の離れた、ただの男と女じゃ。さらに紗代殿は、わしに好意らしきものはあろうが、さりとてこの爺ぃに心底まで惚れ込んでおるわけでもなかろう。そのような女子《おなご》を、さすがにただでは抱けぬ。床の中で、わしにも恥じらいや遠慮が出る」

紗代は変に感心してしまった。まったく奇妙な理屈もあったものだ。けれど、気を取り直して申し出た。

「では改めて一年だけ、私を買っては頂けませぬか」

ふむ、という顔を宗円はした。

「その対価に、何を望む」

「一年後、この西大寺で、店を出させて欲しゅうございます。また日のあるうちは、どこぞの店で働き、商売のいろはを学びとうございます」

「なるほど」

「さらには、もうひとつ。室津から連れてきた私の妹分たちが二人おります。あの子らにも、他の店で働く労を取っていただければ、幸いに存じます」

束の間考えて、宗円はうなずいた。

「分かった。まずは紗代殿の住む家を用意する。そして残る二人にも、どこぞの店を紹介し、住み込みで働けるようにする。一年後、紗代殿が店を持つ銭を、わしが出す。これで、よろしいか」

「よろしゅうございます」紗代は深々と頭を下げた。「ありがとうございまする」

すると宗円は、紗代の両手を取って、軽く押し戴く真似をした。

「いやいや、礼を言うは、むしろこちらのほうじゃ」

「は？」

「わしを頼みにこの備前まで来てくれたこと、嬉しく思うておる。生きておる冥利《みょうり》とは、好ましい相手に当てにされることである。正直、泣き出したいほどじゃ」

紗代は、その妙な感動の仕方にもつい笑った。

一年後、さる大店《おおだな》で下働きを続けて商売のやり方を覚えた紗代は、今の店を出した。

その銭は、約束通り宗円がすべて出してくれた。

遠慮せず、もっと大きな店を出してやってもいいのだと宗円は言ったが、紗代はこの小さな店で充分だと答えた。

べつに、大きく金儲けをしたいわけではない。人を使うのも、何かと気苦労が絶えない。日々食えるだけの小商いが出来れば、それで充分だった。それにいざとなれば、まだ手付かずの自分の砂金袋があった。

そして、その時点で、宗円との夜の関係はなくなった。紗代は別に続けても良かったのだが、宗円はその申し出を固辞した。

「人には泣きながらでも、時に退《ひ》き時というものがある」

その変わらぬ諧謔味に、紗代もまた泣き笑いした。

隠岐は、紗代と出雲の看護にもかかわらず、結局は死産だった。

その後、出雲と隠岐の二人は、宗円の紹介でそれぞれ大店の下女になったが、ろくに使い物にもならず、一年と長続きはしなかった。

紗代は、思う。

世間では、女郎など悲惨なものだと思われているし、実際、あの室津の女郎屋での扱いは悲惨を通り越して凄惨そのものだったが、十四、五でなんの教養も世間知もなく女郎になった女には、本人に余程その覚悟がないと、やはり他の仕事などは今さら身に付かない。

女郎の仕事は三日ほど続けて客を取るだけで、そこらあたりの下女の一月分の給金くらいは手に入れられるのだ。たとえその金が自分の懐に入らず、女郎屋の主人に流れていたとしても、だ。もし客から直引《じかび》きをすれば、それくらいの稼ぎになることは、なんとなく気づいている。どんなに汗水たらして働いても、爪に火を点《とも》すような貧しい暮らししか出来ない現実に、やがては地道な仕事を続けることが馬鹿らしくなってくる。

女郎が借金を払い終わっても、しばしば自ら女郎に戻ってしまう所以が、ここにある。

むろん紗代も、そのことは意識していた。大店での慣れない仕事には思わぬ気苦労も多く、肉体的にも辛かった。しかしもう、あの世界には二度と戻るまいと心に決めていた。だから踏ん張って、商売のやり方を覚えてきた。

結局、二人は屋形舟を買い求め、西大寺にほど近い吉井川の畔で、舟女郎をやり始めた。むろんその金は、二人に渡した砂金袋から出ていた。

その時、紗代は彼女たちに一つだけ、忠告した。この西大寺で仕事をさせてもらう以上は、その稼ぎに応じた相応の寄進を、西大寺へと定期的に納めることを勧めた。

むろん紗代も、今でも宗円を通して多少の礼金を西大寺へと届け続けている。

そうすることにより、いわば西大寺が彼女たちの尻持《けつも》ちの立場となる。

そして、この町に住む人間は、大なり小なり西大寺のおかげで生計が成り立っている。だから、地元の印地や与太者《よたもの》に因縁を付けられ、金を強請《ゆす》られる心配はほぼない。西大寺の威光を恐れて、余計な虫が付くこともないだろう。そのことも、噛《か》んで含めるように言い聞かせた。

二人も、その紗代の説明に納得した。紗代と二人の妹分に共通する気持ちは、質《たち》の悪い男と関わり合いになることなど、もう二度とごめんだということだ。

以来四年間、三月に一度は必ず西大寺に寄進をして、今に至っている。


そこまでを回想して、改めて八郎を見やる。

この浮世で舐めてきた辛酸は、自分のほうがはるかに上だろうが、かといって私には、これからの人生の債務はない。当座の生活の心配もない。まあ、気楽なものだ。

対してこの子は、お家再興という途方もない呪縛を背負わされて育ってきている。今後も、その生い立ちの因果に雁字搦めにされていく生き方しか出来ないだろう。

けれど、意外にもその血の呪いを次々と撥《は》ね除けて、先々では武門を復活させるのではないかとも感じた。それも、もしかしたら以前より大きく……。

今こうして話している間にも、相手の手のひらをそれとなく観察する。

十本の指の付け根にある肉刺《まめ》は、何度も膨らんでは潰れた痕が、今夜も生々しくある。自分で目指している武功のために、実戦を想定した槍の稽古を、日々激しく積んでいる。

加えて、過日の喧嘩の件だ。

何故それまで嬲られるのをずっと我慢していたのに、あの時は徹底して相手を叩いたのか。

そう尋ねると、

「別に、好き好んでやったわけではありませぬ」

八郎はまずそう前置きして説明した。

「ですが、近頃になって気づきました。この先、もし私がそれなりの武士になり、さらにはゆくゆく昔のようにこの辺りを領した場合、あれらの者どもから、『あれよ、昔はわしらにはてんで弱かった者よ』とでも言い散らされれば、私としては多少困りますゆえ」

ふむ――先ほどの浦上家被官に対する用意の周到さもさることながら、今後の万が一の場合に対してでさえ、常に備えようとしている。

昔、父から聞いたことがある。

山野の獣というものは、強いから生き残っていくのではない。その用心深さで生き残っていくのだ、と。

そこで改めて、自分が考えていることに、ようやく思い至った。

この若者が、自分に年上の女という以上の興味をありありと蔵していることは、既に肌感覚で気づいている。

かと言って、一年後か二年後に合戦ですぐ死ぬかもしれぬ健気な若者のために、わざわざ自分が初めての女になってやろう、などという親切心は、紗代にはない。

相手は喜ぶかもしれないが、そんなものは結局、施しをするこちら側の、ただの自己満足でしかない。この点、嫌というほど男と肌を合わせてきた紗代は、冷め切っていた。

だが、この子がゆくゆく立身し、さらに先々で大なる者になることが見込めるとしたら、また話は別だ。福岡の豪商がこの子に入れ込んだように、私にもその尽くし甲斐があるというものだ。

五年前に、宗円は言った。

人は、生きてきたように、死んでいく、と。

多分そうだろうと感じる。今後も私はそれなりに生き、それなりに死んでいくのだろう。いかなる事情があれ、私は市井に生きる二人の男を殺した。先々でどうなりたいという夢や希望も特にない。おそらくはこの歳から死ぬまで、黄昏時のような長い諦観の時を送る。まだ二十三だが、既に余生に入っているようなものだ。

しかし、この若者は違う。

予め定められた星の許に生まれ、本人が好むと好まざるにかかわらず、結果としてそうなるべく懸命の努力を続けてしまっている。この世に生のある限り、常に極彩色に血塗られた修羅道を突き進むことになるだろう。

そして私は、そんな若者に女として欲せられている……。

さらに、宗円の別の言葉を思い出した。

生きておる冥利とは、好ましい相手に当てにされることである。

何故か、つい笑った。

笑った時には、自分でも驚くほどさらりと口に出してしまっていた。

「八郎殿、もし私でよろしければ、八郎殿を男にして差し上げましょうか」

実際に口にしてから、自分でもようやく腑に落ちた。

当てにされ、それに応えるということは、相手の生の一時を、自分の中に取り込むということだ。

そしてゆくゆく相手の風聞をどこかで耳にした時、我がことのように感じ、ありありと想像することが出来る。

相手もまた、同様だろう。たぶんそれが、この人の世で生きる冥利ということだ。

つまり私の生は、私一人で拵《こしら》えたものではない。私がこれまで関わってきた数多《あまた》の人々の、無数の生の断片で成り立っている。その断片の連なりの上に漂い、時に枝分かれし、時に戸惑い、笑い苦しんだ結果、今の自分がいる。

いわば、今の私とは、それら断片の集積だ。そしてその断片は、これからも生きていく限り、私の中に落ち葉のようにさらに積み重なり、発酵していく。どこかへと私を誘《いざな》っていく。それは、場所ではない。まだ見ぬ心のどこかへだ。

それが、寝てもいいとさえ思えるほど好ましく思う相手の断片でより多く成り立つなら、言うことはない――。

3

八郎は、一月前ほどから我が身に起こり続けていることが、未《いま》だに自分でも信じられない。時おり、夢ではないかと疑うことがある。

さらにごくまれには自分の足の甲を、檜の石突《いしづき》でしたたかに叩いてみることがある。痛い。飛び上がるほどに痛い。やはり、夢ではない……。

紗代の家には、相変わらず二日か三日に一度ほどの頻度で通い続けている。日暮れに会って少し話をし、それから町の湯屋《ゆや》へと赴く。蒸《む》し風呂《ぶろ》だ。体をさっぱりさせた後で家に帰り、男女の事は始まる。飯はその後だ。

紗代は言った。

「しばらくの間、夕餉は事の後と致します」

満腹になると、床での感覚が鈍るからだという。

最初は、紗代は八郎の好きなままにさせていた。

一度目の晩の初回は、挿入寸前で、情けないことに陰茎が大爆発を起こした。白い液が相手の腰周りに飛び散った。しかしまたすぐに勃起し、今度は相手の中に入ることが出来た。しかし、束の間腰を動かしていただけで、瞬く間に果てた。三回目もそうだった。二回目よりも若干は長かったが、やはりすぐに射精し、事は終わった。

翌日、槍の稽古をやり始めると、体が異様に重かった。腰に五貫（十八・七五キロ）ほどの重石《おもし》が付いているようだ。それでも頑張って稽古を続けたが、半刻と持たずに完全にへたばり、思わず木の根に腰を下ろした。完全に体の芯が抜けていた。

二度目に訪れた晩もそうだ。さすがに挿入する前に果てるという無様なことはなかったが、一回目はむろん二回目、三回目とも、またすぐに果てた。さらには一晩での回数が増えるにつれ、興奮も気持ちよさも減じていくように感じた。

その翌朝の体の怠《だる》さときたら、今まで経験したことがないほどの辛さだった。寝床から起きるのも一苦労で、槍の稽古は全くする気になれなかった。終日、廃人になったようにぼんやりと過ごした。

三度目に行った時、紗代は言った。

「もう八郎殿も、床の中でただやりたいように振る舞った挙句が、どのようなものになるかはお分かりになられたでしょう」

「……」

「先々に目指すものもなく、ふらふらと生きる下郎ならば、それでも良いのです。肉欲に溺《おぼ》れ、ただひたすら目先の快楽を追って、大事な時とその身も心も擦り減らせていく。されど、明日のあるお方――特に、先々になすべきことのある八郎殿などは、そのような生き方をされぬほうがよろしいでしょう」

そして、改めて居ずまいを正し、こう言った。

「これからは、私が一からご指南して差し上げようと存じますが、そのこと、よろしいですか」

「……はい」

それから八郎はふと思いつき、両手を床に突いて頭を下げた。

「どうかご教示《きょうじ》のほど、よろしくお願いいたしまする」

そう思いつつも、心のどこかでちらりと情けなく感じた。これではまるで、槍の稽古の時と同じではないか――。


三度目の晩以降、紗代は事の始めからしばらくの間は、八郎のありとあらゆる粘膜や局部をじわじわと刺激するだけで、彼には何もさせようとしなかった。

つい八郎が焦れて、思わず抱き付こうとすると、

「冬の夜は、長いのです」

ほんの少し笑いを含みながら、紗代はやんわりと釘を刺す。

「少なくともこの道では、私のほうがはるかに先達《せんだつ》です。初めてや日の浅いお方は、黙って身を委ね

るものです」

すでに、この年上の女の過去の話は聞いていた。それはそうかもしれない、とぼんやりと思う。

挿入してからもそうだ。紗代はしばらくの間は八郎の上にまたがり、恐ろしくゆっくりと腰を動かしていく。それでも、若く経験も浅い八郎は、すぐに射精しそうになる。紗代には、その直前の膨張具合でそれと分かるようだ。ぴたりと動きを止める。

つい八郎は訴えかけるように言った。

「何故、このような生殺しの真似をなさるのです」

すると、紗代はこう答えた。

「この道も槍刀《そうとう》の修練と似ております。我慢が、肝要です。鍛錬が、大切です。ただ肌を交え、欲情の赴くままに振る舞っていては、上手くはなれませぬ」

「ですが私は、そこまで我慢して、上手くなれずともよろしいのですが」

「上達なくば、この道の真の愉悦は味わえませぬよ。そこいらの犬猫のように、ただやり散らかすだけでございまする」

さらにはこうも付け加えた。

「人も同じです。一晩に女と何度も行為に及んだなどと吹聴するような輩は、およそ救いようもない馬鹿で、男女の事の奥深さを知らぬ者です」

「……」

「今ここで、その境地まで漕《こ》ぎつけておれば、先々で女子《おなご》に接する時も、心にゆとりが生まれましょう。武門同士の婚姻とは、すなわち政略結婚に他なりませぬ。嫁の実家に下手に心を絆《ほだ》され、先々で再興される宇喜多家の生き残りの道を、踏み誤ることもありますまい」

　これには、八郎も黙らざるを得ない。

　紗代は、できれば一度目だけを、なるべく時をかけ、じっくりと味わうようにと諭してくる。その一度目さえこつこつと骨の髄まで煮詰めるようにして味わえるようになれば、二度目、三度目の行為など、もはや要らぬと言う。

「明日の槍稽古に、差し障りが出るからですか」

　紗代の指示通り、上になった時も出来るだけゆるゆると腰を動かしながら、つい八郎は間抜けな問いかけをした。

「それも、ございます。されど、それだけではありませぬ」

　そして、こう付け加えた。

「その晩の一度目が、探り合いが最もうまく行くのです」

「探り合い？」

「お互いの壺を、です」

　紗代は、八郎との行為をいったん中断させ、その壺のことを語った。女には、その局部に序ノ壺と、中ノ壺、奥ノ壺とがあるという。

　八郎には、よく分からない。

　すると何を思ったか、紗代は囲炉裏端にあった鍋の蓋を開けた。出汁《だし》を取るための鶏の胴体が、丸ごとその中に入っている。内臓は既に抜いてあった。

　紗代は、その胴体を両手で鷲掴みにして、鍋の中から取り出した。肛門の上から始まる二寸（約六センチ）ほどの裂け目に、両手を強引に突っ込む。内部を、力任せに広げていく。その女性らしからぬ獣のような動作に、八郎は仰天した。

「な、なにをされておられるのです」

「ですから、その部位を教えて差し上げるのでございます」

そう答えて、肛門の上にあった小豆《あずき》ほどの突起物を示した。

「例えて言えば、この部分が序ノ壺です。ここは、このような感じで――」

言いつつ、指の腹で突起物の周囲を撫で転がした。

「八郎殿の舌先で、充分に湿らせつつ舐め転がすのです。あとで実際に、私のその部分も見せて差し上げます」

次に、その両手のひらで一層に広げた胴体の内部の肉壁を覗き込むように、八郎に命じた。

「この中が、私の膣内《ちつうろ》と思し召せ」

八郎は、その肉壁のあまりの生々しさに声も出ない。

「では、この中に、人差し指のみをお入れなされ」

「は？」

「お入れなされ」

念押しされた通り、指を入れていく。やがて指の付け根が狭い入り口に閊《つか》え、それ以上は深く入れられないところまで来た。

「その指で、腹のほうの肉壁をお押しなされ」

言われた通りに押す。固い肉の感触が指の腹に伝わってくる。

「女子で言えば、ちょうどそのあたりが中ノ壺となります。実際の膣の中では、その部位はやや膨らんでおります。そこは――」

と、八郎の既に萎んでいた亀頭の縁《カリ》上部に軽く触れてきた。

「この部分で、こすり上げるようにして前後させるのです」

「はい」

「試しに指先で、今言った通りにこすってみるのです」

「え？」

「良いから、こすってみなされ。その指先の腹を、男根《だんこん》の頭《かしら》だと思し召せ。咳をしているお方の背中を、上下にさするように……」

八郎は、これら指示される行為の奇天烈《きてれつ》さに、ますます戸惑うばかりだ。

それでも言われた通りに、指の腹の当たっている部分をしばし上下にこすり続けた。

「だいたいの要領は、分かりましたか」

そう問われても、自信がない。

「このような感じで、よろしいのでしょうか」

紗代はうなずいた。それから両手で鶏の内部を、さらに力まかせに押し広げた。

「次に人差し指はそのままで、今度は右手ごと、深くまでお入れなされ」

言われた通り、右手全体を鶏の内部にすっぽりと押し込んだ。やがて指の先が、一番奥の狭く固い肉壁に当たった。

「奥まで届きましたか」

「届きました」

「女子には、その狭まった穴の奥にも、序ノ壺と同様、小さな豆粒ほどの突起物がございます。そこが、奥ノ壺です」

八郎はうなずく。

「そこに八郎殿の亀頭の先を当て、豆粒を弾き続けるのです。床にある豆を、裏返すような要領でございます」

言われた通り、指先で一番奥の肉壁を押しつつ、弾いてみた。しかし、そこに今の話に聞いた女性の突起物はない。それと察したのか、相手はさらに念入りに説明した。

「ちょうど傷口が塞がりかけた瘡蓋《かさぶた》を掻く感じで、指先——つまり亀頭を動かすのですよ」

「……はい」

紗代は鶏肉を鍋に戻して、さらに説明した。

「これで、すべての壺の話が終わりました。手練《てだ》れの女子ですと、最も感じるのが、奥ノ壺だと言われております。ですが、経験の浅い女子では、まず降りてきませぬ。亀頭では触れませぬ」

「何が、でございますか」

「つまり……奥の豆がです。男に慣れていて、かつ相当に気持ちが良くなった場合にのみ、膣の上部が自然と出口へと降りて参るのです」

しばし躊躇った。けれど、やはり好奇心に負けて、つい聞いてしまった。

「その——紗代殿もやはり、その奥のほうが宜《よろ》しいのでしょうか」

相手は、さすがに苦笑を浮かべた。その少し困ったような表情を見て、八郎は悟った。相手は柿谷と同様、この道の師匠なのだ。そして今は、その修行の場だ。モノを教えられている立場の自分が、投げかけていい問いではない。

そう感じた直後、思わず平伏した。

「非礼でございました。お赦《ゆる》しください」

そしてもう一度、深々と頭を下げた。

ややあって、

「良いのです。構いませぬ」

ようやく紗代の声が落ちてきた。顔を上げると、まだわずかに含羞《がんしゅう》の笑みを浮かべている相手の顔があった。

「私は石女《うまずめ》ゆえ、そうでもございませぬ。奥ノ壺は、子を生《な》した女のほうが降りてきやすいようでございます」

「では紗代殿は、気持ち良うはならないのでございますか」

「さにあらず」相手は素直に答えてくれた。「その相手に、心安んじて身を委ねることが出来ますれば、私もごくまれにではありますが、降りてまいります。その時は私も、たいそう気持ちようなりまする……」

そこでいったん言葉を区切って、八郎を見た。

おそらくその時の八郎の顔には、好奇心が丸出しになっていたのだろう、紗代はこう問うてきた。

「仔細に、聞きとうございますか」

「できれば……」

そう八郎がうなずくと、紗代はやや躊躇いがちに言葉を続けた。

「なんと申せばよいのか……その時の感覚は、愉悦などという生やさしいものではありませぬ。時に正気を無くし、時に気が遠くなるような、脳髄《のうずい》が絶えず痺《しび》れているかのような、悦楽の世界でありまする。そして、その境地にまで至れば、さほどまで互いに体を動かさずとも、さらなる忘我と享楽の波が寄せては引き、寄せては引きを繰り返すようになります。少なくとも、私はそうでございます」

八郎はまた、つい余計なことをあれこれと考えてしまう。この女をそんな気持ちにさせた男は、どれくらいいたのだろう。

紗代は、そんな八郎の顔色を再び読んだのか、苦笑した。

「多くはございませぬよ」

「は？」

「たった一人です。それも、いつも降りてくる訳ではありませんでした」

それを聞いて、何故かほっとした。

「——さようでございまするか」

そこで話は終わり、二人で改めて寝床へと戻ってきた。

八郎の正座する前で、股を大きく開き、局部を露《あら》わにした。さらに両指を使って、肉の裂け目を徐々に大きく開いていく。なるほど……八郎は今まで気づいていなかったが、その裂け目の上に、確かに豆粒ほどの小さな突起がある。

「これと同じようなものが、奥ノ壺にもあると思し召せ。では、始めましょう」

「は？」

「ですから、この序の豆を、八郎殿が舌先で転がすのです。まずは容易に出来ることから覚えていくのです」

そうして、八郎の修行は始まった。

序ノ壺の刺激の仕方はすぐに覚えた。その豆は、しばらくすると血色が良くなり、大きく膨らんでくる。その後に挿入してみると、相手の膣は、即座にじわじわと八郎の陰茎にまとわりついてくる。

なるほど、と八郎は納得する。今までとは、明らかに感触が違う。

中ノ壺も、亀頭の上部で刺激することを覚えた。すると、膣は陰茎を包み込む強さを増し、いっそうに蠢《うごめ》き始める。その時は、相手の吐息もやや激しくなった。

挿入した後の行為も、師匠は念入りに教えてくれた。腋の下や首の腱筋、乳首など、その部位によっての舐め方や転がし方の違いから、「口吸い」や「舌吸い」のやり方に至るまで、実に入念だった。

例えば、こうだ。

「相手の舌を深々と吸う時には、必ず自分の舌を、相手の舌の下部に差し入れるのです」

「何故でしょうか」

「では私が、八郎殿にその間違ったやり方をして進ぜましょう」

言うなり、八郎の舌をその根元から、凄まじく強く吸ってきた。

痛っ――、

と八郎は思わず腰を引きそうになった。舌の付け根にある腱のようなものまで無理矢理前に引きずり出され、下の前歯に当たって千切れそうな痛覚を覚えた。

紗代は、笑った。

「これでもう、お分かりですね」

八郎は、そのようにして実地訓練を積み重ねながら、床でのイロハを学んでいった。また、これらの性技を挿入中に加えれば加えるほど、相手の反応は彩りを増した。

正直、槍の修行よりはるかに面白く、そして気持ちよく、さらに夢中になれた。

おれは耽溺《たんでき》している、と感じる。色欲に夢中になっている。

槍刀の稽古より女との目合《まぐわ》いのほうがはるかに楽しいようでは、武士としての先々もたかが知れている、などと生真面目に悩んだりもした。

それでも止めるに止められなかった。とても楽しい。夜の行為にさらにのめり込んだ。

けれど、何度肌を合わせても、奥ノ壺にだけはなかなか到達しなかった。相手の中が、どうしても降りてこない。

しかし、この相手が降りてくると言うからには、信じるしかない。どこまでもついていくしかない。

言われた通りにゆっくりと行為を続けながらも、奥ノ壺とやらを必死に探し続けた。

「たった一人です。それも、いつも降りてくる訳ではありませんでした」

その言葉を、しばしば思い出す。

八郎は、多少の苛立ちと共に思う。たった一人でも、その相手は確実に存在したのだ……。

その点、十四のまだ子供だった。たとえ口には出さなくとも、内面では感情の制御がなかなかうまく出来ない。自然、その見も知らぬ男に敵愾心《てきがいしん》と競争心を密かに、そして単純に燃やした。

「紗代殿、もしよろしければ、これよりこちらに来る回数を、さらに増やしてもよろしいでしょうか」

「毎晩は、いけませせぬ」紗代は即座に答えた。「八郎殿は、まだ十四です。一晩に一度精を出すだけでも、やがては疲れが溜まり、日中の稽古がなおざりになりまするゆえ」

「では、二日に一回」

急《せ》き込むように八郎は返した。相手はうなずきつつも、さらに念を押した。

「されど、槍の稽古は毎日必ず行うのですよ」

大楽院の伯母には、以前から夜稽古をしに福岡まで行っていると嘘をついていた。その回数がさらに一日置きになった旨を、忸怩《じくじ》たる思いを感じつつも報告すると、

「早々に武功を立てるのが滅んだお家の宿命とはいえ、なにも修行に、そこまで精を出さずとも」

とさかんに気の毒がった。

伯母殿、すみませせぬ……。

この八郎めは、武門の子としてあるまじき類《たぐい》の嘘をついておりまする。色に、惚《ほう》けておりまする——。

そう心中で両手を合わせ、この人の良い伯母の背中を拝み伏したものだ。

西大寺を訪れるのが二日に一回になり、二人の肌は日を追うごとに、さらにしっくりと合い始めた。

「男女のこの事は、会話と同じようなものです」

ある時、紗代が言った。

「互いにどのような相手かが分かれば分かるほど、次に会った時に、話し始めの馴染《なじ》みが早くなってまいりまする」

けれど、それは改めて言葉にするまでもないことだろう。何を言いたいのかと八郎が訝《いぶか》しく思っていると、相手はこう続けた。

「八郎殿、焦ってはなりませぬ。思いのままにならぬからと、苛立ってはなりませぬ。もう少し、肩から力みを抜くのです。心の芯からもです。力みの入った会話では――申し訳ありませぬが――私もどこかしら心が構え、体も自然と硬くなってしまいまする」

しばらくその意味を考えて、なるほど、と痛感した。

おれだ。このおれの力みが、無言のうちに肌を通して相手に伝わっている。だから、最後の最後で、相手はある一線を越えられない。

たぶんおれが、この相手が経験してきた誰かと常に比べているからだ。

そう……。

それは、強欲というものだ。そして、際限のない強欲の辿《たど》り着く先は、おそらくは紗代の言う畜生道でしかない。

……八郎は、自分の来し方を改めて振り返る。

この十四年というもの、生きるとは、苦痛と屈辱と寂しさの絶え間なき連続でしかなかった。自分は、そういう星の許に生まれてきたのだと、どこかですっかり諦めていた。

けれど、自分の生に、ここまでの気持ち良い時が訪れた。こうして何度も会った今でも、信じられない。だからこそ、たとえ最後まで行けずともそれで充分ではないかと、自分の節度のなさ、強欲さを恥じた。今でも充分な愉悦を感じているではないか。

以前に、何かの書物で読んだ。

知足《たるをしる》――。

自分は所詮、自分でしかない。人間、その姿形が変わらぬように、おれは、おれの両手で掬《すく》えるだけの何かが残れば、それでもういいのではないか……。
そう感じた途端、妙に気楽になった。わだかまりに似たものが、憑《つ》き物が落ちるように心の中から抜け落ちた。

が、かえってこの心境の反転が、さらなる転機を呼び込んだ。
つい五、六日ほど前の、晩のことだ。
紗代をうつぶせに寝かせて、その腹の下に枕を据え、後ろから行為を続けていた時のことだ。不意に、
ぽこり、
と八郎の亀頭の先が、奥にある何かに触れた。
直後、うっ、と相手がうめき声を洩らし、ごく微《かす》かにだが全身を震わせた。
あ——。
試みに、もう一度同じだと思しき個所を突いた。外した。けれど八郎は、今までのようには焦らない。
まあ、うまくいかずば、いかずともよい。
そんな心境で、ゆるゆると行為を続けていた。すると、またしばらくして、
ぽこっ、ぽこっ、
と二度続けて固い感触が亀頭の先に走った。
「う——。うっ」

さらに相手が声を上げた。同時に、膣圧も今までにないほどに高まった。

その反応で、八郎はほぼ確信を得た。

ふむ……。

たぶん、ここだ。

そう思いつつ、じわりと角度を変え、膣の奥深くに慎重に挿入し直した。

豆に、当たった——。

今度はそこに押し当てたまま、ごく微かに亀頭で弾き始めた。膣内で陰茎を前後させるのではなく、言われた通りに、床の豆を裏返すように、あるいは瘡蓋を掻くような感じで、その行為を続けた。突起物の下から掻き上げるようにして、刺激を与える。

相手の反応は、次第に大きくなった。いつの間にか、両手で布団の端を強く摑んでいる。さらにはこれ以上大きな声を出すまいとして、途中からは必死に布団の表面を噛んでいた。

紗代の言っていたことは、本当だった。

八郎もまた、凄まじい愉悦を感じ始めていた。

そこに押し当てているだけで、相手の膣がさらに陰茎をきつく締め上げ、まるでそれ自体が意思を持ったかのように、入り口から奥へ、入り口からさらに奥へと、ぬらぬらと波打ち始める。

出そうとしている、と感じる。

膣自体が、おれに射精を促そうとして、激しく蠕動《ぜんどう》を繰り返し始めている。

言われていた通りだ。

さらなる愉悦の波が押し寄せては引き、押し寄せては引きを春の海のように繰り返す。その快楽に脳裏と全身が痺れたようになり、次第に何も考えられなくなる。ゆっくりと、体の芯から温まってくる。射精などせずとも時に肌が粟立ち、毛穴の一つ一つまでがはっきりと息づいているのが分かる。

煩悩の極みに、かえってその世界から解き放たれていく――。

恍惚《こうこつ》の世界が、ようやく豁然《かつぜん》と開けた。

その事が終わった後、相手はずいぶんと長い間、ぐったりとしていた。

八郎には、一刻前と同じはずのその相手の顔が、何故か以前とは違って見えた。が、やがて少し気怠そうに顔を上げ、にっこりと笑った。脱力し切った、それでいて満ち足りた笑顔だった。

「八郎殿、ようやく、共に参りましたな」

「どこへ、でござりますか」

「この下天《げてん》から、束の間、彼岸の世界へと」

この暗喩《あんゆ》には八郎も、つい二度、三度とうなずいた。

と同時に、初めて味わった感覚――体をほとんど動かさずとも、このような凄まじい快楽がこの人の世に存在していたという事実に、改めて衝撃を受けてもいた。

そして、それを味わった後に再び覚醒した下天では、世界はこうも違って見えてしまうものか――。

柿谷との十日に一度の立ち合いは、今も続いている。

初めて男になってから半月ほどが経った――つまりは紗代とそれなりに目合えるようになってきた

翌々日の立ち合いで、不意に相手からこう言われた。

「御曹司よ。おぬし、なにか変わったの」

その瞬間、この槍の師匠には申し訳ないが、床の師匠——紗代との事は、当分黙っていようと決めた。だから、こう惚《とぼ》けた。

「そうでございましょうか」

柿谷は、首をかしげた。

「うむ。……確かに、少し変わった」

試しに、聞いてみた。

「それは良いほうにでしょうか。それとも、悪いほうに?」

すると柿谷は相好《そうごう》を崩した。

「むろん、良いほうに決まっておる」

けれど、その時の会話は、単にそれで終わった。

さらに二十日ほどが経ち、紗代との愉悦の釜の蓋がぱかりと開き切ってからの三度目を経た翌日、再び柿谷と福岡の外れの森の中で会った。

その日の一度目の立ち合いが終わった後、柿谷はしげしげと八郎の顔を覗き込んできた。

「うん——。やはりおぬし、変わった」

「そうでしょうか」

「こう、なんというか……足腰や両肩に、以前とは違って無駄な力みが籠《こも》っておらぬ。ごく自然に構えている。以前より心持ちゆっくりと動いているのに、わしの動きにもそれなりに対応が出来ている」

「お褒めいただき、ありがとうございまする」

が、柿谷も今度は、話をはぐらかそうとする八郎の返事には騙されなかった。

「なんぞ、あったな」

そう言って、鼻息がかかる間近まで、顔をぐいぐいと近づけてきた。

「その何かが槍稽古にも明らかに作用している限り、わしに隠し事はならぬ。言え」

有無を言わさぬ口調だった。今度は、八郎も観念した。

実は女を経験したのだと、白状した。

しかし、長年の市井暮らしで世事にも経《ふ》りたこの中年男は、それでも首を振った。

「単に、それだけではないはずじゃ」

「と、申しますと？」

「わしが今、こうして思い出してみるに、おぬしは二度ばかり前の立ち合いの時には、すでに女子を知っておった」

「……」

「されど、今日の佇まいと動きを見るに、あれから、さらにどこかが大きく変わった。が、技術云々の問題ではない。何があった。言え。包み隠さず全部、白状せよ」

そう矢継ぎ早に畳みかけてきた。

八郎は、それでも躊躇っていた。正直、ありのままの出来事を言うのは恥ずかしかった。それに、紗代にも悪いと思った。

だが、柿谷はしまいには、そんな八郎の煮え切らぬ態度を大喝《だいかつ》した。

「大切なことじゃ。言えっ」

そこまで強く迫られて、今度こそ一切を白状した。

たぶん、柿谷が見て取った自分の何気ない所作の変化は、すべてを語らない限り、伝わらない。

だから、そもそもの事の起こりから、男女の手ほどきを教えてもらうことになったこと、そして床での様々な目合いのやり方を、教えられた順を追って丁寧に説明していった。

序ノ壺、中ノ壺、そしてつい五日ばかり前に、ようやく奥ノ壺を探し当て、その時に感じたこの世のものとも思えぬ悦楽の話まで至った時、

「うほっ」

と、柿谷は噴き出すようにして笑った。さらに一呼吸置き、

「それは男として、まさしく極楽浄土の世界であるな。まことに羨ましい奴じゃ」

と、腹を抱えてげらげらと笑い出した。

これだ、と八郎は気まずく感じる。

男に話すと、おそらくはこのような反応になるからこそ、自分は言い渋っていたのだ。

「いや――すまぬ」

ややあって、柿谷はまじめな顔つきに戻り、弁解するように言った。

「それで、先ほどの立ち合いの時の変化が、ようやく腑に落ちた」

「と、申しますと?」

「あれじゃ。いわゆるそれは、禅で言うところの『放下』じゃな」

「ほうげ？」

そう同じ言葉を問い返すと、柿谷はうなずいた。

「捨てることじゃ。解脱《げだつ》とも、言う。心身ともに一物《いちぶつ》にも執着《しゆうじやく》せず、この俗世の約束事から自分が解き放たれることじゃ」

この意外な展開には、やや呆気《あつけ》にとられた。

「おそらく束の間とはいえ、おぬしは至高の愉悦の中に入り込み、完全に我を忘れた。自らが『無』になっていく感覚じゃ。その忘我の境地を、おぬしは武術の修練ではなく、よりにもよって男女の道にて味わった。その時よりの感覚が、今も燠火《おきび》のように体に残り続けている」

だから結果として、それが今の立ち合いでも良いほうに作用していると言いたいらしい。

けれど、八郎は、その途中の言葉が気になった。

「やはり、武術の修練で忘我の境地に目覚めることこそ、武士の本懐でありましょうか」

「ま、出来ればの」

そうあっさりと答えられ、また八郎は黙り込んだ。日々槍の稽古を懸命に繰り返しながらも、常に心のどこかで不安に思っていたことがある。

以前にこの柿谷から、

「おぬしには、幼年期から培うべきだったごく自然な反射が、身に付いておらぬ」

と、遠慮がちに告げられた。そしてたった今も、

「忘我の境地を武術の修練ではなく、よりにもよって男女の道にて味わった」

と言われた。

やはり自分には、槍働きで目覚める才能はなかったのか……。

実際に、その失望を口にした。すると、柿谷はこう答えた。

「それでも目覚めるだけ、良いではないか。現にこの稽古にも、それが良いほうに滲《にじ》んでおる。全身から力みが取れ、動きが格段に滑らかになっておる」

「……」

「男女の事にせよ、武の道にせよ、世の中の大半の者は武士も含め、その忘我の境地すら知らずに死んでいく。されど、それはとても大切なことじゃ。それに比べれば、はるかにましではないか」

「お詳しく、ございまするな」

柿谷は、少し笑った。

「実はわしにも、昔そのような女がいた」

「え？」

「ずいぶんと昔のことじゃ。今はもう、どこでどうしておるかも知らぬ。それでも今でも折に触れ、思い出す。が、わしの場合はまだ良かった」

「と、申しますと」

「わしはいい年になってから、その女子と出会った。それまでに多少の経験を重ねてもいた。されど、おぬしはのっけから至悦《しえつ》の快楽を味わった」

「……」

「幸せでもあり、それ以上に、不幸でもある」

なんとなく分かるような気がした。それでも敢《あ》えて聞いた。

「何故です」

「当然じゃ」

柿谷は静かに言葉を続けた。

「武士の婚姻など、好いた惚れたではない。主君の声掛かりか、両家の都合によって決まる政略結婚に過ぎぬ。その味気ない夫婦《めおと》の暮らしを、男女の道を知る以前ならまだしも、知った以上は、それと分かりながらも諦めつつ、淡々とやり過ごしていくしかない」

「……」

「これからのおぬしは、どのような女と知り合っても、肌の交わりにはまず満足出来ぬだろう。だから幸せでもあり、不幸じゃと言うておる」

「不幸、ですか」

柿谷はうなずいた。

「何かを手に入れれば、必定、何かは手放すことになる。自らには知らなかったふりは出来ぬ。それが、この人の世で生きる理《ことわり》でもある」

4

師走も半ばを過ぎた。

紗代の家に少年が通ってくるようになってから、二月と少しが経った。

正直、このわずかな期間での八郎の床での異常なほどの上達ぶりには、感心をとうに通り越して、半ば呆れてもいる。

当人の話を聞く限り、武道の上達はどうやらそれなりのようだが、少なくともこの道に関する限り、天賦の才がある。

と同時に、引き摺《ず》られ始めている自分も感じる。

特に、互いの勘所と壺が完全に合い始めたここ十日ほどは、完全に体が同調を起こし始めている。心も共振している。そのことを考えるだけで陰部がおびただしく濡れ、膣の奥にも疼《うず》くような感覚を覚える。体が既にその悦楽を覚え込んでおり、相手を待ちわび、すぐに受け入れるようになっている。半面では、そんな自分をやや持て余してもいる。

囚われている、と再び思う。

まだ十四でしかない少年に、危うく惚れそうになる瞬間もある。

こんな感覚は、女郎時代も含めてほとんどなかったことだ。宗円との時にも、惚れそうになる、という感情を抱くことはなかった。

八郎は紗代が教え導いた通り忠実に、そしてある部分では執拗に、紗代の壺を刺激し続ける。かと言って、あとで正気に戻って思い返してみれば、肉欲に貪欲という印象も受けない。山で狩ってきた獣の臓物を冷静に腑分《ふわ》けするように、こつこつと紗代の体を解き解《ほぐ》してくる。ともすればたけり狂いそうになる劣情を抑え、心持ちを出来る限り冷静に保っている。一方で、男根が萎《しな》びるほど冷めてはいない。気持ちには常に一定の熱さを感じる。

ふむ――。

男女の道も武芸の道と同じく、馬鹿には真の上達は望めない。少なくとも紗代はそう考えている。その行為の本質を、理解できないからだ。せいぜいが出来ても、その表層をそれらしくなぞるだけだ。

けれど、あの八郎はわずか二ヶ月と少しで、その核をしっかりと摑めるようになってきている。元々の地頭の良さに加え、自分を疑いつつも心の平衡を取る精神と、以前から感じていた何事にも執拗な性格が、それを可能にさせている。

そのようにして師走も過ぎ、新しい年を迎えた頃には、紗代もすっかり八郎との目合いに――少なくともその行為の最中は――無我夢中になっていた。時には快楽のあまりの凄まじさに、気が遠くなりかけた。事実、まれに気死した。常に、忘我の彼岸へと赴くようになっていた。

紗代は、一人で笑った。

ど壺に嵌《はま》るとは、まさしくこのことだ。

私とあの少年には、先々はない。共に暮らしていけるような前途はない。

なのに、ついそれを夢想する自分がいる。

むろん、少年もそれを時に思うらしい。まだ十四で、彼にとっては自分が最初の女だったから、なおさらだろう。現に事後、ひどく生真面目な顔つきで紗代を見てくることがある。

あるいは、遠慮がちにこう洩らすこともあった。

「私は、是が非にでも武士にならずとも良いのです」

つまりは、このまま紗代と共に市井に埋もれたまま暮らすことも、先々の生き方の一つとして考えている。

危うい、と紗代は感じる。

八郎は以前と変わらず槍の稽古に励んでいるようだし、さらに今年に入ってからは、肩や肘などにしばしば青痣を作ってやって来る。その痣のことを尋ねると、

「最近、騎馬の稽古も始めたのです」

と八郎は答えた。

聞けば、その槍の師匠とやらが、誰にも手懐《てなず》けられなかった荒馬を、どこからか引っ張ってきたのだという。

「その馬さえなんとか乗りこなせるようになれば、戦場でもまず大丈夫だと申されました」

それにしてもこの歳から馬を駆る訓練とは、侍の子としてはよほど遅い。本人もそれを分かっているのか、

「ですが、なかなかうまく乗り回すことが出来ませぬ」

と、恥じ入るような声で打ち明けた。それでも飽くこともなく痣を作り続けて、ここに来ている。

相変わらずこの子は、一人前の武士《もののふ》になるべく懸命に努力を積み重ねている。

しかし、それはあくまでも技量の面では、ということだ。

紗代が改めて思うに、侍の渡世は印地と同等か、それ以上に危険極まりない稼業だ。まるで餓狼の群れだ。父や兄の最期を見ても分かる。生半可な覚悟では、あの世界では生き残っていくことなど出来ない。

ましてや一度は潰れてしまった家を興し、国人として再び自立することを目指しているのなら、なおさらだろう。槍刀の技量を突き詰めていく以上に、酷薄なほどにその性根を据えることが求められる。

けれど、この内向きな子に、そこまでの性根を据えることが出来るのか。

八郎の先々を考えて自分に出来ることと言えば、この先で下手に女に惑わされぬように経験を積ま

せてやることくらいだと、つい最近までは感じていた。

が、私とのこのような絡みも、当初の決意を弱らせてしまう結果になっているようだ。

そもそも、私一人を知ったぐらいでは、女を知ったことにはならないのではないか。つまりは、私と比較出来る他の女を知らない……。

そんなことをあれこれと思い悩んだ末、西大寺の北へと赴いた。

竹林の傍にある塔頭《たっちゅう》に、宗円が住んでいる。その宗円には以前に、八郎のことを一度話している。

宗円は紗代の顔を見ると、いつものように喜んでくれた。

庵《いおり》の一室で向かい合うと、紗代はまず、八郎とのこれまでのことを話した。包み隠さず、一切を話した。特にこの一月ほどは、あの少年に気死に至るまでの悦楽を感じていることまで、吐露した。

その間、宗円は微笑みを絶やさぬまま、紗代の話を聞いていた。

たいしたものだ、と紗代は感じる。

宗円とは過去に何度も肌を合わせた仲だ。それどころか自分を身請けまでしようとするほど惚れ込んでくれていた。いくら今は男女の関係が切れているとはいっても、通常の男なら、まず心中穏やかではいられないのではないか。

が、少なくともその表情は春風のように穏やかで、負の情感というものをいささかも感じさせない。

やがて、宗円はゆったりと口を開いた。

「で、紗代殿は改まってこのわしに、何を相談されたいのか」

「そこで、でございます……これは私めの自惚《うぬぼ》れでなければよろしいのですが」

と前置きし、紗代はさらに話し続けた。

このまま自分と交渉を持つことが、少年が背負っている武門の再興という志向と覚悟を、やや危うくしてしまっているように見受けられること、しかし、ここで強引に男女の縁を切れば、少年の思慕は変に拗《ひね》くれて、ますます募るかも知れぬこと、さらには自分という女一人を経験したからと言って、これから少年が出会う女という生きものを冷静に見られるのかは、今更ながら疑問に思い始めていることなどを挙げた。

紗代は懸命に説明した。

「新しい女子に出会《でお》うても、比ぶる相手は私一人のみにて、八郎殿の先々を思えば、甚だ心もとのうございまする。かと言って、三石城などという草深い田舎に行けば、もう婚姻以外、女子を知る術はございませぬ」

ふむ、とさもおかしそうに宗円が相槌を打つ。

「して、紗代殿はその御曹司に、何をさせようというのだ」

一瞬ためらったが、それでもはっきりと口にした。

「出来れば出雲と隠岐にも、少年の相手をしてもらおうかと考えております」

「ほう？」

うまく説明できるかどうか自信はなかったが、さらに紗代は説明を試みた。

「ある品物――例えば鋤《すき》や鍬《くわ》の使い勝手が自分に合っているかを知るには、一つの道具のみを使っても、それが合っているかどうかは分かりませぬ。二つ使ってみて、初めてどちらがより自分に合っているのかが分かります。三つを知れば、さらにその品物としての同じ部分から、辛うじてではありますが、その物自体の本性を引き出すことも出来るように思えまする」

宗円は、手元の数珠《じゅず》で軽く自分の膝《ひざ》を撫でた。

「一点では、単なる点でしかない。二点では、間を結べば線になる。それでも、その線の上に人が安んじて立つは難しい。危うい綱渡りのようなものじゃ。しかし三点を結べば、その内側に土地――自分がしっかりとよって立つ居場所が生まれる。自分という畑を耕す余地が生まれる。そういうことか」

紗代は、大きくうなずいた。

「まさしく、それにてございます」

「しかし何故、紗代殿は、そこまでしてかの御曹司に肩入れをするのじゃ。しかも実際にそうなれば、自分でも意外に思うほどの妬心《としん》が生ずるかも知れぬぞ」

「むろん、覚悟のうえでありまする」

「もう一度聞く。何故、そこまで入れ込む」

少し思案してみた。けれど、うまく考えがまとまらなかった。

それでも紗代の口は勝手に動いていた。

「私は五年前、宗円様より御恩を賜りました。ですが、それは宗円様には返しようのないものです」

相手はにやりと笑った。

「じゃから、わしの代わりにその八郎とやらに情けをかける、と?」

紗代は、引き込まれるように再びうなずいた。

「やがては八郎殿も大人になり、いつの日か誰か困っている者に情けをかける時もありましょう。返す相手は、別に私でなくとも良いのです」

「そしてその恩を受けた者も、いつかまた誰かに、自分が受けた恩を返す」

「左様です、そのようにして――」

と言葉に詰まったところで、宗円がごく自然に言葉を引き継いだ。

「人と人とが繋がり、この宇内《うだい》は広がっていく」

紗代は驚いた。まさしくそれが、自分が言おうとしていたことだった。

そんな紗代を見て、さらに宗円は笑った。

「よろしい。その一件、わしもいささかなりとも力添えしよう。なにせかつての宇喜多家は、西大寺に荘園を寄進しておる。その恩義の万分の一でもここで返しておかずば、常玖殿にも顔向けが出来ぬ」

「じょうきゅう殿?」

「その御曹司の祖父殿よ。存命中は、この西大寺にも何かと便宜を図っていただいた。出雲と隠岐に、その御曹司の相手をしてもらっている間は、この西大寺への寄進は無用じゃと申し伝えてくれぬか」

「あっ。ありがとうございまする」


紗代は塔頭を出たその足で、吉井川の西岸に浮かぶ二人の川舟へと赴いた。

まだ日の高い昼間のことだ。案の定、出雲と隠岐は客を取ることもなく暇にしていた。寄り添う川舟の上で足をぶらぶらとさせ、世間話をしていた。

紗代が二人に八郎についてすべてを話し、出来ればその少年の相手になってもらえぬかと頼むと、

「姉様もまた、物好きな――」

と出雲はやや呆れたが、隠岐のほうは、

「姉様がそこまで入れ込むほどの相手なら、私も是非、味わってみとうございまする」

と、無邪気にはしゃいだ。

好き者になっている、と紗代は思う。

女郎にも向き不向きがあって、紗代の見るところ、出雲よりも隠岐のほうがこの稼業には向いているようだ。

ともかくも、呆れた出雲のほうも、紗代の頼みを断るつもりはないようだった。

「ほかならぬ姉様の頼みでございます。この私も、しかと気持ちを込めて御指南させて頂きまする。むろん、お代など要りませぬ」

そこで初めて、八郎の相手をしてもらっている間は、西大寺への寄進は不要になる旨を伝えた。

「あれっ、それはますます良きお話でございまするなあ」

と、隠岐はますますはしゃいだ。

その舌舐めずりするような様子に、自ら決めたことにもかかわらず、つい心穏やかならざる気分になる。情けなさを感じる。やはり、私は自分を持て余している。

店への帰路、ふと宗円を思い出した。

まだまだだ、私も、と再び一人で笑った。

5

その話を聞いた時、八郎は辛うじて平静を装っていたつもりだが、内心ではかなりの動揺を覚えていた。

「ですから、私の知り合いの女子二人にも、八郎殿は手ほどきを受けてもらうのです」

紗代は、簡潔に繰り返した。

正直、この女のためなら武士になどならずとも良いと、どこかで覚悟を決め始めていた。

が、その固まりつつあった決意を、当の本人からあっさりと覆《くつがえ》されたようなものだった。

なるほど——紗代殿にとっては、自分はあくまでも親切心から男にしてやっただけの相手に過ぎないのか……。

が、これぱかりはどうにも諦めがつかず、声の震えを抑えながら聞いた。

「それでは、拙者はもう紗代殿には会えぬのですか」

途端、相手は顔を赤くした。その様子を目の当たりにした時、何故かひどくほっとした。

「そのようなことは、ありませぬ」

紗代は断言した。

「私とはこれからも会うことは出来まする。ですが、その二人とも会うのです。明日よりは隠岐と出雲、そして私と、一日置きに順繰りに会っていくのです」

「ですが、私はその二人には、わざわざ会わずともよろしいのですが……」

正直な気持ちでもあったし、事実、八郎は紗代とこうして会えていれば充分だった。

しかし、紗代は首を振った。

「それは、なりませぬ」

「何故でございましょう」

「よろしいですか。八郎殿は宇喜多家という武門を再興するべき星の下にお生まれになったのです。そのような立場にあるお人の生き方は、浮草のように生きる私や、話に聞く柿谷殿のような方とは、自ずと違って参ります」

「……」

「今年の夏より八郎殿が三石城へと出仕すれば、婚姻前に女子と交わりを持つ機会は、まずあり得ませぬ。ですからその前に、槍の稽古と同様、女子に関しても積めるだけの知見は積んでおくのです。武士の道は修羅道にてございます。この備前、美作あたりでは特にそうです。たとえ婚姻相手の家族にでも、片時も気を許してはなりませぬ。時と場合によっては、すぐにこれ幸いと寝首を掻かれまする。この先、男にも女にも、容易に心を奪われるようなことがあってはなりませぬ」

紗代はくどいほどに諭し、最後にもう一度繰り返した。

「ですから私一人では、よろしくありませぬ」

この理屈には、八郎も黙らざるを得ない。

どうしてなのだろう、と不思議に感じる。

母、善定、柿谷、そしてこの紗代と、自分が望んでもおらぬ道なのに、親身になってくれる身近な人々は、すべて似たようなことを言う。そして不本意ながらも、今も槍と馬の訓練にせっせと精を出している自分がいる。やはり自分は、紗代が言う通り、そのような星の下に生まれてきているのだろうか……。

それでも、見も知らぬ女といきなり肌の交わりを持つのは、やはり気が進まなかった。

そんな八郎の思いにも構わず、紗代は容赦なく告げてきた。

「初めに相手をしてもらうは、隠岐のほうがよろしいでしょう。すでに話は通してございます。明後日より、吉井川の川舟へと赴かれませ。そして二日後には、出雲のほうへと参られるのです」

 つい八郎は念押しした。

「されば、さらにその二日後ならば、私はここに来ても構わぬのでしょうか」

紗代は苦笑してうなずいた。

「むろんにてござります」


結局、八郎は紗代に命じられた通り、二日後の夕刻に、吉井川の西岸に浮かぶ一方の舟を渋々ながら訪れた。

が、そんな躊躇いと気後れも、舟内に足を踏み入れてからすぐ、木《こ》っ端微塵《ぱみじん》に吹き飛んだ。

「あなた様が、八郎殿でございますか」

会うや否や、隠岐はしげしげと八郎の顔を覗き込み、

「やはり美作の姉様が入れ込むだけあって、つくづく美童であられまするなあ」

と感に堪《た》えたように言ってのけた。さらには、

「ささ、時がもったいのうござりまする。早々と床入りをいたしましょう」

と、臆面もなく八郎の両手を取って奥の寝所へと誘《いざな》った。

気がつけば会ってからろくに話もせぬまま、素っ裸にされていた。隠岐は自らの腰帯を外しかけながらも、八郎の首筋や乳首にねっとりと吸い付いてくる。

八郎はもう、俎板《まないた》の鯉に等しい。戸惑いつつも次第に男として興奮してくる自分をどうにも抑える

ことが出来ない。それでも辛うじてこう言った。

「まだ、お互いに何も知らぬではありませぬか」

すると隠岐は八郎の陰茎を含んでいた口を、
ぽんっ、
と音を立てて外し、明るく笑った。

「何をおっしゃいます。あなた様はすでに姉様の裏書き付きでございます。それ以上の何を、確かめ合うことがあるのです」

そう言うと、八郎を布団の上にやんわりと突き飛ばした。仰向けになった八郎の両足を膝裏から持ち上げ、ぐいと体重をかけてくる。

「あっ、それは――」

思わず八郎が小さく叫んだ時には、隠岐は既に八郎の肛門に吸い付いていた。尻の穴に舌先を差し込んでくる。

うぅ……。あまりの気持ち良さに、八郎はますます為《な》す術もない。

と、隠岐が八郎の股間から不意に顔を上げた。

「八郎殿、まったく臭いが致しませぬ」

つい八郎は、馬鹿な返答をした。

「ここに来る前、湯屋に行ってまいりましたゆえ」

「お尻の穴まで念入りに洗われたのですか」

「はい」

「指まで、入れて？」

「……はい」

そう答えている自分が、とてつもなく恥ずかしかった。けれど隠岐は、いかにも満足そうに大きくうなずいた。

「女子と接する前の男のたしなみとは、そうでなくてはなりませぬ」

そう言って、さらに熱心に八郎の肛門を舐め始めた。

舐められ方によっては、こんなにも気持ちのいいものなのか……八郎はもう、完全に勃起していた。

隠岐が八郎の上に跨《また》がって、陰部へと八郎のものを挿入していく。半ばまで入れた時点で、膣内が八郎の陰茎をじわり、と締め付けてくる。さらに少しずつ奥深く挿入していくにつれ、じわ、じわじわと肉の襞《ひだ》がさらに纏《まと》わりついてくる。

あ――。

八郎には、なんとなく分かった。

相手には、既にもうこの時点で、奥ノ壺で受け入れる準備が出来ている。肉襞がぬめぬめと動き始めている。おそらくは膣が早くも降りかけている。

紗代にはひどく申し訳なかったが、この初っ端の時点から八郎は相当に気持ち良くなっていた。

試みに、隠岐の下になっている下半身の角度を多少浮かせ気味に変えてみた。

ぽこっ。

案の定、亀頭の先に固い感触があった。

「あっ」

隠岐はそう声を洩らしたが、それでも次の瞬間からゆっくりと腰を前後に振り始めた。次第に動きが速くなる。まるで鞭《むち》のように体が撓《しな》る。

あとはもう、怒濤《どとう》のような快楽の連続だった。

八郎は、行為の最中で時おり腰の角度を浮かせ気味にする。

ぽこり、ぽこりとせいぜい十回ほども当て続けていると、すぐに相手は痙攣《けいれん》を始め、四肢から力が抜けて、八郎の体にがばりと抱き着いてくる。その間も膣内は、びくっ、びくっと、波打っている。

紗代で味わった波のような気持ち良さとは違い、滝から落ちてくる水が絶えず亀頭と陰茎を刺激し続けるような、有無を言わせぬ強烈な快楽が続く。八郎をぐいぐいと愉悦の滝渦の中へと呑み込んでいく。男女の機微も情感もへったくれもない。それでいて、途方もなく気持ちが良い。

凄まじい技量だ。そして肉の快楽への貪欲さだ。互いの極上の部分のみを、とことんまで喰い尽くそうとする。相手と一つになってからまだいくばくも経っていないのに、八郎の体をこの悦楽の段階まで力業《ちからわざ》で持ち込んでいく。

けれど、紗代と同じところもあった。八郎が射精寸前になると、その微妙な膨張具合でそれと分かるのか、隠岐はぴたりとその動きを止める。

「まだ。まだでございます」

ややあって射精の感覚が遠のくと、隠岐は心持ち腰を浮かせる。八郎の陰茎を半ばまで抜き、その半ばを基点に、腰を一寸（約三センチ）ほどの間でごくごく小さく、かつ、ゆっくりと上下させ始める。これもまた陰茎の裏筋がいたく刺激され、思わず身を捩《よじ》りたくなるくらいに気持ちが良い。

しばしその行為を続けた後、隠岐は徐々に深く出し入れを始めて、次に前後の動きへと移行する。

八郎を再び射精の寸前まで導き、またその動きを一気に止める。寸止めの生殺しとは、まさにこのことだ。

その一連の行為が何度も繰り返されるうちに、八郎の全身は毒にでも侵されたかのように、末端まで痺れていく。難しいことは何も考えられなくなる。

不意に隠岐は、八郎の顔を両手で挟み込んだ。

「良い男」

そう言うなり、八郎の口を吸ってきた。舌を根元から吸い上げられつつも、相手の大量の唾液が口の中に流れ込んできて、八郎は一瞬喉を詰まらせそうになる。

「ふ――」

隠岐はその様子を見て含み笑いを洩らし、今度は八郎の顔中をべろべろと舐め始めた。鼻も吸われ、眉から瞼《まぶた》までが唾液まみれになり、ほとんど目を開けられない。その間も、隠岐の腰は執拗に捥り続けている。麻痺したような脳裏でぼんやりと感じる。すごい。男の自分のほうが完全に犯されている。

それでも陰茎はこれ以上ないほどに、ますます硬くなっていく。

四半刻（約三十分）後には八郎が上になった。ふむ……やはり容易に奥ノ壺まで達する。やや腰を沈める感じで奥まで挿入すると、
こりっ、こりっ。

とした固い突起物に当たる。そのたびに相手は身悶《みもだ》えする。

四半刻後にはまた隠岐が上になりと、交互に役割を替えた。

そうやっておおよそ二刻後、異様に長い性交が終わった。八郎の亀頭は、萎んだ後も真っ赤に腫《は》れ

上がっていた。

「口を吸い、顔を舐めたこと、姉様には内緒でございますよ」

そう隠岐はけろりと笑った。

「おそらくは、悋気《りんき》を起こされまする」

八郎は、呆《ほう》けたようにうなずいた。

世の中は広い。

このような類の女もいるのかと、頭を棍棒で殴られたような衝撃を受けた。


二日後、今度は出雲の許へと赴いた。

彼女は、最初に言った。

「一昨晩のこと、隣同士の舟ゆえ、それとなく伝わってまいりました」

八郎はもう、そう告げられただけで、居たたまれぬほどに恥ずかしかった。

すると、出雲は少し慌てたように言った。

「あ、そのようなつもりで申したのではありませぬ。ただ、私は隠岐ほどには自分から殿方を導けませぬ」

「はあ」

「ですので、八郎殿に誘ってもらうこととなりますゆえ、どうぞお願い申し上げまする」

そういうことか、と密かに納得した。

事前に紗代が教えてくれた。

女子の性癖を大きく分けると、ごく少数の「啼《な》かせる女」と、大多数の「啼く女」がいるらしい。隠岐が男を「啼かせる」のを得手とするなら、どうやら、こちらは自分が「啼く」のを主体とする女性らしかった。

が、驚いたのは序ノ壺をしばらく舐めていると、急に相手の体が震え、陰部から透明な液を噴出させたことだった。むろん、八郎の顔面にも思い切りかかった。

なんぞ——これは。

八郎はびっくりして、思わず相手の顔を見上げた。

けれど、相手も驚いたような顔をしている。ややあって、

「たまげましたな」

まずは一言、そう感想を口にした。

「さすがに美作の姉様から、きっちり仕込まれただけのことはございまする」

「何が、でしょうか」

「たいそう上手《うも》うございます。正直、初めてのお方と、しかも体が一つになっておらぬ前から『潮』を吹いたのは初めてでございます」

「しお?」

すると出雲は、布団の上を濡らした液を示した。

「このことでありまする」

その場所に鼻を寄せて嗅《か》いでみた。匂いはない。そして濡れているだけで染みも見当たらない。完全に無色透明だ。

それから自分の顔にも液が付いていることに改めて気づく。好奇心に負け、つい口の周りを指先で拭い、舐めてみた。……。味も、まったくしない。

「これは、水でございまするか」

「似て、非なるものにてございます」

そう答え、初めてにっこりと笑った。そして八郎の太腿を優しく掴んできた。

「私も、久々に仕事を忘れて楽しめそうです」

そう言って、八郎の男根を自らの局部へと挿入し始めた。

亀頭が中ノ壺に当たっている。八郎がしばらく腰を動かし続けているうちに、いつものじわじわとした感触が陰茎に纏わりついてくる。

こちらもまた、隠岐とは違った意味でとても興味深かった。肉付きの加減なのか、その抱き心地が硬過ぎず柔らか過ぎず、ちょうど良い。ぴたりと肌に吸い付いてくる。

それに、乳首だ。相手が肌を露わにした時、乳首が細く長い女だと思っていた。

その乳首が今、小さな杭《くい》のように、ぴん、と屹立《きつりつ》している。乳輪ごと口に含み、舌先で根元から転がしてみる。やはり、相当に硬い。体の反応が尋常でなく良い。

出雲が再び少し笑った。

「やはり、至妙《しみょう》にてございまするな」

直後から、さらに膣圧が高まってくる。

ややあって体位を少し変えようと、八郎が男根を一瞬抜いた時だった。

「あっ」

出雲はそう一声上げ、先ほどとは比べ物にならぬくらいの大量の潮を吹いた。

これは、と八郎も改めて驚く。

再び挿入し、しばらく腰を動かし続けた後、試みに素早く抜いてみた。

「うっ」

今度も、潮がおびただしく噴き出した。

が、八郎はなんとなく妙な興奮を覚え始めた。さらにしばらく腰を動かし、さっと抜いてみる。潮を吹く。改めて挿入して、さらに抜く。また新たに潮を吹く。

出雲が上になった時もそうだ。一瞬、相手の臀部《でんぶ》を両手で持ち上げると、再び大量の潮を八郎の腹の上に飛ばした。

再び上になった時など、そこを軽く撫でただけでもまた反応した。

もはや、布団の上はずぶ濡れになっている。

八郎はやや心配になり——後から思い返せば——実に間抜けなことを尋ねた。

「このようにたくさん水分が出て、出雲殿は、喉は渇かぬのですか」

「まったく」

「体も、大丈夫なのでしょうか」

「ご心配にはおよびませぬ」

出雲はさらに言った。

「八郎殿さえよろしければ、何度でも」

そう言って、八郎の首に両手を絡めてきた。自然、顔が近づく。躊躇いがちに出雲が言った。

「『口吸い』をしても、構いませぬか」

「え？」

「……ですから、口を吸っても、大丈夫でしょうか」

なるほど、と感じる。おそらくは隠岐と同様、出雲も紗代に遠慮をしている。そういう意味で、男女ではとても大事な部分なのだ。

そんなことをぼんやりと考えていると、前触れもなく出雲が口を吸ってきた。

ちらりと紗代のことが脳裏をよぎった。が、直後には腹を決めた。ここまで来た以上、とことんまで相手と交わるしかない。それが、紗代の本来の思惑でもあったはずだ。

舌を絡めつつ、相手のものを根元から吸った。じわりと膣内の圧力が強くなる。

「つばきを――」

出雲が言った。

「つばきをくださりませ」

言われた通り、八郎は唾液を相手の口に流し込んだ。直後、これ以上ないほどに膣圧が束の間高まった。確かに、体が「啼いて」いる……。

およそ一刻半後に、八郎は果てた。

そのようにして三人の許に一日置きに通い続けた。八郎は、既に十五歳になっている。

たとえ元服はまだでも、もはや子供ではない、と次第に思うようになった。

やがて桜の花が咲き、散った。それぞれに十五回ずつほど通い、吉井川の畔《ほとり》の桜が葉桜になり始めた春のある日、八郎は決断した。

が、まずは紗代に許しを乞わなければならない。

その晩の事が始まる前、紗代の前で改めて正座をして、口を開いた。

「もう、それがしは今後、紗代殿お一人だけにてお願いしとうござります」

さらに、慎重に言葉を選んだ。

「こうして様々に女子の修行を積ませていただいたこと、まことに感謝いたしております。ですが、隠岐殿と出雲殿の許には、そろそろ行かずともよきように感じておりまする」

相手は、怪訝《けげん》そうな顔をした。

「あの二人に、ご不満なのですか」

「そうではありませぬ。それどころか、お二人とも大変にお美しく、また、常に心を入れてそれがしの相手をしていただきました」

嘘偽りのない感想だった。

「されば、八郎殿の好みに合わぬのですか」

「でも、ありませせぬ」

紗代は、微かに苛立った。

「では、どのような訳でござりましょう。八郎殿は八月には三石城《みついし》に出仕なされます。女子というものを充分に堪能出来る時は、限られているのでございまするよ」

左様、と八郎は答えた。

「確かにもう、四月と少ししか、男女の事は出来ぬでしょう」

さらに勇気を振り絞り、続けた。

「さればこそ、それがしはもう紗代殿だけにお相手していただきとうござります。紗代殿一人と、残りの時を過ごしとうござりまする」

正直な気持ちだった。残り少ない時間だからこそ、身も心も本当に満足を覚える相手とだけ、肌を交えたい。そのような意味で、無駄に過ごす今この時が、もう一時でも惜しい。

隠岐も出雲も紗代に伝えた通り、充分に美しく、若く、その性技もある局面では紗代をはるかに凌《りょう》駕《が》している。理屈抜きの純粋快楽だ。そういう意味での男女の交わりには、充分に満足を覚えてもいた。

それでも最近、女子との閨房《けいぼう》は、なにもそれだけではないのではないかと感じ始めていた。

正直、隠岐や出雲と交わって、その帰り道に感じる事後の気分は、

（あぁ、本当に気持ちが良かった――）

という、その一言に集約される。

しかし、逆に言えば、それだけだ。

その類《たぐい》の気持ち良さならば、槍の稽古で止めどもなく汗を流し、精根尽き果てるまで四肢を動かし尽くした時に感じる、あの爽快感にも似ている。事が過ぎれば、つるん、としている。どこにも引っかかりがない。

紗代に感じるような事後の満ち足りた気持ちや、相手のことを思い出すだけで切なくなる感覚を、あの二人にはほぼ感じたことがなかった。

心を、持っていかれない。

が、紗代には、八郎の臓腑《ぞうふ》をがっちりと摑んで離さない何かの強い磁力がある。

人柄というものだろうか……。

八郎には分からない。分からないが、それでもはっきりと感じ取ることは出来る。

以前に紗代は言った。

「男女のこの事は、会話と同じようなものです」

と。

その通りかもしれない。隠岐や出雲との会話は、その時はとてつもなく面白いし、気持ちも良い。

が、その楽しい一時が過ぎてしまえば、一人に戻った八郎の心の中には、ほとんど何も残っていない。

かと言ってあの二人が悪いというわけではない。自分自身の問題だ。

紗代との会話は、その会話が終わった後でも、そのたびに何かが心の奥深くに沁《し》み込むようにして棲《す》み着き、気がつけば少しずつ堆積していく。現に今もその言葉を思い出した。

そのような意味合いのことを、非常にまどろっこしく、たどたどしく相手に語った。

紗代は、しばらく八郎を見つめたまま、微塵も動かずにじっとしていた。

やがて、長く細い吐息を洩らした。

「八郎殿、あなた様は、やはり武士《もののふ》には向いておりませぬな」

一瞬、八郎は怯んだ。似たようなことを柿谷からも暗に言われた。それでも問うた。

「何故で、ござりましょう」

すると、紗代はこう答えた。

「そのような機微を感じ取る心など、武門の渡世にはいたずらに性根を柔《やわ》にするのみにて、無用にてございまする」

これには言葉もなかった。ある意味で、柿谷より核心を突かれたような気がした。

ややあって、紗代は再び口を開いた。

「いっそ、捨てまするか」

「え？」

「これを機に、浦上様などに仕えるような危ない世渡りはお止めになり、私と共に、市井に埋もれて暮らしてゆきまするか」

八郎はなおも言葉が出なかった。まるで頭の中が空っぽになったようだ。この相手から自分の覚悟を試されているのは分かるし、出来ればそうしたい。今すぐにでもそうしたい。

それなのに、逆に何故か追い込まれた気分になる。

おれが、これまで食うものに不自由せずに生きてこられたのは、ひとえに周囲にいる大人たちが、宇喜多家再興の夢を自分に託し続けていたからだ……。

ようやく八郎は口を開いた。

「三年――いや、一年お待ちくださりませ。それまでに思うような見込みが立たぬようなら、私は今の生き方を止めまする」

「止めて、どうなさるおつもりです？」

八郎はうなずいた。

「武士を辞めて、商人《あきんど》となりまする。以前にも申しましたが、それがむしろ、昔からの望みでございました。そして、紗代殿さえよろしければ、共に暮らしていきとうございまする」

紗代はしばし思案していたようだが、やがてはうなずいた。

「承知いたしました。裏を返せば、一年後までにそれなりの見通しがつけば、武士として生きていかれるということですな」

「左様でございます」

「いつ儚《はかな》くなるともしれぬ稼業だからこそ、残された日は、私とのみ会いたいということでございますね」

そう言われ、初めて自分の気持ちに気づいた。

そうだ……おれは、意に沿わないながらも、やはり武士として生きる道をひとまずは先に取ろうとしている。合戦に出ればすぐに死ぬかも知れぬからこそ、先々を見越して女子という存在をより深く知るよりも、今ここにある時を出来るだけ濃密に大事にしようと感じている。

すると、八郎のそんな気持ちを察してか、紗代はあることを提案してきた。

八郎は驚いた。

「それを、それがしの槍の師匠に決めてもらえ、と？」

「左様でございます」

そしてこの夜、含羞《がんしゅう》を含んだ笑みを初めて見せた。

「実は私も、本音ではそうしとうございました」

その様子には、思わず胸に込み上げてくるものがあった。

目の前にいるこの年上の女は、それでも八郎の先々を見据えて隠岐と出雲に相手をさせ、おのが妬心を抑え続けてくれていた。

これだ。

八郎は改めて感じ入った。

相手の、こういう自己の律し方に自分は惚れたのだ。

たぶんだが、人を本当に好きになるとはこういうことだとも感じた。


柿谷には、槍の修練に差し支えるかも知れぬので、色事での変化は包み隠さず伝えるようにと、その後も折に触れて言われていた。

当然、隠岐と出雲のことも以前に告げてあった。

「まさに、女子三昧《ざんまい》とはこのことじゃな。羨ましい限りじゃ」

と、柿谷はその時も笑った。そして、こうも付けくわえた。

「しかし、その紗代とかいう者は、つくづく立派な女子じゃの」


紗代とじっくりと話をした二日後、その柿谷に立ち合い稽古で会った。

紗代から提案されたことを、柿谷に告げた。

なに？

と柿谷は一瞬絶句した。

「これから毎夜、その紗代とやらと交わっても良いかじゃと」

「左様です。私も既に、十五になっております。紗代殿が見るに、既に大人としての骨格は整っていると申されておりました」

「ようは、毎晩でも出来るが、それがこの稽古に差し障りが出るのか。そう聞きたいと申すか」

「そうでございます」

「ふむ……」

柿谷はしばらく考え込んでいた。が、やがてずけりと聞いてきた。

「おぬしも、そうしたいのじゃな」

この問いかけには間髪を入れずに答えた。

「是非」

そしてやや早口で訴えた。

「浦上家に出仕すれば、このような時は、もう二度と叶《かな》いますまい。先々を見据えて生きることも大事かとは存じまするが、さりとて万が一の時には、来し方を思い返し、悔いを残すような死に方はしとうございませぬ。私にも、充分に楽しい時はあったと納得して逝《い》きとうござりまする」

「未練じゃな」

柿谷はからりと笑った。

「そうでしょうか」

「おう。そこまで惚れ込める女子に巡り合えるとは、ぜいたく極まりない未練よ」

八郎はつい黙った。

一旦は放下したかと思っていても、またすぐに新しい執着が生まれる。その果てしない連なりが、ひょっとしたら生きるということなのかも知れない。

再び思案していた柿谷が、問うてきた。

「されば、聞きたい。おぬし、今までの一日置きの交わりで、おおよそいかほどの時をかけておった」

「おそらく、一刻半ほどでございます」

「は？」

「……長い時は、二刻前後の時もございました」

これには柿谷も、心底呆れたような顔をした。

「おぬし、見た目にそぐわず、相当な絶倫じゃの」

しかし、そう言われても八郎には分からない。そもそも他人の交わりを覗き見たこともないし、そんな色事を詳しく話す友達もいない。比べる相手となる男を知らない。だから、なんとも答えようがない。

「そうなのでしょうか」

と、かなりの羞恥を感じながらも、恐る恐る聞き返した。

柿谷は、大きくうなずいた。

「まず、比類がない」

そう、実に奇妙な褒め方をされた。

「それで、翌日の稽古やわしとの立ち合いも、普通にこなしていたのか」

「お相手はみな、おそろしく上手うございましたゆえ、私には無理な力はかかりませなんだ」

さらに言い訳のように付け加えた。

「それに精を出すのは、いつも一度きりでございました」

「そうか……」

ややあって柿谷は、この会話の間抜けさ加減にようやく気づいたらしく、とうとう声を上げて笑い始めた。

「いや——よう分かった」

そう一言いい、さらに口を開いた。

「確かにその紗代とかいう女子の申す通り、おぬしの体は出来上がっておる。槍の稽古と馬の訓練で、充分な筋力も付いておる。こうして話を聞くにつけ、精力も常に旺盛なようじゃ」

褒められているのか貶《けな》されているのか、見当が付かない。

「……はい」

「じゃから、毎夜励むのは構わぬ。ただし、その時は一刻を上限とせよ」

「あっ、ありがとうございまするっ」

八郎は思わず大声を出し、嬉しさに何度も頭を下げた。


この朝の一通りの立ち合い稽古の後、一度大楽院へと帰り、伯母に告げた。

「これより浦上家に出仕するまでの四月、柿谷殿に毎晩、夜稽古も付けてもらうことになりました」

そう、相手には心底申し訳ないとは思いつつも、臆面もなく嘘をついた。むろん、その口裏合わせも柿谷には既に頼み、苦笑されながらも承諾を取り付けていた。

が、さすがにこの浮世離れした伯母も、近頃の八郎の夜動《ようご》きの面妖《めんよう》さには気づき始めていたらしく、遠慮がちに聞いてきた。

「まことにそこまでして、修練を積まねばならぬのですか。現に八郎殿は今も、朝となく昼となく、兵馬の稽古に励んでおられるではありませぬか」

一瞬さらに気後れを覚えたが、ここが切所ぞ、と自らに必死に言い聞かせた。もはや理屈ではない。こちらの気合と熱意で、強引にでも納得してもらうしかない――そう感じ、なおも言い募った。

「仔細には申せませぬが、ここで為すべきことをしておかねば、万一の場合、この八郎めは後生に悔いを残しまする」

そう言って、床に額を付けて平伏した。

「ご懸念の点もあろうかとは存じます。ですが、何卒この願いをお聞き入れくださりませ。お頼み申し上げまする」

そこまで言い切り、しばらくして恐る恐る伯母を見上げた。

目の前には、なおも困った顔をしている尼僧の顔があった。

けれど、ややあって躊躇いがちに口を開いた。

「まあ、世外人《せがいびと》の私には、昨今の浮世のことはよう分からぬようになってきております。それに人は皆、いつかは儚くなるものでございます」

そして、小さなため息をついた。

「仕方がありませぬな。それが是であれ非であれ、八郎殿が悔いを残さぬようにおやりなされ。若き日にしか作れぬ、良き思い出をお作りなされ」

やはり勘づいている、と、この時ばかりは心底戦慄《わなな》いた。

それでも、この寛大な伯母は許してくれた。

八郎は、さらに何度も頭を下げ続けた。

武士として身を立てるその初っ端から、孝道よりも武道よりも女の道にかまけ、しかも肝心の武士には、心身ともにからっきし向いていない……己があらゆる意味で軟弱で、実に情けないとは思うのだが、それでもただひたすらに感謝、感謝でしかなかった。


この日には、まだやることがあった。

夕方になり、吉井川の西岸へと赴いた。

紗代からは、

「わざわざそのようなことをせずとも、私が代わりに済ませておきますのに」

とは言われていたのだが、それでも自分なりにちゃんと別れの挨拶はしておくべきだと考えた。

案の定、隠岐と出雲は川舟に居た。

八郎は、もうここに来ることは出来なくなった旨を伝え、

「出雲殿と隠岐殿にはひとかたならぬご厚情を賜り、この八郎、いかほどお礼の言葉を重ねても、重ねきれませせぬ。まことにありがとうござりました」

と、深々と頭を下げた。正直な気持ちだった。これから先、女子のこのような濃厚な厚意に接することなど、絶えてないだろう。

「あれっ、それはまことに残念でございまするよう」

と隠岐があっけらかんと別れを惜しめば、出雲のほうは、

「八郎殿はそもそも、姉様の情夫《いろ》にてござりまするからなあ……」

と感慨深げにつぶやいた。

が、二人とも日頃から男出入りが激しい稼業なだけに、このような別れの形には慣れているのだろう、存外にあっさりとしたものだった。

ともかくもそのようにして別れの挨拶が終わり、その後の四ヶ月は文字通り昼も夜も体を動かし、槍と乗馬と女の肌を、その体感として捉え尽くすことに終始した。


八月になり、備前の中央部に広がるこの沃野を去る時がついにやってきた。

三石城への出立の前々日、西大寺で最後の晩のひとときを過ごした。そして店を去る時、紗代は言った。

「武功を焦るあまり、あたら若き命を散らしまするな。武士《もののふ》も、生きていてこその物種でござります」

黙ってうなずくと、紗代は束の間、八郎の顔をじっと見た。

「私は、自分が与えるつもりでいて、八郎殿にかえって何事かを与えられたような気がいたします」

少し考えてみる。けれど、意味がよく分からない。実際におれは、何もこの相手に与えてはいない。

すると、紗代は少し笑った。

「八郎殿がもう少し歳を重ね、やがては私ほどに心も大人になった時、分かる時も参りましょう」

そう言って、少し八郎の口を吸った後、裏の戸をそっと開けてくれた。

大楽院へと夜道を帰っているうちに、ふと気づいた。

紗代はもう今宵が、今生の別れだと思っている。だから、先ほどのような言い方をした……。

翌日、大楽院にて伯母への別れの挨拶を済ませた夕刻、福岡の町へと赴いた。

久しぶりに会った善定は、相変わらず血色も良く元気だった。その夜、八郎のために別れの宴席を設けてくれた。槍の師匠である柿谷も同席した。

「ささ、柿谷殿、ながらくの八郎殿へのご指南、ご苦労なことでござりました」

そう言って善定が、柿谷の杯に酒を傾けた。

さらに宴も半ばになって、八郎にあるものを披露した。

奥の間の襖《ふすま》が開き、善定の内儀が微笑みながら姿を現した。その後ろから、源六が車の付いた荷台を押してくる。

その荷台の上には、真新しい兜《かぶと》と甲冑が載せてあった。兜の前立ては三日月で、その三日月の中央部には宇喜多家代々の家紋である「剣片喰《けんかたばみ》」が彫り込まれている。

日根野鍜《ひねのしころ》や魚鱗札胴《ぎょりんざねどう》は、鉄板でみっしりと編み込まれており、並の穂先の力で突き通すことは容易でないだろう。相当に手間暇と金のかかった逸品だということが、一目で見て取れる。

驚いている八郎に、善定は言った。

「この福岡は兜や甲冑の産地でもありまするが、その中でもこれほどの出来のものは、まず滅多にございますすまい」

ややあって、再び源六が姿を見せた。後ろにもう一人いる。その二人が、太刀や脇差、槍を持って入って来た。

「ささ。次に、これら槍刀の中身をご覧あれ」

その善定の勧めに従い、まずは穂先の被《かぶ》せを取った。槍身《やりみ》を仔細に見る。さらに太刀、脇差の刀身を改める。いずれの地金にも、華やかな刃文《はもん》が大乱れに乱れてはっきりと浮き立っている。その輪郭が大輪の花弁のように見えないこともない。「牡丹《ぼたん》映り」というやつだ。

刀剣に疎い八郎でも、この独特の刃文や地金の映り具合の特徴は、噂に聞いたことがある。おそらくは兼光《かねみつ》……けれど、これら刀身の尋常ならざる照り映えには、さらにまさかと思った。

案の定、淡々と善定は言ってのけた。

「太刀、短刀、穂先とも、延文《えんぶん》兼光でござる」

八郎は束の間、呆然とした。

備前は長船の、しかも二代目兼光である左衛門尉《さえもんのじょう》の作ともなれば、将軍家や管領家などの足利一門の嫡流が持つような日ノ本随一の名刀だ。主筋の浦上氏はおろか、その上の赤松氏でもかろうじて持っているかどうかというほどの大業物《おおわざもの》である。それを――おそらくは相当な財貨をつぎ込んで――三振りも八郎に進呈してきた。

善定は八郎を見たまま少し微笑んだ。

「八郎殿の前途を願って、せめてもの餞《はなむけ》でござる」

内儀も呼応するように口を開いた。

「八郎殿、お励みなさりませ」

その晩、八郎は寝所で鈴虫の音色を聞きながら、つくづく思った。

このおれの生は、一見自分のもののようであって、自分のものではない……。

人の運命の半ばは、生まれ落ちた時に既に決まっている。

後の半ばは、それを受け入れてどこまで定められた道を進んでいけるか、あるいは反対に、そもそもの星の下を拒否して、新たな道を切り拓いて生きていくか……大きく分けてその二つしかないのだろう。

そして自分は今、生まれ落ちた星の下で、少なくとも一年から三年は生きていこうとしている。ここまで周囲の人の厚意に包まれて育っている以上、今さら定められた生き方は、急には変えられない。

翌日の早朝、八郎は母と妹が待つ備前東部の三石城に向けて旅立った。

第三章　ごうむね城主

1

八郎が浦上家の三石城に出仕してから三月《みつき》が過ぎた。

なるほど紗代が言っていた通り、大名の山城《やまじろ》などというものは、おそろしく草深い田舎に存在するものだと感じた。城の周囲を見渡しても、まとまった人家の集落などはほとんどない。山また山と、その合間に田畑が点在する景色がどこまでも続いているだけだ。

そして八郎を取り巻く人間関係も、浦上家中の者だけにごくごく限られていた。福岡や西大寺とは、まるで別世界の感がある。


浦上家の現当主である政宗と、その右腕となって動いている宗景に初めてお目見えした日のことは、今でも鮮明に覚えている。

拝謁《はいえつ》する前夜のことだ。

このまだ見ぬ浦上家の当主が――当時はたとえ幼少で、叔父の浦上国秀や島村豊後守盛実に唆《そその》かされたのだとしても――宇喜多家を滅ぼしたのかと思うと、静まり返った闇の中で実に様々な思いが交錯し、夜明け近くまでなかなか寝付けなかった。

が、三石城の奥の間で拝謁した浦上政宗は、まだ二十歳をいくらも過ぎぬ若者だった。その脇に座っていた弟の宗景に至っては、元服を済ませてから数年で、八郎とは多くても三つほどの違いでしかない。実際に目の当たりにした彼ら二人の存外な若さに、八郎はやや拍子抜けがした。

けれど、よく考えてみれば当然だった。宇喜多家が九年前に滅びた時、八郎は六歳で、この兄弟もまだ十歳前後だったのだ。勝手に巨大な主君像を膨らませていた自分が、やや滑稽《こっけい》になる。

「よう参った。そちが、宇喜多の八郎であるか」

政宗は、声を弾ませるように言った。好意的な視線は弟の宗景も同様で、とても宇喜多家を滅ぼす命を下したような印象は受けない。

ただ、その弟と反対側に座っている叔父の浦上国秀だけは唯一、やや複雑そうな面持ちをして八郎を見ていた。そして八郎が謁見している間も、終始無言だった。

この男だ、と八郎は見当をつけた。

やはりこの男が、先君の仇と唆《そそのか》し、祖父である能家と宇喜多家を滅ぼした張本《ちょうほん》なのだ。

現に、母もそう断じていた。

「御屋形様の叔父殿が島村豊後守と結託して、我が宇喜多家を滅ぼしたのです。御屋形様は、あの二人の傀儡《かいらい》に過ぎませぬ」

確かにそれはそうだろう。当時まだ十歳と少しでしかなかった政宗が、宇喜多家討伐の下知《げじ》を自分の考えで出したとは考えにくい。

しかし、相変わらず確証はなかった。あくまでも濃厚な可能性としてあるだけだ。

謁見の最後に政宗は言った。

「八郎よ、励め。戦場にて功名をあげよ。さすれば、恩賞は思いのままに取らすぞ」

そう、曖昧《あいまい》ながらも法外な先約束の言葉まで口にした。

ともかくもその初出仕を終えて、城山《しろやま》（天王山《てんのうやま》）の麓《ふもと》にある貧相な家屋に戻る途中、両腋《わき》にびっしょりと汗をかいていることに気づいた。嗅いでみると少し匂った。自分は相当に緊張していたのだと、改めて感じた。

この一年ほどで、母は白髪もさらに増え、以前より一層老け込んで見えた。常に体の具合がどこか悪そうでもあった。

「いかがでしたか。首尾良く終わりましたか」

と、初めての拝謁を終えた八郎に、その場の様子を聞いてきた。

八郎は感じたままを伝えた。

「悪い雰囲気ではございませんでした。御屋形様御兄弟はお優しげなご様子にて、あの叔父殿もそれがしに対して、特にこれといった不穏な言動はありませんでした」

そして、政宗の激励の言葉を伝えた。

母は、その答えに満足した。

三石城に常時詰めている浦上家直属の郎党は、せいぜい二百人程度だ。天王山の麓に住んでいる家族を合わせても、千人程度でしかない。

彼ら家臣とは、八郎が住み着いてから一月、二月と経っても、互いに会えば慇懃《いんぎん》に挨拶だけはするものの、世間話をするまでの仲には至らない。彼らも浦上家と宇喜多家の過去の経緯に気を遣い、立ち入った話は遠慮しているのだろう。

むろん、八郎の側にも対人関係における欠点はある。

これまで八郎は、何人かの例外を除いて、親しい人間関係を築いたことがない。生まれて十五年間、同じ年頃の友達もほぼ皆無な、孤独な時を生きてきた。相手とよほど懇意にならない限りは、胸襟を開いて人と語り合うという経験がないために、挨拶をする程度の知人には、どう話しかけて相手の心を解きほぐし、仲良くなればいいのか、皆目見当もつかない。

自然、浦上家の家中ではいつまで経っても親しい話し相手は出来なかった。

結果、持て余した時間のほぼすべてを、大楽院に居た頃と同じく槍の稽古に費やした。むしろその頃より長く激しい稽古を、徹底して自分に課した。

理由があった。

そうやって日中に精根尽き果てるまで体を追い込み、ひどく疲労して夕暮れを迎えないと、いざ夜になった時に、自らの心身を持て余すのだ。

むろん疲れ果ててはいても、必ず紗代のことを思い出すのだが、それでも疲労が勝ち、そのうちにごく自然な眠りに落ちる。

反対に、あまり疲れていないと紗代のことを始終思い続け、一人で未明まで延々と煩悶《はんもん》することがしばしばあった。このような田舎暮らしの退屈な日々など打ち捨てて、今すぐにでも西大寺へ戻ろうかという激しい衝動に駆られることもあった。

紗代との夜の営みを思い出しながら、自慰行為もした。

他方、年頃になった家中の娘からは、しばしば熱い眼差しを向けられることがあった。

が、そこは武家の、しかも田舎育ちのおぼこ娘ゆえ、自ら進んで八郎に話しかけてくるということはない。

それでも自分の容貌というものについて、多少の得るところはあった。

かつて隠岐が自分に対して口走った、

「つくづく美童であられまするなあ」

「良い男」

という言葉を思い出す。そう言われた時は、まだ経験の浅い自分を勇気づけるための世辞ではないかとも感じたし、あるいは隠岐が自分に好意を抱いたからに過ぎぬと解釈していた。

が、この現状を見るにつけ、どうやら自分はそれなりの見目の男に生まれついたらしいことを、遅まきながらようやく自覚し始めていた。

妹の梢は、この三石城下で暮らし始めてから既に一年と半年近くが経《た》っていた。さらには八郎に比べてはるかに朗らかで口達者なこともあり、親しくしている同年代の娘が何人かはいるらしく、家中の話には詳しかった。そもそもこの草深い田舎暮らしでは、他人の噂話くらいしか日々の娯楽がない。

現に、この梢も頰を上気させてこう語った。

「兄様《あにさま》、兄様は家中の娘たちの間では、たいそうな美男じゃと持ちきりの評判でございますよ」

「そうなのか」

と、八郎が気のない返事をすると、

「私も我がことのように鼻が高く、胸がすっとします」

と、溜飲を下げたように鼻息荒く言ってのけた。

八郎は無言で笑った。

その意味は分かる。

自分は福岡でも西大寺でも、当てもなく町中をうろつくその様子を、常に胡乱《うろん》な目で市井の者から見られてきた。うつけ者ではあるまいかと陰口を叩《たた》かれていたことも、なんとなく知っている。

むろんこの三石城の家中でも、自分の前評判は、それら町人以上に散々なものだっただろう。なにせ、戦いもせずに砥石城を逃げ出したあの父親の息子なのだ。そして八郎も、母親の情けに縋《すが》ってようやく浦上家に出仕を許されたという経緯から想像すれば、たいがいに腑抜けた中大人《ちゅうおとな》だと思われていたことは容易に想像がつく。

その評判が、まずは年頃の娘たちの間から変わり始めた。

「兄様の体は、まるで仁王のように逞《たくま》しげであると、みな噂《うわさ》しております」

たしかに八郎は、ここにやって来た八月から九月の下旬頃までは、城下の川べりで褌《ふんどし》一枚の姿になってさかんに槍稽古を行っていた。その格好でなければ、止めどもなく噴き出る汗に、すぐに小素襖《こすおう》が汗だくになって肌に吸い付き、四肢の動きもままならなくなる。それでも暑くてたまらなくなると、川で水浴びをして火照《ほて》り切った体を冷やす。

八郎を見遣《みや》る家中の娘たちの視線は、さらに熱を帯びたものになった。

当然、そんな八郎の姿を、浦上家に仕える郎党たちもしばしば目にしていた。

「家中の大人たちも、あの宇喜多家の遺児は女子《おなご》には脇目もくれず武者稽古に励んでいると、密《ひそ》かに感心しておられるようでありまするげな」

これには、八郎も笑った。

いくら育ちが良いとはいえ、まだ子供に毛が生えた程度の世間知らずな娘たちには、八郎はまるきり興味が湧かなかった。しかもその見目も、市井《しせい》で多くの垢《あか》抜けた女を見て育った八郎からすれば、まったく野暮《やぼ》ったい。

最も興醒めだったのは、紗代には感じられた、あの心地良い諦観とも取れる、自らをある程度突き放して見ているような物静かな怜悧《れいり》さが、娘たちの雰囲気や佇《たたず》まいには欠片《かけら》も感じられないことだ。

八郎は、さらに手前勝手な想像を膨らませる。

そんな女と肌を交えたところで、どうせ気持ち良くないに決まっている。犬猫や牛馬の行為と同様、単なる「射精」に過ぎない。そして、おそらくは一度の行為だけで、相手はすぐに女房然として振る舞い、結果、武家の習いとして永遠の契りを持つことになる。そう想像してみただけで、どうにも面倒くさく、かつ、やりきれなかった。

それなら、有り余る性欲に悶々とする晩は、紗代のことを思い出して自慰行為にでも耽《ふけ》っていたほうがよっぽどましだった。

それに、と感じる。

自分には、この山城で悠長に構えている余裕などない。

当初から、三年以内に思うような武功を立てることが出来なかったら侍稼業などさっさと辞めるつもりではいたが、紗代と出会うことによって、その目算をさらに一年以内へと繰り上げた。

早く、早く一人前になって、あの女を迎えに行く。

いや……違う。

相手は、おれが再びやって来ることなどそもそも期待していない。おれ自身が、今すぐにでも会いに行きたいだけだ。

だから、いざ実戦になった時には戦場の様子窺《うかが》いなどせず、初っ端から兜首《かぶとくび》を狙いに行くつもりだった。おそらくは歴戦の古強者《ふるつわもの》と命を懸け物にして矛先《ほこさき》を交えることになる。一か八かの大博打《ばくち》だ。

加えて、柿谷も言っていた。

「反射だ。おぬしには、幼年期から培うべきだったそのごく自然な反射が、身に付いておらぬ」

あの言葉には今思い出しても、心の奥底にひりひりとした痛みを感じる。

が、それは仕方のないことだ。人間、持って生まれた以上の才幹を発揮できることはない。槍刀《そうとう》の才の足りない部分は、必死に努力して補うしかない。日々研鑽《けんさん》を重ねても、やり過ぎるということはない——。


ともかくも、八郎に対する家中の見る目は、徐々に変わり始めた。直接話しかけてくることは相変わらずないにしても、家中ですれ違う時に挨拶してくるその態度が、月日を追うごとに丁重になっていった。

八郎もまた、天王山山頂にある三石城に出仕した時には、主君の兄弟や家中の雰囲気をことごとく仔細《しさい》に観察し続けている。

浦上家の本拠は、播磨最西部にある室津の室山城だ。次の拠点として、この備前東部の三石城がある。当主の政宗は室津を主としながらもこの二城を定期的に行き来している。三石城に常駐しているのは、ここの城主に納まっている弟の宗景だ。

この点、浦上氏の兄弟は、共に座せば当主と次席連枝《れんし》という上下はあるものの、播磨では兄の政宗が自分の郎党と地場の被官を従え、備前では弟の宗景が郎党と地場の被官を従えるという棲み分けが、ごく自然に出来ていた。だから成り行きとして、八郎は当主の政宗付きではなく、この弟に扶持《ふち》で扶養されている郎党になった。

浦上兄弟は幼い頃に父親を亡くし、さらにほんの一年と半年前までは、尼子《あまご》軍の播磨侵攻により堺まで流浪していた。それなりの家運の変転や、世間というものの油断のなさも味わってきている。

加えて、周辺国での現状も予断を許さない。

美作《みまさか》や播磨北部の山岳地帯には、今も尼子軍が依然として兵力を残している。

ここ数年、尼子氏は、中国地方西部・安芸や石見での大内氏やその旗下の毛利氏との戦いに苦戦しており、一時期よりその駐留軍の兵数は減っているが、依然として侮れない脅威である。そのせいもあり、彼ら兄弟は、少なくとも今は浦上家の主君である赤松氏と協調路線を歩んでいる。しかし、過去には様々な軋轢《あつれき》により、君臣の間で何度も覇権争いをしてきた経緯がある。共同で当たる敵がいなくなれば、その関係はどうなるかは、はなはだ心もとない。

さらに備前の西部では、松田氏という古くからの名族が浦上氏に対抗している。

隣国の備中では、三村《みむら》氏がその一国をほぼ手中に収めつつある。この三村氏も備中統一後は、いつ備前や美作との国境から侵攻してくるか知れたものではない。

つまり浦上家の兄弟は、たとえ今どこかと戦をしていなくとも、自家保全のため、常に緩慢な緊張状態を強いられている。

少なくとも現状を見ればそうだ。

けれど、八郎がこの三月《みつき》の間で密かに観察するところ、この兄弟には古くから続く守護代の武門を辛うじて維持できるだけの器量はあっても、それ以上に自家を大きくしていく才幹となると、どうやら怪しそうであった。

二人とも八郎とはあまり歳が開いていないから、ほぼ同年代の若者の感覚として、その心情の動き方をより実感として推し量れる場合が多い。

確かに一見、この兄弟は片時も気を許せない内憂外患の中で、自家存続のために絶えずせわしなく働き、その席を温める暇もなく活動しているような印象を受ける。

が、その行動の元となる確たる見通しや思考の深みという部分では、年下の八郎が見ていても甚だ心許《こころもと》ない。重大な決断をする前には、一度冷静になって立ち止まり、手間暇をかけて熟慮を重ねるという怜悧さが、あまり見受けられない。

例えばついこの前の十月に、美作の南部で、ある土豪に不穏な動きがあるという報告が入った。北部に駐留する尼子軍に、内通したというのだ。

するとこの兄弟は、現地に密かに人を遣わすなどして実際の真偽を見極めることもせず、その報告を鵜呑みにした。

「我ら浦上や赤松への恩顧を忘れ、尼子に寝返るとは、言語道断のやり様である」

と、兄の政宗がすぐに怒気を発すれば、弟の宗景も、

「それがしも、あやつには以前から信用の出来ぬものを感じておりました」

と断じた。

直後には、周辺の被官に討伐を命じようとまでした。

その時は周囲の家臣や叔父の浦上国秀に諫《いさ》められ、なんとか事なきを得たものの、ひょっとしたら

我が宇喜多家もそのような早計な判断によって滅ぼされたのかと思うと、八郎は心底やり切れなかった。

政宗も宗景も、悪い人間ではない。悪い人間ではないが、まったくもって短慮で、軽率極まりない。ようは、それなりの苦労は味わってきてはいるものの、所詮《しょせん》は貴種の生い立ちなのだ。過去の苦難の時も、常に家臣たちに傅《かしず》かれてあれこれと世話をされ、目の前に迫る問題を解決するにあたっても、常に先回りをしてその差配を提示してくれる連枝衆や郎党がいる。結果として一人で熟慮を重ねる習性が身に付かず、その物事の見方や性根までが、見事なまでに浅く甘く出来上がってしまっている。

そういう意味では、善定を始めとする福岡の豪商のほうが、稼業や自家の存続に関する世間知の感覚ははるかに鋭く、かつ思慮にも奥行きがあると感じたりもした。

当然、そのような盟主に付き従っている地場の土豪たちは、常に不安の中に居る。いつ何時、自分があらぬ疑いをかけられて討伐されはしまいかと気が気ではない。だから、時には他の大なる勢力に鞍替えしようかという気持ちにもなる。その土豪たちの揺れ動く心が、この兄弟からさらに疑心暗鬼を買う始末になるという負の循環に陥っている。

そういうあらぬ疑いをかけられぬためと、浦上家中の様子を探るために、備前の気の利いた有力被官たちは、この城にたまに顔を見せにやって来る。島村盛実や角田佐家《かどたさいえ》、中山信正《なかやまのぶまさ》、大田原長時《おおたわらながとき》、延原太郎左衛門《のぶはらたろうざえもん》などだ。

このうちの角田と、九年前に砥石城を陥落させた島村の二人は、浦上国秀とともに浦上家の三奉行を務めているせいもあり、最も足繁く三石城に出仕していた。

八郎がこの城に出仕して間もなくの頃、島村豊後守盛実と初めて正式に対面した。

主君である宗景にこう言われて、引き合わされたのだ。

「過去には双方にとって不幸なことはあったが、今では共にわしの家臣である。これよりは遺恨を水に流すよう」

が、普段は人見知りの八郎も、この時ばかりは自分でも意外なほどに落ち着いていた。

この一族の仇者《あだもの》のことは、西大寺でその姿や身振り、話し方などを、遠目からではあるが何度もじっくりと観察してきた。

その結果、どういう気性か、目下の者に対してどのような態度を取る人物かについては、おおよその見当が付いている。むしろこちらが、自分に会った時の相手の反応を見てみたいという好奇心で対面の場に臨んだ。

「はじめてお目にかかります。宇喜多家の、八郎でございまする」

そう、敢えて宇喜多家の、という言葉をごく控えめに強調した。

「お初にお目にかかる。拙者、島村豊後守と申す者でござる」

ふむ、と八郎は感じた。多少の傲岸《ごうがん》さはあるものの、その言い方に不自然な点はない。やはり相手は、自分とは初見だと見做《みな》している。そしてその態度にも、敵意のようなものは滲んでいない。八郎にはさらに気持ちの余裕が生まれた。

さらに相手の反応を見てみたく、尋常に言葉を続けた。

「まだ御家に仕えたばかりのそれがしでございまする。今後のお引き回しのほど、よろしくお願い致します」

「こちらこそ――」島村は応じた。そして束の間躊躇ったのち、こう言った。「先ほど殿が申された通り、過去に宇喜多家とは不都合な経緯《いきさつ》があり申した。拙者としても、以前より悔悟の念を抱いておる次第でござった」

なるほど、と八郎は再び内心で思う。

我が宇喜多家に対して悪いことをしたという気持ちは、多少はあるようだ。少なくとも口先ではそう言っている。

が、今となればもう遠い昔のことだ。我が家のことながら、権謀術数の渦巻く武士の世界では、油断してやられてしまったほうが悪いとも、この歳になれば思わないこともない。それでも、宇喜多家のかつての所領を取り返すとなれば、結局は我が手でこの男の首を掻き取るしかない――。

そのようなことを、夜半の湖面のような冷静さで考えていた。

ともかくも、そのような次第で初対面はすぐに終わった。正直、八郎には尋常な挨拶以外に何を話せばいいのか皆目見当もつかなかったし、相手も相手で、明らかに会話の接ぎ穂に困っていたようだ。その後しばらく経って、浮田大和守にも引き合わされた。

この対面は、ある意味で島村との時より、居心地が悪かった。なにせ相手は、死んだ祖父の腹違いの弟なのだ。相手もその初っ端からよほど身の置き所に困っているのか、終始落ち着かない様子だった。

八郎は、既に知っていた。

宇喜多家の討伐は、当時は十歳ほどだった浦上政宗の後見役である国秀が、その実質的な策謀の差配者であり、砥石城を攻め滅ぼしたのは、島村盛実の単独軍事行動である。この気弱な大叔父は――

宇喜多家系列の血が絶えるのを惜しまれて――その落城後に、砥石城と宇喜多家の所領の三分の一ほどを浦上から貰《もら》ったに過ぎない。

だから、この相手を憎む気にもなれない。さらに言えば、憎むに足るほどの相手でもなさそうだとも感じた。

ともかくも、島村もこの大叔父のことも、まだずっと先に考えればいいことだ。今はまだ、自分の足場を固めることを一途に考えるしかない……。

2

十一月も半ばになった頃、その時が訪れた。

赤松家と浦上家は、美作に残っている尼子駐留軍の掃討戦に乗り出すことを決定した。

美作では既に雪が降り始めている。さらに山岳部の伯耆、因幡との国境地帯では、すでに根雪になり始めていることだろう。この時期に戦いを挑めば、山陰に本拠を持つ尼子の本軍は、大量の増援部隊を派遣することが難しくなる。そこを見越しての陣触《じんぶ》れだろう。十日後には、軍を発するという。

八郎はその初陣を前に、少しずつ不安になってきた。

おれには時間がない。紗代との約束もある。

出来ればこの初戦にて兜首を取り、華々しい武功をあげたい。が、戦場に出るのは初めてのことだ。実際の現場では異常な気負いと興奮と恐怖に、右も左も分からなくなるかもしれない。それ以前に、つまらぬ相手と矛を交えることになって命を落とすこともあり得る。

それに、いくら槍術の稽古を必死に重ねたとはいえ、おれはそもそもの反射が良くないし、槍刀の技術と戦場での槍働きの出来はおのずと別なものだという話も、この家中に来てから再びちらほらと耳にしたことがある。

やはり、不安は募っていく……。

しばらく一人で思案していたが、家中にはそこまで親しく相談を持ち掛ける相手は、八郎には相変わらず出来ていない。

やはりここはひとつ、柿谷にその合戦前の気構えを改めて仰ごうと決心した。

早速、翌朝から馬を走らせ、福岡へと向かった。

夕刻前には、一面に広がる田畑の向こうに、福岡の町の広がりが見えてきた。

自分でも意外だったのが、その福岡の町の外れにある妙見堂を過ぎた時、この町で過ごした六年間の記憶が、甘酸っぱい懐かしさを伴って不意に胸に迫ってきたことだ。ほとんど良い思い出もない町なのに、何故だろうと我ながら不思議に感じた。

備前屋に着くと、主人の善定は不在であったが、柿谷たち三人の用心棒は、相変わらず帳場の隣の部屋でごろごろと暇を持て余していた。

「おう、八郎。久しぶりじゃのう」

柿谷が笑った。

「草深いど田舎暮らしで、いよいよ町女が恋しゅうなって戻って来たか」

少し可笑《おか》しくなる。確かに紗代は恋しい。が、今はそれどころではない。自分は、そこまでは呆けていないつもりだ。

八郎は、かつては戦場の強者たちであった三人の中年男の前で口を開いた。

「実は、御指南を仰ぎたき儀がございまする」

「なんじゃ」

「これより九日後、私は赤松、浦上の連合軍と共に、美作の戦場へと参りまする」

「お。いよいよか」

はい、と八郎はうなずいた。「さればこそ、戦場での動き方、目配りの仕方などを拝聴したく参上致しました」

柿谷は、やや戸惑ったように他の二人と顔を見合わせた。そして言った。

「とは申しても、戦場は生き物にて、こればかりは実際の現場に出ぬと何とも言えぬことが多いからのう……」

すると他の二人——百瀬《ももせ》と黒川《くろかわ》も同意するようにうなずいた。

八郎はさらに訴えた。

「では、せめて戦場に赴いた時の心構えだけでも、この八郎めに叩き込んではもらえませぬか」

この問いかけには、三人のそれぞれが即座に答えてくれた。

まず柿谷が言った。

「兜首を取ろうとするからには、常にその相手と刺し違える覚悟で参れ。肝心な場面で命惜しみをするな。そこまで性根を据えぬと、華々しい武功などはとうていあげられぬものぞ」

さらに続けた。

「無用の情けは捨てよ。息の根を止める際の躊躇《ためら》いもなしじゃ。相手は余力さえあれば、その刹那《せつな》を狙ってすかさず反撃に出る。あべこべに殺される。常に、心を無残《むざん》に保て」

「はい」

その様子を想像し、つい上ずった声で八郎は応じた。

次に百瀬が口を開いた。

「とはいえ、御曹司よ、張る命は一つしかない。心は猛《たけ》っていても構わぬ。じゃが、ここだけは――」と自分の頭を指し示した。「決して頭逆上《ずのぼ》せを起こすな。水の如く平静を保て。常に、周囲の動きに気を配れ」

「かしこまりました」

さらに黒川も諭すように言った。

「かりに合戦が二刻続いたとしても、肝要なる局面は、そのうちのほんの一時《いっとき》である。その場面が来るまでは、なるべく楽に構えよ。槍働きの前から身が固まり、疲れてしまう。いざ切所《せっしょ》という時のために、四肢の力を温存せよ」

他にも色々と合戦中の気構えを教えてくれた。

しばらくしてそれらの助言がほぼ出尽くした時、ふと思い出したように柿谷が聞いてきた。

「そう言えば八郎よ、ぬしの郎党はいかほどじゃ」

一瞬、言葉に詰まった。だが、情けないとは思いつつも正直に答えた。

「いまだ捨扶持《すてぶち》同然に養われている分際にて、郎党はおりませぬ。それがし一人のみでございまする」

この答えには三人も思わず言葉を無くしたようで、再び互いに顔を見合わせた。直後だった。

からりと引き戸が開き、店に戻ってきた善定が笑顔をのぞかせた。

「八郎殿、お久しゅうござります。また、随分と逞しくなられましたな」

「いえ、そのようなことは……善定殿こそ相変わらず息災のご様子で、なによりでございまする」

武士も商人も関係ない。善定は、八郎がこの世で一番に尊敬する人物だ。

むろん、主君である宗景や政宗や、浦上家中の者も含めてのことだ。だからこそ、八郎はもうすぐ十六になろうとしているのに、今でも善定のような生き方に憧れている。それしか大人としての理想形を知らなかった。故に、商人になる夢もどこかで諦めきれずにいる。

自然、そう丁重に挨拶をして、今日ここに来た訳を掻《か》い摘《つま》んで話した。

いつの間にか、既に日はとっぷりと暮れていた。

ふむ、と善定はつぶやいた。

「今日は泊まっていかれよ。柿谷殿を始めとしたお三方とは、まだ色々と話もございましょう」

誘われるままに、その夜は備前屋で宴《うたげ》となった。善定は、柿谷たち用心棒三人と八郎を酒肴《しゅこう》でもてなした。

とは言っても、まだ八郎は酒が飲めない。大人の杯に交じって膳を摘みつつ、戦場での四方山《よもやま》話に真剣に耳を傾けていた。そして思った。

なるほど、確かにこの乱世での武士の渡世とは、血に塗《まみ》れた修羅道そのものだ……。

宴席の最後で、柿谷が念を押すように話をまとめた。

「とは申せ、八郎よ、所詮は単なる殺し合いじゃ。勝った者が武功をあげ、負けたほうは死ぬる。それだけに過ぎぬ。難しく考えることはない」

そう言って散会になった。昔住んでいた離れに泊まるために廊下を戻り始めた時、八郎の背後で柿谷の声がした。

「善定殿、ちと相談したきことがござる――」

なんだろう、とは思いつつも、その晩は馬の遠乗りで疲れていたこともあり、すぐに泥のように眠りに落ちた。


翌朝、善定とともに朝餉《あさげ》を済ませ、再び離れに戻って出立の用意を済ませ終わった頃に、異母弟である七郎と六郎、そして乳母の戸川が姿を見せた。

「八郎様、大変お久しゅうござりまする」

そう三つ指を突き、戸川は丁重に挨拶をしてきた。

七郎は既に七歳、六郎は六歳になっている。そして八郎の見るところ、兄である七郎のほうがより活発であった。

「兄様、私も早く兄様のように、武士になりとうございまする」

そんなことを言い、八郎にしきりに甘えてくる。

ふと思い出す。おれが、この異母弟の産みの親である梱に、どういう目に遭わされてきたのかを……。

けれど、当時まだ物心もつかぬほどに幼かった彼らには、何の咎《とが》もない。

「分かった。わしがもし城持ちにでもなったら、そなたらを呼んでやる」

そう言って、七郎と六郎の頭を交互に撫《な》でた。

たったそれだけのことで、異母弟たちはひどく喜んだ。

むろん、この弟たちの八郎への気持ちは、乳母の戸川が日頃から教え諭してきた結果だ。宇喜多家の元郎党の妻であった戸川にとって、この二人は櫃が産んだ子供であるという事実はどうでもよく、あくまでも宇喜多家の血を引いた連枝であった。

そのような意味で戸川に密かに感謝していると、不意に備前屋の表から、複数の馬のいななきが聞こえてきた。塀の向こうの通りから、人のざわつく気配も感じる。

なんだろうと思い、渡り廊下を通って母屋へと入り、帳場から外に出てみた。

八郎の持ち馬の他に、二頭の馬がいた。その横に、塗りの剝げかかった古具足に身を固めた二人の男が立っている。柿谷と百瀬だ。

呆気《あっけ》に取られている八郎に、槍を片手に持った柿谷が笑いかけた。

「八郎よ、兜首を取るには、ちと戦力が乏しかろう。乗りかかった船でもある。わしらが、ぬしの宇喜多家に陣借りしてやる」

百瀬もやや苦笑して、その後を引き継ぐ。

「恩賞は、催促なしの後払いで構わぬぞ」

思わず八郎は、軒下にいた善定を振り返る。

「年長者のご厚意は、ありがたくお受けするものですぞ」

善定もそう言って微笑んだ。それでもまだこの事態が信じられず、善定の横にいた黒川を見遣った。

「近頃は、夜盗もあまり出ぬ。ま、一月《ひとつき》や二月《ふたつき》は、わし一人でもなんとか留守は務まろう」

そう、懐手をした黒川は淡々と言った。

……う。

いけない、いけないとは思いつつも、気づけば涙がぽろぽろと零《こぼ》れ落ちていた。

柿谷が通りの野次馬たちを見渡し、そんな八郎を持て余すように声を上げた。

「なんじゃ、八郎――」

「皆も見ておるではないか。侍が、人目も憚《はばか》らず泣くものではない」

それでも八郎の涙はなかなか止まらなかった。

そして改めて思った。おれは、不遇な生い立ちながらも、常に誰かに助けられている。周囲の大人たちにいつも情けをかけられてここまで生きてこられた。

そう感じた直後、ようやく本当に腹を括《くく》った。

運を拾うためには、拾うだけの覚悟がいる。心ならずも捨てる夢もある。

おれは武士として生きるべく、今度こそ性根を据える。善定や柿谷、母や紗代でさえもが、そもそも望んでいたことだ……それらの恩義に報いるためにも、商人になるなどという甘い夢は、少なくともこれからの一年はもう二度と見ない。是が非でも、この一戦で武功を立ててやる。

出来るか出来ないかではない。やるのだ――。

美作へ向けての浦上・赤松連合軍の行軍が始まった。

三石城から金剛川《こんごうがわ》の流れに沿っていったんは西進し、和気《わけ》の集落からは、吉井川沿いに北へと進んでいく。右手に天神山《てんじんやま》を過ぎた辺りから、次第に山岳部へと入っていく。

吐く息が白い。

時おり雪が舞い散る川沿いの平地を、延々と行軍していく。

三石城を発してから二日後には、備前から美作へと国境《くにざかい》を越えた。さらに雪が降りしきるようになる。八郎の左右に従う柿谷と百瀬の両肩にも、次第に白いものが積もるようになってくる。

若い武士の中には、この二人のみすぼらしい甲冑姿に憫笑《びんしょう》を向ける者もいた。

一方、いかにも老練そうな兵たちは、両名の手慣れた馬の打たせ方や軽々とした槍の持ち方を見ただけでも、それ相応の場数を踏んだ腕の持ち主だと分かるらしい。折に触れ、さりげなく慇懃に遇してくれた。

見る者が見れば、分かるのだ。そのことが、八郎には我がことのように誇らしかった。それ以上に、八郎自身が勇気づけられた。

最初の戦闘は、吉野川との分岐から三里ほど北に入った吉井川沿いの平地で起きた。八郎たち三人は、先陣より一町ほど後方にいた。

が、敵は少数であり、形ばかりの抗戦を試みたが、すぐに北方へと急いで退却を始めた。

八郎は何もできなかった。竹鞭を鳴らして悔しがったが、こう柿谷に諭された。

「まだ口開《くちあ》けに過ぎぬ。今から気持ちを逸《はや》らせるものではない」

翌日、辺り一面が真っ白に染まった津山《つやま》の平野へと入った。

ここで、尼子駐留軍の本隊は待ち構えていた。

たちまち敵味方の間で法螺貝《ほらがい》の音が響き渡り、鬨《とき》の声も上がり、両軍は激突した。

つい焦って最前線へ飛び出ようとした八郎を、百瀬が押し留《とど》める。

「御曹司、そう急くな。落ち着け」

そして柿谷と百瀬の二人は、八郎を先導しつつ、味方の兵の蠢《うごめ》きに身を任せながらも、軍中をゆっくりと斜めに横切っていく。

やがて、両軍が激突している最前線からやや下がる、右の端へと出た。

なるほど、と八郎は少し落ち着きを取り戻す。こうして脇から見れば、敵味方が前線でどのような情勢で戦っているのかが、手に取るように見渡せる。

時おり突っかかってくる雑兵《ぞうひょう》を適当にいなしつつも、八郎の前に立つ二人は、しばしその戦況を見遣っていた。

百瀬が、のんびりと口を開いた。

「柿谷殿、あの敵中には、柿谷殿のかつての朋輩《ほうばい》もおられるのであろうの」

すると相手は、乾いた笑い声を上げた。

「が、どういう巡り合わせか、今は敵じゃ」

ややあって、数で勝る味方が徐々に尼子軍を押し始めた。敵の陣形が微妙に崩れつつある。

「ふむ――」

柿谷はそう呟《つぶや》いて、八郎を振り返った。

「八郎よ、あの鹿角《しかつの》の兜首を狙うか。格好の場所におる。周囲の兵どもも浮き立ち始めておる」

そう指し示した腕の先に、鹿角の前立てが黄金色に光っている大兵《だいひょう》がいた。いかにも先手の組を任されている部将らしく、槍を後方に振りかざし、崩れかけた自陣をまとめ上げようとしている。

「今あやつを討てば、敵の半ばは一気に崩れる。勝機を決定づけることにもなる」

「はい」

「行くか」

心の臓が喉元から飛び出そうになる恐怖を辛うじて抑え込みながら、もう一度反応した。

「はい」

直後、柿谷と百瀬が馬に鞭を入れた。遅れじと、八郎も必死で追いすがる。三人は一塊《ひとかたまり》になって両軍の激突する最前線へと飛び込んでいく。

駆けながら百瀬が言う。

「御曹司、鹿角へとまっすぐ突き進め。邪魔する兵は、わしらがあしらう」

「はいっ」

変に裏返った大声が、腹の底から出る。しかも馬鹿の一つ覚えのように、「はい」しか言えない。

逆側の柿谷が苦笑する。

「怖いか」

「怖《こお》う、ございますっ」

情けないことに、また声が大きく裏返る。

「なら、なんぞ音曲《おんぎょく》でも唄え。唄いながら突っ込んでいけ」

音曲？　唄？

そう言われても、何の見当もつかない。何も思い浮かばない。挙句、以前に何度も読み返して諳《そら》んじていた本の冒頭を口にした。

祇園精舎の鐘の声　諸行無常の響きあり――

すると柿谷がさらに笑う。

「なんじゃ。よりにもよって平家物語か」

けれど、八郎はさらに吟じる。

娑羅双樹《しゃらそうじゅ》の花の色　盛者必衰《じょうしゃひっすい》の理《ことわり》をあらわす――

鹿角の大将は、すぐそこまで迫っている。三人の突進を阻もうと、左右から無数の槍が突き出されてくる。八郎の両側を固める柿谷と百瀬は、それらの穂先を順次弾き飛ばしていく。

驕《おご》れる人も久しからず――

一瞬、鹿角の大将までの十間（約十八メートル）ほどが、がら空きになった。

ただ春の夜の夢のごとし――

「行けっ」

柿谷の怒声が背後から聞こえた。

「いつもの槍の反復じゃ。やれっ」

まっしぐらに鹿角の大将を目掛けて駆けながら、槍を大きく振りかぶった。

猛き者も遂には滅びぬ――

そう心中で唱えた直後、八郎のがら空きになった胴を目掛け、鹿角が槍を繰り出してきた。あっと思ったが、もう遅い。不意に柿谷の言葉を思い出す。

常に、相手と刺し違える覚悟で参れ。

恐怖を押し殺し、八郎はさらに前のめりの姿勢になって突き進んだ。死地へと踏み込む。穂先との距離が一気に縮まる。

結果として、それが良かった。

まだ牽制《けんせい》の域を出ぬ相手の穂先は、再度の力を籠《こ》めてさらに突き出す寸前で、八郎の魚鱗札胴《ぎょりんざねどう》に斜めに当たった。力のさほどない穂先の先端が、びっしりと編み込まれた鉄板に弾かれ、八郎の右脇へと流れていく。

直後、八郎はありったけの力を振り絞って、鹿角の兜に槍を振り下ろした。

ごっ——。

両手の中に強い振動が残る。相手の頭部が衝撃でぐらりと揺れた。

あとはもう、いつもの稽古通り、ごく自然に体が動いていた。槍を手繰《たぐ》り寄せ、相手の右目を狙って渾身の突きを入れる。

が、そのすんでのところで鹿角が不意に首を捩《ねじ》った。穂先がずれて口元に当たり、相手の右頬を切り裂く。裂け目からどっと鮮血が溢《あふ》れ出す。しまった。相手の咄嗟《とっさ》の反応に、反射が遅れた。

八郎が再び手繰り寄せて突こうとした槍——胴金《どうがね》の辺りを、相手がむんずと片手で摑《つか》む。両腕で必死に引き寄せようとするも、びくともしない。凄まじい膂力《りょりょく》だ。

「小僧っ」

喚き声が聞こえた時には、篠金物《しのがなもの》の付いた拳《こぶし》が目前まで迫って来ていた。いけないとは思いつつも、恐怖につい目を瞑《つむ》った。直後、鉄の衝撃が顔面に走った。

うっ。

あまりの激痛に、両目の奥から火花が飛び散った。鼻の奥も激しく痛む。一瞬、気が遠のく。

さらに重い衝撃が横から来た。相手が槍身で八郎を兜ごと殴りつけ、同時に、鐙《あぶみ》にあった八郎の左足をしたたかに蹴り上げた。

気づいた時には落馬していた。

鹿角は馬から飛び降り、地面に転がっている八郎の上に覆いかぶさってきた。

「死ね。若造」

言いつつ、脇差を八郎の頭上に振りかざした。八郎はまだ摑んでいた槍を咄嗟に引き寄せる。白刃を突き下ろしかけた相手の腕を、両手に持った槍の柄で辛うじて受け止めた。必死に押し返そうとする。

しかし、腕力では明らかに負けている。

すぐにじりじりと押し戻される。切先がさらに喉元まで迫ってくる。相手の頰から噴き出している鮮血が、ぼたぼたと八郎の顔面に滴り落ちる。左目の中に入り、視界が赤黒くぼやける。ついに白刃の先端が、八郎の喉にひらりと触れた。

くそ――。

狂気だ。狂気と憎悪と恐怖が、今この戦場を支配している。あと一寸捻《ね》じ込まれれば、喉を確実に貫かれる。その時点で、半ばは死を覚悟した。

何故か、ふと脳裏を平家物語の続きが過《よぎ》った。

偏《ひとえ》に風の前の塵《ちり》に同じ――

塵とは、このおれのことか。人の散り際とは、こんなにも無意味で、儚いものか……。

そう感じた直後、圧《の》し掛かって来ていた相手の体が、何故か大揺れに揺れた。同時に、目の前の白刃が持ち上がる。

見ると、柿谷が馬上からの槍で、相手の腰元を深々と刺し貫いていた。

「ぐわっ」

さすがに相手が大声を上げた。

「八郎、逆に捻じ伏せよっ」

柿谷が穂先を抜き、さらに周囲の敵兵からの攻撃を防ぎながら叫ぶ。

咄嗟に八郎は膝で相手の股間を突き上げた。さらに相手の体が揺れる。左手で脇差を持った敵の腕を摑み、右手で喉元を摑みながら、横に押し倒そうとする。意外にも鹿角はあっけなく横倒しになった。彼我の上下が逆になった。頬、腰――おそらくはその二ヶ所からの夥《おびただ》しい流血と激痛に、さすがの大兵も力を失いつつある。

「殿を、殿をお助けせよっ」

どこからかそんな声が聞こえてきた。おそらくはこの相手のことだ。

助けられてたまるか。その前に首を取る――脇差を抜き放ち、横倒しになった相手の喉元に捻じ込もうとする。相手が最後の力を振り絞り、八郎の右手首を摑んだ。摑まれた腕に左手を添え、圧し掛かるようにして精一杯の圧をかける。もう少し。あと少しだ……両腕に、さらに渾身の力を込める。

ついに鹿角の喉元に切先が少しめり込んだ。

「うっ」

どこからかそんな呻《うめ》き声が聞こえた。

が、発したのは相手でもなく自分でもない。構わずに八郎は相手の首を一気に貫き通した。ぐりぐりと前後左右に柄を捩る。敵の瞳孔が、急速に光を無くしていく。首元に改めて刃先を押し当て、力任せに捻じ切った。

ふう――。

兜首を高々と持ち上げ、周囲に向かって声の限りに叫んだ。

「宇喜多八郎、金の鹿角、討ち取ったりっ」

味方からどよめきに似た歓声が上がり、敵の一角がわらわらと崩れ始めた。


ふと気づくと、周囲に敵兵はほとんどいなくなっていた。味方の軍が攻めに攻めて、前線は随分と先に進んでいた。

八郎は兜首を片手に、周囲を見回す。柿谷と百瀬の姿を必死になって探す。

見覚えのある古甲冑姿の二人が見える。柿谷は地面に蹲《うずくま》り、百瀬がその体を支えている。腰を据えた雪上に、赤い血が見える。

それを見た瞬間、八郎は自分の顔から血の気が引くのが、我がことながらもはっきりと分かった。

慌てて二人の許《もと》に駆け寄っていく。

「柿谷殿、百瀬殿っ」

すると、柿谷が顔を上げた。気丈にも八郎を見て笑いかけた。

「でかしたの、八郎。兜首じゃ」

が、口元は真っ赤に染まっている。八郎は首を放り出し、傍らにしゃがみ込んだ。

「やられたわい」柿谷は顔をしかめつつも、なおも明るく笑った。「どこぞの奴に、腋の隙を突かれた」

見ると、右腕からも夥しい血が流れ出している。それが胴丸を通じて滴り落ち、白い雪上に血溜まりを作りつつある。口からの鮮血は、敵兵の穂先が肺にまで達したせいだ。

呆然としたままの八郎に、柿谷はさらに声をかけた。

「顔を出せ」

言われた通りに顔を突き出す。すると柿谷の指が伸びてきて、

「ひどく、殴られたな。鼻が曲がっておる」

と、八郎の鼻梁を摑んだ。直後、鋭い痛覚と共に、ぱきっという音が両目の下で弾けた。

「これで良し。元に戻った」

少し苦しそうだが、赤く染まった歯並びを見せ、つまらぬ冗談を言った。

「女子が騒ぐ顔に、また戻ったぞ」

「柿谷殿……」

八郎は泣き出してしまった。

何故、自分が敵兵の渦巻く中で、兜首との格闘だけに集中できたのか。それはこの柿谷と百瀬が、周囲の夥しい矛先から八郎を命懸けで守ってくれていたからだ。そして今、大切なその片方の命が尽きかけようとしている。

口元から鮮血が溢れ出し、柿谷は噎《む》せ返った。さらに苦しそうな顔をした。気がつけば八郎は柿谷に抱き付き、嗚咽《おえつ》を洩らしていた。

柿谷とは折に触れて、二人だけの時を随分と過ごしてきた。いろんな話もした。三人の女の話を打ち明けた時には、笑い転げていた。柿谷は、八郎を呼び捨てにするただ一人の相手だった。

今にして思い知る。

善定が八郎の父親代わりだったとすれば、この柿谷は、歳こそ親子ほども違うが、唯一の友人だった。その友を失いつつある悲しみに、心が千々に乱れ、うろたえ、我が身が引き裂かれそうな絶望と悲しみを覚える。

「どれ。わしはそろそろこの畜生道から、涅槃《ねはん》へと参る」

柿谷は静かに言った。

「が、ぬしの生は、これからも続く」

その視線は、血塗れの雪上をぼんやりとさ迷っている。

「これが、乱世の現実じゃ。武士としてある限り、心を常に無残に保て」

ややあって、相手の両腕が力なく雪上に垂れた。

八郎は今度こそ、人目を憚らずに慟哭《どうこく》した。

武士として心を無残に保てと、柿谷は言った。以前にも言っていた。

しかし、まだ海の物とも山の物とも分からぬ八郎のために、何の見返りもなく槍の調練を施し、果ては自分を庇《かば》って命を失ったのは、この柿谷自身ではないか。その心の在りようは、およそ無残からはほど遠い——そう改めて感じると、さらに声をあげて泣き崩れた。

いつの間にか雪上の戦場は静まり返っていた。血に染まった雪の上で、味方の兵が敵の置き捨てた馬を捕まえ、槍刀を拾い、首なしの死体から甲冑を剝いでいる。

不意に、百瀬が口を開いた。

「これで、良かったのだ」

「え？」

「わしも柿谷殿も気楽な日々とはいえ、既に仕える主家を失い、この世に生きる意味を無くしていた」

「……」

「そこにぬしが現れ、柿谷殿は武士として戦場で死んだ。出自を思えば本望であったろう」

「ですが――」

ついそう言いかけた八郎に、百瀬は首を振った。

「本人も、このような死に方をどこかで望んでいた。だから、これで良かったのだ」

凍てつく平原には、暮夜が迫ってきていた。

3

四ヶ月後、八郎は、備前邑久《おく》郡の最南端にいた。

時に天文十三（一五四四）年の春である。八郎は十六歳になり、既に元服して直家《なおいえ》と名を変えていた。

目の前には、瀬戸内の穏やかな海が広がっている。春霞にぼんやりと遠望できる四国まで続いている。

むろん、ただ元服して幼名から諱《いみな》に変えただけではない。

八郎が元服した正月明けに、昨年の美作合戦における論功行賞が行われた。

「此度の八郎の働きは、敵が崩れる流れを呼び込んだ。兜首以上に、その武功は無類のものである」

浦上政宗は非常なはしゃぎようでそう言った。そして取れ高が二百貫前後の、いくつかの知行地を提示してきた。いずれかを直家に与えるという。弟の宗景も続けた。

「どこでも良い。しばし考え、好きな土地を選べ」

今までの自分の分際を考えれば、破格の取り立てであった。

けれど、それら知行地は、今度の戦で取り戻した美作南部か備前北部の土地ばかりだった。今後の宇喜多家の発展を考えた場合、いずれも山に囲まれた盆地で、先々での広がりが見込めない。人が行き交う交通の要衝でもない。

また、北には尼子、西からは三村という勢力が迫りつつあるこの地域では、いざという時に彼らの大軍に再び蹂躙されるのが落ちだろう。

直家には長い市井暮らしで確信に近いものがあった。

これからの武将は、商人たちが暮らす町を直《じか》に抱き込めるような場所に城を構えねば、その先行きは明るくない。武をもって商圏を保護する代わりに、彼らに穏当な矢銭《やせん》を課すのだ。

従来の田畑からの年貢のみを収入として見込んでいては、家政は立ち行かない。小所帯でも大きく軍を動かす戦費が調達出来ない。こちらから戦を仕掛けられなければ、敵から攻め込まれるだけにて、武門は大きくなれぬ。武門が大きくならなければ、いつまでも浦上家の鼻息を窺うようにして暮らさざるを得ない。

そのような意味で、いつまでも浦上家の飼い殺しになる気はなかった。ゆくゆくは浦上家の庇護の下《もと》から半自立化出来るほどの勢力を持ちたい。

それには、肥沃《ひよく》な平野と町人たちの住む町の近くにある知行地を貰うことが、必要かつ不可欠となる。先々で、大きな勢力となる余地を見込める。

直家にしてみれば、柿谷の尊い犠牲の上に成り立っている功名だった。その死を寸分たりとも無駄にはしたくない。

「……」

実は直家は、戦に出る前から暇さえあれば、使い古した備前全土の地図を眺めていた。

この一戦にて命を張ると決めていた。そして武功を立てた暁には、どの土地に知行地を貰うのが先々の宇喜多家にとって理想かを、毎夜寝る前に考え続けていた。

そして、昨年の美作合戦の直前には、ほぼその結論を出していた。


数日して、再び浦上兄弟の許に出仕した。

「八郎、決めたか」

そう政宗が聞いてきた。

「はい」直家はうなずき、こう口を開いた。「恐れながら、御屋形様がお示し下された知行地はいずれも、この私には、甚《はなは》だもったいのうございまする」

「ふむ?」

と政宗が小首をかしげれば、弟の宗景が、

「八郎にはなんぞ、他に所望があるのか」

と聞いてきた。ここだ、と感じた。すかさず直家は考えてきた口上を述べた。

「私は、未だ版図《はんと》の定まらぬ地で、浦上家の守りを固めとうござります」

「ほう。それは殊勝な」

「して、その当てはあるのか」

兄弟が揃って問いかけてくる中で、直家は懐から備前の古地図を取り出し、広げた。備前南部の西大寺、さらにその南で吉井川と西から流れてきた旭川がぶつかる大きな河口にあたる場所に、児島《こじま》湾がある。その河口の突端に突き出た場所を指し示した。

「乙子《おとご》であるか」

さっそく政宗が反応する。宗景が怪訝そうに眉を寄せる。

「されど乙子城は、南からは阿波細川の手が伸び、海上の群島には海賊どもが跋扈《ばっこ》する荒蕪《こうぶ》の地ぞ」

「むろん、存じ上げておりまする」

直家はうなずいた。

事実そうだ。乙子の知行地は古い台帳には三百貫の取れ高と記帳されていた。が、乙子城は、浦上家の備前の本拠である三石城からは美作南部よりも遠く、かつ、南方の敵には最も近い場所にあって治安も悪い。今まではこの城の守りを買って出る者が誰もいなかった。結果、この城の周囲にある田畑は半ば打ち捨てられている。今入城したとしても、その当座の実入りは二百貫にも満たぬであろう。

けれど、この上申の裏には、直家なりの慎重な目論見《もくろみ》があった。

乙子城の北方には、千町《せんちょう》平野を始めとする沃野が地続きであり、河口から遡《さかのぼ》った吉井川沿いには金岡、西大寺、福岡などの町が点在している。この河口の突端に根を張るしか、武門の拡大は見込めないと密かに考えていた。

さらには、この乙子城周辺が外敵の迫る危険な荒蕪地であることも家中の者は知っている。未だ浦上家に親しい者の存在しない直家にとって、無用なやっかみを買うような真似は、極力避けたかった。

去年、死んだ柿谷から、槍稽古の折に聞いたことがあった。

女の妬心より、男の嫉妬のほうがはるかに始末の悪いものぞ、と……。

「武門に仕える侍の暮らしは、存外に人と人との交わり――和で成り立っている。が、八郎よ、ぬしはどうやら人付き合いも、あまり上手くはないようじゃ。ならばせめて、家中からのやっかみだけでも買わぬように、慎重にその身を処することを心掛けよ。あらぬ讒言《ざんげん》を受けぬように、の」

その点も、この乙子城に自ら志願して行ったとなれば、浦上家中の者は気の毒がることこそあれ、嫉妬する相手は皆無だろう。この浦上兄弟の日頃の軽率な行いを見るにつけ、いつ自分が誤解を受けて誅殺《ちゅうさつ》されるかも知れぬという不安は、まず第一に取り除いておきたい。

それと、もう一つ……。

実は、この乙子の地より、紗代の住む西大寺までは、吉井川を跨《また》いで一里(約四キロ)もない。せいぜい半里と十町(合わせて約三キロ)ほどだ。騎馬はおろか、歩いても四半刻(約三十分)と少々しかかからない。

またいつでも会えるのだ。一年後という約束も、確実に果たせる。

武士として男としても実に軟弱で、かつ情けない在りようだとは感じるのだが、そう想像するだけで、自然と心が沸き立ってくる自分を抑えることが出来ない。

この主君のことを笑えない。おれ自身も市井で育ったゆえに、その性根が柔《やわ》に出来てしまっている。

けれど、それでも紗代には会いたい……。

だから、しきりに不審がる浦上兄弟を前に、一貫してこの願いを訴え続けた。

結果、直家の主張は通った。


今、直家は乙子山の頂上にいる。

山、とは言っても、比高《ひこう》十五、六丈（約五十メートル）ほどの、半島の突端にぽこりと突き出た丘に過ぎない。さらには城、とは言っても、その規模は砦《とりで》に等しい。長年人が住み着いていなかったために、建物も荒れ放題だ。

浦上兄弟が郎党として付けてくれた足軽三十人と共に、さっそくその城の作事《さくじ》に当たった。時に三月である。同時に、荒れ果てた田畑にも手を入れ始めた。今から種を蒔《ま》けるような状態に土を戻しておかなければ、今秋の収穫は見込めない。

直家の日常は、半ばは大工、あとの半ばが百姓と変わらぬ暮らしになった。郎党と共に野良着を着て、普請と農耕に終日いそしんだ。

肥《こえ》を運んだり、せっせと田畑の土をほじくり返しながらも、時おり疑問に思うことがある。

おれは、こんなことをするために、あの美作で命懸けの戦いをして、柿谷も命を落とすはめになったのか……。

時に馬鹿らしく思わないこともないが、ともかくも、まずは食うことだ。自分と郎党を食わせていかなければ、城主も何もあったものではない。辛うじて機能している二百貫弱の知行地から上がってくる年貢だけでは、この郎党たちを食わせるので精一杯の石高だ。

そうこうするうちに田植えの季節が始まり、直家とその郎党はますます百姓同然の忙しさになった。

ふと気がつく。

おれは、あれだけ紗代に恋い焦がれていたのに、未だ一度も会いに行けていない。

一里にも満たない西大寺までの距離が、恐ろしく遠くに感じられる。立ち上げの時期の城主というものは、本気でその立場に忠実であろうとすればするほど、その日常が多忙になる。こればかりはどうすることも出来ない。

その間にも、宇喜多家が小所帯ながらも再興したという噂を聞き付け、かつての郎党たちが備前一円から乙子城に集まり始めた。長船《おさふね》や岡《おか》といった宇喜多家譜代の家臣たちで、今までは野に隠れていた者たちだ。

とは言っても、当時仕えていた世代ではない。父親、つまりかつての郎党のほとんどは、この十年の間に、慣れぬ牢人暮らしの中で死んでいた。やって来たのは、さらに貧窮を極めて浮浪同然になったその子たちであった。多くは十代で、なかには母に手を引かれてやって来る十歳に満たぬ子供もいた。

侍の即戦力としては、まったく役に立たない。

それでも直家は、これら青少年たちをすべて受け入れた。宇喜多家が滅びたせいで、彼らの家族は路頭に迷う羽目になった。だから、この元家臣たちの末裔《まつえい》は、どんなことがあっても受け入れる。

結果、郎党たちの数はさらに膨らみ、乙子城の台所事情はますます苦しくなった。

田植えがすみ、長雨の季節に入った後、直家はついに決断した。

そしてその案を、母に相談した。

「直家殿、それで、大丈夫なのですか」

母は床《とこ》の中から、そう問いかけてきた。

母は、三石《みついし》城からこの乙子城に共に越して来た頃から、次第に臥《ふ》せることが多くなっていた。元来、体は丈夫なほうでもなかった。それが、直家が小なりといえども宇喜多家を再興したことを機に、今まで張りに張っていた気が緩み、長年の労苦が一気に体に出たようだ。

「大丈夫かどうかは分かりませぬが、このままでは家政が立ち行きませぬ。ひとまずはやってみまする」

直家は答えた。

母は、うなずいた。

「では私も、十日に一度は欠食の日を設けます」

直家は少し微笑んだ。

「母上、母上はただでさえ食が細くおなりです。それに、この沙汰を出す相手は、私も含めた元服後の男子のみにて、女子と子供はそこから外れまする」

すると、母は自分への気遣いだと取ったのか、はらはらと涙で枕を濡らした。この涙腺の緩さも、以前の母にはなかったものだ。心身共に、すっかり弱くなってしまっている。

もう長くない、と直家は密かに暗い思いを抱えた。

実は直家は、この母のことが物心がついた頃から少し苦手だった。甲斐性のない父に代わり、かなり厳しく育てられた。一家が絶えず苦労続きだったせいもあり、いつもやや苛立《いらだ》ち、物言いもきつかった。そんな母の姿しか、あまり記憶には残っていない。そして自分が八郎と呼ばれていた十歳から十五歳までの最も多感な時期は、一緒に暮らしてもこなかった。

母にとっての自分とは、自らの腹を痛めた子である以前に、歴《れき》とした宇喜多家の跡取りであるという思いのほうがより深かったのだろう。だからこそ、八郎を備前屋に託してまで三石城に出仕した。

病床にある母の横には、妹の梢と、そして備前屋から来た戸川が神妙な顔をして座っている。

戸川は、衰弱した母の身の回りを世話するために、福岡からやって来た。というか、戸川が善定に、

「奥方様を看《み》させていただく女子は、この私めしか残っておりませぬ。お願いいたしまする」

と半ば強談《ごうだん》し、許諾を得るや否や、乙子城まで駆けつけてきた。さらには福岡を出立する時、それまで里に預けていた実子の平助《へいすけ》をも伴ってきた。

この戸川以上に我を張ったのが、異母弟である七郎だった。

「私も、兄上の乙子城に行きとうござりまする」

と善定を散々に手こずらせ、結局は乳母の戸川に平助と共に手を引かれて、この地までやって来た。

とはいえ、平助は十二歳、七郎に至ってはまだ八歳でしかない。そしてこの子らも、乙子城に来てからはずっと畑仕事を手伝っている。

一度、畑から帰ってきた七郎が、不思議そうに言ったことがある。

「兄上、宇喜多家の皆は、いつまでこの野良仕事をやるのでございましょう」

「この城の台所事情に余裕が出来るまでだ」直家は、優しく言った。「それまでは、野良仕事だ。辛かろうが、我慢せよ」

後で直家は一人になり、やや苦笑したものだ。この玩具《おもちゃ》のようなちっぽけな城といい、七郎や平助を始めとした子供の小姓衆といい、まるで自分はままごと遊びの城主のようなものだ、と。

ともかくも、母に相談した翌朝、一の丸に郎党約四十人を集めて、こう告げた。

「これよりしばらくのあいだ、十日に一度は欠食の日を設ける」

束の間、郎党たちがざわついた。彼らはこの乙子城の食糧が常に欠乏気味なことを知っている。戦に備える兵糧が、全く貯まっていない。その事情を知ってはいても、そこまでやるのかという不安のざわめきだ。

「元服後の大人のみを対象とする。むろん、わしも欠食する」

そう言うと、郎党たちは直家の覚悟を悟り、再び口をつぐんだ。

「三月は我慢せよ。その間に、わしが田畑以外からの食い扶持を増やす算段を付ける。増やせれば、すぐに止《や》める」

この一言でやや安心したのか、郎党たちは完全に無言になった。

間を置き、直家は再び口を開いた。

「さらに今日は、皆に申しておくことがある」

郎党たちの日頃は、各々が早朝から日暮れまで畑仕事や城の作事に忙しく、このように一堂に会することは滅多にない。これを機会に、以前から考えていた宇喜多家の今後のあり方を、郎党全員に知らしめておこうと思った。

「この備前、美作での昔からの風紀――君臣の乱れや、被官土豪たちの盟主から盟主への度重なる鞍替え、内通行為を見るに、その不義の根はひとつである」

何を言っているのかと、郎党たちは互いに顔を見合わせる。それでも直家は静かに言葉を続けた。

「被官や郎党たちは皆、主君や盟主からいつ何時あらぬ疑いをかけられて誅殺されぬかと、気が気ではない。炮烙《ほうろく》で煎《い》られる豆の如き焦燥に、常に踊らされている。だから、つい今よりも頼り甲斐のある盟主を探したくもなる。その面妖な動きが、さらに主君の疑念を買い、討伐される始末となる」

敢《あ》えて、浦上家という言葉は使わなかった。言わずとも彼らには伝わるし、今はまだ使うべきでもない。

「そこで、これより宇喜多家の指針を申す。今後、我が武門が大きくなるためには、心ならずも敵対者には謀略を巡らすこともある。だまし討ちのような策を弄《ろう》することもあるだろう。されど、我が家中に関する限り、わしからおぬしらの赤心を疑うことは断じてない。讒言にも耳を貸さぬ。内通したなどという風聞も、それが事実と分かるまでは信じぬ。わしからは、絶対におぬしらを裏切らぬ。このこと、しかと約定《やくじょう》致す」

さらに一呼吸置き、こう結論付けた。

「だからおぬしらも、当座は貧なりとは言えど、安んじてこのわしに仕えてくれればありがたい。武門をまことの意味で鉄壁の結束にするのは、君臣の紐帯《ちゅうたい》のみである。その繫《つな》がりさえしっかりと育てば、この家もやがては大きくなっていく」

直家は珍しく長広舌を終え、目の前の野良着姿の郎党たちを黙って見まわした。

と、譜代の家臣であり、直家とはほぼ同年の長船又三郎貞親《おさふねまたさぶろうさだちか》が、まずは片膝《かたひざ》を突いて首を垂れ、直家の言葉に恭順の意を示した。同じく譜代家臣の岡平内家利《おかひらないいえとし》も、又三郎と同様の姿勢を取り、深々と一礼した。

二人の反応が、漣《さざなみ》のように周囲に広がった。気がつけば、他の郎党たちもすべて両手両膝を地面に突き、無言で平伏していた。

直家は、その満座の沈黙の意味を感じ取る。自分の気持ちは郎党たちに充分に伝わっている。そして、君臣の間でも裏切りと謀略が常のこの備前で、このような指針を敢えて口にした領主は、この自分をもって嚆矢《こうし》となるはずだ。

その後、直家は城の奥の板間で、股肱《ここう》と頼む長船又三郎、岡平内と膝を交じえ、今後の宇喜多家について話し合った。又三郎が口を開く。


「しかし殿、どうやって殿は先ほどの算段を付けられるおつもりか」

「おおよそ、見当はつけておる」

そして、その方法を事細かに説明した。

あの紗代が、西大寺の高僧とつながりがあることは、以前に聞いて知っていた。そして、この沿岸付近の農民漁民の多くは、西大寺を檀那寺《だんなでら》としている。

翌日、長雨の季節には珍しく、陽が傾き始めた頃から空が晴れ渡った。

直家は夕方まで郎党と野良作業をした後、念入りに行水をした。小柄《こづか》で顔の髭《ひげ》を丹念に剃り、毛羽立った柳の木の根で、歯と舌を磨く。さらに、糸のように細く裂いた一寸ほどの歯木《しぼく》を、歯間の隅々まで丁寧に通していった。最後に茶を飲み、口内を軽く洗浄した。

「……」

髪を結い直し、こざっぱりとした洗い立ての小素襖に袖を通す。そこまでの準備を整えた後、延文兼光の大小を腰元にぶち込んで、一路北へと馬上の人となった。

4

今日もまた、陽が暮れた。

参道に参詣客が居なくなると、紗代は店の表を閉め、奥の住居部へと戻った。夕餉の支度を始める。いつもの一人分だ。

この十日ほど、やや落ち着かない自分がいる。

むろん、その訳は分かっている。先日、同じ参道沿いに並ぶ店の主と、たまたま立ち話をすることがあった。和蠟燭《わろうそく》や香を扱う相手だ。三年前に、あの八郎の出自を教えてくれた。

世間話の途中で、その店主が口にした。

「そういえば、あの宇喜多の忘れ形見のこと、覚えておられますか」

とくっ、と胸の鼓動が束の間速くなった。門前町の暮らしでは、武士《もののふ》の世界の話など滅多に入って来ない。さりげなくうなずいた。

「覚えておりまする」

「乙子のほうで城持ちになり、武門を再興なされたそうな」

「はい?」動悸がさらに高まる。乙子と言えば、この西大寺からすぐそこだ。半里と十町ほどだ。

「それは、いつ頃のことでござりましょうや」

「今年の三月には、入城なされた旨を聞いておりまする」

すると、もう三月《みつき》以上も経っているではないか……。

ふと、この相手の仕事を思い出した。

「お行きになられたのですか」

いやいや、と相手は苦笑した。「正直、商売にはまったくなりませぬよ」

元々この一件は、近隣の寺社や、島村氏の高取山城などに行商に行った時に聞き及んだという。宇喜多とその郎党は、実質の取れ高が二百貫もない荒蕪の地にて、食う物にも日々困窮し、四十人ほどが日々野良着をまとい、百姓同然の暮らしをしている。さらには、廃屋同然の城郭を手直ししながら寝起きしているらしい。

「まるで乞胸《ごうむね》（物乞い）のようじゃ」

との評判がもっぱらであったという。

「その宇喜多様は、浦上様から乙子を与えられたのですか」

「島村様からは、左様に聞いておりまする。しかも浦上様からは他に良き知行地を示されていたにもかかわらず、自ら乙子の地に赴くことを願い出られたようで」

「……そうでございましたか」

相手は、やや痛ましい顔をした。

「乙子は、宇喜多家の本貫《ほんかん》であった砥石城にも近《ちこ》うござりまする。その望郷の念ゆえ、敢えてあの荒地を御志願されたのでございましょうな」

それは違うのではないか、と紗代は感じた。

あの少年は、そもそもは侍になることすら望んではいなかった。ましてや物心がつくかつかないかの頃までしか住んでいなかった砥石城に、そこまでの思い入れがあるはずがない。

その日は店を閉めて一人になった後も、八郎のことを考えると、ともすると鼓動が速くなった。

もしあの子が西大寺、つまりはこの私の住まいに近いという理由で、乙子を選んでいたとしたら……そう思うだに、どうにも平静ではいられない。

半面で、だとしたら、乙子に来てから既に三月も経っているというのに、どうしてこの私の所へ顔を見せもしないのか。それどころか、文《ふみ》の一通も来たことはない。

ふと、その薄情さをやや恨めしく感じている自分に気づき、自嘲した。

私は十月《とつき》ほど前、あの子が三石城に行く時に今生の別れを済ませた。実際、もう二度と会うことはないと思っていた。未練だ。

この約一年、紗代に男出入りがなかったと言えば、嘘になる。また、もう会うことがない以上、そんな義理立ても不要ではあった。

八郎と出会う前までは、もう男など金輪際《こんりんざい》ご免だと思っていた。けれど、八郎の生い立ちと当時の現状を知るにつれて同情し、男女の道の手ほどきをした。挙句、相手は紗代が今までに経験したことがないほどの床上手になった。自分のほうが嵌《はま》った。それまで締めに締めていた心の箍《たが》が、どこかで緩んだ。あの意識が飛ぶような快楽が、時には欲しい。つい誘われるままに、八郎の代わりを、好ましく思う手近な男で埋めようとした。
二、三度、そういう経験を持った。
幻滅しか残らなかった。その後もしつこく交渉を迫ってきた相手には、

「あなた様は、男女のことは下手にてございまするゆえ」

と、実に手厳しいことを口にして追い払った。

八郎にかつて伝えた通り、男女の事とはいみじくも会話なのだ。その会話の妙味で、愉悦が決まる。

相手の反応に寄り添い、その勘所を探し当てるためには、地頭の良さと、努めて相手を思う気持ちが必要になる。そして、そこまでの地頭と、相手を一途に思う気持ちを併せ持った男は、滅多にいない。

「……」

この十日ほど、いつの間にかぬか漬けなどを必要以上に作っている。日持ちのする食材もつい余分に買い込んでいる。時おり、「食う物にも日々困窮し――」というあの言葉が脳裏を過る。そんな自分がおかしくなる。私は何を待ち、何を期待しているのか。

そんなことを感じながら行水を済ませ、米を研ぎ始めた時だった。裏の戸をごく微かに叩く音が聞こえた。間を置いて、もう一度戸が音を立てる。

「もうし」

若い男の声だ。声はもう一度繰り返す。

「もうし――」

もう分かった。多少野太くはなっているが、間違いない。手を拭く手間も慌ただしく、裏の引き戸を開ける。案の定、薄闇の中に八郎が立っていた。日に焼けてはいるが、相変わらずの男ぶりだ。久しぶりの邂逅《かいこう》に声が出ないまま相手を家屋に引き入れ、素早く引き戸を閉める。すると、直後には相手が紗代の両手を取った。じわりと握りしめてきた。

「ようやく、お会いすることが出来申しました」声音に、この一年弱の月日への思いが凝縮されていた。「紗代殿のこと、一日たりとも忘れたことはござらなんだ」

その一言で、紗代は満足した。

この十日ほどの多少の鬱屈も、朝露のように溶けて消えた。

それから長い愉楽の時が訪れた。相手はしばらくの愛撫ののち、亀頭の先端で絶え間なく紗代の奥ノ壺を圧迫し続けてきた。

うっ――。

これ、これだ、と紗代は体が蕩《とろ》けそうなほどの悦楽に、思わず鳥肌が立つ。脳裏が痺《しび》れたようになりながら、改めて満足の念を深くする。あたかも素手で、その局部の周囲を的確になぞられているかのようだ。

男女の事は、時として口に出すより体を通してのほうが、雄弁にその気持ちを物語ってくれる。男根の形が人それぞれであるように、膣内の形もその女子によって全く違う。先ほど八郎が告白した通りだ。この長い間、絶え間なく私のことを考えていなければ、そしてその体を常に思い描いていなければ、挿入したのっけから、ここまで寸分の狂いもなく自分の奥ノ壺に押し当てることは出来ない。

八郎の言葉に嘘はない。三石にいる間も、そしてこちらの乙子に来てからも、ずっと私のことを想い続けていた。そしておそらく、その間に他の女との交渉もなかった。私と違って……。

その背徳を伴う認識が、さらに愉悦の渦を深めていく。

二刻後に事が終わった時、八郎は深々と頭を下げた。

「武士としてではありますが、ほぼ十月で、こうして戻ることが出来ました」

やはり覚えてくれていたのだ、と紗代は感動を新たにする。

去年、相手は、もし一年後までに武士として生きる見込みが立たぬようなら、戻ってくると言った。

紗代と共に生きたいと語った。今はもう武士としてだが、それでも一年を待たずにこうして約定通り姿を現した。それでもう、充分に報いられた気持ちになった。

が、八郎はさらに意外なことを言い出した。

「紗代殿、乙子城での暮らしはまだまだ貧しい。半ばは大工、半ばは百姓同然の暮らしでもございます」

その言い方に、昔とは違った威を感じる。なるほど……いきなり城主になるほどの武功を立てたということは、合戦でそれなりの相手の兜首を取ったか、相当数の敵を殺したということだ。つまり八郎は、私と同じ人殺しになった。その事実が、何故か切なかった。

「暮らしぶりのこと、風聞には伺っておりました」

すると、八郎はかすかに笑った。

「『乞胸城主』という噂でござるか」

紗代も曖昧に笑った。知っていたのだ、と感じる。だが、さすがに非礼になると思い、それ以上は口を開かなかった。

「左様。十日に一度は欠食の日を設けざるを得ぬほど、貧窮してござる。それ以上に、日々忙しくもございます」

これには驚いた。乙子での暮らしはそこまで貧しさを極めているのか。

「ですが、あと三月もすれば楽になる。そのための算段を立てるためにも、こうして参りました」相手は改めて正座し、やや首をかしげた。「そこで、ご相談でござる。もしそうなった暁には、紗代殿はわしの内儀《ないぎ》になる気はございませぬか」

言われて思わず怯《ひる》む。確かに私は武家の生まれだが、その後、人には言えぬ過去を背負っている。おそらくはその気持ちが態度に出たのだろう、八郎はさらに畳みかけてきた。

「紗代殿の来し方、おそらくは石女《うまずめ》であろうこと、すべて、様々に考え合わせてのことでござります」

「……ですが、私の昔のことはなんとか隠しおおせたとしても、先々でのお世継ぎのことはどうなさるのです」

するとハ郎は、乾いた笑い声を上げた。

「世継ぎなど、後々に七郎――わしの腹違いの弟にでももうけてもらえればよろしい。それがしの子でなくても、武門の名は継げる」

そう一言で言い切った。

あっ、と愕然《がくぜん》とする。この子は、中身までは武士になり切っていない。でなければ、己が血脈のことをこうも簡単に割り切れるはずもない。つい聞いた。

「本気でございまするか」

「むろん」

相手ははっきりとうなずいた。

「人の幸せとは、それなりに食べていけさえすれば、肌心《はだごころ》の添う相手と暮らしていくことでござりましょう。さればこそ、それがしの相手は、紗代殿を除いてあり得ませぬ。このこと、是非ご料簡《りようけん》いただけませぬか」

おぉ――感動するよりもまず、その八郎の言いよう、心持ちの成長ぶりに目を瞠《みは》った。

「八郎殿、大人になられましたなあ」

けれど、そうつぶやいた時には、自らの気持ちもしみじみと分かった。

私は今の言葉を、まるで真言宗の僧侶の講でも下座から拝むようにして聞いていた。つまりは他人《ひと》事《ごと》だ。正直、八郎の気持ちは天にも昇るほど嬉しくはあるが、かといって、その誘いに乗るにはやや物憂い。

十近くも年上の、しかも世継ぎを産めぬ女を、乙子城の面々がどう思うのか……武門の棟梁とは、その個の統率力もさることながら、その伴侶の取り方も含めて先々で郎党に希望を持たせる生き方であったほうが望ましい。ましてや、私の昔のことが露見したら、この子は城主としての面目を失う。それらの心配を常に抱えて生きるより、私は、今のままの暮らしでいい。このまま気楽な日々を生きて、やがて老い、今生を終えたい。

が、そのことは口に出さなかった。代わりにこう聞いた。

「算段とは、どういうものでございまするか」

八郎は語った。

相手が話し終えた時、紗代は得心がいった。問題は、今年の収穫期までをどう食い繋《つな》ぐかなのだ。そこを乗り切れば、八郎と郎党が耕して種を蒔いた田畑の実入りは、他の田圃からの百姓の年貢のように取れ高の五割や六割だけでなく、すべて彼らの物となる。来年からの実入りの心配はなくなる。だからこそ八郎は郎党らと共に、これまで紗代に会いに行く寸暇も惜しんで、懸命に百姓仕事に精を出してきたのだ。

「では、早速明日にでも、西大寺の宗円殿のところに参りましょう」

翌朝、西大寺の北の竹林の中にある宗円の草庵へと赴いた。

紗代の隣に座る八郎の言葉を一通り聞いて、宗円はうなずいた。

「なるほど。犬島《いぬじま》や日比《ひ》関《びのせき》、牛窓《うしまど》などに巣くう備前の海賊を一掃してくださる、と?」

「はい」八郎は穏やかにうなずいた。「そのこと、今まで襲われていた沿岸の農民漁民、あるいはこの西大寺にやって来る廻船問屋などに知らしめていただくこと、可能でござりましょうや」

宗円は少し笑った。

「ですが、知らしめるだけで良いのでござるか。その見返りを、はきと求めずとも」

「よろしゅうございます」八郎は明快に答えた。「我ら乙子の者はもう、秋まで田畑の実りを待つだけにて、どのみちやることがござりませぬ。であれば、新しき郎党たちの性根を鍛えるためにも、多少の槍働きの調練は必要でござりまするゆえ」

「御礼の気持ちを持った者だけが、もしその気になれば何かしらの礼物を持ってきてくれればよい、と」

「左様でございます」

「ふむ――」宗円は再び笑った。「誰にとっても良き話でござるな。よろしゅうござります。この旨、檀家を通じて出来る限り広げましょうぞ」

「かたじけのうござりまする」

紗代は紗代で、傍らでこの二人の男のやり取りを、別の感慨をもって聞いていた。

八郎は、過去に自分と宗円が男女の関係にあったことを知っている。宗円も、八郎に対してまた然《しか》りだ。それを知りながらも、互いにこうして温和に話すことが出来る。

既に生きる立場を持ってしまった男とは、こういうものなのか。

ともかくも、用件は上首尾に終わった。紗代と八郎が草庵の前で一礼して去ろうとした時、宗円が声をかけてきた。

「あいや、紗代殿――」

その呼びかけで、八郎は先に門の出口まで一人で歩を進め、そこで立ち止まった。門の外を向いたまま、背中を見せている。

その様子を見届けた後、宗円は紗代に向かって声を低くした。

「つかぬことを伺うようじゃが、もしやあの八郎殿から、乙子に入ってくれと言われておるのではないか」

「何故、そのように思われます」

「紗代殿を見遣る目じゃ」宗円は笑った。「いとう、熱うござった」

この言葉には紗代も、一気に顔が火照ったような気がした。

「申し出は、ありました」

「して、どうなさるのか」

「はきとした返事はまだ致しておりませぬが、お断りするつもりです」

ほう、と宗円は声を上げた。「それはまた、いかなる訳で」

少し考え、再び口を開いた。

「人にはそれぞれ背負ってきた分《ぶん》というものがござります。その身の丈を外すような生き方は、私には出来かねまする」

宗円は黙って聞いている。その先を促している。

「されど、八郎殿のことは哀《いと》しう感じておりまする。八郎殿が拙宅を訪《とぶら》えぬその時が来るまでは、私もまた好日を送りとうございます。それだけにて、満足でございます」

相手はうなずいた。二度、三度とうなずいた。

「あっぱれなお覚悟じゃ」

紗代は深々と頭を下げた。

「此度《こたび》のこと、まことにありがとうございまする」

「なに、檀家のためにもなる。むしろ、こちらが礼を言うべきことじゃよ」

宗円はそう言って、剽軽《ひょうきん》に手のひらを軽く舞わせた。

紗代はその様子に少し笑った。さらにもう一度頭を下げ、宗円の前を去った。


竹林を過ぎ、西大寺の広い境内を横切って、南の山門から出る。表参道を戻り始める。参道は時間がまだ早いせいか、参詣客もあまり行き交っていない。両側に軒を連ねる店も、戸を開けているところは少ない。

それでも紗代と八郎が二人で歩く姿は、異様に目立っていたようだ。無理もない。武士装束の若者と、いかにも町人風情の女という珍妙な男女の取り合わせは、この参詣客の多い西大寺でも滅多に見かけない。しかも、それが朝っぱらから連れ立って歩いていたらなおさらで、嫌でも悪目立ちに目立つ。現に、店を開け始めている顔見知りの店主は、紗代に朝の挨拶をしながらも、好奇の目をそばだていた。今日の夕刻までには、紗代がこの美々《びび》しい若武者と連れ立って歩いていたということは、町中の噂になっているだろう。

構うものか、と紗代は思う。余計な蛾《が》が寄ってくる、ちょうどよい虫除けにもなる。どのみち私は、これからはどんな男とも一緒に暮らす気はない。あるとすれば唯一この八郎だけだったが、小なりといえども城主になって武門の棟梁としての道を歩み始めた今では、それも叶わない……。

参道を進みながらも、二人は黙ったままだった。隣の八郎は、先ほどの宗円との会話の件は聞いてこない。

紗代の店の近くまで来て裏道に入った時、八郎はようやく口を開いた。

「今日はこれにて乙子へと戻りまするが、昨夜お話ししたそれがしの願い、是非とも前向きにお考え下され」

「……今度はいつ、参られますか」

「四日後、いや、五日後になりましょう」

この答えは、やや意外だった。もっと早く来てくれるものだとどこかで思っていた。

それと察したのか、八郎はこう続けた。

「明後日より欠食の日を設けまするゆえ、その前後は郎党と共に過ごさずば、主《あるじ》としての示しがつきませぬ」

「何故《なにゆえ》でございましょう」

「郎党に、その前後に自分だけ食い溜《だ》めをしているのかと疑われるような真似は、僅《わず》かでもしとうござらぬ」

なるほど――これから人を率いていく人間とは、そこまで自分を律し、かつ郎党にもその毅然《きぜん》とした態度を見せなければ、先々が成り立たぬものなのか……そして、そう思うにつけ、世間に公に出来ぬ過去を持つ自分が乙子に行くことの困難さと危うさを、ますます感じざるを得ない。

八郎は続けて言った。

「四日後には、まず犬島の賊を退治に参ります」

これには驚いた。

「もう征伐に行くのですか」

八郎はうなずいた。

「未明に船を出し、早朝の寝込みを襲いまする。盗賊は、朝が遅うございまするゆえ」

つい心配になった。

「お怪我《けが》などなさいませぬよう」

すると八郎は珍しく笑った。

「こちらは具足を着けて、丸裸同然の寝込みの相手を襲うのです。油断さえしなければ、まず大事には至りますまい」

朝日の中で相手の顔を見ていて、気づいた。鼻梁《びりよう》に、ごく僅《わず》かにだが曲がった痕がある。少なくとも一年前にはなかった。再び思う。この子はもう戦場に出て、命のやり取りをした末に敵の首級を挙げているのだ。昨夜、寝物語にも出た。八郎は既に元服して、直家と名乗るようになっている。これからはもう以前のように少年として見るのではなく、一人の男として見るべきなのだ。

「では、五日後に」

そう言って、八郎――直家は路地裏を南へと去っていった。

五日後の夜、直家は約束通りやって来た。

次に来たのは、その二日後だった。さらに次は、四日後。かと思うと、七日ほど空く時もあった。ちょっとした刀傷や痣《あざ》を作っている時もあった。肌を合わせた折にそれと知れた。が、一度目の犬島の件以降、直家は海賊狩りのことを事前には一切言わなくなった。

「土産一つも持たずに、いつも世話になってばかりですみませぬ」

そんなことを、一城の主にもかかわらず、相変わらず丁寧な口調で言う。別に土産などはいいのだが、さすがに心配になって紗代は聞いたことがある。

「乙子の暮らしとは、相変わらずそのように大変なのですか」

「児島湾の漁民農民たちも、いろんな食べ物を持ってきてくれるようになり、以前よりは随分とましになりました」直家は答えた。「ですが、その礼品はそれがしのみの物ではなく、皆が槍働きしてくれた御礼の品ゆえ、私一人が持ち出すわけにはまいりませぬ」

これだ、と紗代は思う。一月ほど前にも感じた。この手厳しいほどの己への律し方だ。その新城主としての在りようを、郎党たちからも絶えず見られていると意識している。

この男は、必ずや武門の棟梁として成功するだろう、とぼんやりと感じた。

やがて、この門前町にも直家とその郎党にまつわる噂が聞こえてくるようになった。

「乙子にござった新領主が、盛んに海賊狩りを行っておられるそうな」

聞けば、児島湾沿岸の漁村や農村の一帯に、海賊どもの首を征伐した都度に晒《さら》しているという。

そんなふうにして二月、三月が過ぎ、秋も深まった頃、直家が言った。

「これから一月ほどは、来られぬかと思います」

てっきり瀬戸内に跳梁《ちょうりょう》する海賊始末の仕上げにかかるのかと思っていたら、

「備前沖の賊はすべて狩り尽くしました。当分は息を吹き返しますまい。これより、田畑の刈り入れに家来を総動員いたしまする」

と、直家は答えた。むろん自らも、鎌を使って刈り入れを行うという。夜の行為とは打って変わって、なんともまあ謹直な城主であることよ、とこの時も呆《あき》れるやら感心するやらだった。


十一月になり、再び直家が姿を現した時には、ややその顔立ちがふっくらとしていた。実際に床を共にした時も、その背中や両肩には以前には見られなかった厚い肉付きが感じられた。最も大変な立ち上げの時期を乗り切ったのだ、と察する。事実、直家もこう言った。

「蔵には、それなりに兵糧の備蓄ができましたゆえ、先日より欠食の日は廃止いたしました。海賊どもを退治して治安も良くなり、乙子の周辺にもかつての百姓たちが戻り始めております。我らが開拓した田畑はその百姓たちに与え、来年より年貢を取りまする」

それからやや間を置き、ここ数ヶ月口にしなかったことを再び聞いてきた。

「そこで、改めてのお願いでござる。以前にも申し上げましたが、紗代殿、是非それがしの内儀になってたもらぬか」

ここだ、と感じる。今まで答えをあやふやにしたままだったが、再びここまではっきりと口に出された以上、今度はこちらも明確な答えをしなければならない。そして、この申し出を受けることは、この数ヶ月、様々に先々を考えに考えた末、やはり難しいという結論を出していた……。

少し考えた後、紗代はまずこう言った。

「直家殿のお気持ち、とても嬉しく思いまする」正直な気持ちだった。「好ましい相手に、ここまでの申し出を受ける――およそ女子として生まれて、これ以上の慶《よろこ》びはございませぬ」

「されば、お受けいただけるのですな」

紗代は、ゆっくりと首を振った。

「この世には、成ることと成らぬことがございます。私どものことは、成らぬことにてございます」

「……」

「訳は、言わずともお分かりでしょう。私はこのように、こうして直家殿が訪ねて来られるままで、充分に満ちておりまする」

「ですが、このまま城主として独り身のままでは、やがてそれがしは主命によって、誰か知らぬ相手と婚姻を結ばされまする」直家は懸命な面持ちで言い募った。「わしの料簡もお聞きいただきたい。拙者《せっしゃ》にとっては意に沿わぬ、好みでもない女子と暮らすより、紗代殿と添い遂げるほうがはるかに心地良く、好日を送れまする」

「たとえその相手が、子を産めずとも？　万が一の場合は、女郎だった来し方が露見したとしても？　もしそうなれば、乙子の郎党の方々にも示しがつきませぬでしょう」

一瞬、直家は言葉に詰まった。

この反応もあらかじめ予想していた紗代は、静かに語った。

「私は、常々感じておりまするが、人が生きるうえで、世間に口外出来ぬような行いは、出来ればお持ちにならぬほうがよろしゅうございます。いったん秘事を抱えれば、いつそれが人の噂になるかと恐れ、周囲の目を絶えず気にして、心から安んじて日々を過ごせなくなりまする。なるべく目立たず、人の噂にならぬよう、ひっそりとした暮らしを送らざるを得なくなりまする。ちょうど、今の私のようにです」

言いながらも、直家へのすまなさと我が身の情けなさに、ふと泣き出したくなった。

「直家殿は、既に歴とした城主――つまりは衆目を集めるお人にてござりまする。そのようなお方が、表に晒せぬ秘事を抱えることは、決して先々のためになりませぬ」

一呼吸置き、なおも念を押すように言葉を続けた。

「ですので、私は、このままでよろしゅうございます。直家殿も、いつかは武門から嫁を娶《めと》られ、私の許を去られます。その時までは、憂き世を忘れたこの一時を楽しみましょうぞ。『足るを知る』とも申します。それで、互いに良しとしましょうぞ」

そう言い切って、直家に深々と頭を下げた。

5

ふう――。

直家は乙子に戻ってからも、さすがにしばらくの間、がっくりと気落ちしていた。それ以前の芳《かんば》しからぬ反応から、断られるだろうことはうっすらと予想していた。それでもここまではっきりと拒否の意思を告げられるとは思ってもいなかった。

しかし、本意ではないのだ。相手は、心ならずもそう決断せざるを得なかった。自惚《うぬぼ》れではない。それはあの時、紗代の下瞼《まぶた》が潤んでいたことでもはっきりと分かった。それでも相手は落涙を堪《こら》え、言うべきことを言ってのけた。たいした女だ。

そういう気丈な部分も、自分の心が未だ紗代の存在に鷲摑《わしづか》みにされている所以《ゆえん》だ。

直家は、少なくとも二月に一度は三石城に出仕していた。

むろん気乗りしてのことではない。浦上兄弟の自分への信頼を、定期的に顔を出して繋ぎ留めておくためだ。そうしておかねば、いつ何時家中の者や他の被官から心無い讒言が兄弟の耳に入って、あらぬ疑いをかけられないとも限らない。

正直、こんなことのためにはるばる三石城まで顔を出すのは愚劣極まりないと思うことしきりだ。それでも、やっておくに越したことはない。

浦上兄弟は、相変わらず直家には好意的であった。

「八郎、相変わらず健勝のようじゃの」

などと、上機嫌な口調で以前の幼名で呼びかけてくる。

それはそうだろう、と一面では思う。誰も行きたがらなかった荒蕪の地に赴き、その取れ高を考えれば三十人の郎党でも家政が立ち行かぬところを、四十人もの家来をなんとか養っている。さらには備前沖の海賊をすべて平らげ、治安を劇的に回復させている。浦上家としてはなんら自腹を切ることがなく、直家率いる宇喜多家が南の版図のしっかりとした盾となっている。好意を抱いて当然だろう。

そして海賊退治もあらかた終わった頃から、この兄弟の——特に宗景のほうが盛んに言い出していたことがある。

「そろそろ八郎にも、どこぞ良き筋目の武門から、嫁を取らせてやらねばなるまいの」

冗談ではない、と直家は内心で思ったものだ。

いくら血筋がそれなりであろうとも、見も知らぬ女など、誰が嫁に欲しいものか。なによりも自分の女子の好みは、既に確固として出来上がってしまっている。そして、直家が好ましく思うような相手は、およそ世間知が狭く、苦労知らずの武家育ちの女子の中には皆無だろうとも強く予想していた。なによりもおれには紗代がいる。他の女など不要だ。

「それがしにはまだまだ早《はよ》うございます」直家は言葉だけは穏当に答えた。「それに、今の身上では、とうてい嫁御などは娶れませぬ」

「なんじゃ、八郎」宗景が笑った。「さては、加増の無心か」

「とんでもございませぬ。それがし、そのようなことは努々《ゆめゆめ》思ってもおりませぬ。所領を増やすならば、自ら切り取ってこそでございまする」

これは、本心であった。願わくば、ゆくゆくはこの浦上家の版図まで呑み込んでやりたい、と時に夢想する。

「八郎なら、さもあろう」

自分で言い出しておきながら、宗景は直家の言葉にいたく満足したようだった。

「ともかくも、嫁御などは、まず郎党を不自由なく食わせていけるようになってから、改めて考えまする」直家はなおも訴えた。「それに、今年はその件は、何かと都合が悪《あ》しうございます」

「母堂のことか」

直家は神妙にうなずいた。

「それがし、母にはいたく感謝しておりましたゆえ、この話をするだけでも、何かと負い目を感じまする」

紗代には言っていなかったが、実は十月の初旬に、直家の母は亡くなっていた。

我が母は苦労続きの人生だった。そう思うと直家も臨終間際の母の姿を見ながら、ごく自然に涙がこぼれた。

しかし、母はか細い息でこう言った。

「私の今生は、幸せなものでありました」

一瞬、この母が冥土を前に錯乱したのかと誤解した。しかし、そうではなかった。

「終わり良ければすべて良し、とも申します。八郎のおかげで宇喜多家も再興でき、こうして我が子と郎党たちに見守られながら、心安んじて涅槃へと参ることが出来まする。およそ武門の女子として生まれて、これ以上の大往生はありますまい」

この末期に及んでも、母の頭はまだ明晰に動いていた。

「私には、それだけで充分に生きた甲斐がございました」

その言葉を聞き、梢が感極まったようにわっと泣き出した。そして四半刻後、母は安らかに息を引き取った。

その末期を思い出しながらも、直家は言った。

「母の長年の恩に報いるためにも、それがしは向こう三年いっぱいは喪に服したく、この件はご遠慮しとうございまする」

「親を思うその気持ち、殊勝な心掛けじゃ」

さらに満足そうに宗景はうなずいた。

むろん、母の死の悲しみは悲しみとして、直家の思うところは別にあった。

紗代にははっきりと断られたが、人の心は時と共に変わっていくこともある。数年かかってその気持ちの変化を待ち、粘り強く口説き落とすだけだと腹を括っていた。

子など、豚や犬にも産める。おれが敢えて子作りに精を出さずとも、やがては七郎に嫁を娶らせ、宇喜多家の跡継ぎを産ませればいい――。

この点、ほぼ万事に執拗である直家も、血脈というただ一点のみに関しては、乾き切っていた。子供の頃から武門の重石を背負わされ続け、今はもう割り切ったとはいえ、結果として武士としての生き方を強いられている。その呪縛に、うんざりし切っていたこともある。

城主の子など、いつ何時落城の憂き目に遭い、塗炭《とたん》の苦しみを味わうか知れたものではない。おれの子にも、この自分のような辛く孤独な生い立ちを辿らせるくらいなら、いっそ子など作らなくてよい――。

そう密かに思っていた。


年が明け、天文十四（一五四五）年になった。直家は十七歳になった。体付きもさらに逞しくなり、もう誰が見ても立派な大人に成長していた。

春から秋にかけ、平穏な日々が流れた。

海賊を一掃したついでに、近隣や児島郡北部に巣くっていた山賊も徐々に征伐していった。近隣の治安はさらに飛躍的に安定した。その治安の良さに引かれて、百姓たちがますます集まってくる。直家たちが耕作した田畑は、向こう五年間、七公三民という年貢で貸し出した。逆に、荒蕪地に入植する者たちには、一年間は年貢なしとし、翌年からの三年間は五公五民とした。いずれもその後の年貢は、以前から居る領内の百姓と同様の六公四民とするつもりだった。

台所事情も安定し、兵糧も少しずつ増え始めた。

さらに、吉井川を西大寺や福岡まで遡る商船からは、その海路の安全を保証する代わりに、水運料を徴収した。吉井川沿いの葦《あし》などにも、地元民たちがその場所を刈り取るごとに運上金を課した。葦は、葦簀《よしず》の材料となる物だ。

この水運料と運上金が、宇喜多家に予想以上の銭をもたらした。

これぞ、と直家は思いを新たにした。だからこそ自分は、浦上兄弟から内示された美作の山間部ではなく、この流通と商業が発達した備前の南部を所望したのだ。水運料や運上金から上がってくる銭こそ、今後の宇喜多家を絶え間なく潤していくものだ。

この間も、直家は四日と置かず、西大寺通いをせっせと続けていた。暮夜の迫る頃に紗代の家に行き、未明に鶏が鳴き出す頃には再び馬上の人となり、乙子城へと戻る。

そして夏頃までには、少なくとも近習たちの間では、この直家の夜行は知らぬ者のない事実となっていた。

やがては秋も盛りになって、乙子に来てから二度目の収穫の時期を迎えた。

今では家老となっている長船又三郎、岡平内の二人は、直家とはほぼ同年で、かつ乙子城の立ち上げの時期から共に田畑を耕していたこともあり、主君である直家にも言葉の遠慮がない。家臣というより、朋輩という感覚で接してくる。

「左様なまでに気に入っている女子ならば、殿は嫁御に迎えられたほうがよろしゅうござる」

「町人の女だ。十近くも年上で、しかも石女である」直家は答えた。さすがに以前には女郎だったという過去までは言えなかった。「その事情もあり、先方が承知をしてくれぬ」

するとと案の定、二人は黙り込んだ。小姓として使っている七郎や戸川平助は、よく意味が分からぬという顔つきで傍に座っている。

ふと思いつき、直家は言った。

「されどこのお方には、わしが最も苦しかった元服前に、実に色々と世話になった。行くたびに飯も振る舞ってくれた」少し迷ったが、やはり口にした。「わしに、男女のことを教えてもくれた。おかげで三石へ出仕してからも、わしは娘たちには目もくれず槍稽古に励むことが出来た。結果、あの美作で兜首を取ることが出来た」

「そうでござりましたか」

直家は、大きくうなずいた。

「いわば、わしの想い女《め》であると同時に、恩人でもある。そこで二人に相談なのじゃが、この長年の恩義に報いるためにも、銭蔵から多少の無心をしてもかまわぬか」

すると二人は笑い出した。

「殿は、何をお堅い。この城は殿の持ち物でござる。銭をどう使おうが、我らの許しなど要りましょうや」

「それは、違う」直家は首を振った。「この城も兵糧も銭も、皆のものだ。わしを含めた郎党たちのものだ。だからこうして、おぬしらに願い出ておる」

すると、二人は顔を見合わせた。海賊征伐では散々に槍働きをした又三郎と平内も、この手の話となるとどう判断していいか見当が付かないらしい。

すると、七郎と平助の後ろに座っていた戸川が、不意に立ち上がった。母が亡くなった後も乙子に留まり、今ではこの城の奥向きと家政を取り仕切っている。そのまま黙って部屋を出て行った。

やがて、いかにも重そうな革袋を一つ、小脇に抱えて戻ってきた。中身を検《あらた》めると、驚いたことに銀子《ぎんす》がぎっしりと詰まっていた。

「水運料と運上金が貯まる度に、明銭《みんせん》を銀子に替えておりました」戸川は言った。「どうぞ、お持ちくださりませ」

ここまでの銭の量は予想していなかった。戸惑いながらも、直家は問うた。

「いや、これは……。良いのか」

戸川はうなずいた。

「よろしいのです。そのお方のおかげもあって、宇喜多はこうして再興できたのでございますから」

二日後、その革袋を持って、西大寺へと赴いた。

驚いた。紗代は革袋の中身を覗き込むなり、激怒した。

「直家殿とは、銭金の関係ではありませぬ。この私を、なんとお思いか」

そう直家の前で、初めて声を荒らげた。

「いや、そうではない――」予想外の反応に、直家はおろおろしながら答えた。「いわばこれは、これまでのそれがしの気持ちじゃ。そして、これよりの気持ちも込めておる」

「お気持ちならば、会う度にしかと頂いておりまする」すかさず紗代が返してきた。「これよりのお気持ちも、そのお体にて頂くつもりにてございます。このようなもの、不要でござりまするっ」

——？

ほんの少しの間があったあと、何故だか分からないが、妙な可笑しみが込み上げてきた。

それは紗代も同様であったらしく、直後には顔を赤くした。ややあって、互いに照れ笑いを浮かべた。

翌日の未明に、銀子の革袋を鞍の背後に括りつけて乙子に帰りながら、しみじみと思った。

やはりおれは、紗代から離れることは出来ない。


しかし、そんな平穏な日々も、晩秋の収穫が終わった時までだった。

ある日、三石城から早馬が来て、至急御屋形様の許に出仕されたし、との達しを受けた。

直家は備前の北東へと向けて馬上の人となった。

三石城に着くと、浦上兄弟が揃って待ち構えていた。直家が拝謁すると、さっそくこの二人は、周囲から人払いを命じた。

「直家よ、今から申すこと、構えて他言無用ぞ」

まず、兄である政宗がそう念を押した。やや間を置いて、宗景が続けた。

「砥石城の浮田大和守が、備中の三村と内通しておる。ゆくゆくは三村をこの備前へと引き入れるべく、算段を付け始めておる」

一瞬、絶句した。あのいかにも気の弱そうな大叔父が、そのような大それた策謀が出来るだろうか……。

直家は、つい念を押すような口調になった。

「その謀叛《むほん》の兆し、まことでござりましょうや」

「何を言う」途端に政宗は、不快げに声を震わせた。「このこと、しかとした筋からの報せである」

宗景も和した。

「他の筋からも聞いた。もはや、大和守の内応は疑いない」

またか、と内心ではげんなりとした。一度や二度の噂、あるいは讒言だけで討伐を決める——こんな頭も腰も軽い主君に従っていれば、いつ何時この自分もあらぬ疑いをかけられるか知れたものではない。

「宇喜多家の嫡流は、そもそもおぬしじゃ。本家が再興した以上、庶流の浮田など備前には必要ない」

そう宗景が言えば、政宗も、

「砥石城は宇喜多家の本貫ぞ。取り戻したくはないのか」

と、押し被せるように言い募ってくる。

ようやく分かる。浮田大和守の討伐は、既にこの兄弟の間では決定事項なのだ。この下知には、従うしかないと腹を決めた。それに砥石城を取り戻しておくことは、肥沃な備前南部での今後の自家展開を考えれば、確かに悪いことではない。

が、その前に確認しておきたいことがあった。

「さすれば、それがしと島村豊後守殿が、共に砥石城を攻めるわけでございまするか」

すると、目の前の兄弟は互いに顔を見合わせた。宗景が言った。

「何故にそう思う」

「高取山城と砥石城は峰続きでございます。それがしが下から攻め、同時に豊後守殿が西隣から攻めるのが、城攻めとしてはまず穏当かと……」

政宗が答えた。

「島村は、絡まぬ。既に相談はしたが、豊後守は、この件は一歩引いて物事を見れば、宇喜多家中の問題であるからご遠慮申し上げたい、と言っておった。直家よ、あくまでもおぬし一人の力で攻め落とすのだ」

なるほど……となると、島村はこの件の讒言者ではないのだろう。だから傍観者に徹する。十一年前のように、いきなり背後から刺される心配はない。

「軍を整え次第、砥石城を攻めよ」

政宗が改めて討伐の下知を下した。


五日後、直家は乙子城より軍を発した。

二度目の収穫を終え、扶持米と銭で召し抱えた郎党の数は、既に五十人を超えていた。砥石城に詰めている大叔父が直に抱える郎党とは、ほぼ同数の軍勢になる。

乙子から、千町川《せんちようがわ》沿いに一里ほど東に進めば、かつて宇喜多一族が寝起きしていた砥石城の麓に出る。

夜陰に乗じて軍を動かしながらも、ふと我が身が情けなくなる。まったく子供の使いにもなっていない。

城攻めには寄せ手三倍の法則というものがある。つまり敵の三倍の軍勢で攻めていかねば、いくら勝手知ったる城とはいえ、まず落とせない。そんなこともあの浦上兄弟には分からぬのかと、その分別を疑う。

いや……ひょっとしたらその点も充分に分かっていて、討伐を命じたのかも知れない。このおれの力量を試すためか。

さらに、島村盛実のことを考える。自分は加勢に出ず、宇喜多家の嫡流と庶流をほぼ同数で戦わせる。おそらく勝敗はすぐにつかず、双方が攻めたり攻められたりして、泥沼の消耗戦になる。最後にはどちらが勝ったとしても、負けたほうは家が消滅するし、勝ったほうも相当に疲弊する。高取山城の東西の土地に存在する宇喜多の嫡流と庶流が潰し合ってくれれば、その分だけ島村の立場は安泰となる。だから、適当な理由をつけて直家への加勢を断ったのかも知れない……。

ともかくも、未明から早暁にかけて砥石城を攻め始めたが、さすがに三十丈（約九十メートル）以上も下方にある麓からの登坂は、困難を極めた。城郭間際まで近づくと、五連郭《れんかく》で構成された切り立った石垣が、さらに行く手を阻んだ。深い堀切も至る所にある。

「いけっ。命惜しみをするな。かかれっ」

直家は慣れぬ喚き声を出しながら陣頭指揮を執った。味方も城郭に向かって果敢に攻めかかってはいくものの、砥石城の曲輪《くるわ》の構造から、どうにも守り手のほうに分があるのは明らかだ。

それでも、あのいかにも気の弱そうな大叔父のことだ。急襲に腰を抜かして、かつての自分の父――興家のように城を放り出してさっさと逃げ出してくれることを期待していたが、どうやら敵兵の抗戦のしぶとさを見るに、大叔父の郎党の中にはそれなりの勇ある武士もいるらしく、攻城戦はさらに困難を極めた。

「右陣、曲輪のもそっと隅から攻めよ」

「今じゃ。左陣、楼閣へ矢を放て」

直家は声を嗄《か》らし、何度も指示を出した。

けれど、味方の兵は直家の采配に素直に従いはするものの、その攻め方はいかにも稚拙だ。

無理もない。直家とほぼ同年代の若武者たちは、数ヶ月にわたる海賊退治で多少の白兵戦には自信を持ったものの、相手は所詮、寝起きで丸腰同然の相手だった。組織立った抗戦も出来ておらず、大根でもすぱすぱ切るように次々と始末できた。

しかし、今度の相手は違う。甲冑に身を固めた正規の武士だ。しかも守り手の者たちはその当主と同様に、それなりに侍として実戦の場数を踏んできており、集団としての戦い方にも慣れている。対して、味方のほとんどは、本格的な合戦をするのは初めてのことだ。どこをどう攻めていいのか、直家の指示がなければ咄嗟に判断が出来ないらしい。

むろん、直家とて似たようなものだ。実際の合戦は一度しか経験していないし、さらには大将として采《さい》を振るうのは今日が初めてのことだ。

だから、軍を発する数日前より、孫子《そんし》と呉子《ごし》の兵法書を慌てて再読した。それくらいの付け焼き刃な、おぼつかない采の振るい方しか出来ていない。

懸命の攻城中であるにもかかわらず、つい内心で失笑していた。

やはり自分も含めて、まるで子供の軍隊ではないか。

一刻ほど粘って戦ってみたが、既に朝日は大雄山の上に姿を現し、攻防戦は白日の下に晒されつつあった。こちらは逆光で城が見えづらく、逆に、朝日を背にしている城郭の上から見れば、直家のちっぽけな軍勢など、一目でどこにいるかが把握できる。このまま無理をして攻城戦を続ければ、どんどん矢で射殺《いころ》されるのが落ちだ。

仕方なく直家は撤退を命じた。

「引けっ。全軍、引けっ」

報復はすぐにやって来た。

一月もしないうちに、今度は浮田大和守国定が乙子城まで攻めてきた。

けれども、この逆襲の前の時点――砥石城攻めの直後には、それまで大叔父に付き従っていた周辺の地侍たちに、浦上兄弟が朱印状を差し回していた。

「浮田大和守、備中の三村家親《いえちか》に内通し候。今後、一切付き従うべからず」

という文面で、当然、攻めてきた軍は大和守手持ちの郎党のみで五、六十名しかいない。直家の軍と同じような数だ。

が、乙子城は比高わずかに十五、六丈しかない。一面の田圃の中に、お椀を伏せたような丘がこんもりと突き出した玩具のような城に過ぎない。さらには城郭も土塁を盛り上げただけで、石垣ではない。麓から上がる道も緩やかで、その道も東、北、西の三方に存在する。

果たして浮田勢は二十名ほどに分かれて、その三方から攻城を開始してきた。直家は三の丸に本陣を据え、三方の道に十五名ずつを配置した。敵が攻め登ろうとするその上から盛んに矢を射かけ、それ以上に拳大《こぶしだい》の石ころを投げつけた。再び感じる。まったくもって子供の喧嘩《けんか》に等しい。

が、そうではない部分もあった。三つの道のうちのいずれかが危うくなると、温存した二十名を逐次その個所に投入して懸命に敵を防いだ。

城攻めは、攻城するほうが疲労も被害も大きいものだ。こちらが粘り強く守っている限り、やがて敵は諦める。直家はその時が来るのを待って、ひたすらに耐え忍んだ。

果たして一刻もすると、浮田勢は攻め疲れて撤退を開始した。周囲は見渡す限りの平地だ。敵が伏兵を潜ませておく場所はどこにもない。

「ここぞ。追えっ。引き際を叩け」

直家は叫びつつ、郎党と共に城を駆け下った。

味方の池田太郎《いけだたろう》という郎党が、先陣を切って敵の殿《しんがり》に食らいついていく。しかし、その殿を務めていた敵の若武者が、退路の途中でいったん踏みとどまり、太郎と槍を合わせて奮戦した。その若武者の槍捌《さば》きは、必死に修行してきた直家が見ても、敵ながら見事なものであった。結果、味方は追いすがろうとした出鼻をあっさりと挫《くじ》かれた。

「あの若武者は、誰ぞ」

直家は周囲に聞いた。

「たしか馬場《ばば》、馬場岩法師《いわほうし》とかいう若者でござる」

結局、この大叔父との攻防戦は、四年もの長きにわたって続いた。

緒戦ではひよこ同然だった郎党も、戦いを重ねるにつれて、戦場での動き方に慣れてきた。直家もまた、そうだ。集団戦を指揮する度に、采配が手慣れてきた。そして相変わらず最前線にも出た。

あの岩法師という若者とも、直に矛を交えた。直家も手堅く槍を振るったが、咄嗟の動きという面では、どうやら岩法師の反射のほうが上のようで、何度か危うい場面があった。その都度、長船又三郎や岡平内らが助太刀をしてくれて事なきを得た。やはり自分は本来、槍働きには向いておらぬのだとつくづく情けなく思った。

そして同時に、自分は合戦の采の採り方もうまくはないようだ、と密かに感じた。集団戦でも予想外の事態が出来《しゅったい》した時には、ややうろたえる。一瞬、思考が止まる。すぐさま的確な指示を家臣に出すことが出来ない。そんな自分を、さらに不甲斐なく感じる。

春と秋の農繁期は、示し合わせたように戦はなくなる。近郷の百姓の田畑を踏み荒らすと、地元の地侍たちの反感を買うからだ。大叔父も直家も、それら地侍たちが怒りのあまり、敵に与《くみ》することを恐れている。だから戦は一時期なくなる。

そんな時は、直家もまた西大寺行きを再開する。

紗代にも、つい愚痴をこぼした。

「わしは、武将にはあまり向かぬらしい」

「何故でございます」

「戦の指揮が上手くない」直家は膝小僧《ひざこぞう》を抱えたまま、正直に答えた。自分でも愚かしく思うのだが、既に二十歳を迎えているというのに、この紗代の前では、常に前髪も取れぬ少年のようなそぶりになる。「戦場での心働きが、良くない」

言いながらも、考えをまとめていく。

「たぶん、幼き頃より戦の四方山話を聞いておらぬゆえだ。その蓄積が体に沁み込んでおらぬから、咄嗟の判断にいつも迷う」

「それでも直家殿は、負けてはおりませぬ」

紗代が励ますように言う。

「が、勝ってもおらぬ」

「されど、近郷からの噂によりますれば、徐々に直家殿が押し始めているというではありませぬか」

事実、そうだ。二年、三年と過ぎるうちに、次第に大叔父の動きは鈍くなり、逆に直家のほうが砥石城に攻めていく場合が多くなっていた。

それでも直家は苦笑して答えた。

「まことの戦上手なら、城一つ取るのにこうも年月はかからぬだろう」

「直家殿は、まだ二十歳と若《わこ》うございます。これからでございますよ」子供でもあやすように、紗代は言う。「これより歳を経るにつれ、きっと上手くおなりです。それに、商家で育った良さもございます。現にこの三年間、戦続きでも、乙子の家政はちゃんと回っておられるようではありませぬか」

これは、その通りだ。戦を続けるには莫大な金がかかる。だから直家は、城の兵糧と銭の量を絶えず一定以上に保つよう、いつも気にかけていた。戦のない時は以前にもまして河川の治安に気を配り、西大寺を通じて乙子の宇喜多が吉井川河口の運航の安全を保証することを触れ回ってもらってもいた。そのぶん水運料も入って来ていた。百姓も、乙子周辺の治安の回復ぶりを耳にして、ますます入植するようになっている。新たな年貢の実入りも増えている。

だから、これだけ戦続きでも、乙子の軍は未だに活発に動くことが出来る。反対に、既存の領地からの石高収入だけに戦費を頼っている砥石城は、徐々に弱ってきている。

たぶんあと一息だ、と感じる。しかし、確実に落城させるには、直家の手の者六十人に加え、あと百ほどは新たな軍勢が要る。

そのことを口にすると、不思議そうに紗代が言った。

「この戦い、そもそもは浦上様のお声がかりで始まったことでございましょう」

「うん？」

「であれば、浦上様に後詰《ごづ》めを頼まれてみれば如何《いかが》です。その上で先鋒を宇喜多勢だけで務めれば、浦上様も乗り気になるのではありませぬか」

あ——。

言われてみれば、その通りだった。かつて政宗から言われた、

「あくまでもおぬし一人の力で攻め落とすのだ」

という言葉を、ずっと額面通りに受け取っていた。直家自身、人の輪の中で育ってこなかったせいもあり、誰かに頼るという発想がなかったこともある。しかし、浮田大和守を滅ぼすことは、元はと言えば浦上兄弟の下知なのだ。しかも後詰めに入る浦上家の兵の損失は、ここまで敵が弱ってきている以上、攻城戦が始まってもほとんどないはずだ。

直家は跳ねるようにして起き上がり、思わず紗代の両手を握った。

「紗代殿、ありがたいっ」

天文十八（一五四九）年の正月、三石城に出仕した直家は、早速その旨を願い出た。浦上兄弟は二

つ返事で快諾した。

そして同年の春、直家と浦上の軍勢が示し合わせて砥石城を夜襲した。城は落城し、大叔父は備中へと逃れようとした。岡平内に追わせて、その首を打ち取った。

直家は、その武将としての評価を、浦上家中で一段と上げた。

第四章　流転

1

なんともまあ、情けなきことよ――。

馬場《ばば》次郎四郎《じろうしろう》職家《もといえ》は、ついそう我が身の不運に嘆息せざるを得ない。

次郎四郎職家――幼名を岩法師《いわほうし》という。

乙子《おとご》の宇喜多との初期の攻防戦では、まだ手慣れない敵を散々に打ち負かした。主君の浮田国定もその働きにいたく感じ入り、すぐに岩法師を元服させた。以降、次郎四郎職家と名乗るようになった。

それからも四年の長きにわたり、職家は槍働きに励んで宇喜多勢と戦ってきた。

が、それら武功も、主家の浮田家が滅びては元も子もない。

職家も既に所領を失い、今では福岡のさる商家に居候の身だった。

以前に砥石城に出入りしていた商人の厚意で、商家の離れで寝起きするようになってから、はや二《ふた》月《つき》が経った。既に初夏を迎えようとしている。

福岡の町は、武具を商う商人が多い。そのせいもあり、周辺の武門の噂話《うわさばなし》も職家の耳に入って来る。

宇喜多和泉守《いずみのかみ》直家は、浮田国定を滅ぼした功により、福岡の西方にある新庄山城《しんじょうやま》とその周辺の領地を加増されたらしい。ただし、砥石城は島村豊後守の預かりとなった。

この処置は、意外だった。新庄山城はともかく、宇喜多家の本貫だった砥石城だけは、てっきり和泉守直家の持ち物になると思っていたからだ。

やがて、世話になっている商家の主人から、その前後の事情を聴いた。

本来は砥石城を宇喜多家に戻すはずだったが、島村豊後守から横槍が入った。曰く、

「宇喜多家に乙子城と砥石城とで東西を挟まれては、島村家は枕を高くしては眠れませぬ」

と、浦上氏に苦情を持ち込んだという。

……ふむ。

それに対し、和泉守直家がどういう反応を示したかまでは、職家の耳には入って来なかった。

が、おそらく浦上兄弟は浮田国定の討伐を命じるにあたり、砥石城を与えることを確約していたはずだ。そして、その砥石城の報賞の代わりとして与えたのが、新庄山城とその周辺の領地だったのだろう。

本貫の地と城は与えてやれないが、これで勘弁せよという意味で、乙子の十倍近くの領土を加増したのだと、職家は見当をつけた。

その憶測を、世話になっている商家の主人に話すと、

「もしよろしければ、手前がその事情も確かめて参りましょうか」

と意外なことを言い出した。どういうことか、と問うてみると、

「実はそれがし、この町の寄合衆の一人を務めておりまして、その町衆を束ねる長《おさ》に、阿部善定殿というお方がおられます」

「うん？」

「実は、宇喜多和泉守様は、この阿部家で六歳より十二歳までを過ごされており、その後も何かと支

援を受け、今でも善定殿とはしげく行き来があると聞き申しております」

この話には驚いた。あの宇喜多家を再興した男は、こんなところで零落した幼少の身を託《かこ》っていたのか。つい念を押すように聞いた。

「その話、まことか」

「まことも何も、この福岡では誰一人知らない者のない、有名な話でございます」相手は軽く笑って答えた。「ですから善定殿にお伺いすれば、そのあたりの事情も分かるやもしれませぬよ」

けれど、少し考えて職家は言った。

「いや……ご厚意はありがたいが、そこまでして頂かずともよい」

どうせ済んだことだ。今となってはその事情を知ったところで、我が身がどうなるものでもない。

が、そんなやりとりがあってから、しばらくしてのことだ。

その日も職家は、商家の離れで特にやることもなくごろごろと無聊《ぶりよう》を託っていた。

そんな彼を、訪ねてきた者がある。既にこの世に用済みとなった自分を訪ねてくるなど、珍しい人間もいるものだと思っていると、なんと相手はあの阿部家からの使いの者であるという。

つい興味本位で、その使者に会った。相手は二人で、商家の番頭と思《おぼ》しき三十前半の男と、牢人風の、いかにも腕が立ちそうな四十がらみの男だった。その二人は、

「手前、『備前屋』の番頭を務めております源六と申しまする」

「拙者は百瀬と申す者。今は牢人の身にて、長らく阿部殿の世話になっている」

そう簡単に自己紹介を済ませると、さっそく源六のほうが用件を切り出した。

「実は今、八郎殿――失礼、宇喜多和泉守様が我が家を訪《おとの》うておられます。馬場様がこの福岡におら

れる旨をつい伝えましたところ、『もしよければ、会いに来られぬか』とのご伝言にてございます」

思わず事の意外さに目を瞠《みは》った。

「わしに？」

源六はうなずいた。今度は百瀬という牢人が話を引き継いだ。

「栄枯盛衰、殺し殺されは武門の習い。八郎殿も先だっての戦いに、特に遺恨はございますまい。ただお会いして、過日の馬場殿の槍働きの話を聞いてみたい――そのような心持ちであると聞き申した。如何か？」

しばし迷ったが、結局は首を縦に振った。

案内人《あないにん》の二人と連れ立って、備前屋へと向かった。

その大邸宅の離れに、宇喜多和泉守直家はいた。戦場では何度か顔を合わせてはいるが、今こうしてその顔を間近でじっくりと拝むと、まだ存外に若い。職家とも、三歳とは違わぬだろう。

「馬場殿、ようござった」

開口一番、直家は言った。そして直家の横に座っている、いかにも豪商の大旦那といった恰幅《かっぷく》の良い五十がらみの男を示し、

「これなるお方は阿部善定殿と申し、わが父に等しき存在の御仁であられる。また、拙者がこの浮世で、最も敬愛するお方でもある」

一瞬、聞き違いかと思った。まがりなりにも既に二つの城持ちの、歴《れき》とした武門の棟梁《とうりょう》が、町人をこのようにまで敬っている。しかも、主筋の浦上氏を措《お》いて、

「この浮世で、最も敬愛するお方」

とも断言した。

だが、聞き違いではなかった。現に阿部善定は、恥ずかしさに居たたまれぬといった様子で、

「いやはや……これは、なんとも恐縮至極で、身の置き所もありませぬな。手前は、単に銭を稼ぐ卑しき商人《あきんど》に過ぎませぬよ」

と、慌てて手を振って見せた。が、構わず直家は言葉を続けた。

「この源六なる者は、わしが幼年の頃、陰に陽に何かと気にかけ、助けてくれた」

これまた源六も慌てだした。おそらくはどうしていいか分からず、直家にがばりと平伏した。

「さらに百瀬殿には、去る六年前の美作合戦の折、このわしを手弁当にて助太刀していただいた。今、わしがまがりなりにも武門の棟梁としてあるは、この百瀬殿のおかげである」

言われて、ようやく思い出した。

職家も十三の時、手習いの初めとしてその合戦に初陣《ういじん》として出た。確かこの直家は、二騎の武者を連れていた。まだ少年だった職家が見ても、その二人の与力は、尼子《あまご》勢に囲まれた中でも実に鮮やかな槍働きだったことを記憶している。

つい横の百瀬を見遣る。これが、あの時の手練《てだ》れの武者だったのか――。

百瀬は、なにやら恥ずかしそうに頰を搔《か》いていたが、やがてぽつりと言った。

「わしなどより、柿谷殿のほうがはるかに槍働きをしておられた。惜しくも儚《はかな》くなられたが、八郎殿の今の言葉を聞き、きっと泉下で喜んでおられよう」

その言い方で分かった。もう一方の武者は、あの冬の美作で落命したのだ。

すると、源六は少し涙ぐみ、阿部善定も俯《うつむ》いた。

直家だけが、じっと自分の顔を見つめている。

勘で悟った。おれは今、これまでの短いやり取りで、なにかを問いかけられている――ふと、我が身の今の境遇を思い出した。

「つまり、武士《もののふ》も、武士以外の人々の助けがあっての物種でござる、と。町人や百姓……様々な人の暮らしの上で、初めて成り立っている、と？」

直家は、大きくうなずいた。

「左様。武士などと言えば聞こえはいいが、所詮は人殺し稼業に過ぎぬ。治安を守る代わりに、百姓や町人からは言うに及ばず、馬借《ばしゃく》や車借《しゃしゃく》、挙句には商船からも掠《かす》りを取る存在に過ぎぬ。この一事、如何？」

そう、改めて念を押されるように問いかけられれば、現に町家に世話になりっ放しの職家には、しばし返す言葉もなかった。気づいた時には、こう答えていた。

「和泉守殿の申されること、ごもっともでござる。我ら武士は蔓《つる》のようなものにて、そこに大樹がなければ、この世を渡ることは到底出来申しませぬ」

再び、直家は大きくうなずいた。

「武者働きに優れ、そこまで料簡が立っておれば、もはや言うことはない。もしお手前に、我が宇喜多家に仕える気があれば、後日、新庄山城に参られよ。決して不満は出ぬ扶持《ふち》にて迎え入れる」

職家は、あまりに意外な事の展開に呆然《ぼうぜん》とした。

ややあって、備前屋を辞した。

「なに、どうせわしは昼間は用無しじゃ。そこまで送ろう」

そう言って、百瀬が帰路を途中まで付き合ってくれた。

ふと思い、職家は訊《たず》ねた。

「百瀬殿は、和泉守殿にはお仕えなさらぬのか」

すると、隣の相手は懐手で苦笑した。

「二度、誘われ申した。一度目は御曹司――八郎殿が乙子城主になられた時、二度目はつい先だって……じゃが、修羅道を改めて生き直すには、わしはいささか歳を取りすぎた。物憂くもある。このまま市井《しせい》にて、今生を終えるつもりじゃ」

なるほど。人には様々な生き方があるものだ、と職家は感じた。

十日ほど経ち、ようやく職家は腹を決めた。荷物をまとめ、町家を辞してその足で西方の新庄山城へと向かった。福岡からはわずかに半里（約二キロ）ほどの距離でしかない。

砂川を渡り、高さ四十丈（約百二十メートル）ほどの新庄山を見上げる。至る所に岩肌が剝《む》き出しの、険阻な山城だ。これなら大軍が攻めて来ても、ちょっとやそっとでは落ちることはないだろう。

そんなことを思いながら、急勾配の山路を登り始めた。実際に登坂してみると、予想以上のきつい岩肌で、職家はそののっけから一気に汗が噴き出した。

頂上の城郭手前で、首筋の汗をぬぐいつつ木陰でいったん涼んでいると、十六、七歳ほどの中大人《ちゅうおとな》がもの問いたげに近づいてきた。

「あのう、もしや馬場殿ではございませぬか」

「そうじゃが」

「あっ、それがしは戸川平助と申し、和泉守様のお側《そば》を務めている者でござります。少し前より馬場殿が来られるかもしれぬというお話、聞き及んでおりました」

ほう、と思った。直家とは、ますます細やかな心配りの出来る男だと感じる。

「ささ。どうぞこちらへ」

そう促されるままに、城中へと入った。

通された間には、二十歳を少し過ぎたくらいの男がいた。その精悍《せいかん》な顔つきに、見覚えがある。

果たして相手は笑みを浮かべた。

「以前に何度か、戦場にて相まみえた。拙者、当家の家老を務めます長船又三郎貞親と申しまする。以降、お見知りおきを」

「それがし、馬場次郎四郎職家にてございまする。こちらこそ宇喜多様の御厚意に甘え、恐れ入ります る」

すると、相手もうなずいた。

「我が殿は、いたく馬場殿にご執心の様子であられる」

「されど、このわしが仕えますること、家中でのご懸念はまことにござりませぬのか」

事実、職家は四年にわたる戦の間に、宇喜多家の家臣を何人か斬り殺している。すると、相手は百瀬と同じことを淡々と言った。

「殺し殺されは武門の習い。過ぎてしまえば、それだけのことにてござる」

実は職家は、この宇喜多家へ出仕するにあたり、事前に調べられるだけのことは調べて来ていた。

現在、乙子城は、まだ十三歳の直家の異母弟・七郎を新領主として、その補佐を、もう一人の家老である岡平内家利が務めている。

「されど、乙子のほうも同じご意見でありましょうや」

「むろん」

そんなやり取りをしているうちに、直家が上座に姿を現した。職家はごく自然に平伏した。

「馬場次郎四郎よ、よう来た」座るなり、直家は言った。「改めて聞く。当家に仕える気持ちは固まったか」

「はっ。厚かましくも、そのつもりで参上つかまつりました」

「良いのじゃ。では、まず当家の方針を申す」

そして、直家は語った。

この備前、美作では主従の裏切りや内通行為が茶飯事とはいえ、自分からは絶対に家臣を裏切らぬ。疑わぬ。さらには、もし七郎のような連枝《れんし》衆と家臣が対立した場合も、公平に扱う。血脈よりもその忠心や有能さで、人事を計る。

「だからおぬしも、安んじてこのわしに仕えてくれればありがたい。武門を強くするのは、君臣の紐《ちゅう》帯《たい》のみである」

「その御上意、しかと承りました」

直家はうなずいた。そして両手を打った。

「平助よ、文箱《ふばこ》を持ってこい」

すると、先ほどの戸川が現れた。漆《うるし》塗りの文箱を押し戴くようにして、直家の前に差し出す。直家は蓋《ふた》を開け、その中から書状を取り出した。

「次郎四郎よ、おぬしには豊原荘《とよはら》三百石と、与力六十人を付ける」

そう、淡々と書状を読み上げた。

一瞬、職家は我が耳を疑った。差し出された書状を、思わず読み返す。やはり、聞き違いではない
――直家が口にしたその通りのことが書かれていた。

さらに度を失う。じわりと額に汗が浮かんだ。しかし、それでもまさかと感じる。

無理もない。浮田国定に仕えていた時ですら、ここまでの破格の知行は貰《もら》っていない。これでは宇喜多家に仕えると同時に、一気に家老かそれに準ずる待遇を受けることになる。

「次郎四郎、そちはわしに仕えると同時に、一手の侍大将を務めてもらう。これはいわば、その元手じゃ」

「さ、されど、本来は仇《かたき》であるそれがしをここまで手厚く遇されては、どこぞから改めて不満は出ませぬか」

直家は微笑《ほほえ》んだ。

「次郎四郎、そちの槍働きは、すでに家中の者があまねく知るところである。才ある者を遇する。これも当家の方針じゃ。どこからも不満は出ぬ」

長船又三郎貞親も横から口を開いた。

「この一件、すでにわしら家老や重臣の間でも了承済みである。遠慮なく、この差配を受けられよ」

職家は、ようやく感動を新たにした。おれは、ここまでその才幹を見込まれている。

そして今度こそ、心底より平伏した。古来、士《さむらい》はおのれを知る者のために死すとも言う。

決めた。おれはこれより死ぬまで、この男に付き従っていく――。

2

上道郡《じょうとう》の新庄山城と邑久《おく》郡の乙子城を併せ持つようになってから、二年が過ぎた。二十三歳の直家も、もはや郎党四百人ほどを抱える堂々たる備前の土豪である。

その間、これといった戦もなかった。その平穏をいいことに、直家は相変わらず西大寺通いを続けていた。新庄山の東を流れる砂川沿いに南に下って一里ほどの距離だ。乙子の時より遠くはなったが、それでも五日と置かずに紗代の許《もと》を訪っていた。

直家はまだ、紗代を内儀《ないぎ》にすることを完全には諦めていない。が、それとなく話を向けるたびに、紗代はやんわりと断り続けている。

「私には、子をなすことが出来ませぬ」

「構うものか」

乙子の城主に据えている七郎も、既に十五歳である。来年あたりには元服させ、どこぞから内儀を貰ってやるつもりだった。その二人に生まれた子を、宇喜多家の世継ぎにすればいい。

現に弟の縁談の話を、三石城の浦上兄弟の許にも持ち込んでいる。が、

「直家よ、その前に、まずはおのがことではないか」

宗景がそう言えば、兄の政宗も、

「弟の心配など、まずは嫡子が嫁を取ってからの話である」

と、たびたび釘を刺してきた。

「それがしも、今ではもったいなくも二城の持ち主になりました」直家は、だいたいこのように逃げ

た。「その切り盛りに忙しく、とても嫁など貰っている暇はありませぬ」

が、この秋ばかりはそうもいかなくなった。

間を置いて再び三石城を訪れると、宗景が待ちかねた様子で言った。

「直家よ、そちは中山備中を知っておるな」

「はい」

当然だ。知っているもなにも、中山備中守信正は上道郡随一の大豪族で、その居城である沼城は、新庄山城から半里もない。現に、直家の城からは、北方の田園地帯の中にある広大な沼城を常に望むことが出来る。

「むろん、存じ上げております」

そこでじゃ、と宗景は膝をやや乗り出してきた。「備中守には、奈美《なみ》という娘がおるそうな。歳は十七。いい頃合いじゃと思うが、そちの内儀にどうか」

来た、と感じた、とうとう恐れていたことが現実になった。

「恐れながら拙者は以前にも申しました通り、とてもそのような余裕などございませぬ」直家は必死に弁じた。「それに備中守殿は、この備前でも有数の豪族であられまする。今の私には、分不相応にてございまする」

「直家、直家よ。そちももう二十をいくばくか過ぎた。堂々たる大丈夫《だいじょうぶ》である。いつまで眠たいことを言うておるのじゃ」宗景はやや口をとがらせて言った。「それにこの件、兄ともよくよく相談した末、すでに中山備中にも内々に話は通してある」

愕然《がくぜん》とした。だいたい自分は、その内儀になる相手の顔すら見たことがないではないか。つい縋《すが》りつくように尋ねた。

「つまりはもう、受けざるを得ぬということでござりましょうや？」

宗景ははっきりとうなずいた。

「この一件、断れば、中山の機嫌を損なうぞ。上意である。備中守から嫁を貰え」

そう、高々と命じた。

これは、もはや断れぬと覚悟した。

けれど、自分の意向も聞かずに婚姻の相手を勝手に決めるなど、この浦上兄弟はわしをなんだと思っているのか。被官同士の結束を図らせるための、体《てい》のいい駒だとでも見ているのか――。


その日の帰路、直家はなんともやるせない気持ちになった。

すまじきものは宮仕えと言うが、まさしくこのことだとつくづく実感した。その晩はどうしても新庄山城にまっすぐ帰る気がせず、西大寺の紗代の家を訪れた。

「悪い話じゃ」

直家は裏口から屋内に入るなり、話を切り出した。

「浦上家より、婚姻の話を持ち込まれた。中山備中守という、この備前でも有数の豪族の娘じゃ。先方にも、既に話は通してあった」

そう告げると、さすがに紗代の顔も一瞬青ざめた。

「が、今ならまだ何とかなるやも知れぬ」直家は咄嗟《とっさ》に思いつき、あわあわと急《せ》くように続けた。

「明日にでも三石まで急ぎ戻って、『わしには既に生涯を決めた女子《おなご》がおります』とでも平謝りに謝れば、なんとかなるかも知れぬ。まだその娘に会う前なれば、辛うじて備中守への面目《めんぼく》も立つ。だから以前よりのこと、ここで今すぐ快諾してくれぬか」

それでも紗代は、黙って直家の顔を見たままだった。

不意に腹が立った。

「紗代殿が、いつまでも捗々《はかばか》しい返事をしてくれぬから、このようなことになるっ」

思わず、これまでの不満が口を衝《つ》いて出た。

すると、相手は少し笑った。

そしてやや間を置いて、少し陰のある笑みを再び浮かべた。

「私のお返事は、以前から申し上げている通りです。これは、変わりませぬ」

直家はなおも何か訴えようとした。しかしその前に、紗代がまた静かに口を開いた。

「八郎殿と男女の仲になってから、はや九年が経ち申しました。長いものです。それ以前の、互いにそれと見知った時期から数えますれば、十三、四年にもなりまする」

「……」

「八郎殿、以前にも申しました通り、人と人との間には、成ることと成らぬことがございまする。我らは互いにこの九年で、並のお方の一生分はおろか、十人分ほどの肌の愉しみを、充分に味わい尽くしました。そろそろ、ここらあたりでご料簡なさりませ」

「さ、されど――」

が、そう言いかけた直家に、紗代は首を振った。

「武門の棟梁の婚姻とは、色恋ではございませぬ。それをお分かりの上で、武士に返り咲かれたはず」そして、もう一度繰り返した。「未練にてございます。八郎殿も一人前の男なら、そろそろお覚悟なさいませ」

翌日の未明に、紗代の家を出た。

朝焼けの下で静まり返った西大寺を見渡しながら、ぽくぽくと馬を打たせてゆく。

「……」

自分でもほとほと呆《あき》れるが、この期《ご》に及んでも相手のことは諦め切れていなかった。

昨日、紗代は言った。

「男女の仲になってから、はや九年。互いにそれと見知った時期から数えますれば、十三、四年」

――確かにその通りだ。

直家は、これまでの人生の半ば以上を、紗代のことを絶えずどこかで想いながら生きてきた。しかも、少年期から青年期の最も多感な時期だ。お互いの立場が全く絡まぬ相手だからこそ、いろんなことを包み隠さず話し、幼き頃よりの悩みも散々に打ち明け、かつ、男女としても互いの体の隅々まで知り尽くしている。今では紗代は、いわば直家の心と体の一部に等しい。だからこそ、諦め切れぬのだと感じる。

そんなことを考えている間にも、輿入《こしい》れの件は着々と準備が進み始めた。

「いや。まことにおめでとうござる。これで殿も、ようやく一人前の城主にてございまする」

そう、家老の長船又三郎は手放しで喜び、自ら縁組の差配役を買って出た。沼城との間をしげく行き来している。

乙子城の七郎ともう一人の家老、岡平内も、すぐに噂を聞き付け、頼みもせぬのに新庄山城までわざわざやって来て、

「殿、殿、これで宇喜多家にも待望のお世継ぎが生まれまするな。しかもお相手は、あの備中守殿のご息女。宇喜多家もますます安泰じゃ」

と、又三郎と同じく、盛んに嬉しがった。

ふと思いつき、直家はこれら二人の家老を、城の一室へと招き入れた。

「覚えておるか。わしがこれまで足繁く通っていた、西大寺の女子のことじゃ」

すると、又三郎と平内は互いに顔を見合わせた。

「備中守の娘と結婚はする。これは、避けられぬ。出来れば仲良うやっていきたいとも思っておる」

直家はなおも続けた。「されども、あの紗代殿の行く末がどうにも気にかかる。すまぬが平内よ、そちの乙子は西大寺に近い。暇な時で構わぬから、時おり紗代殿の店を覗いてはもらえぬか。いや、声などはかけてもらわずとも良い。息災であるかどうかを見てもらえるだけで構わぬのだ」

すると、すかさず又三郎が口を開いた。

「はて、殿はまた訳の分からぬことを申される。その紗代殿というお方は、今おいくつになり遊ばされる」

一瞬、躊躇ったが、やはり答えた。

「もう、三十を一、二は過ぎておる」

又三郎はさらにずけずけと言ってきた。

「殿、殿には悪うござるが、その紗代殿とやらは既に年増も年増、大年増でござる。対して備中守の

ご息女は、それがしが見るところ、見目麗《みめうるわ》しゅうもあり、しかも歳は十七。今まさに女の盛りであられる。誰がどう見ても、奈美殿のほうがよろしゅうござる」

平内もそれに同意した。

「歳はともかくとしても、西大寺のお方は石女《うまずめ》でござる。武門に嫁ぐ女子は、子を産んでこそでござる。そのようなお方を想い続けても、詮無《せんな》きこと。殿やこの宇喜多家にとって良きことはひとつもござらぬ」

「殿、その紗代殿のことは、早《と》う早うお忘れになることじゃ」

相変わらずこの二人は、直家に対して言葉の遠慮というものが一切ない。

と同時に、こいつらには分からぬのだ、と改めて絶望的な気持ちになる。

又三郎貞親と平内家利は直家の期待通り、優れた武辺者《ぶへんもの》一辺倒に育っているが、それだけに心の動きの肌理《きめ》が粗く、男女の機微にも疎い。女は歳でもないし、見た目でもない。むろん若いに越したことはないし、美しいに越したことはないが、そんなことより、自分との肌合いや、感覚思考の波長が合うか合わないかがより肝要だということが、女子の経験の浅いこの二人には、まったく分かっていない——。

けれど、これればかりは口で説明して分かるものでもない。それどころか、掻き口説くように言ったところで、直家のような異様とも言える濃厚な男女の一時を過ごさぬ限りは、一生その意味が分からぬ男のほうが圧倒的に多いだろう。だから、この世の男どもは、やれ歳が若いとか美しいだとかを、まるでそれが一大事でもあるようにやたらと騒ぎ立てるのだ。

「ともかくも、紗代殿はわしの幼き頃よりの恩人でもある」情けないことに、この二人に分からせるには、こういう言い方しかなかった。「その恩義のある相手の、行く末が気になる。平内よ、だから済まぬが、暇な折で構わぬから時おり店を覗いてはくれぬか」

この恩義という言葉には、ようやく二人もそれなりの反応を示した。

「なるほど、長年の御恩ということであれば、これは致し方ありませぬな」平内は納得したように言った。「さすればそれがし、殿のご意向通りに致しましょう」

「すまぬ」

そう言って家臣に頭を下げている自分が、なんとも憐《あわ》れになる。さらに念を入れて繰り返す。

「わざわざ話しかける必要はないのだ。遠目より、変わらず息災であることを確かめてくれるだけでよい」

すると、平内はあっさりと破顔した。

「拙者に、何を話しかけることがありましょうや。まさか『あなた様が、殿の長らくの想い女《め》でござったか』などとは、口が裂けても申せませぬわい」

……それは、その通りだと思った。


やがて婚儀の日が来た。

武門同士の習いで、相手の親は婚儀には出席しない。万一の場合の謀殺《ぼうさつ》を危惧してのことだ。だから直家も、相手の沼城には一度も行ったことがない。

奈美という嫁が、中山備中守の重臣に伴われて新庄山城へとやってきた。

大広間での婚儀の席上で、直家は相手を初めて見た。

なるほど、又三郎の言った通り、確かに美しくはあった。現金なもので、直家はややほっとした。が、婚儀の後で実際に共に暮らし始めてみると、やはり良くも悪くも生粋の武家の娘であることを思い知らされることになった。

特に奈美は、備前でも有数の大豪族の娘としてなに不自由なく育っている。いささかも苦労を知らず、世間知もなく、深窓育ちとはこういうことを言うのかとも感じた。自分の存在を疑うことを知らず、モノの見方も平板極まりなく、その奥行きも浅い。また、絶えず自分の意思に従ってくれる主従関係の中で育ってきているので、自儘《じまま》でもあった。そういう部分では、一時期の義母であったあの榧《かや》を連想させた。

直家は、あの榧から異母弟たちの食べ終えた椀に再び飯を装《よそ》われ、食べよと強制された日々のことだけは、いくら忘れたくとも、どうしても忘れられない——。

それにも増して切なかったのは、この新妻とは、当然のことながら紗代との時のように言葉が通じ合わないことだった。いや……言葉自体は通じるのだが、文脈の背後にある機微を感じ取ろうとはしない。感じ取る感受性もない。相通じる価値観もない。

例えば直家は、乙子城の時にも増して、商人が新庄山城にやって来るのを歓待した。ゆくゆくは砂川沿いに城下町を築き、地場の商業を少しでも活性化させるつもりだった。

が、ある時、奈美はこう苦情を言った。

「何故、あのような卑しき者どもを近づけられます」

どうやらこの嫁の中では、商人とは百姓や鍛冶職人よりかなり下層の存在であるらしい。むろん、その武士一般の価値観は直家にも分かるつもりだ。商人は百姓や職人とは違い、何も生み出さない。

何も生産しない。額に汗して働かない。しかし、ならば我ら武士とて同じではないか。いや……我欲に任せて戦をし、人を殺したりする分だけ、商人より始末が悪い。

それに、これよりの武門は商業からの実入りを抜きにしては語れない。百姓から上がってくる年貢だけでは到底大きくなれない。

けれど、それを口にはしない。言ったところで、世の動きを何も知らずに育ってきたこの相手には、銭や流通の感覚が分かる素地がない。

なによりも腹が立ったのは、直家がこの世で最も敬い、今でも父同然と仰ぐ善定まで侮辱されたような気分になったことだ。

直家は、女子には今まで一度として声を荒らげたことがない。けれど、さすがにこの時ばかりはきつく言い返した。

「奈美よ、そちはそのように申すが、わしはその商家で育っておる。福岡の阿部善定というお方が宇喜多家を扶助してくれておらねば、わしは今のような城主はおろか、武士に返り咲くことも出来ずに、貧窮と失意の中でとうの昔に死んでおったことであろう。そのようなこと、二度と口にするな」

日頃は温厚な直家が明らかに怒りを滲《にじ》ませた声を出したので、奈美もさすがに驚いたようだった。

「すみませぬ。直家殿の来し方を存じておりましたのに、私が迂闊《うかつ》でござりました」

そう謝られても、直家の内心はなおも穏やかでなかった。

迂闊ではない。迂闊である前に、その商人に対する認識が間違っているのだと叫びたかった。しかし、モノの分からぬ相手に、そこまで理屈を言い立てるのも気が進まなかった。言ったところで相手はこちらの本意も分からず、戸惑うばかりだろう。

直家は、自分の出自の特異さを充分に認識しながらも、世間知がこうも違う者と夫婦《めおと》になることが、ここまでやり切れぬものかと実感した。


武門同士の婚姻は、第一義として子を生《な》すことが何よりも優先される。それにより、両家の紐帯をさらに固めるのだ。

正直、あまり気は進まなかったが、直家も夜の務めに励んだ。

これは色恋ではない、義務なのだ、と自分に言い聞かせた。

奈美は、直家の中に既に確固として出来上がっている女性の好みからはおよそかけ離れているが、それなりに美しくもあり、若い女に特有の肌の張りもあり、抱けるには抱ける。直家自身、若い盛りであることもあり、無理やり劣情を掻き立てれば、なんとか男根も立つ。

が、それだけに過ぎぬと思う。

直家だけが相手の上で束の間懸命に動いた挙句、精液を放出するだけだ。

その一部始終を、まるで天井から常に冷静に見ているもう一人の自分がいるような気がする。どうやっても、あちら側の忘我の境地へと分け入っていくことが出来ない。味気ないことこの上ない。

そもそも処女であった相手はひたすら受け身に徹するだけで、閨房《けいぼう》の術《すべ》など望むべくもないのだが、それ以前の問題として、奈美と自分との間には決定的に何かが足りない。

虚しい――。

幾度そう思ったか分からない。そんな時、かつて紗代に言われた様々の言葉が脳裏を過《よぎ》った。

「そこいらの犬猫のように、ただやり散らかすだけでございまする」

今のおれときたら、まったくその通りだと感じる。

「男女のこの事は、会話と同じようなものです」

そう……同じ感覚を共有し合えない相手とは、肌の上での会話も成り立たない。一方的に直家が話しかけて、相手はその意味も分からぬまま、わずかな反応を示すだけだ。

が、世間の男女の事とは、おおよそがこのような交わりであろうとも想像する。

そういえば、柿谷もかつて言っていた。

「世の中の大半の者は、その忘我の境地すら知らずに死んでいく」

さらに、こうも語った。

「されど、おぬしはのっけから極上の悦楽を味わった。幸せでもあり、それ以上に、不幸でもある。武士の婚姻など、好いた惚《ほ》れたではない。主君の声掛かりか、両家の都合によって決まる政略結婚に過ぎぬ。その味気ない夫婦の暮らしを、男女の道を知る以前ならまだしも、知った以上は、それと分かりながらも諦めつつ、淡々とやり過ごしていくしかない」

そして極めつきには、こう結論付けた。

「これからのおぬしは、どのような女と知り合っても、肌の交わりにはまず満足出来ぬだろう。自らには知らなかったふりは出来ぬ。だから幸せでもあり、不幸じゃと言うておる」

今、まさしくその通りになっているではないかと、直家はますます切なく思う。

かといって、奈美が悪いわけではない。こと男女の行為に関する限り、奈美は、武家の女子としては極めて普通なのだ。一番の原因は、このおれの特殊極まりない男女の来し方にある。

が、それでも知ってしまった以上は、どうしようもないではないか……。

唯一の救いは、今では直家も歴とした城持ちの棟梁であることだった。かつ、新庄山城の規模は、乙子城よりはるかに大きい。結果として城の居住区は、奈美たちを始めとした女たちの寝起きする奥と、男たちが政務を司る表の場所が明確に分けられている。

だから直家は、その事が終われば余計な話をすることもなく、男どもの寝起きする寝所の奥にある自分の部屋に、そそくさと戻ることが出来た。

そして、戻る時には、いつもほっとした気分になった。

同じ言葉でも、それを捉える意味の違う相手とは、どう会話のやりとりをしても面白くもなく、かつ長続きしないものだとつくづく感じた。

そんな味気ない性行為でも、定期的にやっていれば、まさしく犬猫のように子供はいくらでも出来るものだ。

一年後に女児が生まれ、これには『千代《ちよ》』という名前を付けた。

翌年に、また子が生まれた。再び女だった。これは『澪《みお》』と名付けた。

さらに二年後に生まれた子は、今度も女子だった。

さすがにこの頃になると、家中でも、

「奥方様は、どうやら女腹であられる」

などという話がまことしやかに囁《ささや》かれるようになった。

正直、直家としても、これ以上夜の営みを続けることは、気持ちの上でも限界だった。もう四年だ。

いくら武門の棟梁の務めとはいえ、すべての面において合わない相手と肌を接する行為は、個人的にも既に拷問に等しい苦行となっていた。

男ではないが、子は三人も生した。たしかに女腹であるという気もする。もう充分だろうと感じた。

直家は、次第に奈美との夜の行為から遠ざかり始めた。

この間に、元号が長らく続いた天文から弘治へと移り、浦上家における直家の立場も微妙に変わった。

以前は仲睦まじかった浦上兄弟の間には、天文二十（一五五一）年の頃から次第に亀裂が生じていた。さらに、その後の三年ほどで修復不可能なほどに関係が悪化し、ついに兄弟は絶縁という形で袂《たもと》を分かった。

原因は、北方の尼子氏にある。

天文二十年、尼子は再び美作《みまさか》に侵攻し、備前の半ばまで南下してきた。兄の政宗は尼子氏に与《くみ》して浦上家の安泰を図ろうとした。一方、弟の宗景は危機感を募らせる備前の被官と団結して、この尼子氏の動きに対抗しようとした。この方針の違いが結果として兄弟の絶縁を生んだ。

天文二十三（一五五四）年、宗景はそれまでの居城であった三石城を捨て、美作国境《くにざかい》に近い天神山山頂にあった廃城を改築し、そこへと移った。浦上旗下の備前衆は、そのほとんどが弟の宗景のほうに与した。直家もそうだ。そもそもが、政宗ではなく宗景の被官であった。

尼子氏と、直家を始めとする備前衆の攻防戦は、断続的ながら三年にわたって続いた。これは、後に美作騒乱《みまさかそうらん》と呼ばれた。

が、時に三万の軍勢をもって侵攻してきた尼子氏も、宗景旗下の備前衆に決定的な打撃は与えられなかった。これと相前後して、政宗と宗景の兄弟間の争いも小規模ながら備前で繰り広げられた。兵数の差から、勝つのは常に宗景軍だった。むろん直家も、それらの戦いには常に出陣した。

これら戦への忙しさもあり、自然、奈美の居る奥からはさらに足が遠のいていった。しかし奈美は、特にそのことを不満に思っている様子もない。直家が、奈美の実家の中山信正に遠慮して側室を置いていないということもあるだろう。この時ばかりは相手の恬淡《てんたん》とした態度がありがたかった。

この同時期に、北方の尼子氏だけではなく、西国の大大名である大内氏にも大きな変化があった。

直家が奈美を嫁に迎えた天文二十年には、大内氏の長らくの当主であった大内義隆《おおうちよしたか》が、その嫡子ともども、重臣の陶晴賢《すえはるかた》によって滅ぼされた。その後、晴賢は大内義隆の養子であった晴英《はるひで》を大内家の当主として立て、自らの傀儡《かいらい》政権とした。

この傀儡政権に叛旗を翻したのが、石見や安芸の豪族衆だった。天文二十三年、陶晴賢率いる大内軍は、石見と安芸に進軍するが、逆に大敗を喫してしまう。これにより安芸一国は、以前から地盤を着実に固めていた毛利元就の完全な支配下になった。

さらに翌年の天文二十四（一五五五）年、その安芸を奪還しようとした陶晴賢は、二万の大軍をもって安芸の厳島《いつくしま》に侵攻するも、わずか五千ほどの毛利軍の老獪《ろうかい》な奇襲戦術により完膚《かんぷ》なきまでに撃破され、晴賢自身も自害する。

勢いに乗った毛利軍は、その後数年をかけて大内氏を攻め、ついに弘治三年（一五五七）には大内氏を滅ぼした。毛利元就は、本貫《ほんかん》の安芸に加え、周防、長門の二国と、備後、石見、筑前、豊前の一部をも毛利家の支配下に置いた。自然、備後や石見で接している山陰の雄、尼子氏とは、中国地方の二大巨頭として激しく対立するようになった。

弘治四（一五五八）年の二月に元号が変わり、永禄元年になった。その頃までには、備前の実質的な支配者は完全に浦上宗景になっていた。兄の政宗は、本拠である室津の室山城へと後退したまま、備前の国境に近い西播磨の一部にその勢力を残すのみとなった。

その間にも、直家は、時に所用で乙子まで行っていた。途中で、川べりから西大寺が見える。いっそ訪れようか、と激しい衝動に何度襲われたことか分からない。特に、奈美の寝所にまったく行かなくなってからのこの数年はそうだった。実際に、惹き付けられるように門前町間際まで馬を進めたこともある。

けれど、直家は何故かそれ以上近づけなかった。

直家も、気づけばもう三十歳になっていた。紗代と会わなくなってから、既に七年も経っている。男女にとっては長すぎる歳月だ。

紗代の言葉を思い出す。

「人と人との間には、成ることと成らぬことがございまする。武門の棟梁の婚姻とは、色恋ではございませぬ。それをお分かりの上で、武士に返り咲かれたはず。未練にてございます。そろそろ、ここらあたりでご料簡なさいませ」

紗代が未だに息災で独り身なのは、乙子の岡平内からの報告で知っていた。

たぶんだが、直家が顔を出せば昔のように屋内に招き入れてくれるだろう。しかし、そうして会ったとしても、お互いに気持ちの上で、昔とはもう何かが決定的に違うだろうとも感じていた。

最後にあの別れの言葉を告げられた時、二人の中で明らかに何かが終わった。少なくとも直家は、残る未練を強引に断ち切った。そして少なからぬ歳月が過ぎてしまった今、その消えてしまった熾火《おきび》が再び蘇《よみがえ》ることはないだろう。もし新たに火が付いたとしても、それは完全なる諦観を含んだ、おのずと違う種類の感情になる。

直家自身、長く戦乱の暮らしに明け暮れ、平時には大所帯になった家政の切り盛りに忙しい。昔のように頻繁に紗代の許を訪れるようなことは出来ないし、今では紗代のことを想うよりも、武門と郎党を今後どう安泰にしていくかということに、その関心の大部分が絞られてしまっている。

もう十五年も前だ。初陣の時に必死に呟いていた、平家物語の冒頭を再び思い出す。

祇園精舎の鐘の声　諸行無常の響きあり――。

その出だしの意味通り、すべてのことは移ろい変わっていく。

おれの心も、たしかに変わり続けている。紗代の許を訪れたとしても、その束の間にも宇喜多家の今後をつい考えてしまう自分がいるだろう。そしてその気配は、確実に相手に伝わる。既に住む世界が全く違う二人には、先々のことで共に明るく話すことのできる話題もない。

それでも直家は、なおも吉井川の川べりに馬を立てたまま、しばらく西大寺の町並みを眺めていた。が、やがて軽い吐息を洩らし、そのまま新庄山城へと戻り始めた。

3

永禄二（一五五九）年の春だった。

備前にもやっと平穏が訪れたかと思っていると、天神山城より宗景の使者が来た。数日内に浦上家へと急ぎ出仕されたしとの旨であった。

翌日の未明から早起きして、直家は長船又三郎貞親ら郎党五名を引き連れ、天神山城へと向かった。

向かいつつも、何の話だろう、とは怪訝に感じていた。尼子はこの数年で急激に勃興してきた毛利氏との攻防戦に忙しく、美作からは撤退している。備前と美作は、ほぼ大部分が宗景の支配下に戻ってきている。

そんな状況で、わざわざ遠い天神山城まで急に呼び出されるほどの用件とは、いったい何だ。

天神山城は和気《わけ》郡の奥深く、吉井川上流の東側に位置する急峻な山頂にある。夕暮れ前に麓に着いた一行は、さらに百三十丈（約四百メートル）もの山道を登坂しつつ、頂にある城郭を目指した。三の丸に着いた頃にはすっかり日も暮れていた。さらに四半刻ほどをかけて峰伝いに続く城郭の中を北に進み、本丸へと到着した。

久しぶりに会う宗景は、ここ一年ほどの平和な日々にもかかわらず、険しい表情をしていた。大広間でのしばしの拝謁《はいえつ》の後、宗景は自らの近習《きんじゅう》はむろん、直家の郎党にも席を外すように命じた。

嫌な予感が高まる。

別室に直家だけを招き入れた宗景は、果たして前置き無しに言った。

「そちに内々の相談があって、呼んだ」

「はっ」

「おぬしの岳父である中山備中のことじゃ」

直後には、両腋《わき》にじわりと汗をかき始めた。

「去る美作騒乱のこと、覚えておるな」

「はい――」

仕方なく直家がうなずくと、何かを思い出したかのように、宗景の顔はますます険悪になった。

「あやつは既に、我が浦上家など頼りにならぬと考えておる。我が武門が不甲斐ないから、尼子などに美作はおろか、備前まで侵食されたのだと考えておるらしい。さらには、このわしに対する近頃の増上慢《ぞうじょうまん》には我慢がならぬ」

直家は何と答えていいか分からず、ただ石のように身を硬くした。

中山信正とは婿《むこ》と舅《しゅうと》の関係とはいえ、武門の棟梁の習い通り、どちらかの城で二人きりで会ったことはないし、政治向きの話をしたことも一切ない。互いに家来を引き連れて、たまに鷹狩などを共に催す程度の関係に過ぎない。とはいえ、この舅との関係は相変わらず悪くない。

それに、と感じる。浦上家の屋台骨がしっかりとしていないから、中国山地を越えてまで尼子に付け込まれるのは、その通りではないか。現に、あの美作騒乱の折は美作との国境沿いどころか、尼子軍は備前の赤坂《あかさか》郡、磐梨《いわなし》郡をも侵し、さらに上道郡、沼城のすぐ傍まで攻めて来たこともあった。これでは舅が浦上など頼りにならぬと感じるのも当然だ……。

が、直家の態度にもかかわらず、宗景は言葉を続けた。

「さる筋からの報告によれば、あやつは我が浦上とは縁を切り、備中の三村家親に与することを既に決めておるらしい。それを裏付ける、しかとした物証も握っておる」

まさかと思い、口を開こうとした直後に、さらに宗景は重大なことを口早に言った。

「内通した者は、中山備中だけではない。そちの仇である島村豊後も、去年末頃より三村に気脈を通じておる。成羽《なりわ》城の三村家親は、既に備中一円を統一しておる。次にはこの備前を盗《と》るために、家親はわしの被官のうちの大なる者、中山備中と島村豊後を籠絡《ろうらく》したということじゃ。もはや、誅伐《ちゅうばつ》するしかない」

なるほど、そう聞けば確かに話の筋はそれなりに通っている。

が、もしそのような疑いがあるのなら、まずはあの二人を個別に呼び出し、事の真相を直《じか》に問い質《ただ》すのが物事の筋道というものではないか。確かに、あの島村は宇喜多家の仇だ。進んで庇《かば》いだてするつもりもないが、単なる風聞で、またしても自分と同じような有力な被官を討伐するのかと思うと、この主君の度重なる軽率さには、ほとほと愛想が尽きかける自分をどうすることも出来ない。

さすがに直家は言った。

「まずは島村豊後守殿をこの天神山に呼び出されて、その疑念をぶつけてみられてはいかがでしょう。その上で、内通していることが明らかなようなら、この城内で誅殺されては」

「それは出来ぬ。もし島村を殺せば、そちの舅はすぐ三村に与して叛旗を翻す」

「では、このお二人を同時に呼び出されては如何?」

「両人を呼び出した時点で、あやつらはそれと気づく。やって来る前に、おそらくは同時に叛旗を翻す。後ろ盾に三村を呼び込んでな。そうなれば、この浦上家はしまいじゃ」

直家は、ようやく事の本質に気づく。

この主君は、北の尼子、西の三村の襲来に常に怯えているのだ。そのような面では彼我の兵力の差をよくよく弁《わきま》えており、どちらかでも本腰を入れて攻め込んで来れば、美作はおろかこの備前もひとたまりもないと思っている。だからより一層、尼子や三村への内通の風聞には過剰に反応する。その謀叛の芽をいち早く取り除こうと躍起になる。

さらに宗景は言った。

「そちも、舅を討つことにはさすがに躊躇いはあろう。じゃが、同時に宇喜多家の仇である島村も滅ぼせるとなれば、どうじゃ?」

「……」

「もしこの両名のこと、策をもって討伐してくれれば、その過半の領土をそちに与えよう。むろん、砥石城もそちへと戻す。今度こそ、差し戻す」そして、もう一度、訴えかけるように繰り返した。

「どうじゃ?」

両腋を、いよいよ大量の汗が伝っている。

ここまで主君に詰め寄られた以上、少なくともこの場では申し出を受けざるを得ぬ。入室する前に確認していた。部屋の外には宿直《とのい》が四、五名はいる。もし断れば、今度は直家自身の口からこの謀略が洩れることを恐れ、この主君は自分をすぐにでも手打ちにすることもあり得る。それだけは、なんとしても避けたい。

とりあえずは受けることだ、と改めて腹を括《くく》る。受けて、それをいざ実際に行動に移すかどうか、あるいは逆に舅や島村と組んで、備中の三村を後ろ盾として浦上家に叛旗を翻すかは、また改めて考えればいい——。

「承知仕《つかまつ》りました」直家は答えた。「されど、中山備中守殿と島村豊後守殿はその身上も大きゅうござりまする。お二人をほぼ同時に討伐せずば、残る一人はすぐに叛旗を翻し、三村家親を誘い込んでこの備前で騒乱を起こすことは必定」

言いながらも、実際に風聞が真実なら、そうなるだろうと思う。

「さすれば、万が一にも討ち損じませぬように、策を十二分に練る必要がござりまする。家臣らともその手配りを協議し、案が立ち次第、再びこちらに出仕いたしまする」

急かすように宗景は問うた。

「いつまでに戻る」

「十日内にはその策をまとめ、進上しに参りまする」

宗景は、その返事に満足したようだ。

「頼む」


翌日、天神山城を出る時に、まずは長船貞親に命じた。

「今より乙子へと急ぎ向かい、忠家《ただいえ》（七郎の元服名）と岡平内に、すぐ新庄山城へと来るように伝えよ」

夜遅くに直家が新庄山城に着いてしばらくすると、貞親に率いられて忠家と岡平内がやって来た。

「ご苦労。明朝、二の丸の離れにて話すことがある。大事な相談じゃ」

そう言って翌朝に、主だった重臣を二の丸にある茶室に集めた。

六畳もない狭い茶室の中に膝を詰めて居並んだ面々の顔を、直家は改めて眺める。

この城の家老の長船貞親と乙子城家老の岡平内家利、侍大将の馬場職家は、直家と同様、すでに堂々たる壮年である。乙子城主を任せている忠家も二十三歳で、既に嫁を貰っている。二十七歳になった戸川平助も秀安《ひでやす》と名を改め、貞親の下で次席家老を務めている。

「実は皆に、内々に相談すべきことがある。このこと、構えて他言無用とせよ」

そう切り出して、天神山城にて宗景から言われたことを包み隠さずに話し始めた。

そのあまりの内容に、一同は時に目を剝《む》き、時に愕然とした表情を浮かべた。

最初に口火を切ったのは、岡家利であった。

「して、殿はその話を受けられたのでござるか」

「少なくとも、あの場では受けざるを得なかった。受けねば、口封じのためにわしが殺される恐れもあった」

これには一同も、しばし黙り込んだ。

ややあって、今度は長船貞親が聞いてきた。

「今、『あの場では受けざるを得なかった』と申されましたな。すると心底では、そのご下知《げじ》に従うかどうかは、まだ決心しておられぬ、と？」

直家はうなずいた。

「むろんじゃ。その今後を決めるために、皆をこうして呼んだ」さらに間を置き、躊躇《ためら》いながらもこう続けた。「情けなきことながら遠江守《とおとうみのかみ》（宗景）殿は、我らが今後も心安んじて主君と仰ぐには、いささか不安が残る御仁でもあられるようじゃ。いっそ、この話を沼城の舅殿に打ち明け、備中の三村を後ろ盾として、浦上家に叛旗を翻すという策もある」

今度は戸川秀安が口を開いた。

「されど、その場合、島村豊後守はどうなさるのでござるか」

直家はため息をつき、さらに渋々と答えた。

「叛旗を翻すのであれば、勝たねばならぬ。より多くの兵力を結集せねばならぬ。豊後守も味方に引き入れるしかあるまい」

すると、重臣たちから一斉に反対の声が上がった。

「あの島村は、我が宇喜多家を滅ぼした積年の仇でありまするぞ」

と戸川秀安が怒りのあまり、口から泡を飛ばしながら訴えれば、

「それがしにも兄者《あにじゃ》の御料簡、とうてい得心が行きませぬっ」

と、忠家も顔を真っ赤にした。

二人の筆頭家老も、似たようなことを怒りに声を震わせて口にした。

こんな場合ながら直家は、武士《もののふ》とは可愛いものだとつい思う。

あの島村も、もしかしたら今の直家のように、主君から下知を受けて仕方なく宇喜多家を滅ぼしたのかも知れない。そのことにはまったく想像が及ばず、ただひたすらに仇は仇だと信じ込んでいる。

この乱世で武門が生き残るには、時として心ならずも仇敵《きゅうてき》と手を組むことも必要になる。飲みたくもない泥水を敢《あ》えて飲まねばならぬ場合もある。折り合いだ。だが、その一事が、この直情型の家臣たちにはどうにも我慢がならないらしい。物事を適正に判断するためには、倫理や愛憎ではなく、その問題の構造を冷静に腑分《ふわ》けして見るべきものだということも、まったく分かっていない。

が、武門の家臣はそれでよい。そのような利害や政治向きのことを悩み考えるのは、棟梁一人だけの役割で良い。

ふと気づいた。馬場職家は先ほどから一度も口を開いていない。

「職家よ。そちはどう思う」

「島村殿と組むこと、それがしも気は乗りませぬ。されど、殿の舅殿を殺《あや》めることも、どうかと思われます。さらには奥方様のこともございます。このこと、どうなさるおつもりです」

すると、それまで口喧《くちやかま》しく言い募っていた家臣たちも再び黙り込んだ。

ややあって、直家は言った。このことは、昨日の晩から絶えず悩み続けた上で、既に結論を出していた。

「たとえ婚姻関係を結んだとはいえ、日頃から申している通り、謀略も含め殺し合いは武門の習いである。この備前や美作ではなおさらだ。それは、奈美もこの宇喜多家に輿入れした時に覚悟しておろう」

長船貞親が聞いてきた。

「となると、もし痛ましくも舅殿を殺められることになったとしても、奥方様にはお手を付けられぬということでござりますな」

「当たり前だ」直家は答えた。これは、正直な思いであった。「奈美に限らず、女子は女子であるというだけで、男より有り難いものだ。それに手を付けることなど、あり得ぬ」

今度は岡家利が心配そうに言った。

「ですが、父御《てて ご》が殺されたと知って、奥方様が殿をお恨みになり、自害されることもあり得まするぞ」

直家は、思わずため息をついた。

衆議はいつの間にか宗景の下知通り、すでに舅と島村を討つ前提で検討されつつある。そして皆の関心は、その討伐の成否ではなく、それが成ることを当然として、その後の家内の扱いのほうに向いている。

「されど、まだ宇喜多家はこの備前では中程度の土豪でしかない。島村と手を組むのが嫌なら、謀叛自体を諦め、遠江守（宗景）殿の御下知に従うしかない。その上で奈美がこの家を出奔して出家するなり、あるいは世を儚んで自害したとしても、それはそれで仕方がなかろう」

言いつつも、はるか昔に紗代の言ったことを思い出していた。

もう、十七年も前のことだ。

「今ここで、その境地まで漕《こ》ぎつけておれば、先々で女子に接する時も、心にゆとりが生まれましょう。嫁の実家に下手に心を絆《ほだ》され、先々で再興される宇喜多家の生き残りの道を、踏み誤ることもありますまい」

今まさにそのとおりの状況になり、良心の呵責《かしやく》を覚えつつも、嫁と舅の存在に惑わされることなく、冷静に自家の生き残りの道を検討しているではないか。


会合の後、忠家だけが茶室に残っていた。何か言いたげにしている。

「忠家よ、なんぞ疑念があるようなら申せ」

するとこの八つ違いの異母弟は、しばし口ごもった後、口を開いた。

「兄者の奥方のこと、まことにそれで宜しいのでしょうか」

直家は、先ほどの言葉を繰り返した。

「仕方があるまい。舅殿の謀叛のこと、まさか事前に教えるわけにもいかぬ」

「しかし、万一にもそうなれば、お子たちのこともございます。母御前がおらぬ娘たちを、どうやってお育てになるおつもりです」

「千代や澪らは、戸川と梢に扶育してもらう」

梢はもう三十近くになるというのに、他家に嫁ぐことを嫌がり、まだ宇喜多家にいる。

忠家はなおも言った。

「長じて、あの子らが兄者を恨むかもしれませぬぞ」

「それも、覚悟の上じゃ」

そして少し考え、忠家に改めて尋ねた。

「酷《むご》いと思うか」

やや迷ったようなそぶりを見せたが、忠家はうなずいた。それを受け、直家は言った。

「ひとつ申しておく。わしたち宇喜多家の血筋の者は、人ではない」

「は？」

「宇喜多家という武門を大きくし、安泰にするための道具に過ぎぬ。わしやおぬし、梢や我が子らを含めて、そうだ」

忠家は少し戸惑ったように答えた。

「時にはお家の犠牲となることもあり得ることを覚悟しておけ、ということでしょうか」

直家はうなずいた。

「武門のためには、時に非道な決断も下さざるを得ぬ。あるいはその道具として無残な死に方をする覚悟だけは、後々の悪評も含めて、腹だけは括っておけ」

すると、この異母弟は不意に視線をそらした。

なるほど、と感じる。自分はそのようなことはやりたくないという顔つきだ。

「忠家よ、西国の毛利元就が何故、大きくなったか分かるか」つい、自分でも思わぬことを口走った。

「安芸の国人《こくじん》から身を起こし、今では七ヶ国をその支配下に置いている。何故そうなったのか、おぬしには分かるか」

忠家はますます戸惑った顔をしたが、構わず直家は続けた。

「元就は、わしと似たような生い立ちであったらしい。幼少の頃に父が死に、母も亡くし、その後すぐに家臣に居城を乗っ取られ、一時期は流浪の身に等しい境遇であった。その後、紆余曲折《うよきょくせつ》を経て毛利宗家を継ぐことになったが、この時にお家騒動が起きた」

語っているうちに、ようやく自分が何を言いたいのかが分かってきた。

「元就には、相合元綱《あいおうもとつな》という異母弟がいた。元々はわしらのように仲が良く、共に敵をよく防いで毛利家を守《も》り立てていた。が、山陰の尼子がこの元就の家督継承を不満とし、元綱の家臣たちを焚《た》き付けて、元綱に家督を継がせようとした。元綱もその気になり、お家騒動が起こった。結果、元就は不本意ながらも武門の安泰のために元綱に詰め腹を切らせ、元綱派の家臣も粛清した」

「兄者、兄者――」ひどく憤慨した様子で忠家が訴えた。「すると兄者は、このわしが兄者をやがて裏切るとでも?」

直家は、はっきりと首を振った。そして珍しく長広舌をふるった。

「そのようなこと、申しておらぬ。わしが家臣たちを大切に扱う限りは、彼らが裏切るとも思わぬ。されど、もし舅殿と島村を討てば、我が宇喜多家は彼らの所領を取り込んでさらに一段と大きく膨らみ、浦上傘下の土豪で、最も大なるものとなる。隣国の三村や尼子から見れば、浦上の屋台骨を揺るがすため、調略するには格好の相手となる。宇喜多の家中を二分するために、おぬしや、おぬしの家来たちにわしが疑念を向けるよう、こちらがそれと知らぬうちに相手の罠《わな》に嵌《は》められることもある。

そのようなことにならぬよう、心して気を引き締めよということじゃ。現にこうして、わしは遠江守殿の疑念により、心ならずも舅殿を討つこと、既に覚悟を決めておる」

「……」

「よいか。武門の不幸は、近隣の他家にとっては幸いである。この一事を忘れるな。宇喜多の血筋を引く男子は、常に他の武門からは不仲にされることを目論《もくろ》まれていると心得よ」

ようやくこの弟にも、直家の言わんとすることがぼんやりと見えてきた様子だった。忠家は、恐ろしく緊張した面持ちで二度、三度と頭を下げた。

「それがし、決して兄者の疑念を買うような不用意な真似は致しませぬ。ですから、なにとぞこの忠家めを今後もお信じくだされ」

違う。そうではない……こいつは、自分が何もやっておらぬのに、いつかはおれから疑念を持たれる恐れがあるのではないかと疑っている。だから、これだけ身を硬くして頭を下げている。どう言えば、自分の真意を分かってもらえるのか。

しばし考えて、口を開いた。

「――忠家よ、そちは去年、嫁を貰ったの」

「……はい」

思い切って、直家は打ち明けた。

「わしはもう、何年も奈美の寝所には行っておらぬ」

「は?」

「もし舅殿を討てば、たとえ奈美がこの家に居続けたとしても、その夫婦仲は完全に終わる。奈美との間に子を生すことは、もうあるまい」さらに続けた。「そしてわしは、見も知らぬ相手とは、たとえ主君の声掛かりであろうとも、二度と武門同士で縁組をするつもりはない。意に沿わぬ女子と、夫婦の契りを結ぶことはない。それをするくらいなら、一生独り身でもよい」

偽りのない本音だった。

話の意外な展開に、忠家は完全に言葉を失《な》くしている。

「その場合、もしおぬしに男児が生まれ、武士として過不足なく育ってくれるようであれば、それをわしが養子にもらう。宇喜多家の惣領《そうりよう》として育てることを考えておる」

この直家の重大に過ぎる発言には、さすがに忠家も度を失ったようだ。

「それは――」

構わずに直家は相手の言葉を遮った。

「むろん、実際にそうなるかどうかは、時が過ぎてみねば分からぬ。が、わしはそのようなことも時に夢想するほど、おぬしを頼りにしておる。信を置いている。だから、おぬしは宇喜多家のために、このわしと共にさらに励むのだ」

直後、忠家ははらはらと落涙した。

「兄者、それがしも兄者に倣《なら》い、修羅道を歩みまするこど、この場にてしかと約定《やくじよう》いたしまする。この決意を、生涯胸に刻んでいきまする」

直家は、淡々とうなずいた。

それから数日をかけて、舅と島村を同時に討つ算段を慎重に思い巡らした。

やがて、それが一つの計略に絞られていった。

四日目の朝にため息を一つつき、それから単身天神山城に向かった。

夕刻には宗景に拝謁し、人払いを願った。

「思案は、立ったか」

二人だけになってから、宗景は声を潜めて聞いてきた。直家はうなずき、そのやり方を詳しく説明した。

「よかろう」一通りの手順を聞き終わり、宗景はさらに声を小さくした。「では、半年後の秋の終わる頃までには、この討伐は成るな」

「まず、そのようになるかと」

言葉少なに直家は応じた。宗景は念を押すように先日の言葉を繰り返した。

「このことが成れば、過日の約束通り、備中と豊後の所領の過半はそちへと与える。そのことを胸に、確実に事を成せ」

この頃になると、直家には宗景が先々で考えていることが、少しずつ見通せるようになってきていた。

主君である宗景は、以前から浦上家の許に備前の被官を一枚岩にさせようと躍起になってきた。そしてこの件を契機に、それら被官たちの核に、今後大所帯になるであろう宇喜多家を据えようとしている。宇喜多家が備前一円に睨《にら》みを利かせる限り、西方の三村に内通しようとする者は出ないであろうとの目論見だ。

当然、その前提として宗景は、浮浪同然の身から二城の持ち主にしてやった子飼いの直家が、自分に叛旗を翻すことなど今後もないと思っている。

少なくとも、宗景から見ればそういう考えになるのだろう。

しかし、だからといって直家自身が、その主君の料簡を今後も甘んじて受け入れ続けるかと問われれば、それはまた自ずと別の話だ――。

ともかくも、策は立った。直家はその後、すぐに計画を実行に移した。

舅である中山信正の居城・沼城は、その呼び名通り、周囲を広大な沼に囲まれた備前でも有数の堅城である。城郭の規模も上道郡では最も大きい。

その時点で、直家は正攻法の攻城をはなから諦めていた。

沼城の四方を取り巻く広大な水面は、雉《きじ》や鴨《かも》など野鳥の絶好の住処《すみか》であった。時に鹿なども水を飲みに来る。水面に氷の張らぬ春から秋にかけては、特にその頭数が多くなる。

まず、舅にその領内での狩猟を許してくれるように願い出た。むろん姻戚関係にある信正は、快くこれを許した。

直家はそのお礼として、いつも狩りをした帰りには、獲物である鹿や鴨を信正の許に届けた。

初夏を迎えた頃、直家はさらに舅の許しを得て、沼城の東にある茶園畑という丘に茶室を造った。

この場所で狩りを終えた後、舅を招待して酒肴《しゆこう》でもてなすようになった。

中山信正は、すでにこの頃五十代になっていた。右足を悪くしており、歩くのにも一苦労な様子だった。

そして、水面に浮かぶ沼城の外部への出入り口は、西方にかかった橋の一つしかない。

だからこそ直家は、沼城の東にある丘に茶室を造ったのだ。

信正は、依然として直家には好意的だ。自分の娘が男児を産まないのに、直家が未だ側室を持たないことに恐縮しつつも満足している。その奈美に対する扱いには、中山家という武門に対する遜《へりくだ》りと畏《おそ》れの気持ちが入っていると解釈している様子だ。

そして、無類に酒好きな男でもある。

だから直家に誘われれば、信正はいつも上機嫌で馬に乗ってやって来る。

「婿殿も飽きずに狩りとは、相変わらず息災であるな。なによりなにより」

そんな、愚にもつかぬような感想を洩らす。

直家も、この舅のことは嫌いではない。

かと言って、もう二十年ほど前、まだ八郎と呼ばれていた十歳前後の頃、西大寺で何度かこの信正を見かけたことがある話は、今まで一度も口に出したことがない。

自分でも何故かは分からないが、その時のことは口にすべきではないと思っている。

夏が闌《た》け、秋も近づいてくると、信正もさすがに西から沼をはるばると迂回して直家の茶室に来ることが面倒くさくなってきたらしい。

「城の東から直にこの茶室に来られるよう、橋を架けようとも思うておるが――」

すかさず直家は、この言葉に乗った。

「招きたるは我がほうにて、舅殿だけのお手を煩《わずら》わせるのは、大変心苦しゅうございます。よろしければ、普請にはこちらからも人手を出しとうございます。遠慮なくそれがしにもお指図くださりませ」

「それは、ありがたい」

この瞬間、中山信正の命運はほぼ定まった。

そして、この会話のやり取りをきっかけに、架橋はとんとん拍子に進んだ。作事《さくじ》には、直家の命を受けた戸川秀安が宇喜多側の普請頭として加わった。

「よいか。橋から続く城郭の袂に造る門は、さりげなくその仕組みを見極めておくのだ。すぐに破れるような見当をつけておけ」

直家はそう密《ひそ》かに言い含めていた。


九月になって橋の普請が終わると、さらに直家の沼城通いは十日に一度ほどと頻度を増した。

直家は通うにつれ、夜の宴会に参加させる人数を徐々に減らしていった。春の頃は五名ほどだった供を、橋が出来てから一月のうちに二人に絞った。

自然、それに合わせるように中山信正の供も減った。おそらくは馳走になる宴席で、自らの家臣が直家側より多いことを気兼ねしてのことだろう。

正直、ここまでお人好しの舅を謀殺することに、直家は今も忸怩《じくじ》たる思いを抱えている。抱えてはいるが、これが武門を確実に生き残らせるための道でもあるのだと、自分に何度も言い聞かせた。

十月に入ると、舅の信正は飲食後の怠《だる》さもあるのか、しばしば宴の後で転寝《うたたね》をしてから帰城するようになった。直家に対して、すっかり安心し切っている。

ふむ……そろそろ頃合いだった。

十月の下旬、直家は天神山城に赴き、浦上宗景と策謀の最後の摺《す》り合わせを行った。

「五日後、それがしは再び沼城へと狩りに参りまする。その際、備中守殿が転寝をするようなら、その場にて成敗いたしまする」

「しかし、備中が確実に寝るかどうかは分からぬではないか」

「その時、拙者は摂津から取り寄せた銘酒を持ち込みます」言いながらも、ここまで陰湿な謀《はかりごと》を巡らしている自分に、ひどく嫌悪の念を覚える。「備中守も、それに付き添う二人の家臣も、酒好きでござりまする。おそらくは盛んに堪能なされましょう。ですから、まずはそうなるかと」

「なるほど」宗景はうなずいた。「さればその当日、島村豊後には、寝ずの番を立たせて未明の西方を絶えず窺《うかが》うように命じておく」

直家もまた、うなずいた。この謀略を宗景自らが島村に打ち明けて、沼城での事後の検分を委託している限り、島村はよもや自分までもが疑われているとは思うまい。そこまで見越した上での、この策略だった。

「もし転寝をせずに帰るようなら、さらにその十日後、再び沼城に狩りに参ります」

「分かった」

その当日、狩りを終えた直家は、信正の許に使いを走らせた。果たして日が暮れると、信正が二人の供を連れて茶室へとやって来た。

「良き酒が手に入り申した」直家は笑みを浮かべながら舅に言った。「摂津の『平野酒《ひらのざけ》』でございます。今宵は、この大甕《おおがめ》に入りたる酒を舅殿と存分に堪能しようと思い、お持ち致しました次第でございます」

当時、遠地の銘酒は貴重であった。案の定、信正は手放しで喜んだ。

「おぉ。それは楽しみじゃ」

その晩は、夜更けまで痛飲した。信正と二人の家臣はいつにも増して酔った。特に信正は、しまいには呂律《ろれつ》も怪しくなるほどに酒が回っている様子だった。

むろん、直家も当初は酒を飲んでいたが、相手が酔い始めた頃からは盃に口を付けるだけで、ほんの少ししか臓腑には入れていなかった。

やがて信正は、

「婿殿、ちと大儀じゃ。少し横にならせてもらうぞよ」

そう言って、畳の上で肘《ひじ》を枕に転寝を始めた。

直家はちらりと戸川秀安の顔を見た。自分と同様、酔ってはいない。

茶室の背後にある森には、長船貞親と岡家利、そして忠家らに率いられた三百の兵が、夜陰に紛れて潜んでいる。

戸川が信正の家臣に向かって口を開いた。

「はて、備中守殿はお休みになりましたが、貴殿たちもお休みになられまするか」

信正の家来二人は、互いにその赤ら顔を見合わせた。酔ってはいるが、主人と同じ場所でごろりと横になるのはさすがに憚《はばか》られるものと見えた。かと言って主人が寝てしまった以上、この茶室ではいささか手持ち無沙汰でもある。

「されば、『平野酒』もまだかなり残っておりまする」戸川はもう一人の直家の従者を示して言った。

「それがしとこの者で甕を城門前までお運びいたしまするゆえ、貴殿たちは酒を城内に持ち帰り、宿《との》直《い》の者に振る舞ってやられては如何でしょうか」

さらにこう続けた。

「備中守殿はお目覚めになり次第、当家のほうで門まで送らせていただきまする」

そう言われ、二人の家臣は場の成り行きでうなずいた。

「されば、その御厚意に甘えてよろしゅうござるか」

「むろんでござる」

半ばは成った、と直家は心中で確信した。

四人が茶室を出た後、室内には直家と、すやすやと寝息を立てている信正の二人だけになった。

直家は、小さくため息をついた。

舅が三村に内通しているとは、この無防備極まりない有様を見ても、とうてい思えない。あるいは万が一にはそうなのかも知れないが、少なくともこの寝姿では、自分のことを露ほども疑っていない。

それと知らずに絶命するほうが、まだしもこの舅は安らかに死ねるだろう。

だからこそ、手間暇をかけてこのような場をこしらえたのだ。

それでも、まだ躊躇いがあった。

もう一度微《かす》かに吐息を洩らし、そろりと刀を抜いた。そして、ゆっくりと大上段に振りかぶる。

何故か、紗代や、死んだ柿谷や母の言葉が脳裏を過った。自分でもそれと気づかぬうちに、眠りこけている信正に心中でつぶやいた。

舅殿、安んじて涅槃《ねはん》に参られよ——。

そう念じ、両腕に満身の力を込めて刀を振り下ろした。切先が信正の首元へ吸い込まれていく。

その死は、拍子抜けするほどにあっけなかった。

一瞬、信正がくわっと目を開きかけた時には、刃先は既に骨肉を分断し、畳にめり込んでいた。

同時に、自分が越えてはならぬ一線をついに越えたことを悟った。これからおれは死ぬまで、この義父殺しの罪を負って生きていく。そして世間も、舅を騙《だま》し討ちにした卑怯《ひきょう》な武将だと陰口を叩《たた》き続けるだろう。

けれど、すぐに割り切った。

仕方がないではないか。現状ではこれが、今後も宇喜多家を確実に存続させる最善の手だった。

直後、戸川秀安ら二人が戻ってきた。

「森にいる長船らに報《しら》せよ」直家は淡々と命じた。「すぐに沼城を攻める」

その下知通り、戸川がもう一度外へと飛び出していった。

しばらくすると、茶室の前に三百の軍勢が無言のうちに集まってきた。

事前の示し合わせ通り、誰も声を上げず、無駄話もしない。ほのかな月明かりの下、全員が強張《こわば》った顔をして、直家を仰いでいる。

四人の指揮官——長船貞親、岡家利、弟の忠家、戸川を目の前に呼び寄せ、声を低くして手順の念を押した。

「これより沼城の東門を破り、二の丸へと一気になだれ込む。城内に入るまでは声を立てるな。一旦侵入すれば、無駄な殺生はせず、『備中守殿は三村に通じ、遠江守（宗景）殿の主命により儚《はかな》くなられ申した。逃げる者は追わぬ、抵抗すれば斬る』と城内を喚《わめ》きながら、西へ西へと相手を追い落とせ。さすれば寝起きの相手だ。しかも常駐する者は数十名で、こちらを主筋である浦上の兵だと思う。ほとんどの者は西門から橋を渡り、城外へと逃れ出る」

四人は黙ってうなずいた。

「未明までには城を制圧せよ」一呼吸置き、さらに命じた。「行け」

直後、戸川が率いる先鋒十名が橋を渡り、東門を一撃で破った。遅滞なく城郭内に侵入していく。その後に、長船、岡、忠家が率いる百名ずつの三軍が先を争うようになだれ込む。直家もむろん、その攻城兵の中にいた。

ほぼ無人の二の丸を瞬く間に制圧し、本丸から城内へと突入する。直家が言い含めた口上がいたるところで響き渡ると、案の定、中山家の郎党は抵抗らしい抵抗も示さず逃げ始めた。半刻ほどで城内を制圧し、さらにその一刻後には、三の丸から西門までを含めた城郭内をも完全に掌握した。

ふう――。

直家は城内の広間に改めて床几《しょうぎ》を据えた直後、ひどく全身に疲れを覚えた。沼城の制圧は成ったというのに、やはり喜びは微塵《みじん》も感じない……。

戻って来た二家老、長船貞親と岡家利に改めて指示を出した。

「西門から出たところの、郎党たちの屋敷を占拠せよ」

「焼き払うのでござりまするか」

直家は首を振った。

「これ以上の恨みは買わずともよい」かつて、砥石城から身一つで逃れ出た自分たち一家を思い出す。「金目の物を持ってすぐに立ち退《の》いてくれれば、追わぬ。そのように伝えよ。家も焼かぬから、一旦は出ていくように説得せよ」

「しかし、それではあまりに生ぬるく――」

直家は言葉を遮った。

「構わぬ。今後の統治を考えても、一殺多生《いっさつたしよう》と心得よ。当方としても本意ではないが、浦上殿の御下知により、致し方なくこのような仕儀になったと、とくと言い含めて立ち退かせよ」

二人の家老は早速その差配にかかった。

しばらく待っていると、伝令がやって来て、城外の屋敷群を無事占拠したことを伝えてきた。

「二十ほどの兵を駐屯させ、長船と岡には西の橋を落とし、こちらに戻ってくるように伝えよ」

「かしこまりましてございまする」

二家老が再び戻って来た時には、東の空がほんのわずかに明るくなり始めていた。

「貞親は二の丸で、家利は三の丸で、盛大に狼煙《のろし》を上げよ。その後、すぐに兵を率いてこの本丸まで戻って来い」

さらに、脇に侍《はべ》ってきた戸川に指示を出す。

「そちは、兵五十を率いて城外の森に身を潜めよ。その後の手順は、分かっておるな?」

「しかと心得ております」

「では、みな、早速その手配にかかれ」

三人の重臣が再び直家の許から去っていく。直家の脇には忠家が黙ったまま控えている。

ややあって、再び東の空を見遣《みや》る。戸川らが潜んだ森の上に見える空が、徐々に藍色《あいいろ》に変わり始めている。夜明けは近い。

この異母弟に、つい言わずもがなのことを口走った。

「忠家よ、二十五年前のけじめを、今日つけることとなる」

忠家は神妙な面持ちでうなずいた。

「積年の恨みを、ついに晴らすのでござりまするな」

「恨み？」直家は乾いた笑い声を上げた。「恨みと申せば、あるいはそうかも知れぬ」

すると忠家は、やや怒りを面に表して言った。

「何を今さら呆《ほう》けたことを。仇を討つとは、まさしくこのことですぞ」

「まあ、そうじゃな」

やや持て余し気味に、直家は答えた。


三度目に長船と岡が戻って来た時には、東の空は完全に明けていた。

直家は兵二百と共に本丸の外へと出た。曲輪《くるわ》伝いに兵を巡らせ、二の丸を石垣の陰からびっしりと取り囲んだ。

頭上の空を見上げる。中天も既に明るい。派手に上がっている二つの狼煙は、もう高取山城の櫓《やぐら》からもはっきりと見て取れているはずだ。

宗景との示し合わせでは、天に昇る黒煙が、直家が沼城を落としたという合図だった。そして島村豊後守盛実が、浦上家の主命により、この城の検分に間を置かずにやって来る。島村の高取山城からこの沼城までは、二里ほどしか離れていない。急いで早馬にて駆けつければ、四半刻ほどでこの沼城に到着する。

空全体が完全に明るくなった頃、果たして島村はやって来た。東の橋を渡り、門を通って二の丸に姿を現した。わずかに七、八名の手勢しか引き連れていなかった。主君である宗景の命を、露ほども疑っていない……。

「豊後守殿、わざわざ検分にお越しいただき、ご足労をおかけ申しております」

直家は石垣の上からそう声を投げかけた。

「御覧の通り、すでにこの城は我が手勢で落としてござる。ご安心召されよ」

「左様か」

島村とその郎党が安心した様子で、さらに二の丸の中央へと進んでくる。

直後、森に潜んでいた戸川の手勢五十名がわらわらと橋上に押し掛け、東門をびっしりと固めた。

直家は、手に持った采《さい》を左右に振った。

「石垣へ上がれっ」

長船と岡の号令が響く。

それまで曲輪の陰に隠れていた手勢二百が、一斉に石垣の上に姿を現す。

「弓矢、構えよっ」

両家老の下知通り、その殆《ほとん》どが島村一行に向かって弓を引き絞った。むろん、東門に居る戸川も同様だ。

島村は驚愕《きょうがく》の表情を浮かべ、抜刀した。直家を見上げて叫んだ。

「これは、何ぞ?」

「島村豊後守、おぬしは不逞《ふてい》にも中山信正と組み、備中の三村に通じた。そのこと、しかと裏は取れておる。主命により、成敗する」

この場では敢えて、確信としての言葉をぶつけた。

「さらには二十五年前、おぬしは主家である浦上家と謀り、我が宇喜多家を滅亡へと追いやった。この二点、なんぞ申し開きがあるかっ」

島村はしばし無言で俯いていた。

が、やがて直家を仰ぎ、声を張り上げた。

「申し開きをしたところで、どのみちぬしはわしを成敗するのであろう。今さら、詮なきことじゃ」

直家はうなずいた。そして叫んだ。

「射よっ」

途端、なす術もなく二の丸中央に佇んでいた島村一行に、四方から二百近くの矢が射込まれた。わずか十人足らずでは、避《よ》けようとしても避けられるものではない。

島村の一行は、児島湾で取れる雲丹《うに》のような棘《とげ》だらけの姿に、一瞬にして様変わりした。朝日に白く照らし出された地べたへと、次々と転がった。その大半が矢を大量に射込まれた直後に絶命したが、まだわずかに虫の息の者もいる。その中に、島村豊後守も含まれていた。

直家は石垣から下りて、二の丸中央へとゆっくりと近づいていった。

自分の足元の先で、転がっている島村盛実の有様を眺める。なるほど体中に矢が突き刺さってはいるが、肝心の顔と、心の臓は外れていた。が、両胸には合わせて三本の矢が埋まっている。口元からも血が流れ出している。長くはもつまい。

相手の右手に握られていた刀を蹴り飛ばし、さらには脇差も踏み付け、島村の横にしゃがみ込んだ。

「末期に、情けをかけてやる」直家は淡々と言った。「正直に申せば、高取山を攻めても、ぬしの一族を根絶やしにはせぬ。降伏した者は助命してやる。場合によっては遠江守殿の情けに縋り、取り立ててもやろう。だから最後に、まことを申せ」

島村は苦悶の表情を浮かべながらも、黙っている。構わずに直家は続けた。

「二十五年前、我が宇喜多家を滅ぼしたは、おぬしの謀りか」

ややあって、苦しそうに島村は答えた。

「違う。主命じゃ」

「何故、その下知に従った」

「最初に裏切ったは、おぬしの祖父じゃ。あの男が摂津にて寝返らずば、我が父も死ぬことはなかった。浦上の先代もじゃ」

その口調に、嘘を言っている気配はない。

「そのこと、確証はあるか」

「……ない。噂じゃ。されどわしは信じた。じゃから、下知に従った」

なるほど。真相はこの期に及んでも闇の中だ。そして、この件を主君に直に聞けぬ限りは、永久に闇の中に葬り去られるだろう。

直家はさらに問うた。

「苦しみながら、死にたいか。それともすぐに、首を落とされたいか」

「首じゃ」途切れ途切れに島村は答えた。その顔には死相が色濃く表れている。「落としてくれ」

自分の刀を抜刀しかけて、思い止まった。転がっていた島村の刀を手に取る。

「島村よ、おのが刀にて冥土へと行け」

直後に、その首を目掛けて、刀を振り下ろした。

途端、四方から味方の鬨《とき》の声が盛大に上がった。が、直家の心は依然として弾まない。

ともかくも、時との勝負は相変わらず続いている。戸川を指揮官とした五十名を沼城に残し、残りの兵すべてを率いて高取山城と砥石城のある大雄山へと急行した。

どちらの城を先に落とすのかは、既に決めていた。

我が宇喜多家の本貫であった砥石城だ。

直家にはもう、戦いの前線に出るつもりはなかった。槍働きには自分より向いている重臣たちが、充分に育ってきている。

攻城軍は、浮田家臣時代から城郭の構造を仔細に知る馬場職家を総大将とし、忠家を副将とした。この二人の将に二百五十の兵を率いさせ、砥石城を遮二無二《しゃにむに》に攻め登らせた。

と同時に、城郭内には盛んに矢文《やぶみ》を打ち込み、城主である島村盛実が死んだこと、降伏するなら命は助けてやるという旨を伝えた。

砥石城は、十年前に直家自身が六十名で攻めた時に一度は陥落している。ましてや今度は、その四倍の兵力で攻めている。砥石城は早々に戦意を失い、宇喜多家の郎党たちが城郭を取り巻いた直後、直家の軍門に降《くだ》った。

間を置かず、さらに砥石城とは峰続きである高取山城を攻めた。馬場職家は、この城の構造も熟知している。しばらく火が出るように攻めさせたあと、こちらにも砥石城と同様の矢文を打ち込んだ。

宇喜多家の兵が三の丸まで肉薄した直後、高取山城も白旗を揚げた。

結果として直家は、わずか一日のうちに沼城、砥石城、高取山城の三城を陥落させた。

問題が一つあった。

嫁の奈美のことだ。

が、直家はこの件に関しても、沼城を襲う前日に、密かに手を打っていた。

新庄山城の奥向きを差配している戸川の母を、密かに呼び出していた。

「明日の夜、わしは舅殿の沼城を襲う。備中の三村に内通した故、遠江守殿から征伐せよとの主命である。奈美には気の毒であるが、この御下知には逆らえぬ」

小部屋で二人きりになってから、直家は戸川にそう告げた。

相手は一瞬口を開きかけ、黙った。

直家は言葉を続けた。

「この城に貯まっている砂金袋は、いくつある」

「……一貫（約三・七五キロ）ほどの袋が、四つ、五つほどはございます」

直家はうなずいた。侍女を含めた数人ほどならば、十年やそこらは充分に遊んで暮らせる。

「もしわしの計略が当たれば、明後日の未明には沼城から盛大に狼煙が上がる。そうなったら、わしが今しがた申したこと、正直に奈美に打ち明けよ」

「――はい」

「その上で、奈美がこの城に留まるなら、今後もわしは奥として扱う。されど、もし自害を望むようなら、そうさせよ」一呼吸置き、さらに直家は言った。「あるいは、この城より退去すると言うなら、それら砂金袋をすべて与え、侍女らと共にそうさせよ」

「されど、ご退去されましても、あの方々には頼る当てもございますまい」

事実そうだ、策略がうまく行けば、沼城は既に直家の手に落ちている。しかし、この件に関しても、直家は既に腹案を蔵していた。

「室津におられる掃部助《かもんのすけ》（浦上政宗）殿を頼るよう、言い含めよ。弟の遠江守殿とは完全に敵対しておられるゆえ、奈美たちには同情こそすれ、決して悪いようにはなされぬだろう」

「はい」

「手順はこうだ。福岡へと出て、そこから川舟で西大寺まで下る。そこからは海路、室津へと向かうように、それとなく指南してやれ。むろん、奈美が望むなら、西大寺に至るまでの護衛も付けよ」

「承知いたしました」戸川はいったん平伏して、再び口を開いた。「さらに今一つ……ご息女様たちのことは、いかが仕ります」

直家は、ため息をついた。

「連れていくと言うのであれば、そうさせよ。置いていくと言うのであれば、そちと梢に扶育してもらう」

戸川は再び平伏した。

「かしこまりまして、ござりまする」

「三日、ないしは四日後には、わしは戻ってくる。それまでにこの件は、今のいずれかに落ち着いておろう」

――そこまでのことを思い出しながら、直家はその日のうちに落とした三城の処置を粗々《あらあら》に済ませた。

砥石城は忠家と兵六十名を駐屯させ、高取山城へは馬場職家と同数の兵を置いた。さらに岡には八十名を率いさせ、戸川秀安に代わる長として沼城へと向かわせた。長船には五十名の兵と共に、先に新庄山城へと戻るよう命じた。

その晩は忠家と共に、陥落させた砥石城の奥の間で具足を脱ぎ、横になった。

「兄者、やりましたな。宇喜多家の本貫であるこの城を、ついに取り戻しましたぞ」

忠家が感に堪えぬと言わんばかりの口調で言ってきた。

「うむ……」

直家はそう応じながらも、正直、この異母弟ほどの喜びはない。相変わらず、何故か物憂かった。

この砥石城は、自分が六歳まで育った場所ながら、その頃までの記憶はおぼろげにしかない。十年前に束の間取り戻した時も、これでようやくかと、多少の感慨を覚えたくらいなものだった。

ましてやここでは育っておらぬこの忠家が、本貫を取り戻したことが、そんなに嬉しいのかと戸惑いさえ覚える。

考えてみればこの異母弟は、八つの頃から乙子城にて侍として育っている。十四になるまで、あてもなく町をぶらついていた自分とは、その心底の在りようがまるで違う。性質は剛直で、些細《ささい》なことに拘《こだわ》らず、武門の栄誉や誇りを何よりも重んじる。このおれなどより、よほど武士に向いているのではないか……。

話を逸《そ》らすように、つい忠家に問うた。

「忠家よ。そちは、ここの城主になりたいか」

「それはもう――」

「ならば、遠江守殿の決裁が下り次第、この城はそちに与える」直家は言った。「高取山城もじゃ。今後は、この二つの城を差配せよ」

「されど、乙子城はどうなりましょう」

「それは、馬場職家に任せるとしよう」

「あっ、それは良き思案でござりまするな」

「うむ……」

再び曖昧に相槌《あいづち》を打ち、それからこう言った。

「忠家よ、もう寝よ。明日もやることが多々ある」


翌朝、直家はこの戦果を報告するために、郎党十名ほどを率いて天神山城へと向かった。

夕刻には和気郡の山城に着いていた。

「和泉守（直家）よ、そちの此度の働きは、無類のものである」

宗景は激賞して、約束通りに沼城を始めとする三城と、中山氏と島村氏の旧領の過半を与えた。

この下知の瞬間、宇喜多家は乙子城、新庄山城、沼城、砥石城と高取山城の五城を擁する、備前では最大の豪族となった。

「まことに、ありがたきことでござります」

直家は、深々と平伏した。しかし、依然としてあまり喜びは感じない。宇喜多家の棟梁としての責務は、これで相応には果たしたかという安堵《あんど》感があるのみだった。

さらに翌日の早朝には天神山城を発ち、夕暮れ前には新庄山城へと戻った。

この三日間、奈美のことが心の片隅に常に引っかかっていた。妻としても女としても好きではなかった。好きではなかったが、それでもやはり気にはなる。

早速に戸川の母を呼んだ。

「どうなった」

開口一番、直家はそう問うた。

「はい――」軽くうなずき、戸川はこう答えた。「奥方様は侍女と共に、ご退去あそばされました。行く先は室津にてござりまする」

思わずほっとした。少なくとも、最悪の事態は避けられた。

「千代や澪らは、どうじゃ」

「ご息女様たちは、残してお行きになられました。『この子らは、もはや宇喜多家のみの者である』と申されました」

直家はうなずいた。中山家が滅ぼされた以上は、ということであろう。

「他になんぞ、申しておったか」

すると、戸川は困惑したような表情を浮かべた。直家は再び問うた。

「遠慮のう、ありていに申せ」

「されば、申し上げまする」戸川は意を決した様子で言った。「武門の習いとはいえ、このような仕儀はあまりにも無残。一生お恨み申し上げまする、とのことでございました」

気がつけば、深い吐息を洩らしていた。

最後まで、そんな使い古された言葉しか捨て残していけないのかと、多少うんざりとする。半面で、おれは、奈美から一生涯恨まれるだけのことはやってしまったのだとも感じる。

「――そうか」

ようやくその一言だけを、口にした。

そんな直家を見て、戸川は言った。

「千代様ら御息女のこと、忠家様の時と同様、私がしかと面倒を見させていただきまする」

「頼む」

その後、直家は十日ほどをかけ、新たに与えられた封土の治め方を練った。合戦に出るより、こういう政治向きのことをじっくりと煮詰めることのほうが、直家は好きだ。

結果、この広大な新領土を今後も安定的に支配するためには、中山氏や島村氏の、これはと思う残党を順次取り込んで郎党化することも必要だと結論を出した。それにより、新封土の無用な叛乱も防ぐことが出来る。

さらには、島村盛実に約束したこともある。あの時の言葉を違《たが》えるつもりはなかった。

地縁と血縁を使って、備前の郷村に隠れ住んでいる二家の主だった残党たちに、盛んに接触を図らせた。そして、招聘《しょうへい》の口上も噛《か》んで含めるように言い聞かせた。

「御家を滅ぼしたこと、我が宇喜多家の本意ではござらぬ。さらには、お手前がたにも落ち度はござらぬ。すべては、遠江守殿と貴君らの亡き主君の間で起こった問題でござる。さればこそ、我が武門に来ていただければ、決して悪いようには致しませぬ。その気持ちとして、最低でも以前と同じ知行はお約束いたしまする」

そして最終的な局面では、長船貞親や岡家利、馬場職家らの重臣を派遣した。特に馬場には、

「そちは、我が宇喜多家に仕えたいきさつをも含めて語れ」

と、念を押した。

その誘いに応じない者もいたが、当たってみた相手のうちの三割以上は、宇喜多家に出仕することを望んだ。上々だろう。その中には、島村盛実の甥《おい》である島村政俊《まさとし》もいた。


その後、直家は五年ほどをかけて、備前と東美作での覇権を確固たるものにするために、着々と手を打った。宇喜多家の勢力範囲をじわじわと拡大させていった。

永禄四（一五六一）年には、依然として反浦上勢力だった西備前・松田氏の有力被官、龍ノ口城主の穝所元常を滅ぼした。直後、同じ松田氏の被官であった両宮山《りようぐうざん》城の和田伊織《わだいおり》も攻め滅ぼした。

これで備前国のうち、もっとも肥沃な邑久郡と上道郡の二郡すべてを支配下に収めた。この二郡の石高と、そこに含まれる商業地帯から上がってくる矢銭《やせん》は、備前全土の過半を占める。宇喜多家は、ついに主筋の浦上家に迫る兵団の動員能力を有するようになった。


さらには翌五（一五六二）年、美作東南部まで侵攻してきた備中の三村家親を撃退するために、浦上家と共に兵を繰り出した。美作の三星《みつほし》城主・後藤勝基《ごとうかつもと》の危機を、結果として救った。

これが縁になり、直家の長女である千代が、後藤家に嫁いだ。

三村家親は、いったんは東美作から退却したものの、西国の雄・毛利氏からの強力な後ろ盾を得ており、美作と備前の西部では依然として盛んな侵食活動を続けていた。

永禄七（一五六四）年、三村軍は再び備前西部の御野郡《みの》に侵攻してきて、松田氏の被官・船山城《ふなやま》の須々木《すすき》行連と石山城の金光宗高《かなみつむねたか》を降伏させ、ついに備前の一角に食い込む。

両城とも敵対勢力である松田氏の勢力下にあった城とはいえ、直家はすぐに出兵した。松田氏よりも三村軍のほうが、今後を考えればはるかに剣呑《けんのん》な勢力だと判断してのことだった。

上道郡から旭川を越えて御野郡へと進み、津島《つしま》という場所で三村軍を迎え撃った。これは後年、千騎谷の合戦と呼ばれた。

が、三村家親は備中の全土を支配下に置いており、その膨大な軍勢の前には、直家としても、相手のこれ以上の西備前への侵食を防ぐのが精一杯であった。

その三村と領土を接する西備前北部の松田家のことを、直家は最近よく考える。この家は浦上家や赤松氏と並ぶ名門であり、津高郡《つだか》に本拠のある金川城《かながわ》城主の松田元輝《まつだもとてる》は、昔からその血筋に異様なまでの誇りを持っていた。

以前の松田元輝は尼子氏と協調して浦上宗景に対抗していたが、今や尼子にも昔日の勢いはなく、孤立無援の状態に置かれていた。その勢力下にあった船山城や石山城、龍ノ口城や両宮山城を次々と落とされ、東からの宇喜多家の圧力に加え、西方からの三村軍の絶え間ない侵食に、ついに耐えきれなくなり始めていた。

さらに直家が三村軍のこれ以上の東進を阻んだこともあり、浦上・宇喜多の連合体に対して、その態度がわずかの間に一気に和らいだ。

直家も、ここが潮時だと見た。

浦上宗景と相談した上で、当主の元輝に戸川秀安を使者として派遣し、和議を申し込んだ。

結果、元輝の嫡男に二女の澪を嫁がせ、松田氏は浦上・宇喜多勢力の傘下に入った。

さらに金川城より西――備中との国境に近い虎倉《こぐら》城には、唯一まだ松田氏の忠実な被官として残っていた伊賀久隆《いがひさたか》という武将がいた。

久隆はかねてより無類の戦上手であるとの評判があり、血統だけが自慢の旧弊な松田氏がなんとかその西部戦線を保持できているのも、この虎倉城の伊賀久隆が、三村軍からの西方の絶え間ない脅威に耐え続けていたからであった。

直家は正直、松田元輝などなんとも思っていなかったが、この久隆だけは宇喜多家の股肱《ここう》として是非取り込みたいと考えていた。

それには股肱とするなりの、濃厚な婚姻関係が必要になる。

直家にはもう一人の娘が残っていたが、この頃には直家が自分の娘たちに濃い愛情を持っていないことは、備前では周知の事実となっていた。自分でも酷薄だと思い、かつそれを他家に知られているのは無様なことだとは思うのだが、事実その通りだった。

悩んだ末、実妹の梢を呼んだ。

自分でもよくは分からないが、この梢のことは――気が強く口達者で、およそ他家に嫁ぐには向かぬ、女としてはどうしようもない悍馬《かんば》だと思ってはいたが――肉親としての親愛の情を、他の係累の誰よりも感じていた。正直、忠家や、そして今は商人として育っているもう一人の異母弟の春家《はるいえ》より、はるかに気に入っていた。

とにかく一緒にいると、昔からその言動が変に面白く、良きにつけ悪しきにつけ、直家の心のどこかを常に刺激してくれる。

以前の紗代といい、わしはその実、このように自分というものが確固としてある女が好みなのかも知れない……。

だからこそ、今まで縁談が持ち込まれても、ことごとく梢が拒否するのをいいことに、直家も手許につい置き続けていた。まったく自分は、梢にだけは甘い。

その梢に、伊賀久隆の許に嫁に行ってくれるよう、相談を持ち掛けてみた。

「兄様、それは嫌じゃ」

梢は言下に拒絶した。が、それでも直家は懇願した。

「ここはひとつ、宇喜多家のためと思い、伊賀守（久隆）の許に嫁に行ってはもらえぬか」

「嫌じゃ」梢は強情に繰り返した。「武門同士の結婚など、しとうはない」

「何故に、そう思う」

すると、この実妹はたちどころに答えた。

「以前の兄様《あにさま》の夫婦《めおと》暮らしを見れば、充分に分かりまする。兄様は奈美殿に、何のお気持ちも持っておられませなんだ。私も、あの兄嫁のことなど好きではなかった。およそ何の面白味もない、つるりとしたお人柄であられましたからな」

言う言う、と直家はこんな場合ながら、相変わらずのその辛辣《しんらつ》さに、不謹慎にも笑い出しそうになった。

「されど、あのような理不尽な目に遭わねばならないような落ち度は、奈美殿にはございませなんだ。

兄様は、私にもそんな酷《むご》い目をみさせたいのか。見知らぬ他家に嫁ぎ、互いに情の欠片《かけら》も持てぬ相手と、夫婦としての仮面を被《かぶ》り続けよと申されるのか」

そう詰問されると、さすがに直家には返す言葉もなかった。

この時点で、早くもこの実妹を説得する気力を失くしかけていた。

挙句、気弱にこう愚痴った。

「されば、此度の件も、断ると言うか。わしとしては、是が非でも伊賀守を家中に取り込みたいと思うておるのだが……」

すると、梢はまじまじと直家の顔を見てきた。

「それは、どれくらい強いお気持ちであられますか」

少し考え、直家は答えた。

「馬場職家を、我が武門に招いた時か、あるいはそれ以上じゃ」

梢はしばらく小首をかしげていたが、やがてこう言った。

「さすれば、常々兄様が申しておられる通り、私にも宇喜多家に生まれた者として、心ならずも武門の道具となる覚悟は、いささかは持っております」

お——。これは何とかなるかも知れない、と直家は思い直した。梢はなおも言った。

「ですから、場合によっては嫁に行ってもようございます」

「場合によってとは、どういう意味じゃ」

「まずその伊賀守殿とやらに、実際にお会いすること——」梢は答えた。「その上で、私が伊賀守殿のことを好ましく思い、相手も私をまずまず気に入ってくれること。それなくしては、初っ端から兄様のような味気ない夫婦の暮らしを送る羽目になりまする」

……またしても直家には言葉もない。半面で、まるで町家の娘のような発想をする妹だとも呆れた。まったく素《す》っ頓狂《とんきょう》なことを言い出すものだ。武門の縁組など、そもそも好いた惚れたではないのだ。

ふと、松田元輝との和議の時に会った伊賀久隆の風貌を思い出す。髭剃《ひげそ》り跡の青々とした、いかにも武者好きのする男ぶりだった。しかし、この妹は果たしてそのような武骨一辺倒な男を好むかどうか……。

つい、聞いてみた。

「梢よ、おぬしはどのような男を好む？」

さすがにこのあけすけな問いかけには、妹も一瞬戸惑ったようだ。

直家は助け船を出すつもりで、さらに聞いた。この妹は、なんだかんだと言いつつも、兄である自分に懐き続けていることは知っている。

「例えば、わしのような男か」

意外にも、梢ははっきりと首を振った。

「兄上としてなら良いです。が、男としては、兄様のように何事にもはきとせぬ、心底のよく見えぬお方は好みませぬ。聞き及んでおりました紗代殿とやらも、よくもまあ、兄様のような軟弱な男《お》の子に惚れられたものだと呆れたり、感心したりでございました」

これには、さらに辟易《へきえき》した。ひどく心外でもあった。さらには昔日の心の痛みも、改めて感じた。

「ならば、どんな男が良いというのじゃ」

そう、投げ出すように言った。

「腹蔵のない、幹竹《からたけ》を割ったような直《す》ぐな男が、好みでありまする」

ふむ——。ならばこの妹は、伊賀久隆を気に入るかも知れない。

対して梢も、既に三十路《みそじ》過ぎとは言え、かなりの美貌の持ち主である。子供を産んでいないこともあり、その容色は未だ衰えを知らない。

この点、直家もけっして身贔屓《みびいき》ではなく、妹にこの容貌を与えてくれた亡き両親には感謝している。母はむろん、父の興家もまったくの甲斐性なしだったとはいえ、今にして思えば、その容貌だけは秀麗だった。特に梢は、その父母の良きところばかりを受け継いでいる。

男は武辺者であればあるほど、悲しいほどにその女子の好みは類型的で、誰が見ても美女と言われる女をひどく好むということを、すでに家臣たちの単純な女性観を通して直家はよく知っていた。

「分かった」直家は言った。「梢よ。そちの言う通りに、場をしつらえる」

直家はこの縁組への誠意を見せるために、今では二城の持ち主である弟の忠家を、はるばる備中との国境近くにある虎倉城まで赴かせた。

「双方が好まねば縁組はせぬとのこと。いや——妹御の申されること、面白し」

伊賀久隆は諧謔《かいぎゃく》の分かる男らしく、膝を叩いて快諾した。

「さらには、和泉守殿がそこまでこのわしの才を買ってくだされておること、この上ない我が誉《ほまれ》である」

そして、久隆は忠家に伴われて軽々とこの沼城までやって来た。

結果は上々で、梢も久隆も互いに一目見ただけで、相手をかなり気に入った様子だった。

縁組の話はとんとん拍子に進み、わずか三月後には婚儀と相成った。

それらの結果として直家は、備前の中央部である邑久郡と上道郡、そして西備前の津高郡の大半を掌握した。主筋である宗景の勢力下にある備前北東部の和気郡と磐梨郡、赤坂郡を合わせれば、浦上・宇喜多連合体は、備前ほぼ一国と美作南部を支配下に置いた。

第五章　遠き旅人

1

美作《みまさか》は、もうずいぶんと昔から、尼子、浦上、そして近年では三村氏も加わった三大勢力の散々な草刈り場であり続けた。

特に真島《ましま》郡と大庭《おおば》郡のある美作西部は、交通の要衝ということもあり、その傾向が甚だしかった。

西美作の名族である三浦《みうら》氏の高田《たかだ》城は、そんな場所にあった。

お福《ふく》は、この高田城に五年前に嫁いで来た。

夫を、三浦貞勝《みうらさだかつ》という。第十一代目の高田城城主である。とはいえ、貞勝は名族にありがちな武家貴族の脆弱《ぜいじゃく》な育ちではまったくない。むしろ地下人《じげにん》以上に、塗炭の苦しみを味わった生い立ちであった。

今より十六年前の天文十七（一五四八）年、父の死によりわずか六歳で三浦家当主を継ぐが、直後には伯耆《ほうき》より侵攻してきた尼子の大軍に猛攻を受け、高田城を落とされた。

以来十一年もの間、貞勝は備中や備前で流浪の生活を続けながら成長した。

五年前の永禄二（一五五九）年、尼子氏が西方の毛利の攻勢の前に衰微し始めたのを機に、浦上宗景の支援を受けて、見事に高田城を取り戻した。

三浦貞勝は、このとき十七歳であった。

この同年末に、三浦一族の庶流の生まれであるお福は、高田城に嫁いだ。十五歳だった。

彼女もまた美作の土豪の娘に生まれた例に洩れず、物心が付いた時から絶えず外敵に怯《おび》える山野の中に育った。特に、三浦一族の宗家が尼子の勢力から高田城を奪還するまでは、いつ何時、我が家も駐留する尼子軍の不興を買って滅ぼされはせぬかと、家族と共に息を潜めるようにして暮らしてきた。

貞勝と結婚した翌々年、三浦家の跡継ぎである桃寿丸《とうじゅまる》が生まれた。

が、この平穏な生活も、わずか五年しか続かなかった。

今年――一月《ひとつき》前の永禄七（一五六四）年十月になって、西美作を三村軍が襲った。高田城とその城下を大軍に囲まれ、一月に及ぶ籠城《ろうじょう》戦のうちに、太鼓山《たいこやま》にある出丸を落とされ、城と本丸のある如意山《にょいやま》も、その山裾から三の丸、二の丸まで、三村軍がじわじわとその包囲網を狭めてきた。

その時点で、敵の数千という軍勢に対し、高田城に籠城している郎党は五十名を切っていた。

落城前夜、まだ二十二歳の年若い夫は、

「もはや、これまでじゃ」

と、残り少ない臣下の前で、絶望の吐息と共に最後の決断を下した。

「これ以上の抗戦を試みたところで、明日には我が武門も落城の憂き目を見るであろう」

そして傍らにいたお福を見て、こう言った。

「明日の未明、この城を脱する。そちも桃寿丸を連れて共に来るのだ」

夜明け前に起きた貞勝主従は、北の搦手《からめて》口より城郭を脱出した。そのまま険阻な杣道《そまみち》を北へと進み、尾根伝いに二股に分かれたところで、二十名ほどの一行は止まった。

貞勝はお福を振り返った。

「そちは桃寿丸を連れ、ここより東へと進め」

お福は思わず言った。

「最後まで、ご一緒しとうございます」

しかし貞勝は少し笑い、首を振った。

「郎党を五名付ける。ほどよいところで、山中から旭川へと出よ。そのまま高瀬舟にて川を下り、備前の下土井《しもどい》村まで逃げよ」

その意味は分かる。備前は津高郡の下土井村には、お福の母方の実家である土豪・土井氏が住む。

けれど、お福はなおも抵抗した。この夫とは二つしか歳も違わず、しかも十五の時から暮らしてきた。今では夫という以上に、自分の半身のように感じている。

「後生でございますから、お連れ下さりませ」

すると、貞勝はわずかに片眉を上げた。

「分からぬか。もしわしが死に、桃寿丸まで儚《はかな》くなれば、我が三浦家の家系は途絶える。それを防ぐためにも、二手に分かれるのだ」

「……」

「この子さえ生き残っておれば、たとえ城は失くしても、わしのようにやがては武門を再興する時も来るはずじゃ」

「されば、孫九郎《まごくろう》（貞勝）殿はどうなされます」

「わしはこれより西へと下る。高田川を渡り、北へ北へと逃げ延びる」

その言葉の裏に隠された意図を悟った時、お福はこの夫を失う恐怖に、危うく叫び出しそうになった。

三村軍の後詰《ごづ》めは、この尾根から西側に布陣している。この夫は、私と桃寿丸を無事逃がすために、自ら囮《おとり》となりつつも、なんとか血路《けつろ》を開こうとしている。

「大丈夫だ。死にはせぬ」貞勝は微笑《ほほえ》んだ。「三《み》浦谷《うらだに》から大科山《おおしなやま》へと抜け、尼子との国境《くにざかい》までいったんは逃げる。それより北の山伝いを東進して、必ずやそちの居る下土井村へと迎えに行く」

「きっとでございますよ」

が、お福がそう念を押した時には、貞勝率いる十数騎の主従は、既に西側の斜面を下り始めていた。

「すぐに夜が明ける。早う行くのだ」

そう、未明の雑木林の中に、貞勝の声がくぐもって聞こえた。


お福はまだ四つの桃寿丸を連れ、五騎の郎党と共に東への杣道を進んでいった。行く手の空が明るくなる。

途中、再び尾根へと出た時点で、天空はすっかり紺碧《こんぺき》に変わっていた。お福は西の方角を振り返った。

如意山と思しき頂上から、盛んに黒煙が立ち昇っていた。

高田城は落城したのだ。

じわりと涙腺が緩み始めたが、実家からの郎党、江川小四郎《えがわこしろう》の背中で眠っている桃寿丸を見て、涙が出るのを必死に堪《こら》えた。

泣くものか、と決意を新たにする。

泣いても何にもならぬ。私には、まだやるべきことがある。この子を無事、下土井村まで連れて逃れてから初めて、泣きたいのなら存分に泣けばいい――。

その後、丸一日をかけて険しい山中の奥深くを這《は》うようにして進み、夜になった。久世《くせ》村の東部から山肌を下りて、夜半の旭川へと出た。麓《ふもと》にあった岩窟《がんくつ》に身を隠し、恐ろしく冷たい岩肌に横になりながら、夜明けまでをまんじりともせず過ごした。

翌日の朝靄《あさもや》の中を、もう一人の実家からの郎党である牧藤左衛門《まきとうざえもん》が、久世村まで出かけていった。半刻後に戻って来た時には、高瀬舟を手配していた。聞けば、手持ちの銀子《ぎんす》をすべて与え、舟を買い取ったのだという。そのほうが万が一にも追っ手が来た場合、進んで密告されずに済む。

「これよりは舟で下りますれば、備前の下土井村には夕刻までに着きましょう」

さっそく舟に乗り込み、旭川を下り始めた。

美作落合《おちあい》からさらに二里ほど下流に下り、備前の津高郡に入った。

風に聞いて知っていた。備前の中央部から西にかけてのこの地域は、以前からの松田氏や浦上家に代わり、新興勢力の宇喜多家が、がっちりとその武権を確立している。三村軍もまさかここまでは追って来ることはない。

そこでようやく、お福は多少の平静を取り戻した。

ゆっくりと南へ向かって流れていく水面を眺めながら、自分の名前の由来を、ふと思い出す。

凡庸極まりない名前だと思う。お福は子供の頃から、この名をあまり好きではなかった。

とはいえ、美作の土豪たちは、絶えず外敵の脅威の中で竦《すく》んで暮らしてきた。尼子や三村の度重なる襲来に、虐殺された係累や一族も数えきれないほどいた。そんな世界の中、親が、ささやかなことにも喜び、福を感じられるよう、との願いを込めて命名したのだと、事あるごとに聞かされていた。

……たしかに、私はまだ生きている。

それだけでも儲《もう》けものなのかもしれない。たとえ城は滅んだとしても、こうして腕の中で眠っている桃寿丸も無事だ。あとは貞勝さえ生き延びてくれれば、それでもう充分なのかもしれない。


下土井村には無事着いた。

母の実家である土井家の屋敷で、数日は半ば虚脱状態になったまま過ごした。

そんな三日目の夕方に、高田城を落ち延びた際、貞勝に付き従って西へと下った郎党の一人がひょっこりと姿を現した。見るも無残な落ち武者姿であった。

お福はその姿を見た途端、足腰は萎《な》えたようになり、指先も震えた。夫の暗い末期を早くも予期した。

案の定だった。郎党が語るには、貞勝主従は尾根を西へと下っていき、高田川を渡河《とか》したところで三村勢に待ち伏せされていたという。

「が、さすがに我らの御屋形様でございました。自ら槍を振るって果敢にも白兵戦を挑まれ、奮戦の末に北へと血路を開かれました」

さもあろうと、お福も夫のことを我がことのように誇りに思う。

三浦家は鎌倉御家人以来の古き家柄ながら、我が夫は幼少期から流浪と貧苦の中で逞《たくま》しく成長し、いざとなれば野育ちの精気も充分に持ち合わせている。

その後、貞勝主従はお福に言っていた通り、三浦谷から山伝いに本郷《ほんごう》村に抜け、大科山の険路を越えて神代《こうじろ》村へと入った。そこからさらに北西に向かった。尼子氏の勢力下にある伯耆との国境を目指していた。

ところが、その途中にある井原《いはら》村で疲弊した人馬を休めていたところ、またしても三村軍の追跡隊が執拗に追いついてきた。

その時、貞勝は薬師堂にいた。貞勝と郎党たちは庫裏《くり》や塀を盾に最後の気力を振り絞って防戦したが、矢も尽き、刀も折れ、もはや疲労も限界に達していた。貞勝は、ついに自分の命運が尽きたことを悟った。

貞勝は薬師堂の中で自害する時、追い腹《ばら》を切ろうとしたこの郎党に命じた。

「おぬしはわしを介錯《かいしゃく》したあと、なんとしても逃げ延びよ。逃げ延びて、お福へと伝えよ。まだ桃寿丸がいる。どのような手を使ってでも、必ずや三浦家の再興を図ってくれるようにと伝えよ」

直後、貞勝は脇差を腹に突き立てた。そして、目の前にいる郎党が夫の首を落とした。

お福は、その末期を聞いている時に、ついに落涙した。

その後さらに五日ほどが経ち、土井家の住人を含めて、離散した三浦家の今後をどうしていくかの話し合いになった。

土井家は、同じ津高郡にある虎倉城主・伊賀久隆の被官である。

「まずは伊賀守殿にご相談差し上げてみるのが、穏当というものであろうの」

そう当主の叔父が言うと、従弟《いとこ》である土井家の嫡男《ちゃくなん》がこう発言した。

「されど、伊賀守殿は松田左近将監《さこんしょうげん》（元輝）殿の属将にてございます。三村軍に対抗するには、松田氏にはもはや昔日の勢いはなきように感じます」

「それは、分かる」叔父は、いったんはうなずいた。「じゃがの、伊賀守殿は宇喜多和泉守殿の妹御を嫁に貰い、両家の紐帯《ちゅうたい》はもはや主筋の松田家より強固になっておると聞く。松田家も和泉守殿の娘を貰って、宇喜多家とは親戚じゃ。高田城を取り返すのに、旭日の勢いのある宇喜多家が、伊賀守殿を通して後ろ盾として付いてくれれば、どうじゃ」

「……なるほど」

「それであれば宇喜多家につられ、この西備前に根を張る松田氏も、三浦家の再興に見込みありと重い腰を上げるのではないか」

それらの推測を口にしたうえで、土井の叔父は改めてお福を見た。

「お福よ、そちはどう考える」

お福は一瞬考え、脇に控えていた江川小四郎と牧藤左衛門を振り返った。

「そのこと、この者たちともよく話し合ってみまするが、まずは伊賀守殿にご相談差し上げること、私めにも良き思案のように思われます」

その後、土井家の離れに場を移してから、お福と郎党たちの相談になった。

口火を切ったのは、江川であった。

「確かに宇喜多家は、今や備前の過半を押さえ、その武門の大きさは浦上家や松田家を凌《しの》ぎましょう。しかしながら和泉守殿は大叔父を滅ぼし、舅《しゅうと》を謀殺した挙句に奥方をも放逐し、さらには差略により上道郡《じょうとう》の龍ノ口城を落としたりと、およそ血も涙もなきひどきお方のように見受けられます。そのようなお方が、私どもが頼ったからといって、果たして情けをかけてくれまするかどうか……」

これに対して、家中では随一の世間通であった牧が口を開いた。

「されど、和泉守殿は浦上家の主命により、三村に内通された大叔父と舅を、やむを得ず殺されたとの由。さらにその奥方は、放逐されたのではなく、自らのご意思で宇喜多家を去られたとの話もある。和泉守殿はその退去の手配りをなされたので、そういう尾ひれが付いた噂《うわさ》になっているのではないか」

「ですが、龍ノ口城を落とされた折は、穝所《さいしょ》殿の男色に付け込んで、美童を間諜《かんちょう》として送り込み寝首を掻《か》かせたとの事。およそ武士としてはあるまじき恥ずべき風聞もありまするぞ」

「じゃが、それもまた他家の悪意ある中傷かもしれぬ。確証はない」牧はなおも反論した。「仮にそうだったとしても、いったん合戦が終われば、負けた者、弱き者には優しきお方だとも聞いておる」

お福も、この最後の言葉には少し興味をそそられた。多少の希望を持った。

「それは、どのようなお噂です」

「はい――」しばし思い出すような仕草を見せた後、牧は答えた。「宇喜多家では今、馬場職家という侍大将が盛んに采を振るっておりまするが、馬場殿はそもそも浮田大和守の家臣で、和泉守殿とは散々に合戦で斬り結んだ間柄。それでも勝負がついた後は、大叔父の浮田大和守に仕えていた頃よりはるかに高禄にて、宇喜多家へ招聘《しょうへい》されたようでございます」

なおも江川は反論した。

「しかし、それはその馬場殿とやらが無類の戦上手であったから、その才を惜しんでのことと聞いておりまする」

「確かにそうだろう」牧も一応はうなずいた。「じゃが、島村豊後守という武将を滅ぼした時も、その係累を宇喜多家に扶持《ふち》し直したとも聞いておる。そもそも宇喜多家は三十年前、いったんはこの島村家の奇襲に遭い、滅んだ一族である。その仇敵《きゅうてき》の甥を改めて養うなど、尋常の人間に出来ることではない。黒き噂も絶えぬ半面、人としてはよほど懐の広いお方じゃと、それがしは見る」

お福は、その途中の挿話が気になった。

「和泉守殿は、今おいくつになられる」

すると牧は指折って答えた。

「たしか、三十と半ば過ぎであられます」

「宇喜多家は、いつごろ再興したのです」

「二十年ほど前だったか、と。備前南部にて初めて城持ちになられたとのお噂を聞いておりまする」

お福は素早く脳裏で計算した。そして念を押した。

「そのこと、確かか」

「何がでございましょう」

「和泉守殿の今の歳と、武門を再興した頃合いじゃ」

すると、牧は再び指を何度か折ったのち、「確かにてござります」と答えた。「宇喜多家の急激な勃興《ぼっこう》ぶりは、この備前はおろか美作の南部でも、およそ武士の間では知らぬ者のない有名な話でございます。今より二十一年前の天文十二（一五四三）年、尼子と浦上氏の間で美作合戦がございました。和泉守殿は十五歳で初陣《ういじん》に出られたと聞いておりまする。そして、たいそうな兜首《かぶとくび》を取られたその翌年、褒美として備前南部の城持ちになったとのお話でございました」

「分かった」

お福はうなずいた。そして少し考え、二人に言った。

「そちら二人は、しばしここにて待つよう」

お福はもう一度本棟に戻り、叔父に聞いてみた。

「松田家も伊賀守殿と同じように縁組をされておりまするが、何故に伊賀守殿のほうが、より宇喜多家とご昵懇《じつこん》になられたのでしょう」

この問いかけには叔父は明晰《めいせき》に答えた。

「和泉守殿が、おのが娘たちより妹御を愛《め》でられていたことは、この備前では周知の事実じゃ。幼少の頃より可愛がられたあまり、婚期が遅れたとも聞く。和泉守殿にとって、この妹御は唯一同じ父母の血で繋がっておられる。武門を再興するまでは、艱難辛苦《かんなんしんく》を共にされた兄妹でもある。そこまで大事にされてきた妹御を、伊賀守殿の武勇を見込んで嫁に出されたのじゃ。これには我が伊賀守殿も、いとう感激なさったと聞いておる」

そうか、とお福は思った。次いで再び問うた。

「叔父殿は、その妹御にお会いになられたことは？」

「梢殿か。むろん、ある」

「どのようなお方でございまするか」

「三十は越えておられるが、美しきお方じゃ。伊賀守殿とも、夫婦仲は睦まじい」

お福は少し困った。そんなことを聞きたいのではない。するとお福の表情を読んだのか、叔父はこうも付け足した。

「利発なお方である。弱き者への憐《あわ》れみの心もお持ちじゃ。さすがに若い頃、苦労されただけのことはある」

ようやく期待していた返事がもらえた。お福はもう一度、念のために聞いた。

「和泉守殿は、今年おいくつになられます？」

既に宇喜多家の実質的な陪臣になっている叔父は、これにもはっきりと答えた。

「三十六歳であられる」

よし、とお福は思った。さらにもう一度計算し直す。これで、確実に見込みは立った。

宇喜多家の協力を得るには、まずはその梢という妹御を動かすしかない。そこを足掛かりにして、宇喜多和泉守の同情を得るしかない。


年が明け、永禄八（一五六五）年になった。

お福は叔父の土井氏と共に、年賀の祝いに虎倉城へと赴いた。

城の奥の間で、伊賀久隆と梢の夫婦に拝謁《はいえつ》した。奥方の梢は、なるほど叔父が言う通り、なかなか秀麗な容貌だった。また、その二人の座している近さを見て、噂通りに仲が良いことも分かった。

祝賀の挨拶が一通り済んだ後、奥方の梢は何故かお福をまじまじと見つめた。次いで、こう感想を洩らした。

「お福殿も、此度はたいそうな目に遭われましたな」

「もったいなくも、そのようなお言葉を頂き、ありがとうございまする」お福は一呼吸置き、慎重に言葉を選んだ。「されど、艱難辛苦の連続であった我が亡夫に比べますれば、私が此度に味わった災難など、さほどのことではありませぬ」

　ほう、という顔を梢はした。

「三浦氏は鎌倉以来の名門と聞いておるが、遠江守（貞勝）殿は、そのような苦労人であられたか」

はい、とお福は大きくうなずき、夫の貞勝が死ぬまでいかに惨苦続きであったかを、静かな口調で語った。六歳で父が死んで当主になるも、これを好機と捉えた尼子軍に急襲されて城は落ち、一族が離散したこと、その後、備前や備中を十一年も流浪し、ようやく十七歳で城を奪還したこと。しかし五年後の昨年末には、今度は儚くも三村氏に滅ぼされてしまったことなどを簡潔に述べた。

「なんと――」案の定、梢は声を上げた。「それは、我が兄とほぼ同様の半生でありますぞ。宇喜多家の世継ぎであった直家殿も、六歳で城を追われ、ようやく武門を再興できたのは、十年後の十六の時であった……」

「はい」見込みは間違っていなかった。やはり、激しく反応してくれた、とお福は心中で嬉しく思った。「偶然にも、ほぼ一緒の半生でございました」

「嗣子《しし》は、おありか」

「桃寿丸という、今年五つになる嫡男がおりまする」

　すると梢は、すかさず隣の夫を見た。

「久隆殿、これは捨て置けませせぬな。嫡子に継ぐ城がないとなれば、泉下の遠江守殿もとうてい浮かばれますまい」

　打てば響くように久隆も答えた。

「ならば梢よ、そちが和泉守殿に文《ふみ》を書け。わしもそれに、添え状を一筆仕《つかまつ》ろう」

そこまでを聞き、お福は深々と平伏した。

「ありがとうございまする。このお福、お二方の御温情にはいくら感謝してもしきれませぬ」

やはり宇喜多家を動かすには、この女性《にょしょう》が鍵だったのだ。

かと言ってお福も、和泉守率いる宇喜多家が、すぐに三浦家の再興のために動いてくれるとは思っていない。そこまで楽観はしていない。けれども今は、滅んだ三浦家がこうして宇喜多家の助力を欲しているということだけでも、その和泉守に確実に伝わればよい。

そして、もし宇喜多和泉守が西の三村に対抗しつつも、今までのように備前・美作にその勢力を広げていくつもりならば、備中との国境に近い西美作の高田城の存在は、遅かれ早かれ無視できなくなる。

その時こそ宇喜多家にとって、我が子、桃寿丸が欠かせぬ存在となるはずだ——。

2

一月の上旬、虎倉城の梢から文が届いた。

直家はそれを半ばまで読み、つい顔をしかめた。そして最後まで読むと、もう一度顔をしかめた。

いい年をして、相変わらず筆の舞いも頭の動きも素っ頓狂な妹だと思う。

その書いてある意味は分かる。たしかに三浦貞勝の人生は、近々の五年を除けば、苦難の連続だったろう。それは、直家も同情する。ましてや自分と同じ六歳で城も一族も失い、十年以上の雌伏《しふく》の時を経て、同じように苦労して武門を再興したとなれば、とても他人事《ひとごと》とは思えない。

が、だからといって自分が、宇喜多家の利害抜きで助けてやるかとなれば、それはない。そこまで直家はお人好しではないし、一時の安き同情でそんな手助けをいちいちしていたら、そのうちにこちらの武門が傾くことになる。

さらに苦《にが》り切《き》ったのが、妹の文の最後の一行だ。そのお福とかいう寡婦について、こう書いてあった。

あれほどの麗人は、この備前はおろか、美作と備中三国を合わせてもまずまずおりませぬでしょう。同じ女子《おなご》であるこの梢も、初見ではしばし息を忘れ、見惚《みと》れてしまいました。

「……」

やはり、直家は顔をしかめざるを得ない。仮に三国一の美人だとしても、それが何だというのだ。美人だから、その亡夫の無念のために、気の毒な遺児のために、力を貸してやれとでも頼み込むつもりか。馬鹿馬鹿しい。

直家は、大人になるまで人の絶え間なく往来する町中を飽くことなくぶらついていた。その経験値として、単なる美人など、いったん辻に出ればいくらでも存在するということをよく知っている。三日に一度ほどは、目も覚めるような美しい女性にも出会った。ただ、その相手はほぼ町家の娘だったから、そこまで世評に上らぬというだけの話だ。

ようは、美人など、そんなに希少価値のあるものではない。

さらに言えば、女の容色の価値とは詰まるところ、男にとっては添い寝を遂げたいという一事に尽きるが、お互いの肌合いがしっくりと来なければ、所詮は閨《ねや》の営みなどはつまらぬものだ。単に美々《びび》しい人形を抱きかかえて寝るに等しい。

草深い場所ばかりで育った梢には、その一事が分かっていない。直家の単純な郎党たちと同じく、男女というものの奥深さがまったく分かっていない。馬鹿馬鹿しいにもほどがある。

一方で、西美作の三浦家には、その高田城という立地上の懸念から、多少の思うところはある。とにかく、西国の毛利が後ろ盾に付いてからというもの、備中三村家の領土欲の貪婪《どんらん》さは半端ではない。隙あらば、この備前と美作に波状攻撃を仕掛けてくる。

三年前には美作東部まで侵攻してきて、後藤氏の三星城を危うく落とす勢いだった。

去年の初夏には備前西部の御野郡に侵攻してきて船山城と石山城を落とし、今も旭川の対岸一帯を支配している。その旭川の東岸までを勢力圏とする直家にとっては、喉元に匕首《あいくち》を突きつけられているに等しい。

さらには半年後の冬、三村軍はまたしても美作の奥深くまで侵攻してきて、東部の三星城を襲った。この時も直家は浦上氏と共に援軍を送り、なんとか後藤氏の窮状を救った。

が、三村軍はその備中への帰路に、帰りの駄賃とばかりに三浦家の高田城を摘《つま》んでいった。そして今、その高田城には三村系列の家臣ではなく、毛利家の重臣が居座っている。いざという時には毛利本軍の支援も期待してのことだ。

直家は思わずため息をつく。この三村軍の執拗さ、抜け目のなさには、ほとほとうんざりする。

次に、伊賀久隆からの添え状を開いた。

案の定、そこには直家が危惧している通りの戦略眼が書かれていた。

高田城のある地域は、備中からの交通の要衝であり、ここを早く取り戻しておかなければ、三村軍はまたしても容易に南美作や北備前に侵攻してくるだろう。その奪還のための旗印として、桃寿丸という遺児とその後家を庇護しておけば、いざという時には野に隠れた三浦家の残党も、先陣として死力を尽くすに違いない、と述べていた。

ふむ――。

確かにそうだろう。そして、その奪還の後ろ盾となる勢力が大きければ大きいほど、三浦の残党はより多く集まり、尖兵として勇み立つだろう。そして戦とは、先陣の勇猛果敢さによって勝敗の半ばは決まるものだ。

続く久隆の文でも同様のことを語っており、そのためにも、三浦母子を庇護するのは、この虎倉城や松田氏の金川城などはふさわしくなく、今や備前随一の大所帯になられた和泉守殿の沼城こそ然るべきである、と末尾を結んでいた。

なるほど、と直家はやや感心する。さすがに義弟の久隆は戦上手だけあって、その戦略眼の見通しは冴《さ》え渡っている。

直家は、なおも十日ほど思案していたが、結局はその三浦家の母子を沼城に引き取ってもよいという旨を書き、虎倉城へとその文を届けさせた。

さらに数日後、直家は久しぶりに邑久《おく》郡へと遠乗りに出かけた。

本貫《ほんかん》である砥石城まで行って、忠家への所用を済ませた。その帰路で、福岡の阿部善定のところへ顔を見せ、ついでに備前屋に一泊して、沼城へと戻るつもりだった。

久しぶりに、町の雰囲気を味わうのも悪くはない。

実は直家には、前々から思案していることがある。

福岡に隣接した地域に、やがては宇喜多家の新たな本城を普請しようと考えていた。

それにより町と一体化した一大城郭を造り、より良い治安を求めてさらに集まってくる商人や職人の座や、馬借《ばしやく》・車借《しやしやく》たちから、さらなる矢銭を得るつもりだった。

が、その福岡へと至る千町《せんちよう》平野の中を、のんびりと馬を打たせていた時のことだ。ある異変に気づいた。

以前は視界の続く限りびっしりと続いていた荏胡麻《えごま》畑の畝《うね》が、ところどころ櫛《くし》の歯が欠けたように他の作物の農地に転用されている形跡があった。

「……」

夕暮れ前に福岡の町に入り、備前屋の暖簾《のれん》をくぐった。

今では善定も六十代の半ばになり、多少その足腰も衰え始めていたが、相変わらず直家の来訪を歓迎してくれた。

数年前に百瀬は死んでいた。備前屋の畳の上で息を引き取った。手代だった源六は、既に善定から暖簾分けをされて魚屋九郎右衛門と改名し、同じ福岡の町中で呉服商を営み始めていた。

時は流れている、と直家は実感する。

その夜は備前屋の奥で、善定と膳を共にした。しばしの近況報告の後、直家は口を開いた。

「ところで今日、千町平野の畑で奇妙な風景を見かけ申した」

すると、善定は少し笑った。

「ひょっとして、荏胡麻のことでござるか」

さすがにこの豪商は察しが早い。直家はうなずいた。

「あれはいったい、いかような訳でありましょうや」

すると善定は、また微笑んだ。そして、置き床《どこ》の上にあった小壺《こつぼ》に手を伸ばした。次に両手を大きく叩いた。

「これ、たれかある」

すぐに使用人が姿を現した。

「燈明の燭台を、もう一つ持ってまいれ」

「はい」

間もなく使用人が、燭台を持ってきた。

と、善定は、新たな燭台の上にその小壺の中身を注いだ。荏胡麻とはまた違った種類の、濃厚な油の香りが部屋の中に広がる。次に、紙縒《こよ》りを使って燭台から燭台へと火を移した。

ぽっ――。

火が付いた燈心《とうしん》は、見る間にその勢いを増していく。明るい。驚くほど明るい。元からある燈明の光より、格段に煌々《こうこう》と輝いている。

直家は、呆然とした。

「善定殿、これはいかなる燈明でござるか」

「左様――」何故か物悲しそうに、善定は答えた。「直家殿も、春先の野原一面に咲く黄色き花を、見かけられたことがござろう」

「ございます」

「これは、その花を咲かせる菜種という草から、採った油でござる」

さらに善定が語るには、この菜種から搾油《さくゆ》する手法が畿内で編み出されたのは、たかだか十年ほど前のことだという。しかしその後、搾油法が急速に改良を加えられ、また、菜種自体も荏胡麻とは比較にならぬほどに各地で作付けが容易なこともあり、今では播磨より東の畿内では、燈明といえば荏胡麻油より、この菜種油が主流になりつつあるという。

しかも売価は、荏胡麻油に比べて圧倒的に安い。

「この備前の辺りでは、輸送費や作付けの伝統やらもあり、未だ荏胡麻が主流でござる。ですが、やがては大量に出回るこの菜種油に、取って代わられましょう。現に見られた通り、荏胡麻畑は少しずつ廃《すた》れつつありまする」

直家は、嫌な予感がした。

荏胡麻油は、この備前の邑久郡や上道郡より西でしか採れない。であればこそ、荏胡麻油を需要のある畿内に向けて大量に出荷できるこの福岡や、西大寺の繁栄もあった。

つい直家は、一足飛びに結論を言った。

「それは、この福岡がやがて衰退することを意味しまするか」

善定は、重々しくうなずいた。

「今すぐにではありませぬが、おそらくは五年から十年先には、目に見えて衰退してゆきましょう」

愕然《がくぜん》とする。そんなに早い時期にかと思う。これでは直家の新しい福岡城の構想も、一から考え直さなくてはならない。

善定は菜種油の燈明をじっと見つめながら、意外な方向へと話題を展開した。

「さらには、以前に頼まれておりました鉄砲の件でも、無視できぬことがありまする」

――ん？

確かに直家は、この新兵器の可能性を見込んで既に五十挺《ちょう》ほどを保持しており、武器商人でもある善定に、奮発して新たに五十挺ほどを注文していた。今、隣の長船村で盛んに作っている。そして長船では、今では刀鍛冶より鉄砲職人の数が多くなりつつある。

だが、その鉄砲の話と今の菜種油の件が、どう繋がるというのか。

「以前に申し上げましたな。もし鉄砲がこの備前や備中にも大量に出てくれれば、その飛距離から、山城などは早晩意味をなさなくなるのではないか、と」

直家は、黙ってうなずいた。

実は、武士より商人のほうが、世の中の動きにははるかに敏感なものだ。地場周辺の戦ばかりに明け暮れている武将とは違い、商人は全国津々浦々の物品の動きを絶えず気にかけて見ているので、自然とそうなる。そしてこの善定によれば、今や西国の九州や、畿内から中部にかけての南蛮物の先進地域では、合戦で盛んに鉄砲が使われているという。山城に籠《こも》る小大名などは、この新兵器を持つ大きな勢力により、次々と淘汰《とうた》されていっているという話だった。

それもあって直家は、これよりは交通に不便な山城ではなく、平地にある商業地帯を抱え込んだ場所に鉄砲の攻撃にも耐えうる縄張りをした新府を構えようと考えたのだ。

さらに善定の話は続いた。

「摂津の堺や近江の国友《くにとも》村、紀州の雑賀《さいか》や根来《ねごろ》、あるいは西国の豊後や肥前、薩摩《さつま》などでは、この福岡周辺とは比べ物にならぬほど、鉄砲の生産が盛んでありまするそうな」

「はい――」

「それら日ノ本各地の話を集められるだけ集めまして、私なりに今、この国にどれほどの鉄砲があるかを試算いたしてみました」

ひどく興味をそそられる話だった。

「それは、いかほどでございましょう」

「……関東から西国にかけてだけで、どう少なく見積もっても、ざっと五十万挺はありまする」

一瞬、聞き違いではないかと思った。そして思わず口走った。

「失礼ながら善定殿、それは桁《けた》が二つ、いや……少なくとも一つは違うのではありませぬか」

が、善定は首を振った。

「私も武具を扱う商人の端くれでござる。この目利きに、まず間違いはありませぬ」

直家は眩暈《めまい》がした。だとすれば、自分が進取の気風気取りで頼んでいる五十挺の鉄砲など、元からある五十挺と合わせても、子供の遊びもいいところではないか。

そして事ここに至り、ようやく直家にもこの老練な商人の言わんとすることがぼんやりと見えてきた。

「つまりはこの福岡に限らず、大量の菜種油と鉄砲がこの日ノ本を急速に変えていくと、そう言われたいのでございますか」

「左様――」善定は言った。「安い菜種油が各地に出回れば、人の暮らしは夜も長くなりましょう。その長くなった分だけ、世の動きも早くなりまする。数多《あまた》ある鉄砲も然《しか》り。おそらくは直家殿の世界でも、大なる武門が小なる武門を急速に呑《の》み込んでいくこととなりましょう」

直家はふと感じた。

今からこの国――自分が住むこの世界は、小さくなっていく。縮んでいく……。

しかし、何故そう思うのかは分からない。

そしてそのことを、善定に伝えた。

すると、相手は微笑んだ。

「それは直家殿が、自らを小さき者と規定されているからではありませぬか」さらにこうも付け加えた。「追い込まれ、呑み込まれると感じる側には、常にこの宇内《うだい》は狭くなっていくと感じられるものです」

確かにそうかもしれない。直家は今、備前の中央部から西の大部分を押さえ、その勢力下にある所領は、ざっと二十万石ほどにまでなっている。往時を思えば自分でも夢のような成り上がりようだとは感じるが、さりとて二十万石程度では、この日ノ本全土を見回せば、大なる武門とはとても言えない。

一方で、主筋である宗景も、今では備前の東部と美作を併せ持ち、これまた二十万石ほどの勢力に膨らんでいる。

ちなみに兄の政宗は、宗景の勢力に押されて十年ほど前から播磨の室山城に逼塞《ひっそく》していたが、昨年の息子の婚儀の折に、主筋である龍野城主の赤松政秀の奇襲を受けて、親子ともども惨殺されていた。

だから、この宗景率いる浦上家の所領は、もう兄の存在により脅《おびや》かされることはなく、ほぼ確定している。

この浦上家が率いる天神山衆と、宇喜多家が率いる備前衆の所領を合わせれば、四十万石で兵一万ほどを動かせる勢力となる。両家の連合さえ今後もしっかりと固まっていれば、外敵――毛利の後詰めを頼んだ三村などにも、なんとか太刀打ちできるのではないか。

そのような内容を、善定に語った。

と、善定は、なおも意外なことを言い出した。

「これは、やや本筋とは外れる話でございますが、掃部助《かもんのすけ》（政宗）殿が殺された内情は、むろん存じておられまするな」

直家はうなずいた。

播磨の中部には、小寺《こでら》氏という十万石ほどの豪族が存在する。

小寺氏はそもそもが赤松家の庶流であったが、当代の小寺政職《まさもと》の代になって赤松家から自立し、播州平野に勢力を張った。その点、同じく赤松家の家臣であった浦上家も似たようなものである。

浦上家と小寺家は以前から緩い同盟関係を結んでいたが、浦上政宗は、この小寺の一族と新たに縁組をすることにより、自家の再興を図ろうとしていた。

この両家の婚儀を、赤松宗家の後継者争いで政宗と揉《も》めていた赤松政秀が襲ったのだ。

「幸いにも、殺されたのは掃部助殿親子のみにて、嫁がれた小寺氏の筆頭家老の娘御はご無事であられましたとか」

その噂も聞いていた。

「左様でござるそうですな」

そううなずきつつも、善定が何故このような話をしているのか、その意図がまだ摑《つか》めない。善定の話は続いた。

「その筆頭家老の名を、小寺職隆《もとたか》殿と申されます。が、つい最近になって私《わたくし》めも知り申したが、この職隆殿は、そもそも小寺氏の血筋のお方ではありませぬ。今より二十数年前に小寺氏に仕えられ、その非常な有能さを買われて、小寺氏の姓と、当主である政職殿から諱《いみな》の一字『職』を与えられ、小寺氏の一族として新たに取り立てられたお方にてございます」

そして、善定はもう一度微笑んだ。

「元の名を、黒田満隆殿と申されます」

「おぉ――」

思わず感嘆の声が出た。自分がまだ十歳くらいだった頃の記憶が、まざまざと蘇《よみがえ》ってきた。ほんのわずかな期間ではあったが、兄のように慕ったあの若者の名ではないか。

「あの満隆殿が、今では小寺家の筆頭家老でござりまするか」

善定は、うなずいた。

「むろん満隆殿も、この備前にて浦上家と肩を並べるまでになられた直家殿のことは、風聞にて間違いなく知られておりましょう」

……。

ほろ苦く思い出す。今でもあの別れの朝のことは、はっきりと覚えている。

おれはあの時、満隆と離れたくなくて、この福岡の妙見堂あたりまでぐずぐずと付いていった。たった一人の孤独の牢獄《ろうごく》にまた戻るのかと思うと、寂しくてたまらなかった。

そんな自分を勇気づけるかのように、満隆は言った。

「いつかまた会う日もある。堅固でいよ。早く大きくなれ」

さらに優しく繰り返した。

「我らは、お互いのことを風の便りに聞き、またいつか会う。きっと、会う。その時を楽しみにしておる」

満隆が地平のはるか向こうに消え去るまで、まだ八郎と呼ばれていた頃の自分は、名残惜しく見送っていた。

その時のことを思い出すと、改めて小さなため息が出た。

宗景は二年前の永禄六（一五六三）年、兄弟間の負けを認めた政宗と約十年ぶりに和睦していた。翌年に政宗は殺されたが、あの満隆が筆頭家老を務める小寺氏との同盟自体は、実質的な浦上家当主となった宗景が引き継ぎ、今も続いている。

近づいている――。

昔の縁と今の思惑が重なり、先ほどとはまた違った意味で、時が経《た》てば経つほど、この宇内に棲《す》む武門同士の距離は近くなってきている。

かつて満隆が言った通り、実際に彼と会う日もやがては来るような気がする。つまりそれは、武門同士が限られた土地を奪い合って、さらに激しく離合集散を繰り返すことを意味している。

ようやく直家にも分かる。

この一事は、今さらながらに始まったことではない。

備前や美作、備中では、昔から武門同士の争いが絶えなかった。この六十万石ほどの限られた土地に対して、そもそも山野に居を構える武門の数が多すぎるのだ。そして今後、この潰し合いは善定が暗示した通り、もっと激烈になっていくだろう。

直家は少し考えた後、今発注している鉄砲五十挺とは別に、善定にさらに五十挺の鉄砲を依頼した。

「それも、なるべく早急に願いたいのですが」

「よろしゅうございます。では早速、まずは堺にて伝手《つて》を探ってみまする。ただし、値は張りまするぞ」

「構いませぬ」

直家は思う。

とにもかくにも、まずは西方の三村をなんとかせねばならない。この五年ほどの間、三村家親は毎年のように農閑期を狙い、美作と備前の西部に、交互に攻め込んできている。昨年の冬は美作だった。だから今年の夏前には、また備前の西部に兵を進めてくる可能性が高い。


二月に入ると、虎倉城から伊賀久隆の家臣に伴われて、三浦貞勝の寡婦と遺児が沼城にやって来た。そのお福に沼城の奥で対面した時、直家も相手の容貌を一目見るなり、ほう、とは思った。

確かに梢の書いていたことは、あながち誇張でもなかった。

切れ長の目は煙るような奥行きを持ちつつも、静かな光を宿している。鼻梁《びりょう》もすっきりと整い、口元もほどよく引き締まっている。それよりも直家が感心したのが、まだ二十歳そこそこの若さでありながら、その語り口や挙措《きょそ》に、どこかしら芯の通った落ち着きが感じられることだった。苦労の中で常に内省を重ねてきた者に特有の、もの寂《さ》びた佇まいだった。それが、この女の容貌をよりいっそう引き立てて見せている。

なるほど、これなら武家の世界に限れば、三国一の美女ではないかという評価もうなずける。が、言ってしまえばそれだけのことだ。

辛苦を舐《な》めた生い立ちの者など、この備前には腐るほどいる。さらにその日々の中から、何かしらの生きる知恵を学び取る者も数多くいるだろう。その二つの要素を持つ女が、たまたま美しいというだけのことではないか。

あの紗代もそうだった。それならおれは、やはり紗代のほうがいい、などと、本来は比較にならぬことを思ったりもした。第一、武家育ちの女は今も苦手だ。その思考法や倫理観が型に嵌《はま》り過ぎていて、接していても何の興もそそられない。

ともかくも一通りの挨拶が終わった後、直家は率直に尋ねた。

「三浦のお福殿、高田城を取り返し、お家を再興されたいか」

お福は、はっきりと答えた。

「それが、桃寿丸を遺された私の立場でございまする」

なるほど。それはそうだろう。

少し考えて、直家は答えた。

「三村を敵とするのは、我が宇喜多家も同様である。なるべく早い時期に、そのように計らいたいと考えている」

すると、相手はやや驚いたような顔をした。滅んだ三浦家に対して、大層な好意を示されたと思ったらしい。直家は、敢《あ》えて淡々と言葉を続けた。

「そのようにならなければ、やがては逆に当家も滅ぶ。その意味で、三浦家とは同根である。滅ばぬように、高田城奪還の算段を付け申す。当分はこの沼城にてご自愛なされよ」

そう言って、そそくさと席を立った。

直家も一応男だから女は好むが、今ではもう、若い頃と違って人生の大事ではない。武人として生きることを覚悟した時から、余事に過ぎない。


二月も半ばに入ると、善定から長船村で作った鉄砲五十挺と、堺から仕入れた同数の鉄砲の計百挺が届いた。

直家は去年、鉄砲の名人という触れ込みを買って、遠藤又次郎《えんどうまたじろう》、遠藤喜三郎《きさぶろう》という兄弟を雇い入れていた。そもそもは阿波の産で浦上政宗に仕えていたが、その政宗が宗景に追われて播磨で逼塞した後は、美作や備中を流浪していた。

試しにこの二人に鉄砲を撃たせてみたところ、八十間（約百五十メートル）の距離でも標的を易々と射ぬくことが出来た。噂通りの恐るべき腕前だった。

「いかにして、そのように上手く撃つのだ」

直家は聞いた。

「槍刀の術とは、逆の心持ちでございます」兄の又次郎は答えた。「ともすれば敵に対して猛りがちな気持ちをひたすらに抑え、台座を肩に当てまする。先目当てと前目当ての焦点に的が合いますれば、さらに心をひそと構え、女子の柔肌に触るように、優しく引き金を落としまする」

ふむ――喩《たと》え方が上手い。これなら指南役としても向いている。直家はこの二人を、それまで五十名いた鉄砲隊の長《おさ》に任命し、部隊に調練を施した。

そして今回、新たに鉄砲隊の志願者を百名募り、遠藤兄弟の配下に組み入れた。

「今後、我が宇喜多家では鉄砲での武功も、槍刀と同じものにする」直家は百五十人の鉄砲隊を前に宣言した。「名のある兜首を仕留めた者には、扶持取りから石取《こく》りへと昇進させる。じゃによって、皆励め」

石取りになるということは、将校になるということである。これには家中からも反対の声が盛んに上がったが、直家は押し切った。

「世上、武士が飛び道具で敵を殺すは卑怯《ひきよう》と申す者もあるが、刃物で相手を斬り捨てるも、矢弾で射殺すも、敵が減じるということでは同じではないか。得物《えもの》により、戦果を違えるのは違う」

そう、長船や岡らの家老を説得し、鉄砲隊の士気を高めたうえで、遠藤兄弟にさらに厳しく部隊の調練を命じた。

さらに三月になり、来《きた》るべき三村軍に対して、事前の手を様々に打ち始めた。

まずはこの沼城から二里ほど西南にある明禅寺《みようぜんじ》山の上に、砦《とりで》を築き始めた。橋頭堡《きようとうほ》——前線基地である。その山頂の砦から、今は三村方に降《くだ》ってしまっている石山城の金光宗高、船山城の須々木豊前、中島《なかしま》城の中島大炊《おおい》らの武将に睨《にら》みを利かせる。

どうせ三村軍がまた攻めてくるのなら、こちらから進んでその機会を作ってやり、攻めてくる時期をある程度確定させたほうがよい。いわば、砦はその誘い出しのための餌《えさ》だ。

と同時に、砦から目と鼻の先の場所にある三城に軍事的圧力をかけつつ、再度こちらへと寝返らせるための調略を仕掛けた。

「なにも、表立って宇喜多家に味方をしてくれる必要はない。そこもとらも毛利を後ろ盾とした三村の大軍は怖かろうと、まずは、そう伝えよ」

それぞれの城に向かわせる使者を集め、直家は調略の口上を噛《か》んで含めるように言い聞かせた。

「わしが来るべき合戦に備え、明禅寺山に砦を造り始めたこと、三村に通報してもらっても構わぬ。その通報によって三村は早晩軍勢を動かすが、その時の軍容さえ詳細に教えてくれれば、それでよい。結果、三村軍と激突してもし当家が優勢になるようなら、その時に初めてお味方してくれればよい」

これくらいの消極的寝返り要請なら、金光ら三者も首を縦に振るはずだと見越していた。

案の定、使者たちがそれぞれ三城に行って直家の口上を述べると、そもそもが備前者である金光も須々木も中島も、二つ返事で快諾した。

よし――。

直家は推測する。現状では彼らの一部、ないしは三人とも三村の威武を恐れて、明禅寺砦作事のことを敵方に密告する恐れがあった。ならば、むしろこの可能性を積極的に利用し、こちらの要請で三村に通報させる形を取らせたほうが良い。

直家は、来るべき三村戦で、勝てぬまでも絶対に負けぬ戦いをするつもりだ。そして、その合戦後も見据えた戦略だった。

人の口に戸は立てられぬ。合戦後には確実に、直家がこの指示をした話は三村に洩れる。そして三村家親は、彼ら三人が戦の前から宇喜多家に内通していたのだと見る。

すると、金光や須々木らは今後、こちら側に付かざるを得ぬ。

四月も半ばになり、砦が粗々ながらも完成すると、はたして備中の三村が風雨の中をついて百五十名ほどの部隊で夜襲をかけてきた。不意を突かれた宇喜多家の城兵五十は、一時は懸命に抗戦したが、

かった。

直家は予期していた。むしろ一度は三村方に取らせようと思って、ごく少数の城兵しか配置していな
直家は逆にこれら砦を捨てた城兵たちをねぎらった。というのも、この明禅寺砦を取られることも、

「皆の者、まずは無事でよかった」

結局は明禅寺砦を捨て、沼城へと逃げてきた。


さらに次の手を打った。

石山城の金光宗高を使い、近日中に直家が明禅寺砦を取り戻すために動き出すようだと密告させた。

すると事態は、直家の想っていた通りの方向に動いた。

が、同時に予想外の報《しら》せも来た。

三村家親は、この新しく奪った明禅寺砦と、中島城、石山城、船山城を足掛かりに、宇喜多の本城である沼城を然るべき時期を見て攻め落とそうと画策していたらしいが、早くも直家が明禅寺砦奪還に動くことを知り、この四拠点を押さえている間に、一気に宇喜多家を殲滅《せんめつ》しようと大がかりな陣触《じんぶ》れを出し、かつてない大軍を編成し始めたという。

さらに備中に放っていた間諜の言うことには、

「にわかには信じられないことでありまするが、三村はなんと二万という兵団を編成しつつあるということでございます」

ここまでの兵団の規模は、さすがの直家も想像していなかった。

備中は国土の範囲が大きいとはいえ、その大部分を険しい山岳地帯が占めており、石高では備前より少ない二十万石弱のはずである。つまりは五千ほどの動員能力しかない。占領下の美作西部と備前

南西部からの新兵を掻き集めても、せいぜい計八千ほどがいいところだ。

つまり、残りの一万二千の兵は、毛利が三村軍の後詰めとして出すのだろう。

対して、直家が動員できる兵は五千ほどだ。四倍もの兵力差がある。

まずい……。

いくら周到に三村を誘《おび》き出しても、この兵力差では宇喜多軍が相当に苦戦するのは目に見えている。下手をしたら本当に殲滅させられるかもしれない——。

焦った直家は、早速天神山にいる浦上宗景に援軍を乞う急使を立てた。

宗景も、備前の北東部と美作で五千ほどの兵の動員能力を持つ。それが加わってくれれば、こちらは一万になる。後詰めに入る毛利軍一万二千は、所詮《しょせん》は他家の戦いの援軍であり、多分にその士気は奮わないだろうから、実質的には宇喜多・浦上一万と、三村軍八千の戦いになる。これなら、なんとか勝てるのではないかと踏んだ。

が、翌日に戻って来た急使によれば、宗景は播磨国境での赤松氏との戦いに忙しく、とても救援を出す余裕はないとの、予想外の返答がきた。

馬鹿な、と直家は珍しく憤った。

西播磨の赤松など以前から衰退の一途を辿っているのだから、今ここで徹底して追い詰めなくても、何の問題もないではないか。

それよりも、西方の脅威から長年にわたって盾になってきた宇喜多家が滅びれば、それこそ備前の過半は敵の手に渡り、浦上家は喉元に匕首を突き付けられたも同然になる。

そうなれば、勢いに乗った三村と毛利の大軍に対して宗景はわずか五千の兵で戦うしかなく、やがては浦上家も滅びざるを得ない。その一事が分からぬのかと、宗景を面罵してやりたい気分に駆られた。

現在では三番家老となった戸川秀安を呼び、これらの見通しを言い含めた後、再び天神山に向けて出発させた。

だが、宗景からの返事は同じであった。

しかもその内容は一度目よりもそっけなく、こちらはこちらで東方の戦いに奮闘している、されば西方は宇喜多家でなんとかせよ、手助けは出来ぬとの、けんもほろろの態度であったという。

事ここに至っては、直家もさすがに宗景への認識を改めざるを得ない。

どういう風向きの変わりようか、宗景には、そもそも宇喜多家を助太刀する気がないのだ。

くそ――。

ともかくもこうなっては、自家の勢力だけで、なんとか三村・毛利の連合軍を阻止するしかない。

ふと感じた。

六年前に義父の中山信正と島村盛実を滅ぼした時もそうだった。十五年ほど前に大叔父の浮田大和守を殺した時もそうだ。

後から時おり考えてみるに、彼らにはやはり三村に内通したという明確な証拠はなかった。宗景は、内通しそうな恐れがあるというだけで討伐を決めるか、あるいは自分の被官がこれ以上に大きくなって、やがて浦上家に仇《あだ》を為《な》すのではないかと危惧して、謀殺を決めていた。

今回は、後者だ。今や、宗景と肩を並べるくらいの勢力にまで成長した宇喜多家などは、まさに宗景にとっては目の上のたん瘤《こぶ》だろう。

けれど一方では、この宇喜多家の治める備前中央部から北西部にかけての広大な土地を三村に取られれば、最後に困るのは宗景その人ではないか、とも思う。

いったい宗景は、何を考えているのか……。

手勢五千のみの兵力で三村軍への策を必死に練りながらも、念のために選《よ》りすぐりの間諜を数人、天神山城へと放った。

十日ほどが経って五月になり、いよいよ三村軍が攻めてくるというその直前になって、なんとかその戦略において敵にも負けぬ目処《めど》が再度つき始めた。

それとほぼ時を同じくして、宗景の周囲に放っていた間諜たちが戻って来た。

彼らが一様に報告してきたその内容を聞き、直家は驚愕《きょうがく》した。

宗景は今回の件では、あろうことか毛利と極秘裏に通じているという。

それでもまだ直家には信じられず、間諜たちに問うた。

「そのこと、確かであろうな」さらに念を押した。「このように重大な話がもし間違っておれば、ただ事ではすまぬぞ」

「恐れながら申し上げます」間諜たちの長を務める男が言った。「遠江守（宗景）殿と、その叔父であられる国秀殿の会話を漏れ聞きましたところ、もし御家が滅んだ暁には、三村と毛利は備前のうち、西部の津高郡、御野郡、児島郡の三郡を取り、浦上家は備前中央部の邑久郡と上道郡を取り分けるということで、両家の間で内々に話がついているようにてござりまする」

直家は一瞬絶句した。ここまで具体的な話が、確かに間違っているとは考えにくい。

「すると、遠江守殿も三村と時を同じくして、我が封土に攻め込んでくると申すか」

もしそうなれば、この宇喜多家は西と東から挟撃され、一巻の終わりだ。

しかし、間諜の長はすぐにこう答えた。

「遠江守殿も、そこまで裏切られるお気持ちは、まずなきようにてございまする。浦上家は此度の件ではどちらの側にも付かず、もし三村と毛利が勝利した暁には、そのような領土の配分になるとのことのようでござりました」

これにはやや胸を撫《な》で下ろした。

間諜たちを下がらせた後、直家は一人で熟考した。

そもそもこの取引は、毛利と浦上と、どちらが最初に相手に持ち掛けた話だろうか。

おそらくは毛利だ、と感じる。自分の主筋ながら、宗景にはここまでの大きな絵図を描く器量はない。

対して、毛利家の当主である毛利元就は、壮年の頃から安芸周辺の小早川家や吉川《きっかわ》家を乗っ取るなどの権謀術数《けんぼうじゅつすう》を弄して、西国の雄にのし上がった梟雄《きょうゆう》だ。風聞に聞くあの男ならば、我が宇喜多家に確実に勝つために、浦上家の援軍を断ち切るというこの離れ業《わざ》を思い付いたとしても不思議ではない。

たぶん宗景は、自分が宇喜多家に援軍を出したとしても、味方一万対敵二万の兵力差の戦いでは、とうていこちらに勝ち目はないと見た。

そこに毛利が、この話を持ち込んだ。

宗景にすれば、毛利と三村の連合軍が勝ったとしても、それ以上自分の領土に攻め込まれる恐れがないばかりか、備前で最も豊穣の地である邑久郡と上道郡を、この宇喜多家に代わって新たに手に入れることが出来る。逆に、万が一にでも少数の宇喜多家が孤軍奮闘し、なんとか備前を守り抜いてくれれば、それはそれでいい。どちらに転んでも、宗景にとって損はない。

毛利元就も、宗景が当然そう考えると踏んだから、この策謀を持ち掛けたのだろう。

かといって元就も、宗景が毛利と三村の連合軍に付いて、宇喜多家を直《じか》に攻撃してくれることまでは期待していないはずだ。

仮にも備前の守護代である浦上家が、あからさまに毛利と組んで宇喜多家を攻撃したとなれば、今後は備前の国衆に対して、その武門の体面と信義を完全に失う。

そういう双方の思惑があって、浦上家は宇喜多家に対して、消極的な裏切り行為に及んだのだと、直家はほぼ結論付けた。

翌日、対三村戦のために各地から家臣や被官たちが続々と沼城に参陣してきた。

直家は、家中の主だった重臣たちを奥の間に集めて、浦上家の援軍はない旨と、その裏事情を、あくまでもおそらくだということを強調しながら説明した。

だが案の定、長船や岡、戸川といった家老たちは激高《げきこう》した。

「人の盟主ともあろうお方が、そのような恥知らずな裏切りを致すとは、およそ武士の風上にもおけませぬぞ」

と筆頭家老の長船貞親がいきり立てば、馬場職家と並んで一手の侍大将を務める花房正幸《はなぶさまさよし》なども、

「言語道断の所業でござる。拙者、これより手勢を率いて天神山に乗り込み、遠江守（宗景）殿の首を刎《は》ねて参り申す」

などと、過激なことを口走った。するとこれには、血の気の多い甥の花房助兵衛《すけのびょうえ》や、先日わざわざ天神山まで出向いた三番家老の戸川秀安なども、すぐに声を荒らげて賛同した。

この永禄八（一五六五）年の頃になると、宇喜多家の郎党たちは、天神山の宗景率いる浦上家に対して主筋という意識は次第に薄くなり、天神山衆なにするものぞ、我ら備前衆とて伍する勢力である、という意識を持ち始めていた。ちょうど、浦上氏の赤松氏に対する意識のようにだ。ひょっとしたら、宗景が今回の消極的寝返りを行ったのも、直家が率いる備前衆のそんな雰囲気を肌で感じ取っていたからかも知れない……。

直家はやや慌てた。

「待て、早まるでない。自棄《やけ》になるものではない」皆を落ち着かせるために、つい方便を口にした。

「これらは、あくまでもわしの憶測に過ぎぬ」

それでも弟の忠家は、なおも口を開いた。

「されど、その二者の間でこの備前取り分けの談合があったことは事実でござりましょう」

直家はいったんうなずき、それから首を振った。

「忠家よ、今はそれよりも、我が宇喜多家のみで毛利を後ろ盾とした三村とどうやって戦うのか、それを、よくよく検討するが肝要ぞ」

すると二番家老の岡家利が、不安そうに首をかしげた。

「されど、二万の大軍に我が五千で、果たして勝てましょうか」

「勝てる戦い方は、既に我が胸中にある」

直家は敢えて力強く断言した。それから、まずは敵の現状を述べた。

家親率いる大軍は、まさに備中松山《まつやま》城を出発する寸前であった。その軍容も、金光らや間諜たちの報告により、既に把握している。先陣は家親の長子である荘元祐《しょうもとすけ》の率いる七千の軍、中軍は娘婿である石川久智《いしかわひさとも》の五千、そして本軍は家親・元親《もとちか》親子が率いる八千である。

御野郡の金光、中島、須々木の三将が、それぞれの軍の備前に入ってからの道案内を務めるということから、この軍構成の報告はまず間違いがないし、案内役の三人の城の位置を考えれば、どの経路を辿って来るかも分かる。

さらには、敵の先陣と中軍が明禅寺砦を、本軍が宇喜多家の本拠である沼城などを襲う計画だということも分かっている。

「ここまで敵の仔細が分かっておれば、いかに四倍の敵といえども、やり方によっては勝てる手はある」

と、懐から明禅寺山周辺の絵図を取り出し、ここしばらく温めてきた戦略を家臣たちに説明した。

絵図をもとに一通り話し終わると、まずは馬場職家が口を開いた。

「なるほど。わが全力をもって、敵の分力を順次撃破していくということでございますな」

直家はうなずいた。

「肝心なのは、時の差だ。初手の明禅寺砦の攻略を含めて、このやり方は遅すぎても早すぎても失敗する」

そう言い終わった時、不意に城外が騒がしくなった。

何事かと思っていると、家臣が息を弾ませて駆け込んできた。

「御屋形様、明石飛騨守《あかしひだのかみ》殿が助太刀仕るとのことで、手勢五百人を率いてこられましたっ」

この報告には、さすがに直家も耳を疑った。聞き間違えではないかとも思った。

というのも、保木《ほぎ》城主の明石飛騨守行雄《ゆきかつ》は、浦上家兄弟の勢力争いがあった頃から一貫して宗景方に従ってきた典型的な天神山衆である。事実、保木城も宗景の勢力下にある磐梨郡《いわなし》にある。そんな以前からの宗景の股肱《ここう》の臣が、どうして自分の助太刀に名乗りを上げてくれるというのか。

しかし、ややあって直家たちの居る衆議の間に姿を現したのは、紛《まぎ》れもなく明石行雄その人であった。

「和泉守殿、お久しゅうござる」

そう言って、甲冑《かっちゅう》姿に身を固めた明石が微笑んだ。

が、それでもまだ直家にはこの現実が信じられなかった。

直家は浦上家に奉公していた頃から、生来の内気な性格と人間不信が祟って、誰一人として親しい朋輩は出来なかった。むろんこの明石とも親しくはなかった。二、三度、事務的な言葉を交わしたくらいだ。

それなのに何故、圧倒的劣勢の中にいる自分を助けてくれる気になったのか。

直家が援軍の礼を丁重に言いながらも、その訳を遠回しに尋ねてみると、明石はもう一度皓《しろ》い歯を覗《のぞ》かせた。

「それがしの口から申すのも憚《はばか》りながら、遠江守殿のご料簡は、いささか狭《せも》うござる。今は天神山衆と備前衆とに分かれてはおっても、同じ国の者——西備前から南備前が他国の敵に蹂躙《じゅうりん》されるやもしれぬこの事態を、座して傍観することは出来ぬ。じゃによってそれがしの一存により、我が家臣はむろん、周辺の地侍たちにも声をかけ、こうして参上仕った」

その呼びかけに参じた土豪の中には、隣の赤坂郡の者もちらほらいるという。

「ありがたい。まことにありがたく存ずる」

直家はそう言い、つい明石の両手を握った。

ふと、ぼんやりとではあるが、この三村との攻防戦さえ乗り切れば、我が宇喜多家の命運は一段と開けていくのではないかと思った。

赤坂郡と磐梨郡の土豪のほとんどは、宗景に遠慮して直家に援軍を出さなかった。しかし本音では、今回の明石とそれに付き従った土豪たちのように、宗景の傍観を苦々しく思っている者は数多くいるはずだ。

国の旗頭《はたがしら》というものは、隣国からの危機の時には必ず被官を助けてこその旗頭なのだ。つまりは、「頼《たの》うだるお人」

でなければならない。その頼み甲斐のある旗頭という立場を、宗景は自ら降りてしまっている。おそらくこれより宗景は、ゆっくりと備前一円の国衆からの信用を無くしていくだろう……。

となると、次にこの備前で「頼うだるお人」と国人《こくじん》・地侍から目される勢力となる者は、今より三村軍に立ち向かうこの宇喜多家しかいない。

そこまで感じた時、直家は家臣たちを振り返って、こう言った。

「皆の者、備前のために毅然と尽くせば、この明石飛騨守殿のように当家を助太刀してくださるありがたき方もおられる。我らがこの一事さえ忘れずに弓矢の道に励めば、これよりも当家にお味方してくださる方はますます増え、我が一門はいっそうに栄えるであろう」

すると家臣たちは一様に驚いたような表情で直家を見た。無理もない、と半ば照れながらもおかしく思う。

直家はこれまで、家臣たちの前で大言壮語したことは一度もない。もともと性格的に大仰な言動が苦手だし、こうなるであればよい見通しを希望通り語るには、おれの半生は苦渋に満ち過ぎている。

それでも敢えて口にした。四倍もの敵に立ち向かうためには、この踏ん張りどころで励まさなければ、今まで大事に育ててきた家臣たちを、どこで勇気づけるというのか。

「侍と生まれたからには、一生のうち、一度か二度は命を張らねばならぬ時がある。わしが宇喜多家を興す折もそうであった。生死を懸け物にして戦った」直家は念を押すように、さらに強く語った。「この切所《せつしょ》を乗り切れば、結果として宇喜多家の武勇は、間違いなく備前全土に轟《とどろ》く。皆の者、励めっ」

直家のこの鼓舞には、その場にいた家臣すべてが立ち上がって呼応の声を上げた。

四日後の早朝、果たして三村軍が備前との国境を越えてきた。

その急報が入るなり、直家は兵五千を率いて沼城を進発した。明禅寺山の麓に着く頃には、敵軍が石山城の西方一里半にある辛川《からかわ》という平地に達したという報告が来た。

そこで、改めて隊列の伸び切った軍を整え直しているという。

ここだ、と直家は思う。二万という軍容だと、その軍容を行軍用から総攻撃用に編成し直すまでに一刻、それから明禅寺山に至るまでにはさらに一刻で、計二刻はかかるはずだ。

直家は兵団を千ずつの五隊に分け、そのうちの一隊をもって砦の総攻撃に移らせた。攻城の総大将である馬場職家に厳命した。

「敵の守兵百五十に対し、こちらは千でかかるのじゃ。一刻で揉み潰せ」

「はっ」

馬場はすぐに千人の部隊を率いて、しゃにむに明禅寺山を登り始めた。この男の采配なら、まず間違いはないと思う。そして一刻以内に砦を制圧すれば、それが敵に伝わる時間はない。三村軍が明禅寺山を目指してやって来ても、味方はいない。宇喜多軍しかいない。

やがて山頂の馬場から、砦を無事制圧したとの報告が来た。

その直後、西方から伝令が馬を飛ばしてやって来た。先陣は予定通り荘元祐の率いる七千が務めており、それを金光宗高が道案内しているという。となると、荘元祐の軍は南方から回り込んでこの明禅寺山に迫るつもりだろう。その出鼻を、徹底して挫《くじ》く。

長船と戸川に率いさせていた一千ずつの隊を、素早く二千の隊に編成し直した。戸川を総大将とし、副将を長船として明禅寺山の南西に布陣させる。さらにそこに、遠藤兄弟率いる鉄砲隊百五十を付帯した。

直家は戸川と長船に言い聞かせた。

「よいか。相手が百間（約百八十メートル）の距離に迫るまで、こちらからは動くな。さすれば相手はこちらが寡兵にて怯《ひる》んでいると見て、一気に総攻撃を仕掛けてくる。八十間（約百五十メートル）の距離に入れば、草木に隠れたこちらの鉄砲が、敵の先陣を目掛けて一気に火を噴く。それが、突撃の合図じゃ」

これでこちらは勢いに乗った二千となる。浮足立った敵陣七千に、その後も鉄砲を撃ち込み続ければ、二千でもなんとか敵を半ばまでは突き崩すことが出来るはずだ。そして半ばまで突き崩せば、案内役の金光が内部から裏切ることを請け負っている。そこまで行くなら、この南方での局面は勝つ。

次にこの明禅寺山に迫って来るのは、中島に案内されて真西から来る石川軍五千だ。

これには弟の忠家と花房助兵衛の部隊と、明禅寺砦を制圧して下ってきた馬場の部隊の二千を充てた。

「石川軍に果敢に当たれ。押される時もあろうが、一時《いっとき》は我慢せよ。戸川ら二千が荘軍を蹴散らし次第、そちらの援軍に赴く」

四千対五千になれば、その差は千だ。こちらには地の利もあり、鉄砲隊もある。これもまず勝てる。

直家の軍は、岡家利とその一族である剛介《ごうすけ》、そして明石飛騨守が率いる部隊の、計千五百の軍である。これは、遊撃隊だ。二隊とも明禅寺山の北に布陣し、他の二部隊のどちらかが敵に対して劣勢になった時にのみ、援軍に駆け付ける。同時に、西から最後にやって来る三村親子の率いる本軍八千への手当てもあってのことだった。

家親と元親が率いる八千は、この明禅寺山には赴かず、直家の本拠である沼城を目指すことになっている。

が、荘軍と石川軍が次々と崩れかかれば、まさか素通りするわけにもいくまい。必ず援軍として明禅寺山に駆け付けてくる。それを阻止するための山麓北部への布陣だった。

むろん、八千に対して味方はわずかに千五百だから、この北部戦線が最もきつい。もし西方の宇喜多勢四千が早めに勝って駆け付けてくれなければ、おそらくは四半刻も持たずに直家の軍は崩壊する。

つまり、先日に口にした、

「一生のうち、一度か二度は命を張らねばならぬ時がある」

とは、自らに言い聞かせていた言葉でもあった。

しばらくして明禅寺山の向こうから、盛んに鉄砲の音が聞こえてきた。南方での戦いが始まったのだ。前方にまだ三村の本軍は見えない。

太陽が中天に差し掛かった頃、早馬がやって来て南方の戦果を報告した。

「荘軍は、先陣が潰走を始めました。また、大将の荘元祐の首も、能勢修理《のせしゅり》殿がお取りになられました。これにて勝機は確実にお味方に傾いております」

よし。とりあえず第一の戦いはなんとか乗り切れそうだ。

山麓の西からの合戦の様々な音が、さらに大きくなって大気を渡ってくる。

忠家らの部隊二千が、石川軍五千と衝突し始めたのだと知る。

直家は逐次に来る伝令の報告を聞き続けた。

西の戦況は、最初は宇喜多勢が押していたものの、その後はなかなか優位に進まなかった。南方戦線の戸川・長船の部隊が、まだ荘軍の掃討戦に手間取っている。その援軍と鉄砲隊の加勢がないせいもあり、忠家の軍は、純粋に数との戦いという苦境に陥り始めている。

直家は伝令を呼んだ。

「戸川と長船に、敵を深追いはせず、早く忠家軍に合流するように伝えよ。荘軍は散らすだけで良しとせよ」

さらに矢継ぎ早に命じた。

「遠藤兄弟には、すぐに忠家の持ち場に回るように言え。石川軍の側面から鉄砲を撃ちかけよ」

そう伝えた直後、また北方から母衣武者《ほろむしゃ》が駆けて来た。

「三村の本軍八千、土田《つちだ》で東進を停止。今は南下しております。西で戦う石川軍に合流しようとする模様」

来た――。直家も手持ちの兵千五百を、早速動かした。北西に十町（約一キロ）ほど進み、高屋《たかや》という場所で三村の本軍を待ち受けた。三村の本軍が支隊に合流するのを阻止するためだ。

しばらくして、北から土埃《つちぼこり》を上げた黒い塊が迫って来たかと思うと、たちまち前面に広がった。敵八千がこちらに向かって猛進してくる。

間に合わなかったか……。

直家は一人、歯噛みした。

それでも、手持ちの千五百で三村軍の南進を阻まなければ、敵は石川や崩れかかった荘軍と合流し、勢いづく。こちらの負けは決定的になる。

直家もすぐに陣形を整え直した。鋒矢《ほうし》の陣を取った。先鋒に家老の岡家利の隊を、右陣に岡剛介を、左陣に明石飛驒守の隊を並べる。さらにその三隊の背後に直家の郎党を置き、どこかが崩れそうになったら、援軍に動く。本来なら突撃に使う陣形だが、圧倒的な敵の前では、この陣形でもしばしは防御になる。

が、敵八千の攻撃は洪水のようなものだった。瞬《また》く間に先鋒を押し潰された。直家の郎党たちが前に出る。前方三隊の戦いに果敢に参戦していく。それでも敵の圧力は増すばかりだった。ややあって、ついに味方の前線が崩れ始めた。

これまでか――。

そう半ばは負けを覚悟した時、西から鉄砲の炸裂する音が響いた。乱戦の中で西方を見遣《みや》ると、黒い一群がこちらに向かって突き進んで来ていた。

指物《さしもの》で分かる。忠家の部隊だ。その後には花房助兵衛や戸川や長船の部隊も続いている。

ようやく姿を現した味方四千が、三村軍の横っ腹に突撃を開始した。

じわり、と形勢が逆転し始める。それでも数で勝る三村本軍はなんとか持ちこたえている。

直後、遠藤兄弟の鉄砲部隊が再び火を噴いた。敵の側面に向かって盛んに撃ちかけ始める。

「押せっ」

直家は喉が割れんばかりに叫んだ。

「ここが勝機である。命を惜しまず前に出よっ」

言いつつ、自らも前線に躍り出た。馬上から槍で敵方を突き伏せた。次々と突いては、その穂先をすぐに抜く。

おれは大将だ。今さら兜首を取る必要はないし、相手の命まで取ることはない。四肢の自由を奪い、戦闘不能に陥らせれば、それでいい。

何故か冷静にそんなことを考えている自分がいた。

その間にも味方の鉄砲の音は断続的に響いている。敵の兵気が急激に衰え始めたのを肌で感じる。

相手は鉄砲の攻撃をひどく嫌がっている。

敵の中軍に、忠家らの軍がさらに食い込んでいく。花房助兵衛の旗指物が、小気味よく動き回っている。岡剛介の槍も、天空に何度か煌《きら》めいていた。

四半刻後、三村本軍が明らかに崩れかかった。

「今ぞ、かかれっ」

ついに敵は持ちこたえられなくなり、徐々に潰走を始めた。

「追えっ。攻め潰せ」

直家はさらに声を限りに続けた。

「二度とこの備前の土地を踏ませぬよう、完膚《かんぷ》なきまでに叩き潰せっ」

敵軍がさらに浮足立つ。それまで三村方に付いていた西備前の国衆たちも、次々と裏切り始めた。敵陣にさらに混乱が広がっていく。

これを契機に三村軍の完全な瓦解《がかい》は始まった。さらに二刻が経ったその日の夕暮れ時には、戦いは掃討戦を含め、宇喜多軍の圧勝に終わった。

ふう……。

直家はその日の夜、沼城の寝所で一人になった時、改めて一つため息をついた。

そして未だに使っている荏胡麻油の燈明の中で、ふと苦笑した。

やはりおれは、このような血で血を洗う戦いには向かぬな……。

なるほど事が終わってみれば、直家自身も敵十数名を突き伏せ、我ながら鬼神のような武者働きをした。若年の頃の血の滲《にじ》むような修行の賜物だと自分でも感じる。それに勇気づけられるように、味方もさらに奮戦《ふんせん》した。

けれど、半面では、それがどうしたという気もする。

こうして完勝をおさめた後も、あの戦場での阿鼻叫喚を思い出すと、侍というもののあまりの血なまぐさい生き方に、ともすれば気が萎えそうになる。喜びよりもむしろ、ようやく合戦が終わったかとほっと胸を撫で下ろす気持ちのほうがはるかに大きい。あんな一か八かの修羅場は、もう二度と御免だとさえ感じる。

ややあって、改めて決意した。

昔読んだ孫子の兵法にも書いてあった。

戦わずして勝つ。

今よりは、この一事をさらに徹底して追求していく。

かりに戦に及んだとしても、戦が始まった時には既にこちらが勝つことは必然となるよう、その前段階での条件を可能な限り積み重ねていく。

さらに言えば、そこまで条件を積み重ねて万が一に負けても、領土さえ失わなければよいのだ。

戦とはおのれの武名のためにするのではなく、最終的には領国を広げるために行うものだ。だから、外交と政治で、すぐさま取り戻しさえすればよい。

直家は、思う。

おれは武士《もののふ》だ。しかし武士も商人も、金銭と領土という目的の違いこそあれ、その利を求めるという一点においては同じなのだ。そして利を求めるというやり方のみに関しては、商人のほうがはるかに明確にその道を突き進む。

だからこそ宇喜多家の武略の基本は、幼い頃より染みついた商人の考え方で、これよりはいっそう武門の方針を決めていく。


さらに一月《ひとつき》ほど経って、直家は風聞にて知った。

三村軍で無事に備中松山城まで戻れた者は、僅《わず》かに四千だったという。そして備中や毛利の武士たちは、あの大敗のことを「明禅寺崩れ」と呼び始めているという。

むろん、その武威の広がり方は備前においては言うまでもなく、宗景直属の天神山衆を除けば、国内の土豪たちは当初に直家が想像した通り、一気に宇喜多家の旗下に靡《なび》くようになった。続々と沼城に駆け付けてきた戦勝祝いの使者の中には、はるばる美作から来た後藤氏や沼本《ぬまもと》氏などの臣下もいた。

……よし。

この戦勝の勢いに乗じて、まずは西の防衛線を盤石にする。

そう決めた直後から、直家は動いた。靡いてきた備前や美作の土豪にも呼びかけ、さらには明石行雄や義弟の伊賀久隆にも助勢を求め、一時的にせよ九千という大軍を編成した。規模にして四十万石に迫る動員能力である。

弟の忠家を軍の総大将とし、備中東部へと乱入させた。そして去る明善寺合戦の折、三村方として攻めて来た佐井田《さいた》城の植木《うえき》秀長《ひでなが》や猿掛《さるかけ》城の穂井田《ほいだ》実近《さねちか》らを降伏させ、備中の一部をも宇喜多家の勢力圏へと置いた。

結果として三村家親は、宇喜多家を滅ぼすつもりが逆に大敗を喫し、かえって自らの勢力圏である備中の一部に直家から楔《くさび》を打ち込まれる結果となった。

これ以降、三村氏は国内での勢力立て直しに忙しくなり、西備前に侵攻してくることはなくなった。

（下巻に続く）

装幀・写真　大路浩実

垣根涼介（かきね・りょうすけ）
一九六六年長崎県生まれ。筑波大学卒業。二〇〇〇年『午前三時のルースター』でデビュー、サントリーミステリー大賞と読者賞のダブル受賞。〇四年『ワイルド・ソウル』で大藪春彦賞、吉川英治文学新人賞、日本推理作家協会賞の三冠を受賞。〇五年『君たちに明日はない』で山本周五郎賞、一六年『室町無頼』で本屋が選ぶ時代小説大賞を受賞。著書多数、近著に『光秀の定理』『信長の原理』がある。

涅槃　上

二〇二一年九月三十日　第一刷発行

著　　者　垣根涼介
発 行 者　三宮博信
発 行 所　朝日新聞出版
〒一〇四-八〇一一　東京都中央区築地五-三-二
電話　〇三-五五四一-八八三二（編集）
　　　〇三-五五四〇-七七九三（販売）

印刷製本　凸版印刷株式会社

ISBN978-4-02-251788-3
定価はカバーに表示してあります